CLÁUDIO MORENO

TROIA
O ROMANCE DE UMA GUERRA

11ª EDIÇÃO

L&PM FANTASY

Texto de acordo com a nova ortografia.

1ª edição: abril de 2004 (formato 16 x 23 cm)
11ª edição: novembro de 2024 (formato 13,5 x 20,5)
Também disponível na Coleção L&PM POCKET: novembro de 2004

Capa: Ronaldo Alves
Apresentação: Luís Augusto Fischer
Revisão: Jó Saldanha e Renato Deitos
Mapa: Fernando Gonda

CIP-Brasil. Catalogação na publicação
Sindicato Nacional dos Editores de Livros, RJ

M842t

Moreno, Cláudio, 1944-
Troia: o romance de uma guerra / Cláudio Moreno; apresentação Luís Augusto Fischer. – Porto Alegre [RS]: L&PM, 2024.
328 p. ; 20,5 cm.

ISBN 978-65-5666-349-4

1. Ficção brasileira. I. Fischer, Luís Augusto. II. Título.

22-81895   CDD: 869.3
                   CDU: 82-3(81)

Meri Gleice Rodrigues de Souza - Bibliotecária - CRB-7/6439

© Cláudio Moreno, 2020

Todos os direitos desta edição reservados a L&PM Editores
Rua Comendador Coruja, 314, loja 9 – Floresta – 90.220-180
Porto Alegre – RS – Brasil / Fone: 51.3225.5777

PEDIDOS & DEPTO. COMERCIAL: vendas@lpm.com.br
FALE CONOSCO: info@lpm.com.br
www.lpm.com.br

Impresso na Gráfica Pallotti, Santa Maria, RS, Brasil
Primavera de 2024

Para Ana, minha primeira leitora.

APRESENTAÇÃO

*Luís Augusto Fischer**

Prepare-se o leitor para uma das máximas aventuras da cultura ocidental, um suculento naco do que de melhor a experiência humana acumulou em todos os tempos. É a Guerra de Troia, legendário episódio protagonizado por figuras que entraram na corrente sanguínea da cultura mundial. Gente como Aquiles, Heitor, Ulisses, Agamênon, Eneias. Tudo começa, segundo a tradição, por um caso de amor: um troiano chamado Páris rapta a mulher mais linda de seu tempo, Helena, que já era casada com Menelau, grande líder grego.

Por causa disso, junta-se um poderoso exército composto pelos vários reinos do mundo grego, com centenas de navios e milhares de homens, que vão cercar, combater e finalmente destruir Troia, rica e poderosa cidade localizada na beira do mar Negro, em território hoje pertencente à Turquia. Um dos episódios dessa guerra entrou até para o repertório da conversa diária – o famosíssimo caso do cavalo de Troia, o presente grego que decidiu a luta em favor dos que atacaram a cidade.

De que modo tudo aconteceu? Como foi que a sedução de Helena começou? Seus pais eram mesmo um deus e uma mulher mortal? E Páris, que vivia como simples pastor, como é que se torna poderoso a ponto de provocar uma guerra que dura dez anos e mata a fina flor dos homens de sua época? Aquiles realmente foi o maior guerreiro de todos os tempos? Ulisses foi o mais astuto homem? Que papel tiveram os deuses nisso tudo? De que lado ficaram?

---

* Escritor, ensaísta e professor de literatura brasileira na Universidade Federal do Rio Grande do Sul.

Tudo isso vai contado aqui, num livro de leitura saborosa, em linguagem fluida, mas sempre atendendo a uma concepção rigorosa, que processa as informações literárias, mitológicas, lendárias, para contar os principais movimentos da guerra e de seus bastidores, na ordem em que aconteceram. Cláudio Moreno, professor e estudioso da cultura clássica, conviveu por muitos anos com os relatos da tradição grega, a começar da *Ilíada*, de Homero, poema narrativo do século VIII a. C. Leu essa tradição, meditou sobre ela, cercou-se da melhor bibliografia sobre o tema; reproduziu oralmente essas histórias em incontáveis aulas, para deleite de seus milhares de ouvintes, ao longo dos anos; e agora escreveu esse relato, síntese do helenismo em um momento de apogeu. Combinando o estilo homérico de narração com um ritmo de romance, Troia resulta numa leitura prazerosa, com a vantagem de introduzir o leitor iniciante ao mundo grego e, para os mais experientes, o grande serviço de pôr em ordem todas as informações relevantes acerca da monumental guerra.

A intimidade erudita de Moreno com esta literatura é, portanto, o ponto de partida de Troia, não seu ponto de chegada. O leitor vai logo perceber o valor do vibrante e colorido mundo grego clássico, com seus deuses caprichosos e profundamente parecidos com os homens que os conceberam e com seus heróis até hoje modelares. E vai se aproximar disso da melhor forma possível: lendo uma história profunda, radicalmente humana.

SUMÁRIO

TROIA – O ROMANCE DE UMA GUERRA

1 – As bodas de Peleu e Tétis.................................. 13
2 – O pomo da discórdia....................................... 17
3 – Páris, o príncipe de Troia................................. 21
4 – O julgamento das deusas................................... 24
5 – Príamo reconhece Páris.................................... 28
6 – A sedução de Helena....................................... 36
7 – A fuga.. 42
8 – A prisão no Egito... 51
9 – A viagem de volta... 60
10 – Troia recebe Helena...................................... 65
11 – O nascimento de Helena................................... 69
12 – O casamento de Helena.................................... 76
13 – Todos contra Troia....................................... 81
14 – Em busca de Ulisses...................................... 86
15 – A Grécia precisa de Aquiles.............................. 91
16 – As filhas de Licomedes................................... 98
17 – A reunião dos chefes.................................... 105
18 – A princesa deve morrer...................................110
19 – O sacrifício de Ifigênia................................117
20 – A ilha de Tenedos....................................... 123
21 – Filocteto... 129
22 – A embaixada frustrada................................... 135
23 – O desembarque... 142
24 – Nove anos de espera..................................... 150
25 – A fúria de Aquiles...................................... 156

26 – Tétis e Zeus 163
27 – O erro de Agamênon 169
28 – Páris enfrenta Menelau 175
29 – O desabafo de Helena 181
30 – Heitor e Andrômaca 187
31 – Agamênon se arrepende 194
32 – Hera contra-ataca 202
33 – A saga de Pátroclo 209
34 – O retorno de Aquiles 216
35 – A morte de Heitor 224
36 – Aquiles e Príamo 232
37 – A morte de Aquiles 241
38 – A loucura de Ajax 249
39 – Páris e Filocteto 258
40 – Os oráculos de Troia 267
41 – O cavalo de madeira 275
42 – A queda de Troia 284
43 – Menelau e Helena 292
44 – A partida 298
45 – O segredo de Troia 306

Para saber mais – *Cláudio Moreno* 316
Quem é quem na Guerra de Troia 322

Há mais de três mil anos, a beleza de uma mulher provocou a guerra mais famosa de todos os tempos. Por causa de Helena, rainha de Esparta, considerada a mulher mais bela do mundo, os vários reinos da Grécia deixaram de lutar entre si e se uniram, pela primeira vez, para enfrentar um inimigo comum – a poderosa Troia, um reino distante que dominava o Helesponto, lá onde termina a Europa e começa a Ásia.

Lutaram por mais de dez anos, e muitos milhares de homens morreram por esta rainha, que alguns diziam ser filha do próprio Zeus. No entanto, algo de novo ia nascer diante das muralhas de Troia: a ideia de uma só Grécia, de uma grande nação, unida pela mesma língua e pelos mesmos costumes. Dali nasceria o Ocidente, como nós o conhecemos. Esta é a história desta guerra.

Atual território da Itália

Atual território da Grécia

Mar Egeu

TESSÁLIA

FTIA

Skiro

Mar Jônico

Ítaca

Áulis ○

EUBEIA

Micenas ○

○ ÁTICA (Atenas)

Esparta ○

○ Gítion

Cret

M a r   M e d i t

100 km

Mar Negro

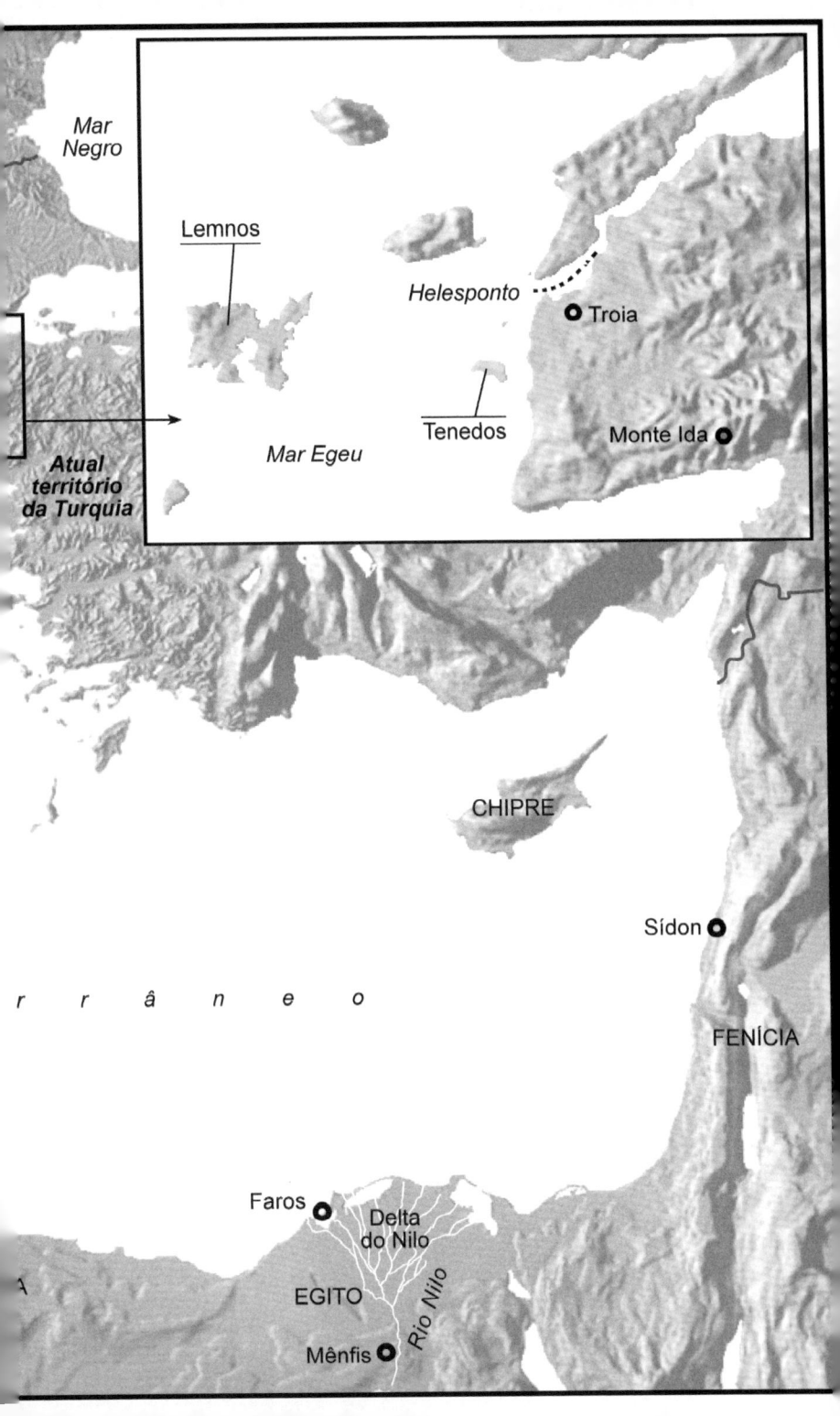

Atual território da Turquia

Lemnos

Helesponto

○ Troia

Tenedos

Mar Egeu

Monte Ida ○

CHIPRE

Sídon ○

r   r   â   n   e   o

FENÍCIA

Faros ○

Delta do Nilo

EGITO

Rio Nilo

Mênfis ○

1

AS BODAS DE PELEU E TÉTIS

A sorte de Troia foi selada no dia em que Peleu casou com a divina Tétis, numa festa grandiosa nos verdes prados da Tessália. Não era um casal comum: a noiva era uma deusa do oceano, a mais bela dentre as cinquenta Nereidas que moravam no fundo do mar, enquanto o noivo, apesar de ser um bravo guerreiro e um rei de grande respeito, era apenas um homem – mortal como qualquer outro. Tétis viveria para sempre, numa eterna juventude; Peleu, no entanto, iria envelhecer pouco a pouco, até o dia em que sua alma deixaria seu corpo e iria para o escuro mundo dos mortos. Dessa união desigual, que nunca chegou a ser feliz, nasceu Aquiles, que viria a ser a figura decisiva desta guerra que os gregos moveram contra os troianos.

Nunca mais haveria uma festa como aquela, pois foi a última vez que homens e deuses sentaram e beberam juntos. O anfitrião era o sábio centauro Quíron, conhecedor dos segredos da cura de todas as doenças, que tinha criado Peleu como um filho adotivo. Todos gostavam de Quíron, e muitos foram os heróis que, ainda meninos, foram entregues à sua guarda, para que ele os educasse e treinasse, transformando-os em homens justos e em guerreiros formidáveis. Peleu tinha sido um deles, e o centauro se afeiçoara de tal maneira a seu discípulo que o tratava como um verdadeiro filho. Por isso, Quíron tinha feito questão de oferecer esta festa aos noivos, e agora, todo orgulhoso, era ele quem recebia os convidados que chegavam aos seus domínios, na encosta mais verdejante do monte Pélio.

Todas as divindades vieram do Olimpo para prestigiar o jovem casal. O primeiro a abençoar os noivos foi o próprio

Zeus, seguido de seu irmão Posêidon, senhor dos mares, que trouxe de presente para Peleu dois cavalos magníficos, Xanto e Bálio, que tinham o dom de falar. Quem visse ali os dois poderosos irmãos, lado a lado, tão alegres e generosos, não poderia suspeitar que até bem pouco tempo tinham travado uma luta feroz para decidir qual dos dois levaria Tétis para o leito. Só tinham desistido de disputá-la quando o oráculo revelou que ela estava predestinada a dar a luz a um filho que seria muito mais poderoso que o pai – e então nem Zeus, nem Posêidon quiseram correr o risco de perder os seus reinados, e, como era o hábito dos deuses, trataram de escolher um pobre mortal sobre o qual recaísse a profecia. Foi assim que decidiram, de comum acordo, casar Tétis com Peleu, o rei da Ftia, que todos reputavam como o mais nobre dos homens da Tessália.

Tétis nem sabia que ele existia. A bela ninfa do mar não pensava em casar; amava a Zeus secretamente, mas nunca tinha cedido a seus galanteios porque ele era marido de Hera, a quem ela respeitava. Peleu, no entanto, há muito gostava dela. Costumava observá-la, encantado, quando ela saía completamente nua do mar e vinha tomar sol numa pequena praia entre as pedras; um dia, ela adormeceu na areia branca e ele não resistiu: aproximou-se em silêncio e abraçou-a apaixonadamente. Para sua surpresa, Tétis, que podia assumir a forma que quisesse, transformou-se num grande pássaro, depois numa árvore, finalmente numa tigresa rajada – quando então Peleu, amedrontado, afrouxou o abraço e a deixou escapar. Desolado, ele procurava uma forma de vencer a resistência da bela Nereida, quando Quíron, instruído por Zeus, revelou-lhe que ele a dominaria se conseguisse mantê-la em seus braços, deixando-a mudar de uma forma para outra, sem ter medo de nada, até que ela voltasse à forma primitiva. Assim fez Peleu; e ela passou de ave para touro, de tigre para serpente, passou de fogo para água, mas ele manteve o abraço, e ela enfim se rendeu, lamentando, com um suspiro, que tivessem revelado o seu segredo a Peleu. Agora, na festa, quando Zeus veio cumprimentá-la, ela não pôde deixar de comentar, num tom amargo: "Peleu só vai ser meu marido porque algum deus o ajudou!".

Zeus fingiu não entender a sua queixa e foi sentar-se no trono que o centauro Quíron tinha reservado para ele. Logo depois, chegou a divina Hera. Não tinha vindo com Zeus porque queria cumprimentar a noiva quando ele não estivesse por perto. Há muito ela tinha aprendido a surpreender, no olhar do marido, aquele lampejo de cobiça que as outras mulheres despertavam, e não tinha a menor dúvida de que Tétis tinha agradado por demais ao incorrigível conquistador. Conhecia muito bem as manhas dele, e este casamento de Tétis com um mortal estava lhe parecendo suspeito – talvez fosse apenas um arranjo de Zeus, com uma festa de mentira, um marido de mentira, só para esconder mais um de seus adultérios. No entanto, ao falar diretamente com Tétis, tranquilizou-se: o seu olhar perscrutador encontrou o límpido olhar de uma virgem, que falou com ela sem o embaraço inevitável de alguém que estivesse com culpa. Pensou ter percebido também uma leve ponta de tristeza na maneira como a jovem deusa se referia ao futuro marido, mas decidiu que não era problema seu: afinal, este estava sendo um dia muito feliz para a rainha do Olimpo, e a festa prometia ser melhor do que ela tinha antecipado.

Os deuses continuavam chegando, acomodando-se ao redor das mesas ornadas com as flores do vale, dispostas em meio à tenra relva que vicejava diante das famosas grutas em que Quíron morava com a mulher e os filhos. Ninguém deixou de vir. Até mesmo a rígida Atena, a deusa eternamente virgem, a filha guerreira de Zeus, deixou em casa o seu capacete de guerra e permitiu, pela primeira vez em muitos anos, que os cabelos flutuassem soltos sobre os ombros. A própria Artêmis, a deusa da caça e da Lua, sempre avessa ao matrimônio, guardou os seus cães numa clareira da floresta, pendurou o seu arco e suas flechas no tronco de um velho carvalho e veio fazer parte da festa, ostentando, o que era raro, um belo par de brincos nas orelhas delicadas. Enquanto Hefesto, o deus da forja e do vulcão, entregava a Peleu uma rica armadura de ouro e bronze, feita especialmente para ele, sua ex-mulher, a deusa do amor, Afrodite, entrou no recinto caminhando lentamente, irradiando toda a sua beleza, atraindo os olhares de todos os presentes, especialmente os de Zeus.

Também estava lá o sinistro Ares, temido senhor da guerra – mas desta vez sem o escudo e a lança; estava alegre, divertindo-se como os outros, entregue à música e à dança. Por último, para deleite de todos, o poderoso Apolo, irmão gêmeo de Artêmis, surgiu à frente do maravilhoso cortejo das Musas, que se aproximaram das mesas entoando o canto nupcial. O próprio deus as acompanhava na lira, e todos os seres vivos daquelas paragens, homens e animais, deixaram de fazer o que estavam fazendo para ouvir aquela música celestial, que falava do dia em que Tétis deixou as brancas ondas do mar para tornar-se a noiva do feliz Peleu.

As ninfas da montanha tratavam de manter sempre cheias as taças de ouro dos convivas, e as mesas estavam repletas de iguarias, ao alcance da mão de todos – comidas da terra, para os mortais, e néctar e ambrosia, para os deuses. O canto das Musas derramou então o seu encantamento por toda a paisagem, pelos picos vizinhos, pelos riachos, pela floresta das encostas, e todo o firmamento pareceu se encher de alegria com a festa de Quíron. Nenhum dos convivas – exceto, talvez, o próprio Zeus – podia imaginar que esta alegre cerimônia seria o cenário de um incidente que causaria, muitos anos mais tarde, a destruição do povo troiano.

2
O POMO DA DISCÓRDIA

Todos os deuses importantes estavam lá – dos Doze Grandes do Olimpo, não faltou nenhum. Só Éris, a deusa da discórdia, no entanto, não tinha sido convidada. Talvez por tê-la esquecido, ou talvez exatamente por ter lembrado que ela nunca tinha sido uma boa presença nas festas, Quíron deixou-a de fora do banquete. Não era de hoje que Éris vinha sendo desprezada. Sempre que os deuses queriam fomentar a disputa entre os mortais, fazê-los brigar entre si, era ela a quem chamavam. Sempre que precisavam dela, não hesitavam em pedir os seus serviços sujos; Hermes, o mensageiro dos deuses, ia então convocá-la lá onde ela morava, longe do luminoso Olimpo, lá no mundo subterrâneo de Hades, onde também se ocultavam as negras Erínias, as vingadoras terríveis. E lá vinha ela, prestativa, fazendo o que lhe pediam, semeando a intriga e o desentendimento entre aqueles que os deuses queriam punir. Ninguém a superava em seu ofício. Era discreta e eficiente, e orgulhava-se disso. As vítimas não notavam sua presença, mas um bom observador perceberia o seu toque sutil por trás de cada desavença, de cada litígio. Ela insuflava, na mente de cada um, a ideia perigosa de que ele era superior aos outros e de que o seu direito deveria vir primeiro. Isso sempre dava certo, porque ambos os lados, acreditando estar com a razão, levavam a discussão adiante até chegar ao conflito e, às vezes, à guerra e à morte. Um poeta chegou a dizer que Éris, ao plantar o germe de uma disputa, tinha sua aparência normal, mas que, à medida que os ânimos dos adversários se acirravam, a estatura dela ia aumentando até deixá-la gigantesca, descomunal, com a cabeça tocando as nuvens do firmamento.

No entanto, embora os deuses olímpicos a chamassem quando precisavam, não escondiam o desprezo que sentiam por ela e sempre procuravam evitá-la. Por isso, a desfeita de Quíron, em não convidá-la para esta festa, veio apenas agravar ainda mais o ódio e o ressentimento que ela vinha sentindo por aquele grupo arrogante, insuportavelmente feliz. Agora, sufocada pelo despeito, sentiu que tinha de encontrar um meio de perturbar o banquete divino. Sabia que não podia fazer isso pessoalmente; não podia invadir a festa de surpresa, porque não tinha coragem de enfrentar o desagrado de Zeus, ou mesmo o de Apolo ou de Ares. No entanto, podia usar de sua especialidade para aliviar, com a doce vingança, a humilhação que estava sentindo, fazer ao menos calar aquele riso todo que ecoava nos vales e vinha torturar ainda mais a sua alma ferida. Era mulher, e entendia as mulheres, e pôde assim encontrar o ponto certo para vibrar o seu golpe, preciso e fatal. Lembrou dos pomos dourados do jardim das Hespérides, as famosas maçãs de ouro que Hércules teve de buscar em um de seus Doze Trabalhos, a mando do rei Euristeu. Escolheu uma delas, perfeita, e nela gravou uma breve inscrição: "À mais bela". E mais não precisava; sabia que isso seria o suficiente. Depois, escondida por entre as árvores, aproximou-se do grupo e arremessou a linda maçã de ouro, que veio rolando mansamente pela grama até parar diante da mesa de Zeus.

    Todos ficaram curiosos. No silêncio que se seguiu, o senhor do Olimpo levantou de seu trono de marfim e veio apanhá-la do chão. Talvez por ingenuidade, por não pensar nas consequências, ou talvez exatamente pelo contrário, porque sua mente divina já tinha urdido o plano de punir a espécie humana, Zeus então leu em voz alta as três palavras fatídicas: "À mais bela" – e foi o que bastou para espalhar o veneno de Éris por todos os corações femininos.

    A deusa da discórdia sabia o que estava fazendo: agora, fosse qual fosse a escolhida, todas as mulheres ali presentes iam ficar extremamente infelizes. A alegria e o riso da festa tinham cedido lugar a uma tensa expectativa entre todas as deusas, que se entreolhavam, subitamente preocupadas. Hera, então, nem conseguia disfarçar o quanto tinha ficado perturbada, olhando ansiosa para o marido: o troféu tinha de ser dela, a rainha dos deuses, a própria esposa de Zeus! Afrodite, no entanto, em nada se fez esperar; a magnífica deusa adiantou-se com seu andar ondulante e pediu para ver de perto o cobiçado pomo, que rebrilhou na sua mão. "Está claro que foi feito para mim", disse ela, suavemente, olhando confiante à sua volta, consciente do efeito de sua beleza sobre todos os que a viam. Isso aumentou ainda mais a perturbação de Hera; ela, que já não gostava de Afrodite porque sabia o quanto Zeus a admirava, agora fixou na rival um olhar de ódio puro. Ia responder, quando, para a surpresa de todos, Atena resolveu também entrar na disputa. Não é que alguém negasse a sua beleza fora do comum; a novidade era que ela também fosse vaidosa! Afinal, não era Atena a donzela guerreira? Não tinha ela, desde o dia em que nasceu de dentro da cabeça de seu pai, o poderoso Zeus, ostentado aquele ar sério e belicoso, ainda mais acentuado pela brilhante armadura e pelo imponente capacete de ouro ornado com longas crinas de cavalo? Não era ela que tinha feito um juramento solene de jamais unir-se a alguém no leito matrimonial? Foi como se aquelas palavras mágicas – "À mais bela!" – tivessem trazido à tona a sua condição de mulher, que muitos dos presentes tinham até esquecido – a não ser, é claro, por Hefesto, que agora a admirava de longe, com um leve sorriso nos lábios. O ferreiro do Olimpo, com seus fortes braços peludos, sempre tinha achado Atena extremamente desejável, e quase tinha conseguido tirar-lhe a virgindade, certa feita, quando ela foi até sua forja para encomendar novas armas. Ao perguntar quanto ele cobraria pelo trabalho, Atena tinha recebido uma resposta cheia de subentendidos: "Não te preocupes com o preço; meu trabalho se paga com amor!". A ingênua deusa, que não tinha malícia, acertou a encomenda, sem contestar o que estava implícito na frase; quando veio buscá-la, dias depois, foi literalmente atacada pelo deus do fogo, que, excitadíssimo, jogou-a no leito e tentou desvirginá-la. Atena conseguiu desvencilhar-se, mas Hefesto chegou a gozar nas suas coxas cor de leite.

Cada uma das presentes – e eram tantas, se contarmos as nove Musas – gostaria de levar o troféu. Cada uma se julgava a mais bela de todas e, como dizem os poetas, todas elas tinham razão. No entanto, só aquelas três estavam agora de pé, pois ninguém mais ousaria enfrentar a força daquele trio. Como era de se esperar, as três voltaram-se para Zeus e pediram que ele exercesse o seu poder de decisão, que sempre tinha sido acatado, mesmo nos assuntos mais sérios da assembleia dos deuses. Que ele então proclamasse a mais bela; todas juravam que iriam respeitar a sua escolha.

Zeus, no entanto, era sábio o bastante para não cair na armadilha. Não acreditava numa sílaba sequer desse juramento. Era mentira! Sabia que, quem quer que fosse a escolhida, ganharia duas ferozes inimigas. O pior é que se tratava de pessoas muito próximas, e a última coisa que Zeus pretendia era abalar a precária paz de sua casa. Escolher entre sua própria mulher, sua filha ou a sedutora Afrodite, a quem tanto queria agradar? Não ia fazer isso – até porque esta era a oportunidade ideal para plantar a semente de uma guerra tão destruidora como os homens jamais tinham visto. Todos os participantes da festa estavam agora em silêncio, aguardando a sua palavra final, e Zeus falou, gravemente: "Não serei o juiz desta disputa, em que entram pessoas da minha família. Já decidi: a escolha vai ser feita por Páris, o jovem príncipe pastor, que vive no alto do monte Ida, lá no início da Ásia. Ele é o mais belo dentre os mortais, e saberá reconhecer a mais bela. O que ele disser, assim será!".

3
PÁRIS, O PRÍNCIPE DE TROIA

Páris vivia como um simples pastor das montanhas, sem saber que, na verdade, era o filho perdido de Príamo, o rei de Troia. Uma noite, pouco antes dele nascer, sua mãe, Hécuba, sonhou que tinha dado a luz a um feixe de lenha que ardia em chamas. Aterrorizada, acordou aos gritos, bradando que toda Troia estava em fogo. Preocupado com o significado deste presságio, Príamo chamou um intérprete de sonhos, que deu um veredito terrível: a visão de Hécuba não era de bom agouro para o futuro da cidade, e, por mais que doesse aos pais, eles não podiam deixar essa criança viver. Por isso, no mesmo dia do parto, Príamo mandou um de seus pastores abandonar o recém-nascido no alto do monte Ida, para que a fome e os animais selvagens se encarregassem de matá-lo. Assim, evitava derramar o sangue de seu filho com as próprias mãos, o que teria atraído contra ele e contra Troia o castigo das negras Erínias, que sempre puniam terrivelmente aqueles que ousassem matar um membro de sua própria família.

Conta-se que esse pastor, que se chamava Agelau, fez como lhe ordenaram, mas, cinco dias depois, roído pelo remorso, voltou ao local onde tinha deixado a criança e viu que ela ainda estava viva, porque tinha sido amamentada por uma ursa que tinha perdido o filhote. Então, arrependido, enternecido com a beleza do menino, Agelau levou-o para sua choupana, deu-lhe o nome de Páris e criou-o junto com seu próprio filho, também recém-nascido. Para evitar mais perguntas, apresentou no palácio, como prova de sua sinistra tarefa, a língua seca de um cão, o que deixou o rei satisfeito. Uma outra versão, no entanto, que corria no mais absoluto segredo nos aposentos femininos, dizia que a rainha Hécuba, em pessoa, tinha subornado Agelau para que salvasse a vida do filho, sem que o marido soubesse – o que era bem mais provável.

Fosse como fosse, Páris cresceu sem saber de seus verdadeiros pais, mas o seu sangue real fez com que ele se tornasse um jovem de grande beleza e inteligência. Vivendo ao ar livre, nas encostas da montanha, conheceu a ninfa Oenone, que por ele se apaixonou. Páris vivia feliz como esse amor da juventude e, como qualquer namorado, gravava o nome dela na casca das árvores do monte e jurava que o seu amor por ela jamais chegaria ao fim. Os deuses, contudo, tinham concedido dons especiais à triste Oenone: Apolo lhe ensinara o segredo das plantas medicinais, remédio para todos os ferimentos, enquanto Reia, a mãe dos deuses do Olimpo, tinha dado a ela o dom da profecia. Oenone, então, que podia ler o futuro, dizia a Páris, melancólica, que um dia ele ia se apaixonar por uma mulher da Europa, que traria consigo a guerra e a destruição. Como ele não lhe desse ouvidos e zombasse do seu pessimismo, ela deixava-se levar por suas brincadeiras e fingia esquecer o que sabia. Tratava cada dia como o último, tentando aproveitar ao máximo a sua vida ao lado dele.

Agora, no entanto, era o próprio Zeus que vinha pôr um fim àquilo tudo, ao escolher o jovem troiano como árbitro da disputa. Uma pergunta, no entanto, atravessou os milênios e jamais foi respondida: por que Páris? É claro que Zeus conhecia a história de seu nascimento e sabia que, muito mais que um simples pastor, ele era filho da casa real de Príamo – mas, por que ele? Muitas foram as tentativas de explicar esta escolha, e algumas delas devem ter passado também pela cabeça confusa do próprio Páris, quando pensava no assunto. As mulheres que ouviam esta história acreditavam que o motivo maior tinha sido a sua beleza, pois isso deveria lhe dar uma grande autoridade no assunto, contribuindo para que as três deusas acatassem o desfecho do julgamento. No monte Ida, no entanto, entre os pastores que tinham crescido com ele, cuidando também de seus rebanhos debaixo do mesmo céu estrelado, corria uma outra versão: Páris tinha sido escolhido por causa de sua honestidade, reconhecida até pelos deuses. Um dos passatempos preferidos de sua vida de pastor era promover combates entre jovens touros, fazendo torneios em que se destacava um magnífico animal de seu rebanho. Não havia animal que se comparasse ao seu, e Páris, um dia, cometeu por orgulho o velho pecado de falar demais: proclamou que daria uma coroa de ouro ao animal que vencesse o seu campeão. Ora, Apolo, que, como todos os deuses, divertia-se acompanhando o que acontecia aqui no mundo dos homens, ouviu o desafio e resolveu pregar uma peça ao jovem troiano: assumiu ele próprio a forma de um touro e, assim disfarçado, venceu o oponente com grande facilidade. Páris não tinha a menor ideia de que estava enfrentando a concorrência desigual de um deus e, embora levasse uma vida muito humilde, tinha reunido todos os seus recursos para mandar fazer a coroa prometida, entregando-a a Apolo. O gesto tinha sido muito comentado no Olimpo, chegando, inclusive, aos ouvidos de Zeus, que por isso lembrou de seu nome na hora do julgamento das deusas.

4

O JULGAMENTO DAS DEUSAS

Naquele dia, Páris estava no monte Gárgarus, o pico mais alto do Ida, numa clareira à sombra dos pinheiros. Apoiado numa árvore, ele descansava, olhando lá embaixo, na planície, a cidade de Príamo. Por trás dos muros de Troia, bem ao longe, podia avistar a areia branca e as águas azuis do mar. Súbito, sentiu que o chão vibrava como se muitos pés pisassem nele, e então apareceu Hermes à sua frente, com suas sandálias aladas e seu bastão de mensageiro. Páris soube imediatamente que estava diante de um deus, e recuou, respeitoso. Teria chegado a sua hora de morrer? Pois não cabe a Hermes a missão de guiar a alma dos mortos para o reino escuro de Hades? Teria vindo buscá-lo? Não teve tempo de falar, porque, para o seu maior assombro, deslizando suavemente pelo ar perfumado dos pinheiros, surgiram, luminosas, as três deusas, que vieram pousar junto a ele, na grama verde da clareira. Páris ficou arrepiado; seus joelhos tremeram; não conseguiria falar, se quisesse. A estatura imponente das visitantes e o raro brilho que o ar parecia ter a seu redor não deixavam a menor dúvida de que ele estava frente a frente com entidades do Olimpo. "Não temas", disse-lhe o mensageiro alado. "Tu darás o juízo final na disputa entre estas deusas. Decide: qual é a mais bela? Hera, Atena ou Afrodite?"

O coração de Páris se encheu de medo, porque a proximidade do Olimpo nunca fez bem aos mortais. Decidir? Entre as três? Fossem elas simples mulheres, e mesmo assim Páris já hesitaria, porque, mesmo jovem e pouco experiente, sabia que só teria a perder. Agora, entre três poderosas deusas? Isso ia ser o seu fim. Sentindo que estava perdido, Páris tentou ainda balbuciar alguma coisa, mas Hermes foi categórico: "É Zeus quem te ordena, Páris. Deves dizer qual das três suplanta as outras duas em beleza". E, assim falando, entregou-lhe o pesado pomo de ouro, que tantas mortes haveria de causar. Páris baixou a cabeça. Não, não havia engano algum, como, no fundo, já temia. E não adiantava perguntar por que tinha sido ele o escolhido, pois não cabe aos mortais questionar o que já está definido. Não seria louco em provocar a ira de Zeus, que lhe enviara aquela ordem diretamente pelo mensageiro divino, sem recorrer aos intermediários de sempre, os oráculos e os adivinhos; portanto, só lhe restava entregar o prêmio a uma delas e ganhar, inevitavelmente, duas eternas inimigas. Pois que fosse; se tinha de fazê-lo, que o fizesse.

Resignado, levantou os olhos para as três. Só agora percebia os detalhes magníficos de sua beleza. Um suave aroma, que ele desconhecia, talvez de néctar e ambrosia, invadiu suas narinas e suplantou o ar perfumado pelos pinheiros. "Então é assim que elas cheiram!", pensou, enquanto percorria com os olhos o contorno do rosto, o arredondado dos ombros, e admirava a pele perfeita, a linha da nuca de cada uma delas. Elas sentiram-se examinadas: o julgamento tinha começado. Foi então que Afrodite, soltando a fivela que prendia a túnica ao ombro, perguntou-lhe, confiante, se não seria melhor que elas ficassem completamente nuas para que ele pudesse julgar melhor. Páris olhou interrogativamente para Hermes, que compreendeu sua hesitação: "Zeus te escolheu como árbitro; elas farão o que mandares". E, com um sorriso indecifrável, sumiu no ar transparente da tarde, deixando-o ali sozinho com elas.

Páris sabia que já estava condenado; a partir desse dia, teria duas inimigas mortais, que nunca mais o deixariam em paz. Mas agora ainda estava bem vivo, e podia ao menos extrair alguma compensação dessa armadilha absurda em que o destino o aprisionara: ia ver bem de perto as deusas na sua nudez, o sonho proibido da maioria dos homens. A um sinal seu, elas começaram a se despir para ele; descalçaram as sandálias, soltaram os cintos, desataram laços, e as túnicas vaporosas escorreram corpo abaixo. Páris estremeceu: não queria acreditar que eram elas, Hera, Atena e Afrodite, que ofereciam a ele sua nudez completa, olhando-o nos olhos, com a respiração quase suspensa de expectativa, no silêncio daquela clareira protegida pelas árvores. Já que tinha o direito de olhar, ficou admirando aqueles seios maravilhosos, a macia pele do ventre, a sombra misteriosa entre as coxas. Quase esqueceu que eram deusas, mas controlou-se quando se deu conta que já começava a desejá-las. Sua tarefa parecia agora ainda mais difícil: cada uma delas era bonita à sua moda, única, incomparável, acima de todos os padrões que ele conhecia; escolher uma delas seria dizer que a beleza das outras duas era inferior, o que era um verdadeiro sacrilégio!

Páris hesitava, calado. Hera, experiente, percebendo o seu embaraço, aproximou-se dele e falou: "Se tu me escolheres, pastor, farei de ti o senhor de toda a Ásia, com suas riquezas incalculáveis!". Atena não se deixou intimidar e aproximou-se também: "Se me deres o troféu, Páris, faço-te o mais vitorioso dos guerreiros e o homem mais sábio da Terra!". Só então Afrodite se moveu; chegou tão perto que ele pôde perceber o bálsamo de seu hálito e o cheiro morno de seu corpo: "Se me escolheres, Páris, terás o amor de Helena, a rainha de Esparta, a mulher mais bonita do mundo". Foi isso que o fez decidir. Todas as riquezas da Ásia, e toda a glória e o saber que lhe prometiam Hera e Atena pareceram-lhe distantes demais, impalpáveis, difíceis de imaginar; ao contrário, a oferta de Afrodite era uma mulher que tinha nome, que existia, que era de carne e osso e logo seria sua! A mais bela mulher deste mundo! Com a mão e o lábio tremendo, Páris entregou nas mãos de Afrodite o cobiçado troféu. A linha tinha sido traçada, dividindo as deusas do Olimpo. Em breve, rebentaria a Guerra de Troia, a guerra mais memorável que o homem já travou, e nela Afrodite ficaria do lado dos troianos, como agradecimento ao gesto de Páris, que a tornou vitoriosa, acima de todas, na disputa de beleza. Hera e Atena, por sua vez, lutariam do lado dos gregos, sequiosas de vingança contra Páris e todo o seu povo, pelo ultraje que tinham sofrido.

5
PRÍAMO RECONHECE PÁRIS

Páris não contou a ninguém sobre o que tinha acontecido, e passou a viver com um único pensamento: como chegar à Europa, como ir até a Grécia para receber como prêmio a mulher mais bonita do mundo? E como impedir Oenone, a ninfa com quem vivia, de perceber o que estava acontecendo com ele? Como manter em segredo aquela chama que agora ardia em seu coração, assim como arde a chama sagrada no templo de Delfos, que água ou vento algum jamais conseguirão extinguir? O problema de Páris era muito simples – simples e sem solução: como esconder de uma mulher o fato de se estar apaixonado por outra? Os homens não são bons nessas artes, e Páris não era uma exceção. Amava Helena – ou melhor, a ideia de Helena, que Afrodite tinha plantado em seus pensamentos –, amava-a com tamanha intensidade que estava ficando com medo de que os deuses o estivessem enlouquecendo. Embora Helena não passasse de uma simples promessa, já se sentia triste por estar longe dela; ainda sem tê-la visto, parecia-lhe, no entanto, encontrar a imagem de seu rosto na água pura das fontes. Era uma vida miserável: por algo que ele ainda não tinha, e que talvez nunca viesse a ter, tudo o que o rodeava – Oenone, o monte Ida, os pastores –, tudo tinha ficado sem graça. Estava escrito nos planos imutáveis do destino, contudo, que Helena ia ser dele, e os fatos o confirmaram.

Poucos dias depois do julgamento, alguns servidores do palácio vieram procurar o pastor Agelau, o pai adotivo de Páris, trazendo uma ordem do rei: Agelau deveria separar o melhor touro do rebanho, para servir de prêmio para os grandes jogos que iam se realizar em Troia. O animal mais bonito, como se podia esperar, era o touro preferido de Páris, que ficou muito interessado nos detalhes do torneio: se participasse dos jogos e saísse vitorioso, o touro passaria a ser seu! Agelau tentou de todas as formas dissuadi-lo de descer até a cidade. Não queria que seu filho adotivo chegasse assim tão perto da casa real de Príamo, pois temia que alguém reconhecesse em Páris o menino abandonado vinte anos antes. No entanto, não conseguiu convencê-lo – nem poderia, porque era necessário que Páris fosse a Troia para que o plano dos deuses se cumprisse. Em vista disso, Agelau, que gostava do rapaz como se fosse seu filho, achou melhor acompanhá-lo.

Páris pressentiu que não era apenas um touro o que ele estava disputando; de alguma misteriosa maneira, sentia que o seu futuro com Helena também dependia do resultado desses jogos. Por isso, somou à sua força e à sua agilidade naturais uma gana e um empenho que o tornaram invencível. Sem grandes dificuldades, superou a todos na luta com os punhos e na prova de corrida. Heitor e Deifobo, os dois filhos mais destacados de Príamo, ficaram muito despeitados com a vitória daquele desconhecido – que não imaginavam que fosse seu irmão – e o desafiaram para uma nova corrida, com um percurso mais longo, que serviria de tira-teima. Escolheram mal: Páris era um pastor acostumado a correr pelas encostas do Ida atrás dos carneiros e dos novilhos desgarrados, e venceu-os de novo, sem fazer grande esforço. Era uma humilhação que eles não podiam suportar, diante dos olhos de todos os seus súditos. Enfurecidos, mandaram que soldados armados guardassem cada saída do estádio, para que Páris não pudesse fugir, e investiram contra ele com as espadas desembainhadas. Ele não podia se defender porque, como simples servo, não tinha o direito de portar arma alguma, e decidiu, como último recurso, refugiar-se junto ao altar dedicado a Zeus, na esperança de que eles não ousassem atacá-lo naquele lugar sagrado, que todos deviam respeitar. Nada, porém, parecia conter a fúria dos dois irmãos; embora Zeus sempre castigasse terrivelmente todos os sacrílegos, Heitor e Deifobo estavam tão fora de sua razão que não conseguiam pensar nas consequências de seus atos. Páris teria morrido ali, diante dos olhos de todos, se não fosse por Agelau, que resolveu revelar a verdadeira identidade de seu filho adotivo.

Para espanto de todos, o velho pastor arrojou-se ao solo, diante de Príamo, e abraçou seus joelhos, na posição dos suplicantes. "Não o deixes matar, meu rei! Ele é teu filho, aquele menino que me entregaste há vinte anos e que todos julgavam morto!" E, chorando, Agelau pediu a Príamo que o castigasse por ter desobedecido a suas ordens. Mas Príamo não estava zangado com ele; emocionado, ajudou o velho servidor a levantar, e foi com uma ponta de esperança na voz que chamou Hécuba para junto de si, para que ela ouvisse a notícia que o chefe dos pastores estava trazendo. Quando a rainha se aproximou, Agelau repetiu o que tinha dito. "Posso provar o que digo, senhora!" – e entregou-lhe um pequeno objeto que trazia escondido dentro do manto: era o inocente chocalho de contas que o bebê levava consigo no dia em que foi abandonado, para morrer, no alto do monte Ida. Hécuba, então, com um grito de alegria, lançou os braços em torno do pescoço de Príamo e começou a chorar docemente, sem pronunciar qualquer palavra. O rei compreendeu o pedido mudo que ela lhe fazia, e que não lhe custava atender, porque ele também sentia o coração se encher de uma enorme gratidão por este presente dos deuses, que lhe devolviam o menino que ele julgava morto. Heitor e Deifobo tinham baixado as espadas e olhavam, curiosos, para o jovem pastor à sua frente; todos à sua volta fizeram um grande silêncio, e o estádio inteiro pôde ouvir quando o rei, olhando para Páris, estendeu-lhe a mão direita e disse, com a voz embargada: "Vem, meu filho, vem abraçar tua mãe!".

Houve um brado geral de alegria, e Heitor e Deifobo foram os primeiros a abraçar o irmão; tudo agora se explicava! Só mesmo um príncipe real, só mesmo um irmão de seu sangue poderia derrotar assim os dois mais destacados atletas troianos! Houve festas por toda a cidade, e Príamo instituiu aquele dia como uma data festiva para sua família e para todo o reino. Ninguém mais queria lembrar os presságios que tinham assombrado o nascimento de Páris, que diziam que ele seria o causador da ruína de Troia; Páris, por sua vez, também em nada se importou ao ficar sabendo que seu próprio pai tinha querido matá-lo – era como se o tempo, assim como o vento na areia, tivesse apagado para sempre todas essas marcas sinistras. No entanto, os sacerdotes do templo de Apolo, o deus dos oráculos, ao saber o que tinha ocorrido durante os jogos, vieram solenemente pedir uma audiência ao rei, para lembrá-lo de que os vinte anos passados podiam ter mudado muita coisa no ânimo das pessoas, mas em nada tinham alterado a maldição primitiva, que continuava valendo: ou o rei matava Páris imediatamente, ou Troia seria destruída. Ora, esse não era o momento certo de impressionar o rei com antigas profecias. Ele estava exultante, e não cabia em si de contentamento por reencontrar o filho, e poder, assim, livrar-se daquela culpa terrível que o tinha torturado durante todos esses anos. Por isso, dispensou os sacerdotes num tom que não admitia discussão: "Pois melhor que Troia caia, que deixar meu filho morrer!". Diante disso, os sacerdotes fizeram uma reverência e se retiraram, comentando que aquele era mais um elo que o rei acrescentava na cadeia que iria destruí-lo, a ele e a toda a sua gente.

Assim como as abelhas são atraídas pelo mel derramado, assim começaram as mulheres a revoar em torno de Páris. Todas as virgens de Troia, e mais as filhas dos chefes vizinhos, queriam ver o novo príncipe, falar com ele, verificar se a sua beleza era tanta quanto diziam. Acostumado à solidão dos montes, à conversa com os pastores ou à companhia doce e serena de Oenone, ele agora descobria que era cobiçado por muitas, que viam nele um bom partido. Não sucumbiu ao assédio, mas sentir-se tão desejado pelas mulheres da corte deixou-o muito mais confiante para pensar em Helena, para imaginar o dia em que se apresentaria em Esparta para colher seu amor, como tinha prometido Afrodite. Sem desconfiar de nada, seus irmãos, que já tinham casado, aproveitavam qualquer pretexto para falar-lhe sobre o matrimônio, e a família, e a descendência, mas Páris os enganava – ou melhor, mentia com a própria verdade, dizendo que não tinha pressa em casar, porque tinha certeza de que, mais cedo ou mais tarde, a própria Afrodite ia escolher uma mulher para ele, pois esse era o seu pedido, todos os dias, nas orações que fazia.

Foi então que se reuniu a assembleia dos nobres troianos para falar mais uma vez sobre o resgate de Hesíone, irmã de Príamo, que tinha sido raptada, há anos, por um chefe grego, que se recusava a devolvê-la. Como todas as tentativas diplomáticas de trazer Hesíone de volta tinham falhado, começava-se a falar numa ação mais enérgica, numa investida militar para mostrar aos gregos que não se mexia impunemente nas mulheres troianas. Páris sentiu que tinha chegado sua hora; aproveitando o fato de que era o herói do dia, apresentou-se como voluntário para tentar ir à Grécia buscá-la, desde que lhe fornecessem os navios necessários. Com a astúcia que o amor dá aos enamorados, Páris acrescentou que, se não tivesse sucesso em trazer Hesíone de volta, tentaria sequestrar alguma princesa grega, de igual posição e de família igualmente ilustre, para que ficasse mais fácil forçar as negociações. Todos gostaram dessa ideia, e sua proposta foi aprovada sem que ninguém se opusesse.

Pobres mortais, que viviam na ilusão de que podiam escolher o seu destino! Não sabiam que tudo era parte do plano de Zeus, e que nada acontecia sem que ele tivesse determinado. Muito antes do casamento de Peleu e Tétis, ele já tinha decidido deflagrar aquele gigantesco conflito que uniu todos os chefes da Grécia na extensa planície de Troia, que fez a Europa lutar contra a Ásia por dez anos inteiros. O pomo da discórdia tinha sido apenas uma oportunidade preciosa, que ele soube explorar: como conhecia os oráculos que ligavam Páris à queda de Troia, escolheu-o para julgar a beleza das três deusas, pois assim, ao favorecer uma delas, o filho de Príamo atrairia contra si e contra o seu povo a inimizade das outras duas. Afrodite, sedutora como sempre, tinha feito a sua parte, oferecendo-lhe como prêmio a mulher de outro homem, Menelau, um importante rei da Grécia; agora cabia a ele, Zeus, fazer com que Páris fosse buscá-la em Esparta e a trouxesse para Troia. A guerra seria inevitável, e tudo aconteceria como já estava inscrito nos livros do destino.

Foi assim, por artes de Zeus, que inesperadamente chegou a Troia o próprio Menelau, rei de Esparta e marido de Helena, que tinha vindo aprender com os sacerdotes da Ásia Menor quais eram os sacrifícios adequados que eles teriam de fazer para se livrar de uma peste que estava devastando Esparta. A presença, ali, do marido de Helena não podia ser coincidência, como de fato não era, mas sim a inexorável engrenagem do destino que começara a mover-se, para nunca mais parar; Páris, contudo, um jovem cego de amor, julgou-se o homem mais afortunado de Troia, porque acreditou que os deuses lhe sorriam, enviando-lhe Menelau. Em outra situação talvez sentisse vergonha por estar diante do homem que iria trair, roubando-lhe a esposa legítima; naquele momento, no entanto, era tal a sua paixão que deixou de lado os escrúpulos e se aproximou solicitamente de Menelau, oferecendo-se para ajudá-lo no que ele precisasse. Em troca, pediu-lhe um pequeno favor: que Menelau o recebesse em Esparta, porque ele, Páris, como era o costume troiano, precisava exilar-se temporariamente numa terra estrangeira, cujo rei aceitasse realizar com ele o ritual de purificação, para absolvê-lo de um crime involuntário, quando matou o filho pequeno de Antenor com uma espada de brinquedo. Menelau concordou, porque esse também era um costume religioso observado pelos gregos – até mesmo o próprio Hércules tinha servido ao rei Euristeu, obrigando-se aos Doze Trabalhos, para purificar-se do crime que cometeu contra seus próprios filhos, quando estava tomado pela loucura. Pois Páris seria bem-vindo como seu hóspede, na hora em que bem entendesse.

Páris esperou que Menelau embarcasse de volta para casa, e só então começou a agir. As encostas do Ida começaram a reboar com o som de muitos machados: eram os altos pinheiros, os carvalhos imensos que começavam a ser abatidos para construir os navios para a expedição a Esparta. Construíram-se os longos cascos recurvos, aparelharam-se os mastros, talharam-se os remos; a nau capitânia, comandada por Páris, ganhou como figura de proa uma imagem da própria Afrodite, porque, afinal, esta seria uma expedição guiada apenas pelo amor. Quando a frota estava pronta, muitos dias esperaram para que soprassem os ventos propícios; quando eles vieram, por fim, Páris criou coragem e subiu até o monte para despedir-se de Oenone, que ele não via desde o dia em que descera à cidade para tornar-se um príncipe. A ninfa já tinha percebido tudo: o que ela tinha profetizado estava agora acontecendo. Recebeu-o chorosa, com tamanha tristeza no rosto que Páris não pôde conter suas lágrimas. Juntos choraram algum tempo, sentados num penhasco, voltados para o mar: ele, em silêncio, enquanto ela lamentava aquela nova vida que arrastava o seu Páris para muito longe dali. Ele era um simples pastor quando ela, uma ninfa, tinha resolvido viver a seu lado – e por escolha própria, pois ela tinha rejeitado a muitos heróis importantes, sem contar o próprio deus Apolo, que sempre gostou muito dela. E agora ele falava em ir embora! No entanto, ela tinha certeza de que ele ainda a amava, ela via que ele não estava seguro da decisão de partir, pois quantas vezes, nos últimos dias, tinha surpreendido o riso irônico de sua tripulação, quando viam que ele postergava dia após dia a viagem, embora os ventos fossem propícios! Ela ia pedir que ficasse, mas ele, de um salto, afastou-se pela trilha, gritando um último adeus enquanto descia a encosta. Oenone, então, docemente, ainda pôde alcançá-lo com suas últimas palavras: "Volta para mim, se algum dia fores ferido, porque só eu poderei te salvar" – palavras que ele não iria esquecer, como mais tarde se viu.

Tinha, finalmente, chegado a hora de partir. No entanto, quando todos já estavam a bordo, com os navios prestes a zarpar, a filha de Príamo, Cassandra, correu até a praia, desfigurada, o cabelo em desalinho, os olhos esbugalhados com o furor profético: "Aonde vais, Páris? Tu sabes aonde vais? Tu vais trazer um incêndio! Ignoras o imenso braseiro que vais buscar além das ondas!". Se viessem de outra pessoa, essas palavras terríveis teriam feito a tripulação desanimar. Nenhum dos presentes, contudo, deu-lhe atenção, porque essa era a sina da pobre Cassandra. Um dia, Apolo em pessoa, o deus dos oráculos, ofereceu a ela o que ela bem escolhesse, em troca de seu amor. Cassandra pediu-lhe o dom da profecia, no que foi prontamente atendida. Então, jovem como era, orgulhosa de sua rara beleza, julgou que podia brincar com o deus assim como brincava com os homens; quando Apolo tentou levá-la para o leito, esquivou-se agilmente e disse que talvez um outro dia, se ela tivesse vontade! Apolo, furioso, não podia tirar-lhe o dom que já tinha concedido, mas não ia deixar-se enganar por uma simples mortal. Fingindo que aceitava a brincadeira, pediu-lhe ao menos um beijo – afinal, um só beijo, na boca. Cassandra achou que era pouco e deixou Apolo beijá-la. Foi o seu fim: o deus, com sua saliva, impregnou-a com uma terrível maldição: nunca mais alguém acreditaria no que ela dissesse, muito menos em suas profecias. E neste inferno ela vivia, e neste inferno ela haveria de morrer, pelas mãos de Clitemnestra, quando a guerra de Troia acabasse: sempre prevendo o que ia ocorrer, mas incapaz de convencer quem quer que fosse das coisas que ela previa. Por isso, naquele momento ninguém deu a menor importância às palavras inflamadas que dirigiu a Páris – exceto ele próprio, que lhes deu outro sentido, num pensamento secreto: "Cassandra tem razão: eu vou buscar além das ondas um fogo abrasador, sim, mas é de amor esse fogo que queima meu coração!".

6

A SEDUÇÃO DE HELENA

Talvez enviada por Afrodite, uma fresca brisa começou a soprar em direção à Grécia, querendo inflar as velas coloridas dos navios que aguardavam no porto. Páris deu então o esperado sinal: as velas foram içadas, e os longos remos se ergueram a uma só vez e mergulharam ao mesmo tempo na água azul do mar, para voltar a se erguer, e voltar a baixar, numa cadência vigorosa que a voz do timoneiro comandava. Rapidamente, a terra foi ficando para trás; as muralhas de Troia foram diminuindo na distância, e em pouco tempo o próprio monte Ida tinha desaparecido no horizonte. Navegaram por muitos dias. Não era uma viagem curta até Esparta, e os navios de Páris tiveram de aportar em muitas ilhas e em muitos reinos diferentes – mas em todos eles, em cada porto que tocavam, Páris ouvia notícias sobre a extraordinária beleza de Helena. De pé, na proa de seu navio, ele examinava ansioso o horizonte, implorando aos deuses que não retardassem mais o tão sonhado dia em que ele iria encontrar essa mulher amada por todos e que, pela promessa da deusa, agora lhe pertencia.

Quando finalmente chegou a Esparta, Menelau o recebeu em seu palácio com as honras de um hóspede ilustre. Nesta noite, Páris tratou de apresentar-se na sala do banquete vestido com todo o apuro de um príncipe da casa real de Troia, sabendo que ia encontrar Helena. O seu luxo, a sua pompa asiática contrastavam com a simplicidade dos trajes espartanos. O manto púrpura que trazia sobre os ombros era bordado todo em ouro, e de ouro também era a fivela que o prendia sobre o ombro. À moda frígia, os cabelos dourados de Páris caíam em espessos caracóis, contrastando com sua pele bronzeada pelo sol do monte Ida e por esta longa jornada pelo mar. Caminhando em direção a Menelau, que o aguardava, com a rainha a seu lado, Páris sentiu-se confiante: Menelau podia ser mais forte do que ele, mas não tinha nem metade de sua beleza e de sua elegância. Realmente, Páris tinha um belo porte, mas, naquela noite, Afrodite decidiu torná-lo ainda mais belo, e mais alto, infundindo-lhe no rosto um encanto sem igual, que o tornasse irresistível aos olhos de qualquer mulher que o visse naquele momento.

Sendo o filho de um rei, Páris não vinha com as mãos vazias: tinha trazido de Troia uma série de finos presentes para Helena, como forma de agradecer a hospitalidade do rei Menelau, e os dispôs na mesa, diante dela. Perturbado, não ousava olhá-la diretamente no rosto; se tivesse levantado o rosto, teria percebido que os olhos dela brilharam de prazer quando viu, na mesa, à sua frente, aquela coleção de raras riquezas do Oriente – as sedas macias, as joias faiscantes, os frascos delicados com fragrâncias desconhecidas. Ela não disse nada; no entanto, algo de voluptuoso na maneira com que a mão dela alisava os tecidos fez Páris sentir-se como se estivesse colhendo a sua primeira carícia. Então, num gesto que passaria por simples hospitalidade, Helena tomou uma taça de ouro das mãos da escrava que servia a bebida, encheu-a com o vinho generoso de Esparta e estendeu-a pessoalmente ao encantador estrangeiro, que até agora tinha evitado o seu olhar – e ela sabia muito bem por quê.

Quando ainda era uma menina na casa de seu pai, Helena já percebia que causava um estranho efeito nos homens ao seu redor – como se, ao vê-la, alguma coisa que ela ainda desconhecia fizesse acender, no fundo dos corações masculinos, uma chama interior que punha nos olhos deles uma luz que a assustava. Depois, quando se tornou mulher, descobriu, maravilhada, que aquilo era o brilho do desejo que a sua beleza despertava por onde quer que ela andasse. Ao palácio de seu pai, o rei Tíndaro, começaram então a chegar reis e heróis de toda a Grécia para disputar a sua mão. Homens especiais, homens nobres, guerreiros ilustres, todos jogaram-se a seus pés, e ela ainda nem tinha dezoito anos! Foi um deslumbramento, quando se deu conta de todo o poder que sua beleza lhe dava e quando, por fim, entendeu que seria assim por toda a sua vida. Desde então, assim como as deusas, no Olimpo, apreciam o suave aroma do incenso que os mortais, aqui embaixo, queimam em sua homenagem, assim ela se acostumou à fama e à admiração que sua beleza trazia. Era a mais bonita do mundo, e achava natural ser cobiçada pelos homens e odiada por todas as mulheres.

Por isso, sentiu uma estranha emoção quando notou que o hóspede de seu marido ainda não tinha conseguido, até aquele momento, olhar diretamente para ela. Já estava acostumada; sabia que só uma coisa conseguiria fazer um homem tão refinado como aquele, de maneiras tão educadas e elegantes, agir com tamanha timidez em sua presença: ele estava apaixonado – e a ideia causou-lhe um súbito arrepio de prazer. Então, sorrindo como uma boa anfitriã, voltou o rosto para ele e estendeu-lhe a taça com o vinho perfumado. Páris fitou o seu rosto, e então compreendeu: os traços da bela rainha lembravam os da própria Afrodite! Era como se, à sua frente, ele agora tivesse a deusa do amor e da beleza transformada em uma mulher, de carne e osso, cuja mão delicada ele tinha aflorado levemente ao receber a taça que ela oferecia. Estava tão perto dela quanto tinha estado perto da deusa, naquele estranho julgamento no alto do monte Ida, e percebeu, inebriado, que o cheiro de seu corpo era como o inesquecível perfume que Afrodite espalhava a seu redor. Ele levou então a taça aos lábios e sorveu o primeiro gole, olhando-a dentro dos olhos com tamanha intensidade que ela, diante de tanta paixão, enrubesceu, perturbada, e tratou de se afastar, indo servir a taça de Menelau, que falava a Páris sobre carros e cavalos, sem perceber o que estava se passando a seu lado.

A partir desse dia, Páris só pensava em Helena. Passava o dia com Menelau, que lhe mostrava, orgulhoso, todas as maravilhas de Esparta, esperando ansiosamente pela hora do jantar, quando então poderia vê-la mais uma vez – ela sim, a verdadeira maravilha do reino. Essa hospitalidade generosa de Menelau não impedia que Páris o odiasse mortalmente quando, conversando com ele, o rei passava o forte braço de guerreiro sobre os ombros de Helena e acariciava-lhe levemente a penugem do pescoço. Páris, então, sufocado pelo ciúme de uma mulher que ainda não era sua, afastava os olhos da cena e fingia ocupar-se com o prato à sua frente – mas não adiantava, porque ela própria chamava a sua atenção, forçando-o a falar com ela, fazendo-lhe alguma pergunta cordial sobre os costumes de Troia, fingindo um interesse que não tinha, só para que ele a olhasse, enquanto ela, com uma ponta de riso no canto da boca, lançava seus braços alvos em torno do pescoço do marido.

Assim, mesmo à distância, começaram a viver um só para o outro, unidos por todos aqueles fios invisíveis que Eros, o deus do amor, estende entre os que se desejam. E Eros estava ali, em volta da mesa, embora ninguém tivesse percebido o suave tremular da chama das velas que anunciou a sua chegada. Ele estava ali porque era o filho querido de Afrodite e estava cumprindo o desígnio da mãe, que queria juntar o homem mais belo de todos com aquela mulher que, na terra, representava tudo o que a deusa seria se vivesse como uma mortal. A sorte deles já estava traçada, e Eros deu início à dança do amor. Se Helena beijava a filha, Hermione, Páris dava um jeito de pegar a menininha no colo e beijá-la no mesmo lugar onde ela tinha pousado os lábios. Se Helena afastava de si a taça de vinho, Páris aproveitava a distração de Menelau para puxar a taça para seu lado e beber um gole demorado, semicerrando os olhos numa expressão de prazer. Naquelas horas encantadas do jantar, Helena começou a vestir uma túnica de tecido mais pesado, que se abria cada vez que ela se inclinava sobre a mesa – e Páris podia ver, quase num delírio, o seio firme, com o pequeno botão intumescido que denunciava a excitação que ela sentia ao perceber que ele agora enxergava o seu corpo.

O olhar tinha feito sua parte, instalando um desejo insuportável na carne de Páris e Helena. Ela era muito mais prudente, e conseguia esconder de Menelau e dos outros a sua perturbação cada vez que via Páris. Ele, no entanto, embriagado pelo desejo, agia com aquela imprudência dos apaixonados, que vivem na ilusão confortável de que ficaram invisíveis e que ninguém a seu redor consegue perceber os olhares demorados ou os suspiros sofridos, carregados de significação. Já não havia segredo entre as damas de companhia que viviam no palácio e que tinham mais intimidade com a rainha; nos aposentos onde as mulheres passavam o dia trabalhando nos teares, corriam livremente maliciosos comentários sobre a beleza do estrangeiro. Numa tarde em que elas se entregavam a animadas especulações sobre como seria a virilidade de Páris, uma delas, mais atrevida, olhou sugestivamente para Helena e disse que invejava a mulher que tivesse a sorte de deitar com ele, pois os deuses tinham dado a ele um corpo feito mais para o amor do que para a guerra – e Helena apenas sorriu, sem dizer palavra, exultante, encantada por saber que ela o teria no momento em que quisesse.

Páris tinha passado a maior parte de sua vida entre a gente simples do monte Ida, e pouco ou nada conhecia do jogo sutil das mulheres. No entanto, talvez por herança do pai, o velho Príamo, que tinha sido amado por muitas – ou talvez por um presente especial da própria Afrodite, para torná-lo irresistível –, o certo é que ele, desde que chegara a Esparta, sentia-se como se soubesse exatamente o que fazer, na hora certa, sem a menor hesitação. Por isso, não podia deixar de perceber os olhares divertidos que as aias de Helena começaram a lançar em sua direção, sempre que o encontravam no palácio. Vendo nisso um sinal seguro de que ele já era assunto nos aposentos da rainha, decidiu aproximar-se do grupo, pois pressentia que, no momento, elas funcionavam como os olhos e os ouvidos de Helena. De início, não foi pequeno o espanto dos espartanos quando o viram passar horas no convívio das mulheres, que desatavam em risinhos com qualquer coisa que ele dissesse. Depois, no entanto, acostumaram com isso, assim como tinham acostumado com suas roupas extravagantes; afinal, ele vinha da Ásia, terra de estranhos hábitos e usos. Assim, Páris pôde contar ao seu atento auditório feminino a história sentimental de um dos pastores de sua terra, que era um amante ideal, ardente, intensamente apaixonado, que tinha vivido um tórrido romance com uma ninfa do monte Ida, até o dia em que, depois de uma misteriosa visita dos deuses, ele tinha deixado sua ninfa e sua terra para trás, lançando-se ao mar em busca de uma mulher maravilhosa que habitava num reino distante – e aqui ele encerrou sua narrativa, indiferente aos pedidos insistentes para que revelasse o que tinha acontecido entre o pastor e os deuses que foram visitá-lo, ou que fim tinha levado a bela ninfa enamorada. Páris tinha certeza de que logo esta história chegaria aos ouvidos de Helena, e que ela entenderia.

Não se enganava; no jantar dessa noite, quando Páris e Menelau conversavam animadamente sobre as diferenças de costumes entre os gregos e os troianos, Helena perguntou-lhe se, aos olhos de Troia, Esparta poderia ser considerada um reino distante. Ela o olhava, divertida; ele, sorrindo também, respondeu-lhe que sim, e que só mesmo algo muito importante justificaria que alguém viajasse toda essa distância – com o que Menelau, que há poucos dias tinha ido e voltado de Troia, concordou inteiramente, sem perceber que, bem diante de seus olhos, tramava-se a sua própria ruína.

7

A FUGA

Quando a Noite estendeu seu negro manto sobre o mundo, mesmo os deuses imortais se retiraram para suas moradas, entregando-se ao sono reparador. Zeus, no entanto, solitário, olhava lá de cima a terra imersa na escuridão. Ainda faltavam muitas horas para que Eos, a deusa luminosa da aurora, viesse pintar de cor-de-rosa as nuvens do amanhecer. Lá embaixo, no mundo dos mortais, viam-se os clarões difusos que assinalavam as cidades dos homens: milhares de fogos, milhares de lâmpadas que ardiam a esta hora, numa infinidade de palácios e de choupanas. A raça humana tinha crescido tanto que suas luzes agora chegavam a iluminar partes do próprio céu! Essas frágeis criaturas tinham uma vida muito curta, mas multiplicavam-se como infinitas formigas e começavam a ameaçar as forças da Mãe Terra, que gemia sob o ferro do arado e sentia-se esgotada para produzir as fartas colheitas necessárias para alimentá-las. Zeus tinha decidido que chegara a hora de diminuir o seu número, fazendo os homens se eliminarem reciprocamente numa nova guerra – as guerras serviam para isso. Ele estava satisfeito com o desenrolar de seu plano. Agora faltava muito pouco para que Páris e Helena caíssem nos braços um do outro, e todos os reis da Grécia se uniriam contra os exércitos da Ásia, representados por Troia e todos os seus aliados, numa guerra que enviaria um sem-número de almas para o reino de Hades, o mundo subterrâneo dos infernos. Faltava muito pouco, mas tudo já estava arranjado para acontecer neste dia que se aproximava. Quando o Sol raiasse, daí a algumas horas, a roda do destino começaria a girar com sua força inevitável.

E assim se fez. No dia seguinte, Menelau foi surpreendido por um mensageiro de Creta, que trazia uma notícia que o deixou de luto: o seu avô, Crateus, pai de sua mãe, tinha sido morto acidentalmente pela lança de um de seus próprios filhos, como, aliás, rezava um antigo oráculo que toda a família conhecia. Era dever de Menelau participar dos funerais do velho rei, e ele sequer pensou em se furtar a seu compromisso: ordenou imediatamente que preparassem o navio que o levaria a Creta, onde ficaria retido por alguns dias. Helena nunca lhe dera razões para desconfiança, e dela se despediu com palavras que muito deve ter lamentado pronunciar, depois de tudo o que viria a acontecer: "Eu confio a teus cuidados o meu reino, o meu palácio e o nosso hóspede estrangeiro!". Pobre Menelau! Foi tão inesperada a sua partida que Helena chegou a desconfiar que ele estivesse adivinhando o que se passava entre ela e Páris e planejasse uma cilada, voltando sem avisar. Páris, por sua vez, que não podia saber que tudo isso era uma armação do destino, concluiu que os maridos de Esparta eram por demais complacentes, pois nem ele nem troiano algum deixaria uma esposa tão linda sozinha com um estrangeiro! "Quem age assim", pensou, "não poderá se queixar se lhe roubarem a mulher!"

No jantar, Páris e Helena puderam conversar praticamente a sós, porque junto com Menelau tinham embarcado os nobres de sua confiança, que eram os seus convivas de todas as noites. Apesar dessa maior intimidade, ambos estavam estranhamente solenes: a ausência de Menelau, se facilitava tudo, deixava também os dois mais constrangidos. Páris chegou a hesitar, porque a loucura que estava planejando parecia agora muito maior do que antes: ele ia trair a hospitalidade de um homem que confiava nele como em um irmão! Helena, de sua parte, também estava dividida: queria abandonar-se aos sentimentos que o belo estrangeiro tinha despertado, mas sabia, no fundo de sua alma, que ia dar um passo decisivo na sua vida. Contudo, foi pequena a sua hesitação: ela já tinha escolhido, ou melhor, o desejo já tinha escolhido por ela. Para afastar aquele embaraço entre os dois, pediu então a Páris que contasse o resto da história da véspera – suas damas de companhia tinham falado tanto naquele pastor e naquela ninfa, que ela não pôde deixar de prestar atenção, até porque tinha achado a história muito interessante, por lembrar-lhe alguém que ela conhecia...

Páris entendeu que não precisava mais de subterfúgios e começou a relatar tudo o que lhe tinha ocorrido no alto do monte Ida; como agora não era mais necessário disfarçar, confessou que a história do pastor tinha sido apenas um recurso para contar o que realmente tinha acontecido com ele próprio, alguns meses antes. Falou então da visita das deusas, deu os detalhes do julgamento, descreveu as ofertas que cada uma tinha feito, o voto final em Afrodite e a promessa de que ele teria a mulher mais bonita do mundo, que infelizmente estava casada com outro. Helena fitou-o com os olhos úmidos de prazer, ao ouvir que ela valia mais para ele que todos os reinos da Ásia ou toda a glória do mundo. Quantas vezes, nos anos que iam se seguir, à noite, deitada ao lado de Páris, aninhada em seus braços, ela não ia rememorar com prazer aquele momento encantado em que ele a fizera sentir-se como uma deusa, acima de tudo e de todas! Ele tinha atravessado o mar para buscá-la, tinha recusado, por ela, honras e riquezas que nenhum outro homem teria desdenhado – nem mesmo Menelau, se estivesse no seu lugar.

Quando ele terminou seu relato, ela fez apenas uma pergunta, inevitável mesmo para rainhas do porte de Helena: e Oenone? Que fim tinha levado a bela ninfa do monte? Sorrindo, Páris assegurou que tudo estava acabado entre eles. A ninfa sabia de tudo: primeiro, porque ela tinha o dom de ler o futuro, e há muito já previa o fim do romance com Páris; segundo, porque ele tinha se despedido dela para sempre, dizendo-lhe que ia para Esparta buscar a mulher por quem tinha se apaixonado perdidamente.

Os dois ficaram em silêncio. Já não precisavam falar, porque tudo estava dito, e ambos já sabiam o que ia acontecer depois dessa conversa. Diante dos servidores que atendiam a mesa, Helena se despediu do hóspede com a cordialidade de uma simples anfitriã. "Amanhã falaremos", foi o que ela disse, retirando-se para seus aposentos, deixando Páris inebriado por aquela felicidade indescritível que todo o apaixonado sente quando descobre que seu amor é correspondido. Ainda não sabia onde, ainda não sabia quando, mas agora tinha a certeza de que, muito breve, ia tê-la em seus braços, ia possuí-la com a mesma intensidade daquele sentimento que fazia seu corpo estremecer à simples menção do nome de Helena.

Esta foi uma noite insone no palácio de Menelau. Helena estava sozinha, Páris estava sozinho; cada um estava em seu quarto, mas isso não importava, pois as horas eram muito longas, e o pensamento e a imaginação já os uniam. Helena, nua na cama, não conseguia pensar em outra coisa que não fosse ele, a poucos passos dali, no silêncio do palácio; no entanto, o que a impedia de ir até Páris e atirar-se sobre ele, provar o gosto de sua pele e de sua boca, era o temor respeitoso pelas divindades do lar. Não podia ser ali. Ela queria amá-lo livremente, sem o peso da culpa de ter manchado o sagrado recinto do matrimônio. Não queria desonrar a casa de Menelau, pois ele sempre a tinha amado e respeitado, e não merecia esse tratamento. Além disso – talvez o mais importante –, ela não podia esquecer que, no quarto ao lado, Hermione dormia o seu sono puro e inocente de menina. Helena sabia que algo mais forte do que ela mandava que se fosse, rumo a Troia, rumo à Ásia, seguindo aquele estrangeiro que viera enfeitiçá-la. Pôs um manto sobre os ombros nus e foi, descalça, até o quarto de Páris. Ele, que também não dormia, recebeu-a como se já a esperasse. Tomou-lhe as mãos nas suas e delicadamente fez que com que ela sentasse a seu lado, na borda da cama. Eros, o deus do amor, aproximou-se, invisível, fazendo tremular a luz da pequena lamparina de óleo que ardia junto ao leito – luz fraca, mas suficiente para que um visse nos olhos do outro o que a boca não mais precisava dizer. Eros conhecia muito bem esses sinais; o plano de Afrodite, sua mãe, estava se cumprindo, porque os dois ali, à sua frente, ardiam de puro amor.

O tempo, no entanto, corria contra eles, e tinham de sair dali o mais rápido possível, aproveitando as poucas horas que faltavam até o amanhecer. Páris rompeu o silêncio: os barcos de sua frota estavam prontos, no porto, guarnecidos de armas e de homens que o aguardavam. O vento estava favorável, e os vigorosos remadores troianos iam ajudar a colocar entre eles e Esparta a maior distância possível antes que alguém no palácio percebesse sua fuga. Ele queria simular um rapto, para que parecesse que Helena não tinha fugido no meio da noite, mas sido levada à força, contra sua própria vontade. Assim, o responsável seria ele, e apenas ele – o que não o incomodava em nada. Não estava cometendo nada pelo qual os deuses pudessem castigá-lo: afinal, quantas mulheres não tinham sido raptadas até hoje, principalmente pelos chefes gregos? Por que uma a mais faria diferença? Pois o próprio Zeus não tinha tantas vezes arrebatado – ora em forma de águia, ora em forma de touro – as mulheres que desejou? Menelau ia sofrer a falta de Helena, sem dúvida, e ia amaldiçoar a perfídia deste hóspede asiático, mas ia terminar se resignando, como tantos antes dele. Os gregos não iam pegar em armas por causa disso. Afinal, quantas das mulheres que tinham sido roubadas foram exigidas com armas na mão? Ela seria recebida em Troia como rainha que era, e Príamo, o rei, e Hécuba, a rainha, e todos os príncipes e princesas, irmãos de Páris, iam recebê-la com o respeito e a admiração que ela merecia. Esparta podia ser bonita, mas não se comparava à Troia dos tetos dourados, a cidade mais rica de toda a Ásia. A vida em Esparta era muito simples e frugal; em Troia, Helena ia finalmente conhecer a vida de luxo e de riqueza que uma mulher como ela merecia. Ela podia ficar tranquila: ele iria fazê-la feliz. "Quando eu saí de Troia, Cassandra, minha irmã, predisse que eu seria aniquilado por uma seta enviada pelos gregos. Olhando para ti, sinto que esta profecia de minha irmã acaba de se realizar."

Helena ouvia, hipnotizada, os planos que Páris fazia para o seu futuro. Sentiu-se incapaz de pensar claramente, e resolveu seguir o que o instinto ditava. Passou pelo quarto da filha e beijou-lhe delicadamente os cabelos, já sentindo o quanto ia lamentar deixá-la assim. Páris e ela se esgueiraram pelos corredores escuros do palácio até as cavalariças, onde um fiel servo aguardava com um carro puxado pelos mais possantes cavalos de Menelau. Passaram como sombras pelos postos de guarda. Parecia que os deuses protegiam os dois enamorados, pois ninguém os viu, ninguém deu o alarme – ou talvez, quem sabe, todos naquele palácio amassem Helena em segredo e preferissem morrer a fazer qualquer coisa que prejudicasse sua rainha. Um forte luar iluminava a paisagem e projetava a sombra das árvores sobre a estrada. Os cavalos galopavam, decididos, pois conheciam o longo caminho que descia até o mar, até o porto de Gítion, onde os navios aguardavam. De quando em quando Páris olhava para trás, mas Helena, ao seu lado, não se voltou uma só vez. Ainda era noite quando chegaram ao mar, e os cascos escuros das naves eram iluminados pelas tochas dos vigias. Páris subiu a bordo com Helena e deu ordem de partir imediatamente. O piloto voltou o leme na direção de Troia, as velas mais uma vez foram içadas, enfunando-se com a forte brisa noturna, e os remos feriram a água calma de Gítion.

Meia hora depois, quase ao alvorecer, chegaram à pequena ilha de Cranae, ainda tão perto de Gítion que de lá, num dia claro, um vigia que subisse ao alto do mastro podia avistar o porto com os navios ancorados. Páris deixou seus homens na costa, guardando suas naves, e subiu com Helena por um caminho aberto na encosta que os levou até um pequeno bosque de oliveiras. Ali, numa clareira, Páris estendeu um manto no solo macio da floresta e soltou o cinturão com a espada. Sem tirar os olhos de Helena, ele jogou para longe suas roupas e ficou completamente nu, apresentando a ela, entre orgulhoso e suplicante, a sua virilidade incontrolável. Ela o imitou; ainda estava enrolada no manto com que tinha levantado do leito de Menelau, e simplesmente abriu os braços e deixou-o cair a seus pés. Eos, a deusa da aurora, começava a tingir o céu com os seus dedos coloridos, e a pálida luz da manhã banhou a pele de Helena com um reflexo nacarado que fez Páris cair de joelhos, extasiado diante dela. Helena caminhou até ele e ajoelhou-se à sua frente; então, eles finalmente se abraçaram, finalmente a pele de um encontrou a pele do outro, e eles se derreteram um contra o outro. Durante várias horas os marinheiros de Páris, homens leais e escolhidos, mantiveram-se atentos, lá embaixo, na praia, examinando o horizonte para ver se alguma vela os perseguia, mas mesmo distantes, lá embaixo, várias vezes puderam ouvir um grito animal de mulher, quase um uivo de fera, que o vento trazia de quando em quando. Os mais experientes reconheceram a voz de Helena, e sabiam que ela gritava de puro prazer.

A manhã já ia alta quando Páris e Helena desceram em direção aos navios. Os dois vinham transfigurados de paixão, mas os marinheiros troianos respeitaram a intimidade de seu príncipe, mantendo os olhos voltados para o chão quando foram perguntar a ele quais eram as novas ordens. Durante todo esse tempo não tinha havido movimento algum no porto de Gítion; certamente Menelau ainda não tinha retornado de Creta, e ainda se passariam algumas horas antes que as criadas do palácio avaliassem o que realmente tinha acontecido. O mar estava calmo e a brisa soprava em direção ao norte, em direção a Troia; Páris subiu ao tombadilho do seu navio e deu a ordem de partida: era hora de voltar para casa, para começar uma nova vida ao lado de Helena, que agora era sua mulher.

Em poucas horas os navios estavam completamente fora do alcance de Esparta. Neste ritmo, se os ventos ajudassem, em menos de quatro dias estariam sãos e salvos dentro das altas muralhas de Troia; no entanto, Páris tinha agora poderosas inimigas entre as deusas, que nunca mais o deixariam em paz. Nenhum homem fica impune quando fere o amor-próprio de uma mulher; Páris tinha ofendido nada menos que Hera e Atena, deusas temidas por todos, e contra elas de pouco valeria a proteção de Afrodite, a delicada deusa do amor. Se até aqui ela tinha assegurado o sucesso desta viagem, era porque as suas duas rivais tinham andado ocupadas, visitando, em várias partes da Grécia, os templos que os homens tinham construído para adorá-las. Neste dia, porém, no meio da tarde, o olhar agudo de Hera foi atraído pelas velas coloridas daqueles quatro navios que riscavam o mar azul, levados pela asa do vento. Mesmo estando tão distante, lá do alto do Olimpo, ela pôde perceber que a nau capitânia ostentava, como figura de proa, uma estátua de sua odiada rival, a detestável Afrodite! Isso bastou para aumentar o seu interesse; com o seu olhar divino, começou a examinar cuidadosamente cada um dos navios, para ver quem estava neles – para ver quem eram esses mortais que, mesmo antes de conhecer, ela já estava odiando por cultuarem a imagem de sua maior inimiga.

Foi então que Hera percebeu que ali estava o próprio Páris, o mísero mortal que tivera a ousadia de humilhá-la – e que a seu lado estava Helena, a rainha adúltera de Esparta, o prêmio com que a desleal Afrodite tinha comprado o seu título de Mais Bela! Isso bastou para fazê-la decidir: a seu comando, pesadas nuvens se agruparam no céu, toldando a luz do sol e mudando a cor do mar para um cinza quase preto; os ventos vieram de todos os lados, trazendo a chuva e a tempestade, enquanto ondas imensas levantaram a sua crista branca de espuma, para abatê-la sobre os troianos. O casco de um dos navios se partiu em dois e afundou, levando com ele todos os seus homens. Antes que as velas pudessem ser arriadas, a fúria do vento partiu o mastro do navio de Páris, e depois dos outros dois, como se fossem gravetos secos. Todos correram para os remos: sua única esperança era afastar os navios do olho da tempestade e resistir até que o tempo amainasse. A noite, quando chegou, foi encontrá-los ainda lutando com as forças que tinham, exaustos, mas ainda remando. Como não podiam enxergar a Lua ou as estrelas, avançavam totalmente às cegas, e só conseguiam manter um navio perto do outro à custa dos gritos contínuos que os timoneiros trocavam entre si. Pouco a pouco, porém, o mar foi ficando mais calmo. Hera, a esta hora, tinha decidido recolher-se para sua morada divina; não sabia ao certo o que tinha acontecido com a frota de Páris, porque ela também não podia enxergar nada com toda aquela tempestade. Mas estava satisfeita; se ele não tivesse morrido no mar, ela ia tratar disso outro dia – mas seu recado já tinha sido dado.

8
A PRISÃO NO EGITO

Os ventos mandados por Hera tinham levado Páris e seus navios para a direção oposta à que ele queria: em vez de ir para o norte, no rumo de Troia, eles tinham sido impelidos para o sul, deixando o mar Egeu e entrando no mar do Egito. Ali, para tratar dos reparos necessários, Páris achou melhor que entrassem por uma das bocas do rio Nilo – a boca Canópia, onde, junto à costa, existe um templo dedicado a Hércules, para proteção de escravos fugitivos. Era uma tradição muito antiga: sempre que um escravo conseguia chegar até o seu altar e invocava a proteção do deus, ele estava salvo, pois os sacerdotes pintavam as marcas do santuário no seu corpo e ele passava a ser intocável. Ora, entre os tripulantes de um dos navios de Páris havia cinco escravos lídios, que estavam planejando a fuga desde o dia em que haviam zarpado de Troia. Ao ficarem sabendo do templo de Hércules, resolveram tentar uma cartada desesperada para escapar do cativeiro: quando os barcos, movidos apenas pela força dos remos, conseguiram aproximar-se da margem, eles pularam na água e, apesar do perigo dos crocodilos que infestavam o rio Nilo, conseguiram nadar até a terra, correndo a abrigar-se no templo, agora na condição de suplicantes. O timoneiro sugeriu que invadissem o templo e recuperassem os escravos, mas Páris ordenou que deixassem em paz os fugitivos, já que eles não fariam falta alguma: a tripulação restante era mais do que suficiente para levar os barcos de volta para casa. Além disso, esta era uma terra estranha, onde eles tinham ido buscar ajuda, e Páris não achava prudente desrespeitar um templo local.

Este foi seu maior erro, e por causa dele esteve muito perto de perder Helena para sempre: os escravos que fugiram, para assegurar-se de que não seriam recapturados, contaram aos sacerdotes, em detalhes, tudo o que Páris tinha feito em Esparta, ressaltando a perfídia que ele tinha cometido contra Menelau, o seu anfitrião, ao raptar-lhe a esposa. Os sacerdotes, assim que ouviram esta história, mandaram uma mensagem a Proteus, na grande cidade de Mênfis: "Trazido a esta terra pelos ventos, acaba de chegar um estrangeiro, do povo troiano, que cometeu na Grécia um ato criminoso: ele iludiu a mulher de seu hospedeiro e a carregou consigo. Devemos deixar que vá embora ileso, ou vamos obrigá-lo a deixar aqui o que, de direito, não lhe pertence?". A resposta de Proteus não se fez esperar: "Detenham esse homem, quem quer que ele seja – pois ele é acusado de desrespeitar as sagradas leis da hospitalidade –, e tragam-no à minha presença, para que eu ouça pessoalmente o que ele tem a dizer sobre isso".

Ao se inteirar da mensagem do soberano, as autoridades retiveram os navios troianos e prenderam Páris, levando-o sob escolta até Mênfis, juntamente com Helena e com os escravos que tinham fugido. Páris não sabia por que estavam sendo presos, mas, percebendo que seus captores estavam muito atentos a tudo o que eles diziam, fez um sinal a Helena para que não falasse nada durante o trajeto. Ele queria evitar, dessa forma, que pudesse transparecer qualquer intimidade entre eles. Páris estava decidido a fazer o que tinha prometido em Esparta, na noite de sua fuga: se fossem descobertos, ele ia admitir que tinha raptado a rainha à força, usando de ameaças contra a vida de seus filhos.

Quando chegaram no palácio, levaram Helena para os aposentos das mulheres, enquanto Páris era conduzido ao grande salão das audiências. Proteus estava sentado no trono real, portando o cetro e as insígnias de seu poder, e foi num tom severo que interrogou o prisioneiro: quem ele era e de onde vinha? Percebendo onde as perguntas iam chegar, Páris tentou desarmar a desconfiança do rei, respondendo com uma parte da verdade: explicou-lhe que era príncipe de Troia, filho de Príamo, que estava voltando de uma visita a Esparta quando veio a tempestade e o desviou completamente de sua rota. Ele contava que o seu ar sincero e a sua resposta sem hesitação convencessem o rei de que ele não tinha nada a esconder. No entanto, quando Proteus perguntou se era verdade que ele tinha raptado Helena, a rainha de Esparta, esposa de Menelau, Páris não conseguiu prosseguir no mesmo tom; começou então a titubear, a atrapalhar-se com as palavras, respondendo com evasivas impróprias para alguém que, como ele, tinha acabado de se apresentar como um príncipe. Neste momento, os escravos, que ouviam tudo, pediram permissão para intervir e recontaram a história toda, com detalhes tão precisos que não podiam ter sido inventados. Páris baixou a cabeça, envergonhado. Proteus estava convencido de sua culpa, e sua sentença foi rigorosa: "Se eu não tivesse decidido poupar todo estrangeiro que os ventos divinos trazem aqui para nossa costa, eu mandaria matar-te, para te castigar em nome do pobre espartano que te recebeu em sua casa e que tu desonraste – pois investiste contra a esposa do teu próprio anfitrião e, como isso te pareceu ainda pouco, incendiaste o coração dela com o desejo, fugindo com ela como um ladrão, no meio da noite!".

Páris sentiu-se perdido; no entanto, conseguiu controlar o seu desespero e, num tom quase altivo, respondeu ao soberano:

"Não sou um ladrão nem um sedutor. A rainha Helena estava em meu navio como presa de guerra. Príamo, meu pai, o rei de Troia, enviou esta expedição, sob meu comando, para resgatar sua irmã, Hesíone, que foi levada pelos gregos contra a sua própria vontade. Como em outras tentativas, não obtivemos sucesso, mas resolvi, porque assim seria mais justo, fazer também uma prisioneira real, para forçar os que mantêm Hesíone a entrar em negociações. Nada mais fiz do que aquilo que fizeram conosco."

Embora Páris tivesse tomado a palavra sem a permissão de Proteus, este permitiu que ele falasse até o fim, ouvindo-o com interesse. A história do rapto de Hesíone há muito era conhecida no Egito, e a alegação que Páris fazia ali, à sua frente, de cabeça erguida como convinha a um filho de Príamo, o famoso rei de Troia, não lhe pareceu desprovida de razão, embora contrariasse a versão contada pelos escravos. Por um minuto ele ficou em silêncio, olhando Páris meditativamente; depois, apontando-lhe o cetro, falou em tom sentencioso:

"Há muito tomei a resolução de não manchar minhas mãos com o sangue de estrangeiros. Agradece aos deuses por saíres daqui com vida – mas irás sozinho. Não permitirei que leves contigo esta mulher; eu a guardarei cuidadosamente para seu marido, até que ele venha aqui pessoalmente e queira levá-la de volta para casa. A ti, contudo, determino que partas de minha terra dentro de três dias, levando os teus navios e os teus companheiros. Se não o fizeres neste prazo, passarás a ser meu inimigo e abrirei guerra contra ti!"

Não havia mais nada a fazer; Páris baixou a cabeça e, ladeado pela escolta de guardas, atravessou os corredores e os jardins do palácio, até chegar às escadarias de pedra que desciam até o rio, onde estava ancorada a embarcação que ia levá-lo de volta ao lugar onde estavam os seus navios. Em momento algum ele viu qualquer sinal de Helena. Não que ele pretendesse dirigir-lhe a palavra – sua estratégia tinha dado certo e, ao que parecia, ele tinha conseguido plantar a dúvida no coração de Proteus, e não ia pôr tudo a perder, traindo--se diante dos guardas. Ela estava salva: quando Menelau viesse buscá-la, bastaria que ela repetisse a mesma história, e sua honra estaria intacta; ninguém em Esparta saberia que ela tinha entregado a ele o seu corpo e a sua alma naquela pequena ilha junto ao porto de Gítion. Não, ele não queria falar com ela, mas apenas vê-la, mesmo que fosse de longe, ver seu rosto mais uma vez, antes de partir nessa viagem sem sentido, de volta para uma Troia em que ele ia morrer de tristeza. Teria dado sua mão esquerda para poder olhar seu rosto com mais atenção, fixar-se nele com aquele desespero com que os homens olham as coisas que se afastarão para sempre – mas nem sinal ele viu de Helena.

No entanto, enquanto os remos egípcios cortavam a água serena do Nilo, levando-o para longe de Mênfis, sua mente já começava a fervilhar com planos para reavê-la. Antes que Menelau soubesse que ela estava no Egito, ele podia retornar de Troia com um ou dois navios bem armados, entrar secretamente, à noite, pela boca do Nilo e, aproveitando a surpresa, invadir o palácio de Proteus e libertá-la de seu cativeiro. Agora Páris lamentava não ter meios de fazer chegar a Helena uma breve palavra sua, um "depois eu venho buscar-te", algo que alimentasse a esperança dela e que a fizesse sonhar, enquanto aguardava por ele.

Quando finalmente o deixaram junto às naus, seus homens o cercaram, ansiosos. Ao ver seu rosto sombrio, ninguém se animou a perguntar por Helena. Ele comunicou-lhes a decisão de Proteus; como tinham apenas três dias para deixar o Egito, todos deveriam trabalhar sem descanso para reparar as avarias que a tempestade tinha feito nos navios. Ele próprio empunhou o machado e começou a abater as poucas árvores de porte que existiam nas proximidades; seus homens desgalharam os troncos para repor os mastros que o vento tinha quebrado. Numa aldeia que ficava junto ao templo de Hércules, o timoneiro conseguiu trocar um pouco de ouro por muitos metros de linho, que serviram para confeccionar velas novas para os navios – não aquelas alegres velas coloridas que os tinham trazido desde Troia, mas velas rústicas, quase humildes, que iriam levá-los de volta. Enquanto uns costuravam o pano e aparelhavam as cordas, outros abasteciam os porões com odres de água doce e alguns fardos de tâmaras que tinham conseguido comprar. Os navios não estavam no seu melhor estado, mas, ao final do segundo dia do prazo, já estavam prontos para navegar; na manhã seguinte, iam zarpar para o norte, em direção à Fenícia, já no caminho de Troia.

Esta, no entanto, não ia ser uma noite comum. Os homens dormiam, exaustos, atirados na areia da praia, ainda morna do forte sol do Egito. Páris não dormia: enquanto os vigias agrupavam-se ao redor de uma fogueira, conversando para afastar o sono, ele foi sentar mais afastado, junto ao tronco de uma palmeira, pensativo. Na sua mente, só existia Helena: sua voz, seu rosto, o corpo ágil e esguio que ele tinha feito vibrar naquela louca madrugada em que fugiram. Não conseguia entender o que estava acontecendo; permitir que ele conhecesse Helena e por ela se apaixonasse, para terminar tudo neste ridículo desfecho – isso não era digno de Afrodite, a deusa do amor, a protetora dos apaixonados. Talvez fosse obra de alguma outra divindade; Páris sabia que muitas vezes os homens eram punidos por ofensas que os pais, ou talvez os próprios avós, tinham feito algum dia a um dos imortais, que cobravam essa culpa castigando todos os seus descendentes, por muitas gerações...

Nisso, os guardas se aproximaram, trazendo, aos empurrões, um egípcio pobremente trajado. Parecia um mendigo, mas na sua mão brilhava a pulseira de ouro de Helena, que ele entregou a Páris, sem dizer palavra. Páris, com a esperança enchendo seu coração, dispensou os guardas e afastou-se alguns passos, seguido pelo mensageiro, crivando-o de perguntas: Onde ela estava? Ele poderia vê-la? O que ela mandava dizer? O egípcio, a tudo isso, apenas abriu a boca e emitiu um som gutural, e Páris entendeu a razão do seu silêncio: ele não tinha língua. Com sinais, no entanto, indicou que devia conduzir Páris a algum lugar rio acima, e mostrava a pulseira, o que deixou Páris convencido de que ele ia levá-lo até Helena. Sem hesitar, sem temer uma cilada, Páris então afivelou a espada na cintura e chamou o timoneiro: se ele não tivesse voltado até o Sol raiar, eles deveriam içar as velas e partir rumo a Troia e, lá chegando, dizer a seu pai, o velho Príamo, que Páris tinha perdido a vida nas terras distantes do Egito.

O mensageiro então o guiou pela noite clara de luar. Seguindo sempre a margem do rio, atravessaram pequenos bosques de palmeiras, cruzaram plantações de linho e campos de cevada, passaram ao largo de pequenas aldeias adormecidas, cujos cães latiram quando perceberam sua presença. À sua esquerda corria o Nilo majestoso, com a água rebrilhando à luz da Lua. Caminharam cerca de uma hora, até que finalmente avistaram o vulto iluminado de um templo construído no alto de uma pequena colina. O egípcio então parou e fez sinal para que Páris avançasse. Com a mão no punho da espada, ele foi subindo pelo caminho que levava à entrada do templo, iluminado pelas tochas que ardiam na calma noite sem vento. O santuário não era de mármore ou de alabastro, mas de grossas traves de madeira centenária, certamente trazida de muito longe, com o teto meio encoberto pela vegetação que tinha crescido a seu redor na longa sucessão de séculos. Na entrada, Páris estremeceu ao reconhecer, no altar, a imagem inconfundível de Hera, a senhora do Olimpo – da qual, ele tinha certeza, nada de bom poderia esperar. Páris jamais iria esquecer o olhar de Hera, cheio de ódio, no momento em que ele tinha dado o prêmio da beleza a Afrodite, no julgamento no monte Ida. Ele sabia, portanto, que a deusa tinha se tornado sua inimiga pessoal – e Páris começou a se arrepender da imprudência de ter seguido, no meio da noite, aquele egípcio mudo, que o tinha trazido para tão longe de seus navios, atraindo-o para aquele templo isolado. No entanto, para sua surpresa, de trás de uma das grossas colunas surgiu um vulto de mulher, com um manto encapuzado, que avançou para ele. Seus joelhos bambearam, seu coração disparou: antes mesmo de ouvir sua voz, antes de ver o seu rosto, sabia que aquela era Helena! A muito custo conteve o seu impulso de correr para abraçá-la; podiam estar sendo espionados, e um gesto desses poria Helena a perder. Foi ela, no entanto, que correu para ele e veio aninhar-se no seu peito. Não precisava temer: ninguém sabia que ela estava ali. Ao que parece, Afrodite não os tinha abandonado, e Helena relatou a Páris como o destino os tinha protegido:

"No palácio de Proteus, designaram uma velha ama para me servir, nos aposentos em que eu deveria ficar confinada até que Menelau viesse me buscar. Entretanto, quando vi seu rosto, eu a reconheci imediatamente: a velha tinha sido uma das criadas da casa de Tíndaro, meu pai, e muito cuidou de mim, quando eu ainda era menina. Agora, quando ela me viu, beijou minha mão e arrojou-se ao solo, abraçando os meus joelhos. Disse-me que tinha sabido que eu estava prisioneira, e que estava disposta a fazer qualquer coisa para me salvar. Foi assim que eu consegui escapar. Ela me conduziu, por uma porta secreta, até um jardim que ficava fora do palácio, onde aguardava esse egípcio que te trouxe até aqui. Ela me apresentou como uma nobre senhora que tinha marcado um encontro galante com um rico estrangeiro, no templo de Hera, e precisava passar despercebida pelos guardas; ela me assegurou que este mudo é de confiança, e que já lhe prestou vários favores desse tipo, sempre com a maior discrição. Deves recompensá-lo com um pouco de ouro assim que ele nos levar até onde estão os navios". Páris olhou à sua volta, inquieto; deviam então apressar-se, pois talvez a essa hora já tivessem dado pela falta de Helena – mas ela o tranquilizou: "A minha antiga ama disse que um vigia recebeu ordens de inspecionar o meu quarto de hora em hora, para se assegurar de que eu continuo ali; para enganá-lo, ela vestiu minhas roupas e tomou o meu lugar no leito, mesmo sabendo que isso vai lhe custar a vida, amanhã pela manhã, quando descobrirem a minha fuga".

Páris tinha passado do mais profundo desespero para uma felicidade estonteante, mas a sensação de perigo que ainda pairava sobre eles aumentou a sua urgência. Ajeitou o manto de Helena para esconder ainda mais o seu porte e as suas feições de rainha e a conduziu, com a mão por sobre seu ombro, ao encontro do guia, que os aguardava com certa impaciência. A volta pareceu agora mais rápida, talvez pela pressa que Páris imprimia a seus passos. Quando descobrissem a fuga de Helena, ele já queria estar longe, em mar alto, longe das bocas do Nilo, a salvo de qualquer perseguição que os navios egípcios pudessem ainda tentar. Ainda era noite escura quando chegaram, na beira da praia, à fogueira dos troianos. Páris deu um punhado de ouro ao guia egípcio, que fez uma reverência e desapareceu nas sombras das palmeiras. Os homens foram despertados pelos gritos do timoneiro, que deu ordens de partir imediatamente. Todos lançaram-se ao trabalho, pressentindo o perigo que se aproximava. As velas enfunaram-se lentamente com a brisa fresca da madrugada, os remos entraram em ação, e os navios troianos se afastaram nas águas ainda escuras do Nilo, deixando ao longe, na praia, a fogueira que ia aos poucos se extinguindo. Uma hora depois, quando Eos, a deusa da Aurora, começou a colorir a paisagem com os seus dedos cor-de-rosa, Páris e Helena, na coberta do navio, respiravam com alegria o ar salgado do oceano – e sentiram que estavam salvos.

9
A VIAGEM DE VOLTA

Com ventos favoráveis, Páris sabia que um navio rápido e bem tripulado poderia vencer a distância que os separava de Troia em menos de quatro dias. Era um sonho: em menos de quatro dias, ele e Helena poderiam finalmente descansar no palácio de Príamo, na Troia de telhados dourados, livres de todos os perigos e preocupações. No entanto, seus navios, embora bem construídos, não se encontravam agora em condições de cobrir esse trajeto em tão curto espaço de tempo; na pressa de deixar o Egito, e com os poucos recursos de que dispunham, os homens só tinham conseguido reparar uma parte das avarias causadas pela tempestade enviada por Hera. Podiam navegar com segurança, mas teriam de se mover bem mais lentamente, fazendo escalas em todos os portos que houvesse no caminho para Troia.

Páris estava tranquilo quanto a uma possível perseguição por parte de navios espartanos; é verdade que a inesperada tempestade e o incidente com o faraó Proteus tinham retardado a fuga dele e de Helena, dando o tempo necessário para que fossem a Creta avisar Menelau do que tinha acontecido durante a sua ausência. No entanto, como Troia ficava ao norte de Esparta, e os ventos tinham impelido os seus navios exatamente na direção oposta, para o sul, onde ficava o Egito, Menelau jamais sonharia que eles estivessem onde eles estavam agora. Ia procurá-los em vão pelo mar Egeu, até que se desse conta de que Páris o tinha enganado. Depois, viriam as tratativas de costume, que os troianos conheciam muito bem, pois há muito tempo tentavam convencer o grego Telamon a devolver

Hesíone, a princesa troiana que ele tinha raptado. Esparta então enviaria embaixadores a Troia, pedindo a devolução de Helena; Príamo os despacharia, com uma recusa formal; Menelau ficaria furioso, invocaria os deuses, juraria vingança, conclamaria os espartanos a marcharem contra Troia, mas o poderio troiano era mais do que suficiente para dissuadi-los de entrar numa guerra suicida. Então os anos iam passar, e o Tempo, que tudo devora, terminaria convencendo-o de que tudo era inútil e de que ele deveria procurar uma nova esposa, pois Helena não ia voltar.

Helena, por sua vez, também não estava preocupada com Menelau, mas sim com a recepção que teria quando chegassem a Troia. "O que vão pensar de mim em Esparta, e na Grécia toda? Meu nome vai estar na boca de todos os homens e mulheres quando souberem o que fiz; muitos vão me chamar de adúltera, e minha fama vai terminar chegando à Ásia e vai alcançar as praias de Troia! O que vai pensar de mim Príamo, teu pai? E Hécuba, tua mãe, o que vai achar de mim? E teus irmãos, e suas esposas, que terão de conviver comigo, como vão tratar uma mulher que abandonou seu marido para seguir o homem por quem se apaixonou?"

Páris abraçou-a, beijando-lhe ternamente os olhos, e assegurou-lhe que ela não precisava se preocupar com isso. Então já não tinham combinado a história que iam contar? Não haviam decidido que tudo ia ser relatado não como uma fuga, mas como um rapto? Pois ele não tinha saqueado parte do tesouro de Menelau exatamente para simular um daqueles ataques de que os gregos eram grandes adeptos? E o fato dela ter deixado para trás a própria filha, a pequena Hermione, também não era evidência de que ela fora arrancada de casa, à força e às pressas? Helena não devia se preocupar com isso; Páris ia voltar para casa como um guerreiro vitorioso, que tinha ido fazer com os gregos o mesmo que eles costumavam fazer com os povos vizinhos. Roubando Helena, ele ia ser aplaudido por todos os troianos, pois estava dando aos gregos um pouco de seu amargo remédio, a eles, que viviam roubando todas as mulheres que cobiçavam em terras estrangeiras. Troia sabia: a própria Hesíone, irmã de Príamo, tinha sido raptada por Telamon, que a levou para seu palácio e nunca concordou em restituí-la a seu povo e a sua família. Helena seria considerada apenas como uma parte do butim, ao lado das riquezas que ele tinha conseguido pilhar em Esparta; por isso, nada mais natural que ele a conservasse como seu prêmio, transformando-a em sua esposa. Depois, como sempre acontecia com as mulheres raptadas ou capturadas como escravas, ela iria se acostumando, tratando de levar a vida do melhor modo possível junto a seu novo senhor. Assim, ela seria sempre considerada uma vítima, digna de piedade, e não de críticas: "Meu pai e meus irmãos, minhas irmãs e minha mãe, todos vão te receber como minha mulher. Quem não gostaria de ti? Meu pai também vai te chamar de filha, como faz com as outras noras, e vai nos convidar a morar, como fez com todos os demais filhos, dentro dos muros do próprio palácio real. As troianas vão correr ao teu encontro, em grupos numerosos, e nossos salões serão pequenos para receber os visitantes que virão apreciar a tua beleza e ouvir a tua voz!".

E, assim falando, Páris tratava de afastar qualquer preocupação de Helena quanto à vida que teria em seu novo lar. Quando chegaram à costa da Fenícia, Páris conduziu seus navios ao rico porto de Sídon, onde precisava fazer algo muito importante: todos sabiam o quanto Hécuba, sua mãe, apreciava a beleza incomparável dos finos tecidos fenícios; por isso, ele tinha decidido, quando chegasse a Troia, presenteá-la com as peças mais bonitas que pudesse comprar, certo de que isso ia contribuir para uma recepção favorável a ele e a Helena.

Quando os mercadores de Sídon perceberam que tinham um verdadeiro príncipe à sua frente, pronto a despender uma pequena fortuna, acorreram ao navio de Páris trazendo o que tinham de mais especial. Páris pediu então que Helena indicasse o que ele deveria comprar; afinal, além de ser uma rainha, ela era a única mulher a bordo e certamente saberia escolher o que mais poderia agradar à sua mãe. Imediatamente, os mercadores correram a rodear Helena, desdobrando tecidos à sua frente e levantando diante de seus olhos os pesados tabuleiros onde faiscavam o ouro e a pedraria de centenas de anéis, colares e pulseiras, fivelas, broches e travessas para o cabelo. Os olhos dela brilharam como nunca, diante daquele desfile maravilhoso. Jamais tinha visto tanta beleza reunida, tantas cores, tantas joias, tantos tecidos macios cujo nome ela nem sequer conhecia. Eram tantas as ofertas que ela não conseguia se decidir; assim que conseguia separar alguma coisa particularmente bonita, logo tinha de abandoná-la por outra que ainda não tinha visto e que lhe parecia ainda mais bonita que a primeira. Sabia que estava escolhendo presentes para Hécuba, e não para si mesma, mas isso não a impedia de ficar aflita a cada tecido, a cada colar que tinha de rejeitar por outros ainda melhores. A tortura da escolha! Essa era uma experiência nova, para Helena; a sua terra, Esparta, podia ser muito poderosa, mas mesmo o palácio de Menelau não tinha um décimo desse luxo, desse mundo de riqueza que agora se abria diante de seus olhos, deixando-a literalmente paralisada. A excitação inicial que ela sentia foi pouco a pouco se transformando em angústia até que, num dado momento, ela baixou os olhos e retirou-se, em silêncio, atravessando o círculo de mercadores, que se afastaram respeitosamente para deixá-la passar. Caminhando até a popa, voltou as costas para tudo aquilo, como se nada mais a interessasse – mas era para disfarçar a vergonha que sentia, ao se dar conta de que ela, Helena de Esparta, uma rainha disputada por todos os nobres da Grécia, podia sentir-se tão confusa e insegura quanto as suas criadas de quarto costumavam ficar diante do baú de um vendedor de quinquilharias.

Páris acompanhava atentamente a cena e percebeu o seu embaraço. Apartou toda peça de tecido e toda joia sobre a qual a mão de Helena tivesse se demorado mais do que um instante, e arrematou-as na hora, sem discutir o seu preço. Os comerciantes fenícios, sempre dispostos a regatear, retiraram-se em grupo, comentando, espantados, a prodigalidade de Páris – sem desconfiar que o troiano estava sendo tão generoso apenas porque todo aquele ouro tinha sido pilhado do tesouro do próprio Menelau...

    Páris então separou uma lindíssima pulseira de ouro e lápis-lazúli que ele sabia ter atraído Helena mais do que todas as outras coisas, pois tinha sido com olhos sonhadores que ela a tinha experimentado em seu próprio pulso. Ocultando a joia na cinta, aproximou-se de Helena, que continuava de costas, voltada para o mar. Ela percebeu a sua presença, mas mesmo assim não se voltou. Páris parou a seu lado e ali ficou, olhando também para o horizonte, bem na direção em que ficava Esparta. Suavemente, ele apoiou a mão no pescoço de Helena, roçando levemente os dedos pela penugem que lhe cobria a nuca. "Tu escolheste presentes dignos de minha mãe. Ela vai se alegrar com cada um deles, e saberá reconhecer que tens o gosto de uma rainha." Ao ouvir isso, ela virou-se vivamente para ele e olhou direto nos seus olhos, como se buscasse algum sinal de ironia; no entanto, encontrou apenas o olhar de um homem compreensivo e apaixonado. Essa delicadeza inesperada com que Páris tratava de apagar a má impressão do incidente enterneceu-a a tal ponto que ela teve de controlar-se para não começar a chorar, mas não conseguiu represar as lágrimas quando ele enfiou em seu braço a linda pulseira lavrada, dizendo: "Esta joia, no entanto, eu separei para ti, porque não posso imaginá-la em outra pele que não a tua!". Ela o abraçou apaixonadamente, contendo os soluços, e elevou seu pensamento à deusa Afrodite, agradecida por ter encontrado um homem assim como ele. Nesta noite, Páris deu uma moeda de ouro a cada um de seus tripulantes, com ordens expressas para que se perdessem nas loucas tavernas de Sídon e só retornassem a bordo quando o sol estivesse alto, no dia seguinte. Então, sozinhos no navio, ele e Helena se amaram a noite toda, enchendo o estreito alojamento de palavras ternas e gemidos de paixão.

10

TROIA RECEBE HELENA

Lá do alto do Olimpo, na morada dos deuses, Afrodite acompanhava com prazer aquele amor especial que ela tinha inspirado. Tinha sido ela, só ela, que tinha conseguido aproximar Helena, a mulher mais bonita do mundo, de Páris, o mais belo príncipe de toda a Terra! Afrodite estava orgulhosa: sem a intervenção dela, o que teria sido dos dois? Helena continuaria casada com Menelau, homem honesto mas tosco, de sensibilidade escassa, condenada àquela vida sem amor e sem emoção no monótono reino de Esparta. Páris, por sua vez, estaria ainda perdido nas matas do monte Ida, um simples pastor amarrado à ninfa Oenone, sempre chorosa, que se julgava belíssima só porque um dia Apolo quis divertir-se com ela, tirando-lhe a virgindade, como ele costumava fazer com todas as que lhe caíam nas mãos... Agora, no entanto, os seus dois protegidos estavam juntos, e ela ia fazer o possível para que continuassem assim por muito tempo. Por isso, decidiu garantir, quando saíssem do porto de Sídon, ventos constantes e favoráveis em direção a Troia, para que chegassem o quanto antes a seu destino, a salvo das armadilhas de Hera.

O dia seguinte amanheceu com o vento soprando diretamente para o norte, onde estava Troia; com as velas enfunadas, os navios partiram velozmente, cortando as águas do mar com suas quilhas escuras. A parada seguinte foi Chipre, onde se detiveram apenas o tempo necessário para se reabastecer de água. Helena e Páris mantiveram-se ocultos, a bordo, para não chamar a atenção de algum possível amigo de Menelau que os pudesse reconhecer. Assim que terminaram de encher os odres com água fresca, os marinheiros troianos içaram as velas mais uma vez e se fizeram ao largo. Na manhã do quarto dia, finalmente avistaram ao longe a silhueta imponente das muralhas e das torres de Troia.

Os vigias troianos não reconheceram, a princípio, as naves que se aproximavam. As pobres velas que tinham sido improvisadas no Egito em nada se pareciam com as lindas velas coloridas que os navios de Páris ostentavam no dia em que ele zarpou. No entanto, foi Cassandra quem primeiro percebeu que era o irmão que voltava. Um dia ela tinha enganado o próprio Apolo, o deus da profecia, e agora pagava por isso: ela via e entendia o futuro, mas ninguém lhe dava crédito. Desde o aparecimento de Páris, no dia do torneio, os seus ataques proféticos tinham sido mais frequentes, sempre prevendo a destruição de Troia e o massacre da família real. O rei Príamo, percebendo que as palavras de sua filha – por mais desacreditada que ela fosse – deixavam as pessoas perturbadas, mandou encerrá-la no alto de uma das torres, para evitar mais escândalos. Contudo, prudente, deu ordens expressas à guardiã de Cassandra para que viesse relatar pessoalmente todas as palavras que ela pronunciasse em tom profético. Agora, ao ver lá do alto da torre as naves que se aproximavam, ela começou a arrancar os cabelos e a rasgar o seu fino véu bordado de ouro. "Vejo Páris que volta com sua conquista! Troia finalmente vai abrir os seus portões invencíveis e deixar entrar, dentro de seus muros, aquela que vai ser a autora de nossa ruína!"

A velha serva que cuidava de Cassandra desceu com dificuldade a longa escadaria da torre e foi transmitir ao rei Príamo a notícia tão aguardada: seu filho estava de volta! Contudo, não era mais necessário: um vigia com a vista mais aguda tinha reconhecido a imagem de Afrodite sorridente, entalhada em carvalho, que ornava a proa do navio de Páris, e tinha anunciado, lá do alto do seu posto, que era o príncipe que estava chegando de sua viagem a Esparta. Todos correram para o porto – Príamo, Hécuba, os irmãos de Páris, toda a família real, toda Troia estava lá, com os olhos fixos nos navios que velozmente se aproximavam. Todos percebiam que algum desastre devia ter acontecido à expedição, pois faltava um dos navios e os demais pareciam navegar em mau estado; contudo, em poucos minutos iam finalmente saber se Páris tinha obtido sucesso na sua missão, trazendo de volta para casa, depois de tanto tempo, Hesíone, a irmã de Príamo.

Pouco a pouco os detalhes dos navios foram ficando mais nítidos; súbito, alguém gritou, excitado, que estava vendo a figura de Hesíone ao lado de Páris, na nau capitânia – e logo todos começaram também a vê-la, gritando de júbilo, felizes e orgulhosos com o sucesso daquela missão que finalmente reabilitava a honra troiana. No entanto, quando as velas foram arriadas e os navios começaram a se aproximar apenas pela força dos remos, um silêncio de perplexidade tomou conta de toda a multidão: agora todos podiam ver claramente que não era Hesíone quem estava no tombadilho, mas outra mulher lindíssima, de uma beleza nunca vista. Páris, então, com um ar inegável de orgulho, abraçou-a pela cintura, num gesto que eliminou qualquer dúvida que alguém pudesse ter sobre a sua relação com a estrangeira. Só quando os navios se encontravam a poucos metros da praia foi que alguém a reconheceu, e um nome começou a circular entre as pessoas que, com assombro, repetiam-no umas para as outras: "É Helena! É a rainha de Esparta! Aquela é Helena de Esparta!". Alguns, ainda incrédulos, sacudiam a cabeça, como se quisessem negar o que seus olhos estavam vendo: pois não é que Páris estava trazendo para Troia, como troféu, aquela que era considerada a mais bela entre todas as mortais, cujo nome era conhecido e respeitado por todos os povos e nações de que se tinha notícia! Troia ia ser invejada por todos os povos amigos – e odiada por seus inimigos! – por abrigar, a partir desse dia glorioso, aquela beleza que podia ser considerada o ápice da raça humana, só inferior mesmo às próprias deusas do Olimpo. E quando baixaram uma prancha de desembarque e Páris e Helena desceram, risonhos, para receber o abraço de Príamo e de Hécuba, o espanto dos troianos cedeu lugar a um entusiasmo incontido pela recém-chegada. Até as mulheres tiveram de reconhecer que ela era tudo aquilo que diziam, e muito mais, pois ela era bela sem parecer soberba ou arrogante. Quando então, ao lado de Páris, no meio de gritos de boas-vindas e de aplausos, ela caminhou entre a multidão ostentando um sorriso cativante no seu semblante magnífico, não havia mais dúvida de que a cidade inteira tinha ficado apaixonada por ela, e que ela agora não era mais Helena de Esparta; tinha passado a ser Helena de Troia.

11

O NASCIMENTO DE HELENA

Não havia exagero nessa recepção. Helena não era famosa apenas por sua beleza sem par, mas também por ser filha do próprio Zeus, o senhor do Olimpo, e não de Tíndaro, o antigo rei de Esparta, a quem chamava de pai. A história de seu nascimento era tão conhecida quanto a fama de sua formosura: Leda, a bela rainha, apesar de estar casada com Tíndaro, tinha sido fecundada por Zeus, que tinha se aproximado dela sob a forma de um grande cisne branco como o arminho. Isso não era novo: ele era o mestre dos disfarces, e costumava aproveitar essa habilidade para facilitar suas insaciáveis conquistas, tanto entre as deusas como entre as mortais. Assumindo a forma de um touro, ou de uma águia, ou mesmo de uma cintilante chuva dourada, Zeus tinha seduzido e possuído todas aquelas que tinham atraído a sua atenção. A própria Hera, sua mulher, tinha sido enganada por seus ardis. Quando ainda eram solteiros, ela rejeitava suas insistentes propostas amorosas, e Zeus decidiu conquistá-la usando de suas artimanhas. Ele então se transformou num pequeno cuco e foi pousar no chão, no caminho dela, arrastando-se à sua frente como se estivesse com as asinhas enregeladas; como ele previa, ela se apiedou do pobre passarinho e o colocou junto aos seios para reanimá-lo – o que ela conseguiu, e muito mais, pois Zeus retomou sua forma humana e, peito contra peito, ardendo em desejo, abraçou-a e penetrou-a apaixonadamente.

No caso de Helena, Zeus tinha conseguido burlar, mais uma vez, a eterna vigilância de Hera, sua mulher, e descido até o mundo dos mortais, na região de Esparta, em busca do amor de Leda. Há muito ele cobiçava a mulher de Tíndaro; há muito ele estremecia, lá no alto do Olimpo, cada vez que avistava, aqui embaixo, a nudez da jovem rainha, que se banhava sozinha nas claras águas do Eurotas. Certo dia, Hera estava ausente quando ele viu Leda se aproximar da margem do rio e deixar cair suas vestes sobre a relva, ficando completamente nua. Desta vez, tomado de um desejo irresistível, ele não aguentou e resolveu passar à ação – acrescentando, assim, um elo indispensável na cadeia do Destino que há muito tinha sido traçado: Helena precisava nascer para que Troia um dia se perdesse.

Para realizar o seu intento, Zeus foi pedir ajuda a Afrodite, que naturalmente se prontificou a colaborar – de uma parte, porque se tratava de um assunto de sua alçada, pois, sendo ela a deusa do amor, sempre procurava proteger os apaixonados e incentivar os encontros amorosos; de outra parte, porém, porque ela tinha velhas contas a acertar com Tíndaro, o marido de Leda, e esta seria uma boa oportunidade para castigá-lo. Zeus, que era um ardiloso caçador de mulheres, arquitetou um plano simples, mas eficiente: ele se transformou num grande cisne, alvo como a neve, e Afrodite se transformou numa águia ameaçadora. Ambos se puseram a voar em direção ao rio Eurotas, para o ponto onde Leda se banhava. A águia tentava alcançar o cisne, que fugia pelos ares com todas as forças que tinha. Ao chegarem diante de Leda, que assistia, aflita, à perseguição, o cisne então arqueou as asas e veio pousar junto a ela, como se procurasse abrigo, enquanto a águia se afastava definitivamente no céu do crepúsculo. Leda o abraçou, para tentar acalmá-lo, e o inquietante contato das penas com sua pele deixou-a completamente arrepiada. Ficaram assim, só os dois, alguns minutos. No silêncio da margem do rio, podia-se ouvir uma respiração que ofegava – talvez do cisne, talvez da própria Leda, que se sentia invadida por uma estranha tontura. Ela passava a mão no pescoço do animal, afagando-o suavemente, arrumando as delicadas penas que tinham ficado eriçadas com o voo desesperado. O grande cisne abandonou o pescoço ao toque de sua mão, que foi ficando mais insistente, mais ousada. Na ponta dos dedos ela podia sentir uma veia poderosa que pulsava debaixo daquela penugem, numa palpitação que aumentava cada vez que ela acariciava a carne quente do animal. Já não eram carícias inocentes, e ela sentiu seu ventre derreter num ardor que nunca tinha sentido. O desejo era tanto que ela desistiu de pensar; reclinou-se até ficar deitada sobre a relva e puxou o cisne sobre seu corpo, sentindo seus seios endurecerem ao serem esmagados pelo branco peito emplumado. Zeus então abriu as asas sobre Leda, e ela abriu as coxas para ele, e da garganta dos dois saíram gritos de prazer que nada tinham de humano.

Só as margens desertas do rio presenciaram aquela cena perturbadora – uma jovem e bela mulher retorcendo-se de prazer debaixo das asas de um cisne gigantesco! Não admira que esta história tenha logo corrido o mundo, chegando à Ásia e ao Egito: onde quer que fosse contada, ela fazia os homens e as mulheres sonharem. Quem não imaginou o rubor do rosto de Leda quando ela o afundou na alvura das penas, ao ser finalmente penetrada? Quem não pensou ver a sua boca vermelha mordendo o longo pescoço do cisne, ou suas pernas entrelaçadas em torno do grande corpo do animal? Que mulher não se entregou à fantasia, tentando imaginar a loucura que Leda viveu na margem do Eurotas, naquele fim de tarde? Pois foi assim, nesta cena ímpar e irrepetível, que Zeus fecundou Leda – mas não só de Helena, mas também de Pólux, seu irmão.

Quando o cisne partiu, ela voltou a banhar-se nas águas tépidas do rio, ficando imersa mais tempo do que o costume, tentando controlar sua excitação. Leda sabia, pela febre que dominava todos os seus sentidos, que era Zeus quem tinha estado dentro dela, que era Zeus quem a tinha inundado com sua semente – e é natural que soubesse, porque era para ele, para o senhor dos deuses, que ela se despia todas as tardes, desde o dia em que tinha percebido que ele a observava lá de cima das nuvens. Nessa noite, porém, deitada ao lado de Tíndaro, ela não conseguiu mais conter o fogo divino que se espalhava por suas veias, e acordou o marido com beijos sequiosos no pescoço e no peito, abriu as vestes dele até deixá-lo despido e lambeu-o por todo o corpo como uma pantera no cio. Depois, agachou-se, sôfrega, sentou sobre o seu membro enrijecido e cavalgou-o num delírio de bacante. Foi assim que Tíndaro a fecundou, por sua vez, de Clitemnestra e de Cástor; nove meses depois, nasceram os quatro irmãos; dois deles, Helena e Pólux, tinham um lado divino, porque eram filhos de Zeus.

Desde o dia de seu nascimento, Helena foi reconhecida como sendo filha de Zeus. Tíndaro, como muitos outros maridos que se encontraram na mesma situação, não via nisso uma desonra, e amava Helena como sua própria filha. Quanto aos irmãos, não havia ciúmes entre eles, apesar de Helena e Pólux terem dons superiores aos outros dois. Aliás, Cástor e Pólux, mesmo sendo filhos de pais diferentes, ligaram-se por uma amizade exemplar, formando uma dupla inseparável. Há suspeitas de que a relação entre as duas irmãs não fosse tão serena assim, porque não deve ter sido nada fácil para Clitemnestra ter como irmã uma beleza incomparável como Helena.

Helena cresceu ouvindo, de todos os que a cercavam, que era filha de Zeus e que nunca haveria uma mulher mais bonita do que ela. No entanto, isso não a tornou mais vaidosa que as suas companheiras de folguedo, nem ela ficou mais arrogante ou presunçosa. Aceitava a sua origem divina e sua beleza perfeita com a naturalidade com que uma verdadeira rainha sabe portar sua coroa. Ela não tinha escolhido nada disso; estes eram atributos que o destino tinha ligado à sua vida, e pronto. A todos que perguntavam quem seria o feliz mortal que a desposaria, Tíndaro respondia que ainda faltava muito tempo; quando chegasse a hora, ela saberia escolher um marido digno de sua beleza.

No entanto, pouco depois dela completar onze anos, Teseu entrou em sua vida – Teseu, o herói respeitado por todos os povos da Grécia; Teseu, o rei de Atenas, o matador do terrível minotauro da ilha de Creta; Teseu, o guerreiro implacável que tinha libertado a Ática dos bandidos e salteadores ferozes que a infestavam. Teseu era um homem maduro que já tinha vivido os seus cinquenta invernos; depois de tantas proezas, depois de tantas façanhas, ele chegou à conclusão de que só lhe faltava um troféu, só lhe faltava um prazer: dormir com uma filha de Zeus. O renome da jovem Helena de Esparta tinha chegado aos seus ouvidos, e ele resolveu conferir se era justa a fama de sua beleza. Viajando incógnito, ele conseguiu vê-la, pela primeira vez, dançando numa cerimônia no templo dedicado a Artêmis – uma donzela entre as outras, nua como todas as outras, vestindo apenas uma guirlanda de flores no cabelo. Elas eram todas iguais, mas Helena era muito diferente, e Teseu ficou perturbado com o seu belíssimo rosto, emoldurado por levíssimos cachos louros, e com a graça de seu corpo, ainda impúbere, esguio e flexível como uma gazela. Ele já conhecia tudo da vida, já tinha provado de todos os seus frutos – tanto os doces quanto os mais amargos –, e concluiu que a vida não valeria mais a pena se ele não pudesse desfrutar da intimidade daquela jovem, em cujas veias corria o sangue divino do Senhor do Olimpo.

Como Helena ainda não tinha chegado à puberdade, Teseu sabia que Tíndaro não permitiria o casamento, e resolveu simplesmente raptá-la. Para isso, atalhou o seu caminho quando ela se dirigia ao templo, passando pelo bosque junto ao rio Eurotas, bem próximo de onde Zeus tinha deitado com Leda. Ao ver aquele estranho surgir à sua frente, Helena não recuou nem esboçou o menor sinal de pânico; com a grandeza de uma futura rainha, apenas estancou o passo e ficou olhando interrogativamente para o atraente estrangeiro. Quando Teseu disse quem era, dissipou-se qualquer temor que ela ainda pudesse sentir, pois tinha crescido admirando o nome desse herói incomparável, só inferior ao próprio Hércules. Ao contrário; falando com ele, olhava-o fascinada, excitada porque, apesar de ser pouco mais que uma criança, tinha enxergado nos olhos dele uma chama que ela ainda não conhecia, mas que a atraía como o fundo de um abismo. Foi só quando Teseu assegurou que não lhe faria nenhum mal, e que ela estaria segura com ele até que estivesse na idade de casar, que Helena percebeu que ela estava sendo raptada por amor, como tantas outras jovens antes dela. Não teve medo; esta era uma situação para a qual toda donzela tinha de estar mais ou menos preparada, e chegou até a sentir uma ponta de orgulho por estar sendo escolhida como futura esposa de um homem como aquele. Ao mesmo tempo, uma suave tristeza invadiu seu coração, pois compreendeu que, muito mais do que afastar-se da casa de seus pais, ela estava deixando para trás os anos dourados de sua meninice. Ia dizer qualquer coisa, mas desistiu, quando percebeu que nada ia mudar a determinação de Teseu em levá-la consigo. Por isso, manteve-se dignamente em silêncio enquanto ele a tomava pelo braço e a conduzia pelo bosque, afastando-se irremediavelmente de Esparta.

Teseu sabia que o que estava fazendo era totalmente errado – ele próprio, como rei de Atenas, teria castigado, alguns anos antes, alguém que praticasse em sua cidade um ato condenável como este. Mas, mesmo sentindo-se culpado, não podia fazer outra coisa senão submeter-se a este impulso irresistível. Sabia que todos iriam criticá-lo, e certamente a família de Tíndaro iria reagir, enviando uma expedição armada para recuperar Helena. Por isso, em vez de levá-la para Atenas, onde temia a censura dos cidadãos, transportou-a para Afidna, outra cidade da Ática, onde a escondeu na casa de um amigo leal, deixando-a sob os cuidados de Etra, a sua própria mãe.

Um ano inteiro passou sem que nada acontecesse entre eles; fez algumas visitas a ela, que sempre o esperava, enfeitando-se para ele como se fosse uma jovem esposa, mas ele nunca a tocou. Um dia, porém, as coisas se precipitaram: ela o tinha esperado com uma túnica entreaberta, cujo tecido púrpura deixava entrever a curva nascente de um seio de menina. Serviu-lhe vinho e comida como uma mulher serve ao marido. Depois, afrouxou a cinta que mantinha a túnica fechada e deixou-a abrir-se, apertando seu corpo esguio contra o largo peito de Teseu, que tentou em vão recuar. Helena, no entanto, era pura tentação, e beijou-lhe a boca com seus lábios ágeis, impregnando as narinas de Teseu com o seu hálito de virgem. Ele percebeu que ela estava cheia de desejo, mas estava resolvido a resistir. Explicou-lhe que tinha a esperança de obter a permissão de Tíndaro para casar, mas isso ainda poderia demorar um par de anos. Como até lá muita coisa poderia dar errado, ele queria que ela se mantivesse virgem e se preservasse para o futuro marido – fosse ele quem fosse. Helena, então, que não tinha deixado de beijá-lo mesmo enquanto ele falava, deixou a túnica cair no chão, ajoelhou-se sobre o leito e olhou para Teseu por cima do ombro, oferecendo-se a ele da mesma maneira que um jovem efebo se oferece a seu amante. Teseu compreendeu, e sentiu que estava perdido.

12

O CASAMENTO DE HELENA

Os inseparáveis irmãos de Helena, Cástor e Pólux, cresceram dando claros sinais de que não seriam guerreiros comuns; desde pequenos sobressaíam sobre todos os seus colegas, tanto na luta e na corrida quanto nas simulações de combate. Assim que tiveram força suficiente no braço para empunhar a lança e manejar a curta espada espartana, começaram a sua gloriosa carreira de soldados imbatíveis, realizando várias façanhas que os tornaram famosos em toda a Lacedemônia. Eles jamais tinham esquecido Helena, e tinham jurado trazê-la de volta para casa assim que a encontrassem. Suas buscas terminaram levando-os ao nome de Teseu, o lendário rei de Atenas. Os dois irmãos não se deixaram intimidar pela fama do grande herói e rumaram para aquela cidade, marchando à frente de um pequeno exército que tinham reunido.

Exatamente por esta época Teseu tinha se ausentado, pois tinha descido ao Mundo dos Mortos, nos domínios de Hades, para ajudar um amigo que estava em grandes dificuldades. Sem a sua presença para comandar os atenienses, os dois irmãos facilmente conquistaram a vitória sobre a cidade e começaram a interrogar os cidadãos sobre o paradeiro de seu rei. Era inútil, porque ninguém sabia por onde andava Teseu nem onde ele havia escondido Helena. Cástor e Pólux já se preparavam para submeter os vencidos a castigos rigorosos, quando alguns atenienses, que sempre tinham condenado a paixão absurda de Teseu por aquela menina, sugeriram que ela pudesse estar em Afidna, para onde Teseu viajava regularmente. Os dois irmãos conduziram suas forças para lá e arrasaram a cidade até encontrar sua irmã. Como forma de vingar-se da ofensa que a casa de Tíndaro tinha sofrido, colocaram um novo rei no trono de Atenas, escolhido entre os inimigos de Teseu, e levaram a mãe dele, Etra, para servir de dama de companhia para Helena.

O tempo tinha passado, e Helena não era mais a menina que tinha sido raptada; agora era uma jovem belíssima, na idade de casar, e toda a Esparta a recebeu com alegria, porque estava de volta a joia daquela raça, o tesouro daquele povo. Ninguém na sua casa ousou fazer-lhe perguntas detalhadas sobre o seu tempo de cativeiro, até mesmo porque ela pouco ou nada respondia. Nunca falou mal de Teseu, mas seu olhar viajava para algum ponto bem distante quando alguém mencionava o nome dele. No entanto, toda a cidade pôde ver, aliviada, quando ela saiu na procissão em honra a Artêmis, a deusa virgem, envergando a mesma coroa de flores que as demais donzelas de sua idade, que se apresentavam a Artêmis para pedir-lhe que propiciasse um bom casamento. Todos os espartanos e todos os estrangeiros presentes ao festival da deusa puderam finalmente matar sua curiosidade: lá estava ela, dançando e cantando diante do templo com toda a naturalidade, como se nunca tivesse deixado a casa de seus pais; e todos puderam ver que as promessas de seu tempo de menina tinham realmente desabrochado numa graça irresistível e numa beleza comparável à de uma deusa.

Logo se espalhou pelos quatro cantos da Grécia que Helena estava livre para casar. De todos os reinos começaram a afluir heróis e filhos de heróis, a fina flor de cada povo, trazendo no coração a esperança de possuir a mulher com que todos sonhavam. O palácio de Tíndaro encheu-se de pretendentes, que tratavam de ostentar todo o poder e toda a riqueza de que dispunham, pois sabiam que eram os olhos de Tíndaro que eles deviam impressionar, não os de Helena. Como era então o costume, Tíndaro é que deveria escolher o melhor marido para a filha, e ninguém duvidava que ele ia tentar fazer, com este casamento, a aliança que fosse mais vantajosa para sua casa real.

Reuniram-se, assim, em Esparta, os mais brilhantes homens deste lado do mar. Veio Ulisses, o filho de Laerte; veio Diomedes; veio também Antíloco, filho do grande Nestor; vieram também Pátroclo, Protesilau e os dois Ajax, que tinham o mesmo nome mas não eram irmãos. Idomeneu, de Creta, confiava na sua extraordinária beleza, mas não tinha recursos que pudessem encher os olhos de Tíndaro. Também veio Menelau, cujo irmão, Agamênon, tinha casado com Clitemnestra, a irmã de Helena. E Podalírio, e Macaon, e Filocteto, e muitos outros. Embora fosse possível a cada um desses homens escolher entre as mulheres de maior destaque dentro de seu próprio povo, todos tinham desdenhado esses casamentos vantajosos entre os da sua própria gente e tinham vindo a Esparta disputar a mão de Helena.

Tíndaro logo percebeu que a rivalidade entre alguns deles estava tão acirrada que seria muito difícil impedir que todos se envolvessem num conflito armado assim que fosse anunciado o nome do escolhido. E não seria coisa pouca: muito sangue correria entre eles, e Tíndaro chegou a temer por sua própria segurança e pela de sua família. Aqueles não eram homens comuns, envolvidos numa situação comum de disputa, que pudesse ser solucionada com boas palavras e com bom senso: além de serem reis e príncipes, que não estavam acostumados a ser preteridos por ninguém, estavam disputando uma mulher – e bem sabia o velho Tíndaro que, nesse tipo de luta, todo homem se transfigura, e mesmo o mais sábio entre eles esquece a razão, as leis e os costumes.

Quem encontrou a solução foi o astucioso Ulisses, um dos homens mais sagazes da Grécia e, por isso mesmo, um dos preferidos da deusa Atena, que defendia a razão e a inteligência. Ele tinha vindo a Esparta sem grandes esperanças de obter a mão de Helena, diante de competidores muito mais poderosos do que ele, que vinha do pequeno reino de Ítaca. Por isso, vendo o apuro em que Tíndaro se encontrava, ofereceu-se para ajudá-lo a resolver tudo pacificamente, desde que ele o ajudasse, em troca, a obter a mão de Penélope, sua sobrinha, filha do rei Icário. Tíndaro concordou, e deu a sua palavra de que, passado o casamento de Helena, iria pessoalmente falar com o irmão, que respeitava muito sua opinião, para acertar o casamento de Ulisses com Penélope.

Ulisses então o instruiu a exigir dos pretendentes um juramento solene que os amarraria num pacto indissolúvel. Agora, enquanto ainda imaginavam ter iguais oportunidades na disputa por Helena, todos deveriam jurar que ajudariam aquele que fosse o escolhido a defender-se de qualquer rival que viesse a ameaçar seu matrimônio. E que estivessem prontos, a qualquer tempo, a correr em auxílio do futuro marido de Helena, no caso nada improvável de alguém tentar roubar-lhe a esposa. Ele próprio, Ulisses, prontificou-se também a prestar o juramento, para que ninguém suspeitasse de que ele era o autor da ideia, e sugeriu a Tíndaro que pedisse o mesmo a Agamênon: ele agora estava casado com Clitemnestra, e por isso não tinha se apresentado à disputa, mas nada impedia que, no futuro, ele pudesse repudiar sua esposa e viesse a apaixonar-se por Helena.

Assim foi feito. Tíndaro convenceu facilmente os pretendentes, pois cada um deles pensava que o juramento ia favorecê-lo. A cerimônia solene foi realizada diante do altar de sacrifícios: Tíndaro imolou um belo cavalo, dedicando-o aos deuses, e os pretendentes tiveram de ficar sobre os despojos sangrentos do animal, enquanto pronunciavam as palavras que Tíndaro havia proposto. Terminada a cerimônia, o pacto estava estabelecido diante dos homens e dos deuses, e Tíndaro pôde finalmente anunciar que o escolhido tinha sido Menelau. A própria Helena entregou ao futuro marido a coroa simbólica de folhas verdes do pilriteiro, mas todos sabiam que a decisão não tinha sido dela. Certamente havia ali homens mais belos e mais gentis que Menelau, mas Tíndaro o havia elegido por ter mais riqueza e poder que qualquer um deles, pois, sendo ele o irmão de Agamênon, o poderoso rei de Micenas, essa aliança assegurava um futuro muito mais tranquilo para os espartanos.

Tíndaro tinha razão; quando sentiu que ia morrer, poucos anos depois, passou o trono a seu genro, garantindo assim um futuro pacífico para seu povo: Menelau e Agamênon, dois irmãos, casados com duas irmãs, Helena e Clitemnestra, dominavam Esparta e Micenas, dois reinos poderosíssimos – e só um louco iria tentar alguma coisa contra eles. Foi quando Páris apareceu.

13

TODOS CONTRA TROIA

Quando Páris e Helena fugiram de Esparta, ninguém tinha ficado mais ofendida do que a poderosa Hera. De todas as deusas do Olimpo, ela era a única realmente casada, e sua união com Zeus era considerada um exemplo para os matrimônios entre os mortais, que sempre invocavam sua proteção. No entanto, o que a deixava enfurecida, no caso de Helena, não era o desrespeito aos laços sagrados do casamento dela com Menelau, mas o fato de que o vaidoso pastorzinho troiano estava assim recebendo a recompensa prometida por Afrodite, o suborno com que ela tinha, traiçoeira como sempre, comprado a maçã dourada de Éris, o título supremo da beleza! Todos, fossem homens, fossem deuses, sabiam que ninguém a desrespeitava sem que fosse punido de maneira exemplar. E Páris estava muito enganado, se pensava que ia voltar assim para Troia, feliz, entre beijos e sorrisos, como se nada tivesse acontecido: ele ia pagar, e muito caro, para que todos os mortais pensassem duas vezes antes de cair na conversa sedutora de Afrodite.

Por isso, além de ter enviado a tempestade que tirou os navios de Páris da rota e os empurrou para o Egito, Hera resolveu que Menelau deveria ficar sabendo do que se passava em Esparta durante a sua ausência. Chamou sua mensageira de confiança, Íris das asas douradas, e mandou-a riscar o céu em direção a Creta, onde deveria assumir a aparência de um simples marinheiro e avisar o rei do que tinha acontecido. E assim foi feito: a cerimônia dos funerais de Crateus, seu avô materno, estava chegando ao fim, quando Menelau, atônito, recebeu a notícia de que o seu hóspede troiano tinha desonrado a casa real de Esparta, traindo a sua confiança e desrespeitando as mais sagradas leis da hospitalidade.

Sem maiores explicações, saiu correndo do templo e dirigiu-se para o porto. Seus navios, levados na asa de um vento favorável, chegaram em poucas horas a Gítion, de onde partiu a galope em direção a Esparta. No palácio, a consternação era geral, como se alguém tivesse morrido; os guardas, os cavalariços, os guardiões dos portões, todos mantinham um silêncio constrangido, como se tivessem vergonha por ter deixado acontecer tudo aquilo na ausência de seu senhor. Desolado, Menelau inspecionou a sala do tesouro, agora quase vazia, e foi avançando pelos corredores, passando por servas e criadas chorosas, até os aposentos de Helena, onde encontrou a filha pequena que, em prantos, chamava desolada pelo nome da mãe. Quando Hermione o viu, levantou-se do leito de Helena e veio correndo abraçá-lo; ela só tinha nove anos e não tinha entendido muito bem o que estava ocorrendo. Menelau procurou consolá-la, passando a mão em seu cabelo e prometendo, com carinho: "Nós vamos salvar tua mãe. Não te preocupes, minha filha, que eu vou trazê-la de volta!".

Menelau também não entendia o que havia ocorrido. A atitude de Páris, para ele, continuava sem explicação; seria natural que ele, como todos os homens, admirasse a beleza de Helena, mas daí a raptá-la... Talvez essa violência fosse uma retaliação pelo sequestro de Hesíone, que Telamon havia roubado de Troia e recusava-se a devolver. Mesmo assim, pensava ele, isso não justificaria uma conduta tão traiçoeira por parte de um hóspede. O pior é que ele não tinha notado nada, não tinha visto nada em Páris que o fizesse suspeitar do que ele estava tramando, ou não teria partido para Creta, deixando-o à vontade para agir. O troiano até que parecia um guerreiro como os outros – um pouco enfeitado, é verdade, com roupas um tanto extravagantes, mas sabia conversar sobre caçadas e combates, e falava sobre cavalos como um verdadeiro conhecedor.

Agora se via que não passava de um estrangeiro traidor, que tinha feito a loucura de saquear o tesouro e o leito do próprio soberano de Esparta, um ato insensato que grego algum jamais teria pensado cometer!

Agora era o momento de fazer valer o juramento que todos os pretendentes tinham feito a Tíndaro. Menelau correu a Micenas e relatou tudo ao irmão, pedindo-lhe que reunisse os exércitos de todos os reinos da Grécia para marchar contra Troia. Agamênon ouviu com gravidade o que ele tinha para contar, e concordou que não se tratava de um simples caso de família, pois o rapto de Helena afetava o prestígio e o poder de todos os povos deste lado do mar. Todavia, como chefe experimentado que era, não queria lançar o seu povo numa guerra antes de ter esgotado os recursos diplomáticos; por isso, enviou imediatamente dois embaixadores a Troia, para que fossem a Príamo pedir a devolução pacífica de Helena e dos tesouros de Esparta. Tudo ia depender da resposta que eles trouxessem: "Se Príamo recusar, então vamos ter guerra!".

Quinze dias depois, os embaixadores estavam de volta e narraram, diante de Agamênon e Menelau, o surpreendente resultado de sua viagem: quando se apresentaram como emissários de Micenas e de Esparta, tinham sido recebidos no palácio do Príamo com todas as honras de estado. O velho rei, cercado pelo conselho de anciãos, dirigiu-se a eles cordialmente e perguntou o que os tinha levado até lá. "Dissemos a ele, Agamênon, o que nos mandaste dizer: que Troia deveria devolver Helena imediatamente; ela era a rainha de Esparta, reino poderoso, ligado a Micenas por laços de amizade e de sangue, e o seu rapto representava uma desonra inaceitável para todos os reinos da Grécia; e que ficasse bem claro que, se pensavam em recusar, deveriam se preparar para arcar com as consequências desse ato. Ao ouvir nossas palavras, Príamo e todos os presentes ficaram tão enfurecidos que chegamos a temer por nossas próprias vidas; vimos, ao nosso lado, vários guerreiros levarem a mão ao punho das espadas. Príamo então os acalmou com um gesto; levantou do trono, desceu do estrado real e caminhou em nossa direção, chegando tão perto de nós que poderíamos tocá-lo; parou à nossa frente, examinando atentamente o nosso rosto, obrigando-nos a baixar os olhos para o chão. Então, para nosso espanto, mandou que disséssemos a ti, Agamênon, e a ti, Menelau, que ele não tinha a menor ideia do que estávamos falando; que Zeus era testemunha de que ele só conhecia a rainha Helena pela fama de beleza, mas nunca tinha sequer posto os olhos sobre ela; que o reino de Troia era muito maior e mais poderoso que Esparta e Micenas juntas, e que portanto não aconselhava nenhum grego a lhe fazer ameaças que nunca poderia cumprir; e que, finalmente, já que tínhamos tocado no assunto, ele mais uma vez exigia que lhe enviássemos de volta a bela Hesíone, sua querida irmã, que continua prisioneira, contra sua vontade, no reino de Telamon, nosso aliado. E, dito isso, nos dispensou, não sem antes recomendar ao capitão da sua guarda pessoal que assegurasse que chegaríamos vivos ao nosso navio, tamanha era a indignação de todos os que nos rodeavam. Isso foi tudo o que aconteceu."

  Agamênon e Menelau se entreolharam, estupefatos. Menelau tinha estado há poucos meses em Troia e falado pessoalmente com o velho Príamo, a quem julgava um soberano ponderado e respeitável. Em todos os portos, em todas as ilhas, na Fenícia, em Chipre, na Lídia, Príamo era tido como homem de palavra, em quem se podia confiar. "Este velho ficou louco!", concluiu Menelau. "A deusa Ate, que cega o entendimento dos homens, deve ter tomado conta de seu juízo, levando-o a mentir tão descaradamente! E o miserável ainda jura, em nome de Zeus, que nunca viu minha mulher, pensando que nos engana!"

  Príamo não estava mentindo: Helena não estava em Troia – ainda. O que Menelau não sabia é que a tempestade enviada por Hera tinha desviado Páris para o sul, em direção ao Egito, exatamente no rumo oposto ao que deveria ter tomado, retardando a sua volta em quase trinta dias. Quando os embaixadores de Agamênon estiveram em Troia, Páris e Helena tinham deixado há pouco o porto de Sídon, carregados de presentes, e estavam navegando para Chipre, sua última escala antes de chegar em casa. Além disso, Príamo, que não tinha notícias de seu filho desde o dia da partida, também jamais poderia imaginar que Páris estaria de volta trazendo um troféu tão cobiçado quanto Helena...

    Para Agamênon, contudo, a resposta de Príamo era intolerável: naquela mentira tão primária ele não conseguia disfarçar o desprezo que sentia pela inteligência dos gregos; além disso, suas palavras revelavam uma indisfarçável soberba pelo poderio troiano e continham uma clara intimidação para que desistissem de recuperar Helena. Isso não podia ficar assim, e Agamênon enviou arautos a todos os chefes que tinham prestado o juramento de Tíndaro, para informá-los do que tinha acontecido e convocá-los para o combate. O gesto de Páris não afrontava apenas Menelau e sua família; Helena era tão famosa que a notícia do rapto ia correr o mundo e causar espanto a todos quantos a ouvissem. Se o crime do troiano não fosse punido, se a rainha não fosse resgatada e o tesouro de Esparta restaurado, ninguém mais poderia estar tranquilo quanto à segurança de seu reino e de sua rainha.

14
EM BUSCA DE ULISSES

Agamênon então sugeriu que, antes de qualquer outra providência, Menelau partisse sem demora para Pilos, a fim de convencer o velho Nestor a aderir à expedição contra Troia. O poderoso Apolo, o senhor dos ratos e da peste, o deus de todos os oráculos, havia concedido ao nobre Nestor o privilégio de viver o tempo de três gerações humanas completas; por esse motivo, sua opinião e seu conselho eram ouvidos por todos, fossem chefes ou reis importantes, que reconheciam a sabedoria e a prudência sem par do mais velho de todos os guerreiros. Ele não tinha, evidentemente, participado da disputa pela mão de Helena e não estava, portanto, obrigado pelo juramento de Tíndaro, mas Agamênon considerava indispensável que ele se juntasse às forças unidas da Grécia, pois nenhum chefe deixaria de aprovar a guerra que se preparava quando soubesse que Nestor já fazia parte do grupo.

Quando soube dos detalhes do rapto de Helena, mesmo o prudente Nestor concordou que alguma coisa tinha de ser feita, e comprometeu-se a fornecer, quando a hora chegasse, uma esquadra de noventa navios, que ele próprio ia comandar. "Posso ser o mais velho de todos, mas meu braço ainda golpeia com força suficiente para atravessar qualquer escudo troiano!", disse ele a Menelau, que conhecia a força lendária do velho. "Agora, precisamos de Ulisses!" Menelau não pôde esconder a estranheza; entre tantos chefes mais importantes, por que deveriam começar exatamente por Ulisses? Por que toda essa importância? Nestor sabia que Ulisses não era muito benquisto por guerreiros como Menelau, que confiavam mais nas armas e no seu corpo do que no engenho ou no raciocínio; os lobos desconfiavam da raposa, mas agora iam precisar de seus ardis: "Ítaca é uma ilha pequena, o reino é pobre e a sua esquadra não deve chegar a quinze navios, mas precisamos de Ulisses. De todos os chefes, é o que pensa mais parecido comigo. Além disso, não conheço nenhum outro tão astuto, tão cheio de artimanhas, e Zeus sabe o quanto vamos precisar delas quando a guerra começar". Menelau acatou a opinião de Nestor; já que ele fazia questão... O que ele não desconfiava é que esse mesmo Ulisses, do qual falava com desprezo, tinha sido o autor da ideia daquele juramento providencial que todos os pretendentes tinham prestado a Tíndaro, quando o marido de Helena estava por ser escolhido – juramento esse que agora lhe assegurava o apoio e a solidariedade de todos os chefes gregos na luta para ter sua mulher de volta.

Menelau e Nestor zarparam então para Ítaca, o pequeno reino de Ulisses. Junto com eles ia Palamedes, outro dos pretendentes de Helena, cuja inteligência também era muito respeitada, pois tinha contribuído com muitas descobertas importantes para a vida grega. Era a ele que atribuíam a invenção do jogo de dados; dele também se dizia que tinha acrescentado várias letras que faltavam ao alfabeto grego e divulgado a proporção ideal para misturar a água ao vinho, que era de duas partes para cinco. Sua presença no grupo era ideia de Nestor, que já previa a resistência de Ulisses em entrar nesta guerra; com o reforço de Palamedes, o velho guerreiro sentia-se mais preparado para enfrentar as astúcias que Ulisses provavelmente usaria para ficar fora da expedição.

Nestor tinha toda a razão: Ulisses nunca tinha estado tão feliz, em sua vida, e a última coisa que desejava fazer era deixar sua ilha para lançar-se numa aventura numa terra tão distante quanto Troia. Depois do casamento de Helena, Tíndaro tinha cumprido sua promessa: intercedeu junto a seu irmão, Icário, para que este permitisse que Ulisses desposasse sua filha Penélope, prima de Helena. Realizadas as bodas, Icário queria que os recém-casados ficassem morando com ele, como fazia a maioria dos jovens casais, mas Ulisses não concordou. Colocou num carro de bois todos os objetos que pertenciam, por direito, a sua esposa, e ele e Penélope começaram a longa viagem em direção a Ítaca; Icário, desolado, seguiu-os por um bom tempo, caminhando atrás deles, tentando convencê-los a ficar, até que Ulisses parou o carro e mandou Penélope decidir: ou ela ia com ele, para ser sua rainha, ou descia do carro e voltava para a casa de seu pai. A resposta de Penélope foi simplesmente tapar o rosto com o véu e aconchegar-se mais ao corpo do marido, voltando as costas para o pai. Icário tinha entendido a mensagem, e dizem que, naquele ponto da estrada, mandou erigir um monumento à modéstia feminina.

Ulisses tinha deixado o palácio de Ítaca pronto para receber a sua nova senhora. Ela recebeu as boas-vindas das escravas que agora iam servi-la e passeou pelos aposentos que eram seus novos domínios; Penélope gostou de tudo e de todos, mas o que mais a encantou foi o leito do casal, que Ulisses tinha construído com as próprias mãos, aproveitando o tronco de uma centenária oliveira que atravessava o aposento nupcial. Ítaca tornou-se o seu novo lar, e neste leito, nas noites perfumadas daquele verão, ela se descobriu totalmente apaixonada pelo marido.

Agora, dois anos haviam se passado; duas vezes as parreiras tinham se enchido de uvas nas encostas ensolaradas de Ítaca. Nesta segunda primavera, tinha nascido um menino, o pequeno Telêmaco, o futuro reizinho da ilha, que iria um dia suceder a Ulisses como este tinha sucedido a Laertes. Este tinha sido um ano muito bom; a deusa Deméter tinha sido extremamente generosa para eles, e os celeiros do palácio estavam cheios de grãos. Nunca as oliveiras tinham produzido um azeite tão perfumado, nunca Ulisses tinha colhido frutos tão doces de suas figueiras. Os dias eram leves e luminosos, como são os dias no mundo dos deuses, no alto do sereno Olimpo, e nada parecia perturbar aquela rara harmonia – até que chegou o primeiro arauto de Agamênon, trazendo notícias da guerra.

Não que Ulisses tivesse medo; ele era um guerreiro, e sabia que uma expedição dessas dimensões ia trazer renome e riqueza para quem participasse. Não era isso; é que um oráculo já o tinha prevenido contra essa aventura, emitindo uma soturna profecia: "Se fores a Troia, não voltarás antes que se passem vinte anos, e voltarás pobre, e solitário, e sem nada!". Por isso, Ulisses nada disse a Penélope; imaginou que, se não atendesse ao chamado, não viriam até a ilha para buscá-lo, logo ele, um chefe que comandava forças tão inexpressivas. Assim como Menelau, ele próprio ia ficar espantado se soubesse que Nestor o considerava uma das peças importantes para o sucesso da expedição – e espantado ficou quando, alguns dias depois, um camponês veio correndo avisá-lo de que três senhores acabavam de desembarcar na praia da ilha e se dirigiam para onde ele estava. Ele imediatamente entendeu que tinham vindo atrás dele e, com os poucos minutos de que dispunha, numa última tentativa de escapar à convocação, resolveu passar por louco. Pôs na cabeça um velho chapéu que tinha perdido as abas, atrelou ao arado, na mesma junta, um jumento e um boi, e começou a arar, em linhas tortas, um pequeno terreno no alto da colina. Quando ali chegaram Menelau, Nestor e Palamedes, Ulisses fingiu que não se dava conta de sua presença e continuou o seu trabalho insensato, conduzindo aquela parelha absurda de animais tão diferentes, alheio a tudo, com aquele sorriso tolo que têm os dementes mansos. A cada sulco que o arado abria, Ulisses parava e, em vez de semente, lançava grossos punhados de sal na terra recém-revolvida.

Os três visitantes assistiam, num silêncio constrangido, a todas essas loucuras. Era uma grande ironia terem vindo até ali em busca da esperteza e da sagacidade de um homem que parecia ter perdido completamente o juízo! Menelau sugeriu que esquecessem Ulisses e voltassem ao navio, mas Palamedes não estava convencido. Ele também era esperto e sagaz, e assim como a raposa fareja a raposa, ele pressentiu que tudo aquilo era apenas um estratagema para despistá-los. Não longe dali, à sombra de uma figueira, Penélope amamentava o pequeno Telêmaco, acompanhando a cena à distância. Ela não entendia nada do que estava vendo – seu marido comportando-se como um louco diante dos três recém-chegados –, mas ela conhecia Ulisses o suficiente para saber que ele tinha algum motivo importante para agir desta forma. Palamedes dirigiu-se a ela, tomou-lhe Telêmaco dos braços e foi colocar o bebê no caminho do arado, poucos metros à frente do jumento e do boi. Ulisses percebeu que tinha perdido a partida; quando os cascos dos dois pesados animais se aproximaram do menino, ele abandonou o arado e foi levantar Telêmaco do chão, mostrando sua sanidade e perdendo assim seu disfarce. Palamedes ficou tão satisfeito por ter derrotado o astucioso Ulisses que não percebeu que tinha conquistado um inimigo mortal.

Coberto de vergonha, teve de admitir a Nestor que aquilo era apenas uma brincadeira – e não teve outro remédio senão concordar quando o outro o avisou que ele deveria embarcar agora com eles, para visitar outros chefes que tinham se comprometido pelo juramento de Tíndaro. Ulisses despediu-se de Penélope e comunicou aos principais guerreiros de Ítaca que, em breve, ele estaria de volta para aparelhar os navios que partiriam para Troia.

15

A GRÉCIA PRECISA DE AQUILES

Todos sabiam que Calcas, o grande adivinho da cidade de Megara, tinha anunciado que Troia só cairia no dia em que Aquiles lutasse diante de suas portas. Aquiles só tinha nove anos quando Calcas fez essa previsão, mas o vidente, que podia ler no voo dos pássaros o presente, o passado e o futuro dos homens, tinha se tornado tão famoso que a sua profecia tinha atravessado a Grécia toda, repetida de boca em boca. No entanto, o nome de Aquiles ainda não era famoso, e naquela época ninguém sonhava em atacar Troia, que era apenas uma cidade distante de um reino distante, lá onde a Ásia começava. Agora, no entanto, com a iminência da guerra, a velha profecia voltava a ser lembrada com toda a sua força, e todos – Agamênon, Menelau, Nestor e Ulisses – concordaram que precisavam de Aquiles para enfrentar os troianos.

Isso, porém, não ia ser fácil por duas boas razões. A primeira é que ele nada tinha a ver com o juramento prestado pelos pretendentes de Helena. Quando eles haviam se reunido em Esparta, no palácio de Tíndaro, para disputar sua mão, Aquiles era apenas um menino que caçava nas florestas da Tessália, mais interessado nos seus cães do que na beleza das mulheres. Para convencê-lo, portanto, não bastaria alegar um compromisso sagrado, como Nestor e Palamedes tinham feito com Ulisses; teriam de apelar para sua virtude guerreira, mostrando que uma investida contra Troia cobriria de glória quem dela participasse, fazendo seu nome ser cantado para sempre nos versos dos grandes poetas.

A segunda razão era ainda mais séria: ninguém tinha a menor ideia de sua aparência física nem do seu paradeiro.

Foram enviados mensageiros a todos os reinos conhecidos, a indagar sobre ele, mas sempre voltavam sem nada: todos tinham ouvido falar no filho de Tétis e dos oráculos a seu respeito; todos conheciam a profecia de que ele seria um dos grandes heróis de toda a Grécia, mas ninguém o conhecia nem tinha qualquer pista que pudesse levar até onde ele se encontrava. Aquiles simplesmente tinha desaparecido sem deixar sinal, como a fumaça soprada pelo vento.

Mesmo antes de nascer, ele estava predestinado a um futuro glorioso. "O filho de Tétis será mais ilustre e poderoso que aquele que for o seu pai", disse Nereu, o velho do mar, a Tétis, a mais encantadora das Nereidas, quando foi consultá-lo sobre o seu futuro casamento. Ela saiu dali feliz; sua única dúvida era quem ela escolheria para ser o pai de seu filho, pois entre os deuses que a cortejavam estava o próprio Zeus, o senhor do Olimpo, e Posêidon, seu irmão, o senhor de todos os mares. Contudo, para sua decepção, eles se afastaram dela assim que ficaram sabendo das palavras do oráculo: Zeus e Posêidon eram deuses jovens, que haviam tomado o poder depois de derrotar Cronos, seu próprio pai, e as outras divindades antigas que o apoiavam; nenhum deles ia querer, casando com Tétis, que o filho dela repetisse exatamente a mesma cena. Afinal, os deuses viviam em perfeita harmonia desde que os três irmãos mais poderosos tinham dividido o mundo em três domínios distintos: Zeus reinava sobre a terra, Posêidon reinava sobre os mares e Hades reinava sobre o mundo subterrâneo dos mortos. Esse equilíbrio ficaria abalado se um deles fosse o pai do filho de Tétis e viesse a ser substituído por ele, como anunciava a profecia. Assim, Zeus tratou de arranjar um marido para ela, mas fora do Olimpo. A escolha recaiu em Peleu, que era um simples mortal, condenando-a a um casamento desigual e indesejado, que a deixaria infeliz para sempre.

As núpcias de Tétis foram celebradas, portanto, com mais entusiasmo pelos deuses convidados do que pela própria noiva, que via morrer, dessa forma, os seus sonhos de ter um filho divino. Como se não bastasse, foi também nesta cerimônia que Éris tinha semeado a discórdia entre Atena, Hera e Afrodite, ao lançar no recinto do banquete a famosa maçã de ouro destinada "à mais bela" – o que levou ao julgamento de Páris e à sua paixão por Helena. Na verdade, foi ali, naquele casamento, que a Guerra de Troia tinha começado.

Dizem que, ao nascer Aquiles, Tétis não se conformou com o fato de que ele não fosse imortal. Primeiro, para torná-lo invulnerável a qualquer ferimento, ela o mergulhou nas águas negras do rio Styx, o rio sagrado dos deuses, que corria nos domínios subterrâneos de Hades. Contudo, como segurou o bebê pelo calcanhar para imergi-lo na água, esta pequena parte do corpo continuou vulnerável ao ferro e ao bronze. Depois, para deixá-lo imortal, colocou-o, à noite, junto às brasas da lareira, para que sua parcela mortal, herdada de Peleu, fosse sendo consumida pouco a pouco; durante o dia, friccionava o corpo do menino com ambrosia, o perfumado alimento dos deuses, que servia como um bálsamo restaurador que fazia as queimaduras desaparecerem. No entanto, quando se preparava para repetir a operação, na terceira noite, foi surpreendida por seu marido, Peleu, que tirou-lhe violentamente o menino dos braços e a proibiu de tentar fazer de novo. Tétis, triste e desgostosa com essa vida familiar que apenas começava, abandonou então o filho e o marido e voltou a morar com as Nereidas, suas irmãs, nas águas verdes do mar.

Peleu não tinha condições de cuidar sozinho do pequeno Aquiles, principalmente porque, fazendo parte do famoso grupo de heróis que acompanhava Jasão em suas aventuras, ele tinha muitas vezes de se ausentar por grandes períodos de tempo. Por isso, levou o menino ao seu padrinho de casamento, o centauro Quíron, sábio tutor de tantos heróis, para que ele o educasse como convinha, na sua ampla caverna situada nos montes verdes da Tessália. Ali o menino foi feliz. Quíron tinha se afeiçoado a ele como a um filho, e ensinou-lhe tudo o que sabia, criando-o com a fibra e a destreza indispensáveis a um futuro herói. Alimentava-

-o com leite, mel e o tutano dos ossos; quando podia, dava-lhe as entranhas do urso e do lobo recém-abatidos. Acostumou-o a enfrentar qualquer fera, sem temê-la, mesmo quando estivesse sozinho nas grandes florestas. Deu-lhe armas assim que as mãos do menino lhe pareceram fortes o suficiente para manejá-las, ensinando-o a apreciar as boas lâminas e as lanças com bom equilíbrio. O menino nunca dormiu em colchão, nem ao menos em palheiro; Quíron o ensinou a dormir, como ele próprio, na pedra áspera da caverna.

    Depois, começou a preparar o corpo de Aquiles para a corrida a pé; enquanto ainda conseguia mover-se com agilidade, o velho centauro galopava atrás dele, fazendo-o correr à sua frente pelos vales e pelos campos, até cair de exaustão. Quíron, então, carinhosamente, recolhia-o do chão e deixava-o montar nas suas costas, trazendo-o para casa num trote macio. Com isso, fortificou os pulmões, as pernas e os pés do menino, tornando-o o corredor mais rápido do mundo – como seus amigos e inimigos logo reconheceriam, denominando-o de Aquiles, o de pés velozes.

    Para desenvolver sua coragem, Quíron proibiu-o de caçar filhotes ou fêmeas indefesas; Aquiles só podia matar o urso selvagem ou o javali de presas mortíferas. Ensinou-o também a escalar os píncaros dos montes, a atravessar florestas em chamas e a controlar um carro puxado por quatro cavalos selvagens. Como ele o estava preparando para ser o guerreiro mais famoso de todos os tempos, não deixou de mostrar-lhe o valor dos sumos das plantas que combatem a doença, estancam o sangue e fazem o ferimento cicatrizar, bem como as que induzem o sono e aliviam a dor. Finalmente, para que fosse um homem completo, acostumou-o a afinar a sua lira, todos os dias, e a tocar e cantar os feitos dos velhos guerreiros do passado.

    Quando ficou sabendo dos preparativos para a guerra, Tétis, pressentindo que isso podia ser a perdição de seu filho, arrependeu-se por tê-lo abandonado e foi até a Tessália para tentar falar com ele. Ela lembrava muito bem que Nereu, o velho do mar, o adivinho que tinha anunciado que Aquiles seria mais famoso que seu pai, tinha dito também que o Destino o deixaria escolher o futuro que quisesse: ou optava pela glória e conquistava fama eterna, morrendo em combate nas planícies de Troia, ou mantinha-se em casa, distante dos acontecimentos, garantindo para si uma vida longa e anônima como a de qualquer mortal. Tétis sabia que iriam atrás dele para tentar convencê-lo a lutar, e seu coração sentia que Aquiles não ia hesitar em optar por uma vida curta mas com glória – como indicavam as profecias. Por isso, correu até a caverna de Quíron para tentar salvar o filho. Logo os gregos chegariam a alguma pista de seu paradeiro, fornecida por algum pastor que o tivesse visto correndo pelos montes ou por algum caçador que o tivesse encontrado na floresta. Ou ele poderia ser denunciado por algum dos outros centauros, de quem Aquiles não gostava, e que viviam se queixando do jovem pupilo de Quíron, que assaltava seus campos e libertava seus rebanhos só para se divertir. Era só uma questão de tempo, e homens espertos como Ulisses ou Palamedes iam conseguir encontrá-lo, se ela não fizesse nada. Por isso, resolveu retirá-lo dali, levá-lo para longe da caverna do centauro; ele estaria salvo se ela conseguisse escondê-lo até o término da guerra.

Quando Quíron avistou Tétis, que subia a encosta em direção à sua morada, veio correndo recebê-la, fazendo o solo tremer com os seus cascos velozes. Ele abraçou com carinho a mãe de Aquiles e a conduziu até sua caverna, onde a fez sentar. "Onde está o meu filho, Quíron? Eu sempre soube que ele estava seguro contigo, mas agora meus sonhos estão povoados de espadas e lanças que ameaçam sua vida, diante de uma cidade em chamas; neles eu me vejo, horror dos horrores, levando o meu filho ao mundo escuro de Hades e mergulhando-o de novo nas águas negras do Styx! O velho Nereu, o vidente do mar, disse-me que eu só poderia afastar esses maus sonhos se eu executasse um rito de purificação, em águas secretas que ficam além do horizonte, passando a última praia do Oceano; lá eu devo banhar Aquiles. Por isso eu vim buscá-lo." O velho centauro nada tinha a opor, e confessou à deusa que já não tinha autoridade sobre Aquiles; embora ainda gostasse muito do jovem, não conseguia fazer-se respeitar, e já tinha muitos incômodos com os demais centauros de sua tribo, que não gostavam das brincadeiras de mau gosto que Aquiles vivia pregando. Que Tétis esperasse um pouco: seu filho logo retornaria da caçada.

E assim foi: não haviam passado duas horas, e Aquiles apareceu na porta da caverna. Quando viu a mãe, deu um grito de alegria, jogou o arco e as flechas no chão e desapareceu de novo no negror da noite, em busca de um riacho de águas claras que descia a encosta do monte Pélio. Ali, lavou o rosto e as mãos, sujos com o sangue das presas que tinha abatido, e molhou o longo cabelo, que alisou com os dedos; então, mais arrumado, voltou e abraçou longamente a mãe, que ficou maravilhada ao ver o belo homem em que ele tinha se transformado. Quíron serviu um jantar frugal de figos, queijo e azeitonas, ao qual acrescentou uma jarra de vinho escuro e perfumado como a terra. Em seguida, o centauro trouxe a lira para Aquiles, para que tocasse para Tétis; o rapaz então cantou a história de Tétis e de Peleu, seus próprios pais, que casaram naquela cerimônia inesquecível, a que todos os deuses compareceram. Tétis sorria, ao ver a delicadeza com que o filho, que tinha lhe parecido um brutamontes, dedilhava as cordas do instrumento. Pouco a pouco, a Noite fez cair sobre eles o sono reparador. Quíron preparou para Tétis um leito macio de folhas tenras cobertas com um manto de lã nunca usado; em seguida, enroscou-se no chão. Aquiles estendeu-se a seu lado, e em poucos minutos ambos já tinham adormecido.

Tétis, porém, não dormia. De pé, sobre uma rocha batida pelo mar, ela fitava as estrelas e tentava decidir onde ia esconder o filho. Apesar de confiar em Quíron, não ia revelar os seus planos; era melhor que o centauro não soubesse para onde eles iam, pois assim ninguém – nem com ameaças, promessas ou juramentos – poderia arrancar dele qualquer informação. Aquela história da purificação de Aquiles nas distantes águas sagradas era apenas uma desculpa. Sua real intenção era bem outra: muitas vezes, nadando com suas Nereidas por entre as ondas do mar, tinha passado perto da ilha de Skiros, em cujas praias se ouvia a voz de mulheres jovens que se divertiam e o eco de suas brincadeiras inocentes. Eram as belas filhas do rei Licomedes, que viviam alegres no palácio do pai e davam àquela ilha um ar invejável de paz e tranquilidade – justo o que Tétis queria, porque ali seria o último lugar onde iriam imaginar que Aquiles estivesse.

    Com um gesto, convocou seus dois golfinhos mais fiéis para que se aproximassem da costa rochosa e aguardassem por ela. Aquiles dormia mais pesadamente que o costume, pois Tétis havia pedido a Hipnos, o deus do sono, que infundisse em suas pálpebras um sono doce e profundo. A deusa então acordou Quíron, e os dois transportaram o jovem adormecido até a beira da praia, onde reinava um silêncio espantoso, porque ela havia ordenado às ondas que se aquietassem completamente para não acordar o filho. Ela o colocou nas costas de um dos golfinhos e subiu para as costas do outro; a um sinal, os dois animais começaram a singrar a água calma do mar, abrindo um sulco de espuma branca que rebrilhava à luz da Lua. Com os olhos úmidos de tristeza, Quíron acenou para Tétis e retomou, cabisbaixo, o caminho solitário da caverna, onde nunca mais iria ecoar a voz de seu jovem amigo.

16

AS FILHAS DE LICOMEDES

Quando a Noite foi embora e Eos, a deusa da aurora, pintava o pálido céu da manhã com os seus dedos cor-de-rosa, Tétis e o filho já estavam numa praia de Skiros. Despertando aos poucos, com a luz do Sol nascente, Aquiles examinou, inquieto, a paisagem desconhecida. Tétis, a seu lado, tranquilizou o filho, acariciando seu cabelo. "Se a Fortuna, meu filho, tivesse me dado o marido que eu merecia, tu estarias agora comigo no alto do Olimpo, e eu não teria temor algum de que algo pudesse te acontecer. Mas nasceste de uma união desigual, herdando de teu pai a sina de todos os mortais, e agora eu me preocupo contigo, pois dias de terror e destruição começam a rondar a tua vida. Peço-te que te escondas aqui, entre as filhas do rei Licomedes, enquanto passa essa nuvem negra que eu vejo se aproximar. Logo estarás de volta às colinas da Tessália, correndo despreocupadamente ao lado de teu amigo centauro; mas agora, eu te suplico, troca a tua roupa por estas roupas aqui; teu rosto ainda é macio e sem barba, e se eu puder arrumar o teu cabelo de modo a ocultar um pouco as tuas feições, ninguém vai te reconhecer no meio de tantas donzelas."

Ao ver que a mãe lhe estendia uma túnica feminina, amarela como o açafrão, Aquiles recuou, indignado. Eram roupas de mulher! Sua mãe queria transformá-lo numa mulherzinha! Não tinha sido para isso que ele havia aprendido a manejar a lança e a espada, a lutar com os punhos e a suportar a dor dos ferimentos! Ele tinha crescido para ser um guerreiro, como fora seu pai, e não um afeminado, a dançar no meio das moças com o cabelo enfeitado de flores! Tétis percebeu, divertida, o quanto a ideia desagradava ao filho, mas não podia desistir: "Ora, filho, tens medo de ficar um frouxo só por causa de um vestido? Tens vergonha? Temes que os centauros possam rir de ti, se souberem? Eu te juro que jamais alguém saberá; este será um segredo entre nós dois!".

Aquiles ia responder, quando o som de gritos alegres atraiu sua atenção. Eram vozes cristalinas que vinham do outro lado do rochedo que terminava na praia. Tétis levou o dedo aos lábios, ordenando-lhe silêncio, e conduziu-o pelo braço até um ponto onde eles puderam observar, escondidos, o que se passava do outro lado da rocha. Lá atrás, num pequeno prado verdejante, jovens mulheres divertiam-se com uma bola ornada de fitas, disputando para ver quem conseguia mais vezes arremessá-la para o alto e apará-la no ar, sem deixar cair no chão – e davam saltos e piruetas tão graciosos que Aquiles chegou a pensar que tinham surpreendido a dança de um bando de ninfas do prado. Tétis não podia deixar de notar o encantamento do filho pelas belas jogadoras, especialmente por uma delas, a mais ágil, que superava a todas também na graça e na beleza. "Aquela é Deidâmia, brincando com suas irmãs", disse ela, sussurrando no ouvido do filho, que não tirava os olhos da cena. "Estas são as filhas de Licomedes! Ainda achas muito desagradável a ideia de passar os dias e as noites nos aposentos das mulheres, cercado por essas lindas jovens? Parece-te muito difícil viver ao lado de uma moça como Deidâmia? Tu és jovem também, és belo como um deus, e ela vai gostar de ti, tenho certeza. Toma, veste isso, e não vais te arrepender!" Aquiles ainda tentou resistir, mas já não foi com a veemência de antes que ele afastou a roupa que a mãe lhe oferecia. Vendo que ele hesitava entre a vergonha e o desejo, Tétis resolveu ajudá-lo a decidir-se: jogou-lhe a túnica por cima do ombro e ajustou--lhe uma faixa bordada na cintura. Depois, colocou no filho o colar que ela trazia no próprio pescoço e alisou a sua basta cabeleira, repartindo-a em duas generosas madeixas. Aquiles, ruborizado mas feliz, deixou-se vestir sem maior resistência.

Em seguida, Tétis deu-lhe uma orientação breve, mas sábia, de como ele deveria se portar: falar pouco ou quase nada, manter os olhos sempre voltados para o chão quando se dirigissem a ele, comer o que as outras comiam e beber só o que elas bebiam. Devia evitar a luz forte e a proximidade dos espelhos, e nunca, em hipótese alguma, sair com elas para banhar-se. "Elas são mulheres, e vão terminar descobrindo o teu disfarce, mas não faz mal: elas são jovens e vão querer te manter escondido. Só quem não pode saber é o rei Licomedes, que te expulsaria de seu reino e poria todo o nosso plano a perder."

No dia seguinte, quando o rei fazia suas oferendas diante do altar de Posêidon, Tétis apareceu diante dele com o esplendor de sua beleza. Licomedes reconheceu a deusa do mar e saudou-a respeitosamente. "Esta é Pirra, ó rei, a irmã do meu Aquiles, de quem tenho tantas saudades! Vê como ela tem o mesmo olhar altivo! Muitas vezes ela me implorou por uma espada, e um arco para carregar no ombro, como as guerreiras amazonas, mas eu sempre neguei, porque eu quero que ela case e tenha filhos como qualquer outra. Há muito ela não tem companheiras femininas, e só convive com seus colegas, os jovens rapazes que se preparam para ser lutadores ou guerreiros. Isso não está certo. Assim, venho pedir-te que a abrigues em teu palácio até que ela esteja pronta para o matrimônio. Aqui, em Skiros, reclusa com as mulheres, ela vai reaprender as graças próprias de nosso sexo e deixar as caçadas e os combates para o seu irmão." Assim ela falou, e Licomedes aceitou de bom grado a incumbência, recebendo Aquiles em seu palácio. O disfarce não era perfeito, mas o rei estava feliz por ter sido o escolhido para fazer um favor tão especial para a deusa, e enxergou em Pirra o que Tétis disse para ele enxergar. Aquiles foi levado para o aposento das moças, que olhavam, curiosas, para aquela recém-chegada que tinha pés muito grandes e as excedia, na altura, em mais de uma cabeça.

Mesmo sabendo-o seguro naquele esconderijo, Tétis ainda não estava satisfeita. Mergulhou no mar e deslizou, como um peixe, para além da rebentação; ali, virou-se para a ilha e fez um pedido de mãe: "Ó, ilha, que guardas agora o meu filho adorado, não deixes de protegê-lo! Cuida bem de Aquiles, que todas as minhas Nereidas, e os ventos e as correntes do mar ser-te-ão agradecidos! Não deixes aportar em tua terra nenhum navio dos gregos, porque eles só querem o mal de meu filho!".

Tanto cuidado foi em vão, porque alguns meses depois aportou na praia de Skiros um navio comandado por Ulisses. Ele tinha estado pessoalmente na caverna de Quíron, em busca de informações sobre Aquiles, mas não acreditou quando o centauro lhe disse que Tétis tinha levado o filho para muito além do horizonte. Ele deveria estar por perto, escondido em alguma ilha que já tinha sido visitada. Ulisses começou a reexaminar uma por uma. A solução do mistério ocorreu-lhe quando resolveu conversar mais uma vez com os primeiros mensageiros que Agamênon havia despachado: eles lhe disseram que numa delas, ao menos, ele não precisava voltar; tratava-se da ilha de Skiros, porque ali vivia apenas o rei Licomedes, acompanhado de suas filhas. Ulisses não teve mais dúvida: se este era o único lugar em que Aquiles não podia estar, então era exatamente neste que ele deveria procurar, e para lá se dirigiu. Nem Tétis nem as ondas que rebentavam contra os rochedos da ilha puderam fazer alguma coisa para impedir a chegada de Ulisses ao palácio de Licomedes, porque era o desejo de Zeus que assim acontecesse.

Se fosse apresentado como enviado de Agamênon, Ulisses seria recebido formalmente pelo rei e não teria acesso aos aposentos femininos, onde suspeitava que estivesse Aquiles. Por isso, já desembarcou do navio vestido como um simples mercador, rumando para o palácio na companhia de quatro servos, que carregavam atrás dele dois pesados baús com tecidos, adereços e quinquilharias de toda a espécie. Ulisses já tinha visto, em sua própria casa, em Ítaca, o entusiasmo com que Penélope e as outras mulheres recebiam a visita de um comerciante que vinha do outro lado do mar, com o navio carregado com esse tipo de mercadoria; o velho fenício ficava andando de ilha em ilha, até vender todo o seu estoque, e sempre se gabava de ser bem recebido em todos os palácios reais. Ulisses estava certo: o que costumava acontecer em Ítaca também aconteceu em Skiros. O rei o recebeu com toda a cordialidade e o encaminhou a um amplo recinto no interior do palácio, onde estavam reunidas todas as mulheres, que tinham sido avisadas da chegada do novo mercador. Mal Ulisses ergueu as tampas dos dois baús e começou a mostrar o seu colorido conteúdo, e já estava rodeado por mais de vinte atraentes compradoras, que se apinhavam à sua volta para ver o que ele tinha para mostrar.

Ulisses sabia que precisava se comportar com extrema cautela, ao tratar com aquele público feminino; ali, ele não passava de um simples estrangeiro, um homem que tinha sido, numa exceção muito especial, admitido aos aposentos reservados às mulheres, dentro do palácio de um rei. Era uma situação muito delicada, porque se o mínimo gesto, se um simples olhar fosse interpretado como afronta ou desrespeito a qualquer uma delas, o rei Licomedes ia puni-lo com rigor, expulsando-o da ilha – isso na melhor das hipóteses. Afinal, ele também era rei, e faria exatamente o mesmo se algum atrevido fosse desrespeitar as mulheres de sua casa. Assim, tomou todo o cuidado para não demorar o olhar em nenhuma em particular; apenas examinava--as de relance, ao lhes oferecer a mercadoria, tentando encontrar algum detalhe que lhe apontasse o filho de Tétis. A tarefa não era fácil, porque nem todas tinham o rosto descoberto; além disso, umas se moviam em torno dos baús, trocando de posição incessantemente, enquanto outras mantinham-se sentadas, impedindo-o, desta forma, de avaliar a sua estatura ou as suas feições. Alguma coisa, contudo, deixava-o convencido de que ele não era o único homem presente no recinto; em algum lugar daquela ampla sala, Aquiles acompanhava seus gestos.

Para ganhar o tempo e a oportunidade necessária para examiná-las mais de perto, ia tirando peça por peça do baú, sem pressa, erguendo-a para expô-la mais à luz que entrava pelas janelas. Falava incessantemente, elogiando suas qualidades e realçando seu valor; e para que todas pudessem ver o que ele estava mostrando, girava em torno, devagar, aproveitando para passar os olhos por todo o ambiente sem parecer curioso demais. Eram tecidos, joias, adereços, espelhos e pentes para o cabelo, fitas e cordões multicores, unguentos e essências perfumadas – um conjunto colorido e original próprio para fascinar qualquer mulher que o visse, pois tudo tinha sido muito bem escolhido por quem entendia do ramo: Ulisses tinha comprado todo aquele estoque de um velho fenício e de sua esposa, mercadores legítimos, a quem tinha recomendado que enchessem os dois baús com presentes que fizessem brilhar os olhos de qualquer princesa real.

O trunfo decisivo, contudo, estava guardado para o final, bem no fundo do baú: uma belíssima espada de aço da Fócia, com a bainha toda trabalhada em prata e ouro brilhantes. Num gesto teatral, Ulisses desembainhou-a de um só golpe, enchendo a sala toda com o ruído rascante de metal que roça em metal; em seguida, ergueu-a acima da cabeça, para que a luz da janela fizesse rebrilhar a lâmina polida, enquanto examinava a reação das princesas. Só uma delas reagiu, e só podia ser Pirra, a donzela dos pés grandes. Ela vinha acompanhando, entediada, a demonstração do falso mercador, aborrecida com a incompreensível animação das mulheres diante daquelas quinquilharias coloridas. Agora, no entanto, aproximou-se de um salto, tirou a espada das mãos de Ulisses e apertou com prazer a empunhadura cinzelada; experimentou o fio da lâmina no dorso da mão, fez com ela um floreio no ar, para melhor sentir-lhe o peso, e deu duas ou três estocadas para a frente, contra um inimigo imaginário. "Ela é toda tua, Aquiles. Foi feita para ti!", disse-lhe então Ulisses, sorrindo ao ver a imensa satisfação com que o jovem renunciava a seu disfarce. "Vamos embora; Troia está esperando" – disse Ulisses, e mais não precisou falar. Voltou as costas para os dois baús, abandonou as mercadorias nas mãos que as examinavam e enfiou pelos corredores, em direção à saída, acompanhado de perto pelo filho de Tétis, que se livrava, enquanto ia caminhando, da odiosa roupa com que a mãe o tinha vestido. Todas ficaram estupefatas com aquela cena insólita; só Deidâmia baixou a cabeça, a chorar baixinho, porque, ao ver a animação com que Aquiles se afastava, compreendeu que nunca mais o veria, ele que tinha sido o seu companheiro de leito dos últimos meses, e que agora se ia para sempre.

17

A REUNIÃO DOS CHEFES

Enos meses que se seguiram, os chefes de toda a Grécia começaram a reunir suas tropas e a aparelhar seus navios para a grande expedição. O ponto de encontro era o porto de Áulis, numa enseada protegida da costa da Beócia, plantado bem defronte à ilha de Eubeia. As esguias naus de casco recurvo, que não paravam de chegar, foram sendo arrumadas em fileiras, lado a lado, com a proa sobre as areias brancas da praia, até que o espaço acabou, e as recém-chegadas começaram a deitar âncora na estreita faixa de mar que separava a ilha do continente, formando-se uma verdadeira floresta de mastros.

Em terra, na praia arenosa, erguia-se uma cidade de tendas coloridas, por entre as quais transitavam milhares de guerreiros que se preparavam para a viagem. Os caminhantes que passavam pelas cercanias de Áulis podiam ouvir, ao longe, o clamor das vozes desta multidão gigantesca, misturado ao entrechoque metálico das armas e ao relincho agudo dos cavalos, inquietos com o ruído das ondas. Os homens passavam o tempo alegremente, como numa grande festa; estes jogavam damas em sua tenda, aqueles testavam a força e a habilidade no arremesso do disco, enquanto outros, numa pista improvisada junto ao mar, disputavam corrida entre si, ou mesmo contra velozes carros puxados por quatro cavalos.

Enquanto isso, os chefes acertavam os últimos detalhes da campanha. Quando o conselho se reunia na grande tenda de Agamênon, encontravam-se ali todos os grandes heróis e guerreiros desta parte do mundo. Agamênon estava orgulhoso: nunca, em todos os tempos, tantos chefes gregos, de tantos povos diferentes, haviam se reunido assim, aceitando submeter-se ao comando de um só homem. Pois não era esta a intenção de Zeus? Não foi para juntá-los para sempre, formando uma forte nação, que ele urdiu cuidadosamente cada detalhe desse grande plano? Esta era a primeira guerra em que os reinos da Grécia não iam lutar entre si, mas se uniam para enfrentar um inimigo comum, a poderosa Troia, lá nos confins da Europa, lá no início da Ásia. Por sorte, os troianos eram um povo bem diferente dos povos deste lado do mar, e isso ajudava os gregos a enxergar, pela primeira vez, o quanto eles tinham em comum uns com os outros. É certo que, por causa de Helena, milhares de homens morreriam diante de Troia, mas algo novo ia nascer diante daquelas muralhas, ao longo daquela guerra: a ideia de um povo só, de uma grande nação, unida pela mesma língua e pelos mesmos costumes.

Vieram todos – uns, trazidos pelo juramento que tinham feito antes do casamento de Helena; outros, atraídos pelo legendário tesouro de Troia, cuja fama todos conheciam; outros, enfim, levados por essa onda irresistível de entusiasmo que se espalhou por todos os portos e por todas as estradas da Grécia. Agamênon, que começava a ser aclamado como o chefe supremo, o líder de todos os líderes, chegou a Áulis trazendo cem navios, mostrando que Micenas era o mais poderoso dos reinos. Menelau, seu irmão, o principal ofendido por Páris, apresentou-se com sessenta navios de Esparta. Nestor, o mais experiente de todos, o principal conselheiro de Agamênon, que o respeitava por sua sabedoria e por sua palavra sempre conciliadora, trouxe consigo noventa – enquanto os navios de Ulisses, rei da pequenina Ítaca, não passavam de doze. Em seguida, vieram todos os pretendentes, homens que tinham sonhado com Helena e que sabiam muito bem o quanto ela valia. Veio Filocteto, trazendo consigo o legendário arco que tinha herdado de Hércules, juntamente com as terríveis flechas envenenadas pelo sangue da Hidra. Vieram Podalírio e Macaon, os dois filhos do grande Esculápio, o médico sagrado, que tinham aprendido com o pai a arte de curar as doenças e tratar os ferimentos. Veio o Grande Ajax, chamado assim por ser o mais alto de todos os guerreiros, que só perdia na força, na coragem e na beleza para o próprio Aquiles; com quarenta navios, veio também o Pequeno Ajax, que não era seu irmão, guerreiro de talhe reduzido, temido por seu temperamento explosivo, insuperável no arremesso da lança. E não podia faltar Diomedes, o grande amigo de Ulisses, que chegou com oitenta navios; ele nunca tinha deixado de amar Helena, e considerava o gesto de Páris como uma ofensa pessoal.

E vieram muitos outros, trazendo muitos navios, ansiosos por participar da grande aventura de Troia. Finalmente, para que a profecia se cumprisse, veio também o incomparável Aquiles, no comando de cinquenta navios que traziam na proa a figura dourada de uma Nereida, o emblema de suas tropas; junto com ele, vinham os seus dois grandes amigos, Fênix e Pátroclo, jovens entusiasmados com a possibilidade de conquistar a glória nos combates. No fundo, Aquiles tinha ficado agradecido a Ulisses por ter descoberto o seu esconderijo no palácio de Licomedes. Embora vivesse isolado entre as filhas do rei, ele vinha ouvindo há algum tempo os rumores dos preparativos da guerra, e seu espírito aventureiro se acendia diante da possibilidade de viver a vida de guerreiro para a qual tinha sido preparado pelo centauro Quíron. No entanto, por respeito à vontade da mãe, mantinha a contragosto o seu disfarce, na vida calma e monótona do palácio, apenas atenuada pelos encontros clandestinos com a fogosa Deidâmia, que já começava a cansá-lo com sua conversa sobre amor e sentimentos. O estratagema de Ulisses o pegou desprevenido e o desmascarou, mas foi com verdadeiro alívio que pôde se desvencilhar daquele disfarce ridículo que tinha sido forçado a usar. Quando saiu da ilha, Ulisses levou-o à casa de Peleu, seu pai, o rei da Ftia. O pai o abençoou e deu-lhe o que tinha de mais precioso, os presentes que tinha recebido dos deuses no dia de seu casamento com Tétis: uma armadura divina, feita pelo próprio Hefesto, o ferreiro do Olimpo, e dois cavalos imortais, Xanto e Bálio, filhos do próprio Zéfiro, um dos ventos divinos. A presença de Aquiles era o que faltava para assegurar o sucesso da expedição, conforme previra o oráculo. A gigantesca frota de mais de mil naves recurvas, com os seus cascos escuros e suas velas coloridas, estava pronta para zarpar.

    Para que não deixassem de proteger as tropas gregas durante a longa travessia que ia levá-las a Troia, os sacerdotes faziam sacrifícios diários a Zeus, o rei do Olimpo, e também a Apolo, o senhor dos oráculos. Embora os deuses se alimentassem apenas de néctar e ambrosia, iguarias divinas que nenhum mortal conhecia, eles assim mesmo sentiam-se honrados quando os homens dedicavam a eles a carne de gordas novilhas. Com a faca apropriada, o sacerdote abatia, diante do altar, o animal escolhido, que trazia os chifres enfeitados com fitas de várias cores. Depois, separava o couro e os ossos para um lado e punha uma generosa porção de carne e gordura sobre as brasas do altar, fazendo o cheiro delicioso subir, junto com os rolos de fumaça, em direção às nuvens, para que, lá no alto do Olimpo, o coração dos deuses se alegrasse com esta oferenda dos homens.

    Certo dia, quando realizavam mais um destes sacrifícios, algo muito estranho ocorreu: o fogo sagrado já ardia em alegres labaredas, e o sacerdote já erguia a faca para imolar a vítima escolhida, quando uma horrível serpente, com o dorso verde-escuro salpicado de manchas vermelhas como sangue, saiu detrás das pedras do altar. A cerimônia foi interrompida, e todos os presentes se puseram a acompanhar, fascinados, a passagem do animal, certamente enviado por Apolo, que também era o senhor das serpentes. Diante de todos os olhos, ela passou sorrateiramente pela frente do altar e dirigiu-se a um alto e frondoso plátano que ficava ao lado de onde eles estavam. Ninguém se movia nem ousava fazer o menor ruído. A serpente foi subindo pelo tronco rugoso da árvore, até chegar ao galho mais alto, onde enrodilhou-se e armou o bote: à sua frente, oito pardaizinhos ainda implumes chiavam, na borda do ninho, assustados com a presença do intruso. Um a um, implacável, o réptil foi devorando todos os oito, e mais a mãe, uma aflita avezinha que tinha ficado esvoaçando inutilmente em torno do ninho, sem nada poder fazer para salvar seus filhotes. E para que ninguém pensasse que era apenas um incidente natural na vida dos animais, para não deixar nenhuma dúvida de que aquilo era um sinal que precisava ser interpretado, Zeus fez brilhar neste momento um relâmpago súbito na copa da árvore, transformando a serpente numa estátua de pedra, ainda enroscada em seu galho. Todos se entreolharam: os deuses haviam falado; agora, era preciso entender. Calcas, o adivinho – o mesmo que havia predito que os gregos não poderiam partir sem a presença de Aquiles –, anunciou que, para ele, o significado do prodígio a que todos tinham assistido era cristalino: "Oito filhotes, mais a mãe: eram nove ao todo os pardais. Nove anos vão se passar, antes que Troia caia, mas no décimo ela finalmente será nossa!".

18
A PRINCESA DEVE MORRER

Durante dezenas de dias, Bóreas, o vento que vem do norte, soprou sem trégua sobre as praias de Áulis, levantando as ondas do mar cor de cinza contra os navios da frota. Era impossível zarpar com este vento contrário, que jogaria os navios contra as rochas da enseada assim que saíssem do abrigo da ilha e alcançassem o mar alto. Não havia outro remédio: Troia ficava exatamente ao norte da Grécia, e só lhes restava esperar que o vento ficasse propício. Difícil era infundir paciência naquela multidão, depois de tanta expectativa: os homens começavam a resmungar, inquietos, decepcionados com a demora, falando em desmontar suas tendas e voltar para casa. Como esse vento constante deveria ter uma causa, os adivinhos e especialistas foram consultados; uns diziam que devia ser Posêidon, o deus do mar, que estava retendo ali a frota grega para salvar os troianos, que eram seus protegidos. Outros diziam que isso não fazia sentido, porque o deus do mar, além de ser um reconhecido protetor dos gregos, tinha uma velha rixa com o povo de Troia. Entretanto, diferente de todos, o famoso Calcas jurava que o problema era com Artêmis, a deusa caçadora, que era a padroeira de Áulis. Estudando o voo dos pássaros, ele tinha concluído que ela tinha sido ofendida por Agamênon e Menelau, que numa caçada, nos bosques da região, tinham abatido um dos cervos sagrados da deusa.

Quando os adivinhos discordam, fica difícil decidir a qual deles dar ouvidos; Calcas, no entanto, tinha ficado tão famoso com as profecias referentes a Aquiles, e seu renome superava de tal forma o renome dos demais, que o infeliz

Agamênon resolveu confiar na sua opinião: que ele revelasse o que os gregos precisavam fazer para apaziguar a deusa e convencê-la a deixá-los partir. Triste escolha! A resposta que saiu da boca de Calcas era uma sentença de morte: os gregos só conseguiriam sair daquele porto depois que fosse sacrificada a filha mais bela de Agamênon, a jovem e inocente Ifigênia.

Agamênon hesitou, dividido entre o que lhe dizia seu coração de pai e o que lhe ditava sua razão de governante. Ele já se considerava o chefe supremo daquela imensa armada; ele via a si mesmo como o escolhido pelos deuses para levar o povo grego à vitória contra os troianos, um feito que serviria para proclamar ao mundo inteiro que a Grécia estava pronta a punir todo aquele que a desrespeitasse. Amava Ifigênia mais que a todas suas filhas, mas não podia recuar. Não tinha coragem, neste momento, de ser o responsável pelo cancelamento da campanha e pelo desmantelamento da frota; mais algumas semanas de espera, e os exércitos inevitavelmente se desmobilizariam e voltariam para seus reinos de origem. E ele, Agamênon, ia se tornar o responsável pelo abandono de toda a expedição? Ia deixar Páris ficar impune, gozando a vida ao lado de Helena, em Troia, servindo como um péssimo exemplo da fraqueza e da pusilanimidade dos gregos? Ia pôr tudo a perder só porque colocava seus interesses pessoais acima dos interesses de seu povo? Com os olhos cheios de lágrimas, Agamênon decidiu pagar o amargo preço e entregar sua filha ao sacrifício de Artêmis.

Depois que tomou esta trágica decisão, porém, sentiu que não teria coragem de comunicá-la a Ifigênia, que tinha ficado em Micenas, no palácio real. E aqui o corajoso Agamênon fraquejou, comportando-se como o mais covarde dos covardes, pois resolveu enganá-la com uma mentira cruel: mandou-lhe uma mensagem em que pedia que ela viesse sem demora para Áulis, porque ele tinha uma grande surpresa: ela ia casar com o jovem Aquiles, que tinha pedido a sua mão, e ele, Agamênon, concedera mesmo sem falar com ela, porque conhecia o coração da filha e podia adivinhar que ela não rejeitaria uma proposta do jovem filho de Tétis. E que viesse bem rápido, sem se preocupar com o enxoval; a cerimônia deveria se realizar antes que a frota partisse, e ela teria depois muito tempo para tratar disso, junto com a mãe e as irmãs.

Ifigênia recebeu a notícia como um presente dos deuses. Casar com Aquiles! Seu pai tinha razão: ela só podia ficar extasiada com a ideia, como realmente ficou, porque todas as donzelas da Grécia sabiam que ele era o mais belo e o mais jovem de todos os chefes, e que ele estava solteiro. Tornar-se a mulher de Aquiles! A alegria da surpresa misturou-se com o embaraço natural da donzela, e Ifigênia correu até Clitemnestra, sua mãe, ruborizando ao contar-lhe a boa nova. A mãe abraçou-a ternamente, chorando de alegria pela fortuna da filha, que logo seria mulher de um jovem rei, em cujas veias corria o sangue divino de Tétis. Não havia tempo a perder, e Clitemnestra apressou-se em separar os presentes nupciais que levaria a Áulis, para entregar à filha quando a cerimônia se consumasse; a mensagem de Agamênon não especificava a sua presença, mas ela jamais imaginaria deixar a filha casar sem estar ao seu lado durante as bodas, sem estar lá para conduzi--la ao leito nupcial e entregá-la ao noivo, como todas as mães sempre fizeram.

Enquanto isso, em Áulis, Agamênon chorava de arrependimento. Caminhando na praia, sozinho, à noite, por entre as tendas iluminadas, percebeu que tinha cedido ao fascínio de comandar aquela frota de mais de mil navios, de desfrutar aquele poder que nunca tivera, e por causa disso tinha condenado a sua querida filha caçula, a pessoa de quem ele mais gostava, a morrer em plena juventude! Que se danasse a frota, que se danasse Troia, que se danasse Helena, a mulher de seu irmão! Agamênon não aceitava a versão do rapto por parte de Páris; Helena é que tinha escolhido, talvez até seduzido o troiano fanfarrão. Ela era pérfida, traiçoeira e adúltera, e ele não ia tocar num dedo que fosse de sua Ifigênia para trazer essa serpente de volta para o leito de Menelau... Agamênon tinha decidido; assim que chegou na sua tenda, mandou um velho criado seu, de absoluta confiança, ficar de vigia na estrada, esperando Ifigênia, que já devia estar a caminho, para entregar-lhe uma mensagem lacrada que continha uma contraordem. Era uma mensagem secreta em que ele revelava os detalhes da armadilha e mandava que ela voltasse imediatamente para casa, na segurança de Micenas.

As Moiras, as tecedoras do destino, não pareciam, contudo, inclinadas a proteger Ifigênia: alguma força misteriosa guiou naquele momento os passos de Menelau, que viu quando o velho mensageiro saiu da tenda de Agamênon. Desconfiado com o segredo desta missão na hora mais quieta da noite, resolveu segui-lo em silêncio. O velho andou até a encruzilhada da estrada de Micenas e sentou numa pedra, vigiando o caminho; ali Menelau o pegou de surpresa e obrigou-o, na ponta da espada, a entregar-lhe a mensagem. Embora estivesse selada com o sinete de Agamênon, Menelau não hesitou em romper o lacre e ler o seu conteúdo, pois, como ele próprio explicaria mais tarde, tratava-se do destino de toda a Grécia. Ao se inteirar das palavras de Agamênon, ordenou que o velho fosse para bem longe de Áulis e voltou correndo ao acampamento, com o peito ardendo de fúria. As sentinelas, ao ver Menelau completamente fora de si, não tentaram barrar seu passo, e ele invadiu a tenda do irmão, indignado, acusando-o de estar traindo toda a nação grega só para salvar Ifigênia. Agamênon, que não conseguia dormir, ouviu em silêncio as acusações. Depois, levantou para ele os olhos úmidos e perguntou-lhe, tão simplesmente, se ele, Menelau, estaria disposto a sacrificar Hermione, sua filhinha, para trazer Helena de volta. "Tu matarias tua filha por causa de Helena, que preferiu trocar o teu leito pelo leito mais rico do príncipe de Troia? Tu a entregarias para o sacrifício, se fosse ela a escolhida pela deusa Artêmis, em vez da minha Ifigênia? Responde, meu irmão; eu farei minha a tua resposta." Menelau baixou os olhos, envergonhado, porque finalmente compreendia e compartilhava o arrependimento do irmão. Num impulso, abraçou-o e pediu desculpas: ele tinha estado cego até então, levado apenas pelo desejo de recuperar sua mulher e dar uma lição em Páris, ladrão e sedutor; não tinha enxergado, por isso, o horror do crime que iam cometer contra a doce Ifigênia, sua sobrinha, a mesma que ele tinha levantado nos braços tantas vezes, encantado com o seu riso cristalino! E não havia tempo a perder: Agamênon deveria convocar imediatamente os chefes e anunciar o fim da expedição; ele, Menelau, como principal interessado, ia dispensar todos do compromisso que tinham assumido com o juramento de Tíndaro e liberá-los para voltar para suas casas.

Triste engano! Alguém tinha contado aos guerreiros a profecia de Calcas, e agora todos conheciam a exigência do sacrifício de Ifigênia para aplacar a fúria de Artêmis. Por isso, todos se revoltaram quando ouviram, da boca de Agamênon, a ordem de debandar. Não queriam voltar para casa sem dar uma lição nos insolentes troianos; agora era tarde demais, pois o vento da guerra já soprava em seus ouvidos e todos ansiavam pela luta. Muitos sonhavam com a glória, muitos sonhavam com a riqueza, e não podiam recuar pelo egoísmo de um chefe – e todos, com pedras na mão, capitaneados por Ulisses, cercaram a sua tenda e exigiram que ele entregasse a filha em nome da glória da Grécia, ou ele e toda a sua família iriam sofrer na carne as consequências de sua covardia.

Enquanto os dois irmãos ainda tentavam acalmar a turba enfurecida, do outro lado do acampamento chegava o carro que transportava Ifigênia e sua mãe, que nada sabiam sobre o tumulto. Quis o destino que, neste momento, Clitemnestra tivesse avistado Aquiles, que voltava de uma caçada. Ela só o tinha visto uma vez, quando ele tinha ido apresentar-se em Micenas, antes de viajarem para a concentração em Áulis, mas pôde reconhecê-lo imediatamente, apesar de estar sujo e desgrenhado, coberto pelo sangue dos animais abatidos. Sem dizer nada, desceu do carro e mandou Ifigênia esperar. Sorrindo com simpatia, aproximou-se de Aquiles e tomou-lhe a mão, orgulhosa, pois já o considerava da família. Aquiles, que não tinha a menor ideia das maquinações de Agamênon, saudou respeitosamente a rainha de Micenas, intimidado com a familiaridade com que a bela irmã de Helena o tinha cumprimentado. Procurou à sua volta para ver se ela tinha trazido sua guarda de honra, mas apenas entreviu, na fraca luz da fogueira, o carro onde estava Ifigênia. "Não sei o que fazes aqui, senhora; este é um acampamento de homens, e não é lugar para uma rainha andar sem sua escolta." Clitemnestra percebeu o embaraço do jovem e tentou deixá-lo mais à vontade: "Pois agora não tenho mais nada a temer, pois que acabo de te encontrar, Aquiles, e um genro vale para mim o mesmo que vale um filho". Aquiles espantou-se ainda mais, atônito com o que ouvia. "Por que me chamas de genro, senhora, se eu nunca tive esposa nem jamais pensei em casar?" Foi a vez de Clitemnestra recuar, tomada por uma sufocante inquietação; não podia duvidar daquele jovem altivo que, bem na sua frente, com olhos em que ela podia ler uma honesta inocência, afirmava terminantemente que nunca tinha manifestado a intenção de desposar Ifigênia nem outra donzela qualquer. Então, por que o marido havia enviado aquela mensagem, repleta de palavras mentirosas? E por que ele não a tinha avisado, a ela, que era a mãe da noiva, que só tinha ficado sabendo de tudo porque a filha tinha compartilhado com ela a alegria da notícia? Aquiles pediu licença e deixou-a sozinha. Clitemnestra olhou a seu redor, assustada, porque a noite subitamente parecia mais escura, povoada de perigos desconhecidos. Só agora ela notava que as tendas estavam praticamente desertas, e que uma verdadeira multidão parecia aglomerar-se lá adiante, no outro extremo da praia, de onde brotava, de gargantas humanas, um ruído surdo que abafava o som do mar. Sua intuição dizia que ela devia dar meia-volta e retornar a Micenas, onde ela e a filha estariam seguras até que tudo se esclarecesse – mas antes teria de convencer Ifigênia de que ela tinha sido iludida.

Ao voltar para o carro, viu que a filha tinha adormecido e resolveu deixar que ela descansasse um pouco antes de lhe dar a vergonhosa notícia de que tudo não passava de algum mal-entendido que ia cobri-las de vergonha. Mais de uma hora ela passou assim, em silêncio, sem coragem de agir. Pouco a pouco, as sombras da noite foram ficando menos espessas e uma tênue claridade começou a iluminar a paisagem. Ifigênia dormia, serena, com a guirlanda de flores nupciais a seu lado. Clitemnestra passou suavemente a mão em sua testa, para acordá-la, chamando-a por todos os nomes carinhosos que as mães usam com as filhas. Ifigênia suspirou, relutando em abrir os olhos. "Vamos voltar para casa, minha pombinha; não temos mais nada a fazer aqui nesta terra", sussurrou Clitemnestra, sabendo que isso ia eliminar o menor resquício de sono que a filha ainda tivesse. E foi o que aconteceu: a jovem soergueu-se num salto, totalmente desperta, olhando a mãe com ar de incredulidade. "É verdade o que dizes, mãe? Vamos voltar para casa? Então, não haverá a cerimônia? Aquiles não gostou de mim, e quis desfazer o pedido? Desgraçada de mim!"

19
O SACRIFÍCIO DE IFIGÊNIA

Contudo, antes que a mãe pudesse dizer qualquer coisa, ambas avistaram Aquiles, que vinha correndo pela beira da praia, em sua direção, com a couraça dourada refletindo os primeiros raios de sol da manhã. Assim, armado para o combate, com escudo e capacete, ele aparecia como o guerreiro magnífico que todos admiravam. Mãe e filha viram-no se aproximar, com o rosto sombrio. Trazia notícias graves. Intrigado com as palavras de Clitemnestra, ele tinha ido perguntar aos amigos o que estava acontecendo, e ficou sabendo o que todo o acampamento já sabia: Agamêmnon havia se aproveitado de seu nome para atrair Ifigênia a Áulis, onde pretendia sacrificá-la a Artêmis, em nome da frota grega. Ao que parece, o rei tinha se arrependido desta decisão e agora estava sendo ameaçado por aquela multidão que exigia o sacrifício.

Aquiles estava indignado: até mesmo os seus soldados, os seus leais mirmidões, tinham se juntado à turba que estava ameaçando Agamêmnon, apesar dos pedidos e das ameaças que Pátroclo e Fênix haviam feito para detê-los. Agora era inútil chamá-los à razão, porque eles só davam ouvidos aos chefes que eram a favor do sacrifício. Por isso, ele tinha vindo defendê-las: elas tinham sido reconhecidas quando chegavam ao acampamento, e todos agora andavam à sua procura; tinham mandado guardar todas as saídas e não tardariam a descobrir onde elas estavam. "Usaram o meu nome para cometer uma injustiça; agora isso passou a ser uma questão de honra, e vão ter de me matar para poder tocar em Ifigênia", disse o corajoso filho de Peleu, enchendo Clitemnestra de admiração: "Invejo sinceramente a felicidade da mãe que tiver como genro um homem raro como tu, Aquiles! Fazes jus à tua fama, que se espalha pela Grécia toda!". Ifigênia, contudo, que não tinha descido do carro, não compreendia muito bem o que estava ouvindo; como num sonho, aproximou-se da mãe, pedindo que ela a ajudasse. Clitemnestra abraçou-a, abrigando a cabeça da filha no peito: "Fomos enganadas, minha filha. Aquiles, que tu vês ali, nunca pensou em te pedir em casamento; na verdade, ele sequer tinha ouvido falar sobre ti. Tudo não passa de uma invenção do teu próprio pai, que pretendia te sacrificar no altar de Artêmis, como se fosses uma simples novilha! Agora ele se arrependeu, mas já não consegue conter a multidão que clama por tua morte, porque dela depende a partida da frota. Estamos perdidas! Aquiles, generoso, veio nos defender, mas ele pouco pode fazer contra a fúria de tantos!". A filha empalideceu e teve de apoiar-se na mãe para não desmaiar – não tanto pelo medo do que o futuro lhe reservava, mas muito mais pela vergonha que sentia de estar ali, diante de Aquiles, fazendo aquele papel de tola, vestida com a túnica branca das noivas, com aquela guirlanda de flores na mão, toda enfeitada para subir ao altar com alguém que, até alguns minutos atrás, nem sabia que ela existia!

 Como Aquiles havia dito, o acampamento tinha sido cercado, e piquetes de soldados revistavam todas as tendas. Não havia saída, e mãe e filha ficaram ali, de pé, esperando com dignidade o que era inevitável. Se Clitemnestra ainda disfarçava alguma lágrima furtiva, Ifigênia não chorava, e nos seus lindos olhos brilhava um lampejo de desafio. Aquiles achou-a sublime; seu coração se encheu de admiração por aquela jovem e bela mulher que, à sua frente, na brisa fresca da manhã, aguardava, serena, a morte que se aproximava – e no seu íntimo ele começou a lamentar que aquele casamento não tivesse realmente acontecido, porque ela sem dúvida seria uma esposa como poucas.

 A espera foi muito breve; logo chegaram até onde eles estavam, e a notícia se alastrou por todo o acampamento. De todos os lados foram chegando os chefes, os soldados, os marinheiros, formando em torno deles um círculo intransponível. Por um estranho fenômeno, os gritos e as vozes iradas iam cessando à medida que se aproximavam do grupo. Um silêncio espantoso cobriu a praia, onde por alguns minutos ouviu-se apenas o leve marulho das ondas. Milhares de olhos curiosos se voltaram para a mãe e para a filha, e não foram poucos os que se desviaram, envergonhados ao ver a dignidade e a nobreza com que aquelas duas mulheres indefesas encaravam todo um exército. No entanto, passado um breve momento de estupefação, recomeçaram os brados indignados e os gestos ameaçadores. Então Aquiles ergueu o escudo contra o peito e desembainhou a espada, girando em torno de si, com ar de leão acuado. O capacete cobria quase todo o seu rosto, mas na sombra da viseira todos podiam ver os seus olhos inflamados de fúria. Instintivamente, os que estavam na frente recuaram, e o círculo abriu-se um pouco mais: todos tratavam de manter uma distância respeitável de seu braço, porque sabiam que dezenas morreriam antes de conseguir dominá-lo num combate corpo a corpo. Aqui e ali, no entanto, começaram a aparecer pedras de arestas afiadas, e logo todas as mãos se erguiam, ameaçadoras, armadas com esses projéteis mortais. Nem a armadura feita por Hefesto, o ferreiro do Olimpo, nem o escudo reforçado serviriam para defender Aquiles de todos aqueles golpes, que se abateriam sobre ele às centenas, moendo seus ossos e rasgando suas carnes. Foi quando Ifigênia levantou a mão e começou a falar.

Os que estavam mais à frente, ao perceber o seu gesto, baixaram os braços hostis e voltaram-se para ela, com a intenção de ouvi-la; e, assim como num rebanho a agitação de uma rês vai se comunicando às outras reses numa onda irresistível, assim ali, ao contrário, o silêncio dos primeiros foi contaminando os demais, até que todos se aquietaram, até mesmo os das últimas fileiras, que se levantaram na ponta dos pés e espicharam o pescoço para ver e ouvir melhor a filha de

Agamênon. O sentimento era unânime: se alguém ali tinha o direito de falar, era ela, aquela figura comovente de uma jovem e frágil noiva, cuja vida luminosa estava a ponto de ser ceifada por um capricho dos deuses.

    Ifigênia afastou uma madeixa de cabelo que a brisa tinha jogado em seu rosto e, com uma voz delicada, mas firme, falou como uma verdadeira princesa da casa real de Micenas: "Guerreiros, parem com isso! Minha morte já está decidida. Não são apenas vocês, mas a Grécia toda que me olha, esperando que eu enfrente o meu destino com dignidade; pois que assim seja. Os soldados dão a vida por seu povo, e dos que zarparem para Troia, muitos que eu aqui vejo morrerão. Minha vida não é melhor do que a deles". A voz de Ifigênia começava a demonstrar a emoção e a tristeza que sentia. Via-se que ela fazia um esforço supremo para se controlar e levar sua fala até o final. Voltou-se para Aquiles, com os olhos cheios de ternura, apontou para ele e concluiu: "Outra coisa: não é justo que este homem sem igual tenha de lutar contra todos e morrer por minha causa. Se Artêmis resolveu exigir a minha pessoa, quem sou eu para afrontar a sua escolha? Levem-me ao altar, e depois destruam Troia!". No silêncio absoluto que se fez, só Aquiles teve coragem de falar: "Se os deuses me quisessem ver feliz, teriam deixado que tu fosses minha esposa! És altiva, generosa, és senhora de ti mesma! Respeito a tua decisão, que só te enche de nobreza, mas, pensa bem! A morte é uma coisa atroz...". Ifigênia ainda conseguiu esboçar um sorriso de simpatia e gratidão por aquele belo jovem: "Eu te agradeço por seres assim como és, Aquiles; tua beleza e tua lealdade trouxeram um pouco de luz ao último dia da minha vida. Mas deixa que Helena, com sua maneira de ser, provoque a luta entre os homens; eu não sou assim. Tu, meu amigo, não vais matar nem morrer por mim". E assim dizendo, ela caminhou, com os olhos baixos, em direção ao carro, onde já a aguardavam os encarregados do sacrifício. O cocheiro deu rédea aos cavalos, que começaram a andar em direção ao pequeno bosque que ficava junto à praia, consagrado a Artêmis. Ali, ao lado, num belo prado de grama verdejante, ficava o altar da deusa, e para lá o carro, seguido pela multidão silenciosa, deslocou-se num solene cortejo, deixando, na praia deserta, caída na areia, a figura inerte de Clitemnestra, que tinha desfalecido.

Lá já estavam esperando os principais chefes da armada, juntamente com Calcas, o funesto adivinho. Quando Agamênon viu a filha chegar, não pôde conter as lágrimas e cobriu a cabeça com o manto. Ela se aproximou dele, tocou-o na mão e fez seu último pedido: "Pai, é o meu destino, pois assim o oráculo exige. Eu quero que sejas feliz nesta guerra, e voltes vitorioso para casa. Mas não deixes, agora, que mão alguma me toque; ninguém precisa me conduzir ao altar ou levantar meu cabelo para desnudar meu pescoço: eu faço tudo isso sozinha, sem escândalos, porque sou tua filha!". E mais não disse. Taltíbio, que era o encarregado dessas cerimônias, não precisou impor o silêncio exigido pelo ritual, pois todas as gargantas estavam emudecidas diante da grandeza da cena. Calcas colocou a coroa do sacrifício na cabeça de Ifigênia e aspergiu em volta a água purificadora, descrevendo um círculo completo em torno do altar da deusa, enquanto pronunciava a fórmula consagrada: "Artêmis, filha de Zeus, aceita esse sacrifício que te oferecemos, nós, os gregos, mais o rei Agamênon; aceita o sangue puro dessa garganta virgem, e concede a nossos marinheiros uma travessia sem danos, e ao nosso exército a conquista final da cidadela troiana!". A afiada espada do ritual saiu da bainha; Calcas levantou o braço, escolhendo o melhor ponto para ferir.

Ninguém quis olhar; todos aqueles homens, embora curtidos de muitos combates, acostumados ao espetáculo de todos os tipos de morte, não tiveram coragem de ver o fim de Ifigênia. Com os olhos fixos no chão, todos ouviram nitidamente o som inconfundível do golpe fatal, do sinistro ringir do ferro quando corta a carne viva; no entanto, um grito do sacerdote fez todos olharem para o altar, onde um prodígio inexplicável tinha acabado de ocorrer: não era de Ifigênia aquele corpo que jazia sobre as pedras, com o sangue jorrando aos borbotões, e sim de uma gigantesca corça, de admirável beleza. Calcas depôs a espada ensanguentada e tranquilizou os chefes da armada: "Artêmis não quis derramar o sangue de uma jovem tão nobre, e a trocou por essa corça da montanha. No entanto, aceitou o sacrifício; os ventos vão ser favoráveis e a vitória vai ser nossa! Amanhã poderemos partir". E assim a multidão se dispersou, comentando todos o desfecho favorável que a deusa tinha dado para a vida de Ifigênia. No entanto, quando foram consolar Clitemnestra, contando-lhe que a filha não tinha sido executada, mas transportada para o mundo dos deuses, amargo foi o seu comentário: "E o que isso muda para mim, se não tenho mais a minha filha querida? E qual foi o deus que a levou? Como vou saber para onde dirigir minhas preces?". No seu coração, a partir desse dia, passou a alimentar um ódio mortal a Agamênon, seu marido; ele agora ia partir, mas ela estaria esperando a sua volta de Troia para acertar essa conta. Clitemnestra também passou a odiar Helena, sua irmã, mulher de comportamento desprezível, sedutora insaciável, cujo ato irresponsável acabava de transformar Ifigênia na primeira vítima da longa Guerra de Troia.

20

A ILHA DE TENEDOS

Foi uma noite de luto no acampamento grego. Os guerreiros agrupavam-se, calados, em torno das fogueiras, cabisbaixos de vergonha, mantendo os olhos fixos na dança das labaredas. Não conversavam entre si, nem precisavam, porque cada um deles sabia que o companheiro do lado também estava sentindo o mesmo remorso, lutando contra a mesma incômoda sensação de ter ajudado a praticar um ato indigno e covarde. Estavam tão constrangidos que talvez nem tenham notado que o vento foi amainando aos poucos, até parar por completo por volta da meia-noite. Depois, à medida que se aproximava a madrugada, uma leve brisa começou a soprar do sul, aumentando aos poucos de intensidade; os estandartes agora já tremulavam no ar, as tendas inflavam como velas de navio, e o ar se encheu de fagulhas que o vento levantava das fogueiras quase extintas. A deusa Artêmis estava cumprindo a sua parte no trato: este era o vento esperado, o vento que ia levar a grande armada para Troia.

Já na primeira luz daquele dia, o acampamento despertou agitado com a notícia da partida. O chamado das trombetas cortou o ar da manhã, e a praia de Áulis se encheu com os gritos de comando dos chefes, que começaram a reunir os seus guerreiros para iniciar o embarque. As tendas foram desmontadas, e as armas e os equipamentos foram acomodados nos navios de casco recurvo, ao som dos relinchos nervosos dos cavalos, que os cocheiros puxavam para bordo por longas pranchas de madeira. As naus estavam no seco, bem junto à linha da água, apoiadas em toras atravessadas que serviam como rodas. Com o esforço de muitos braços, elas foram empurradas de volta para o mar, até que sua quilha ficasse livre da areia e o casco começasse a flutuar. Então, entraram nas ondas, com água pela cintura, extensas filas de homens, que começaram a subir a bordo com o auxílio dos marinheiros. Impelidas pelos remos, as naus foram deixando a praia, uma a uma, abrindo espaço para que as outras, que estavam ancoradas ao largo, pudessem se aproximar para apanhar sua gente. Em poucas horas, o mar estava coalhado de navios que avançavam em direção a Troia, levados pelos ventos quentes do sul.

Como havia navios muito mais velozes do que outros, a grande esquadra foi se transformando aos poucos num extenso comboio, com muitas milhas de extensão. Os habitantes das dezenas de ilhas que ficavam no trajeto observavam, maravilhados, o longo cortejo dos navios gregos, todos com a proa para o norte, que ficavam passando por eles por muitas e muitas horas. Assim, quando o primeiro navio chegou à ilha de Tenedos, última escala da viagem, os últimos ainda levariam quase um dia inteiro para chegar até lá.

Tenedos ficava bem diante de Troia; dali, à noite, podia-se avistar o brilho dos fogos da cidade, e Agamênon e os demais chefes concordaram que aquele seria o lugar ideal para estabelecer uma base provisória, enquanto fossem tentadas novas negociações. Tinha ficado decidido que, antes de desembarcar no solo troiano, eles enviariam embaixadores ao rei Príamo, no continente, para fazer a última tentativa de convencê-lo a devolver Helena. Não sabiam eles, contudo, que a ilha preparava duas surpresas desagradáveis, que teriam sérias consequências no futuro da expedição.

A primeira foi com Aquiles. Sua mãe, a deusa Tétis, ao ver que não tinha conseguido convencê-lo a ficar fora desta guerra, resolveu protegê-lo como podia, numa tentativa desesperada de evitar os perigos que as Moiras já tinham destinado a ele. Ela deveria saber que isso era inútil, porque ninguém pode fugir ao quinhão que as deusas do destino determinam para cada um. No entanto, ela era mãe, e não podia ficar de braços cruzados, vendo o filho avançar a passos largos para sua própria destruição. Por isso, foi consultar todos os oráculos, perguntando-lhes sobre os perigos que o futuro reservava para Aquiles; foi assim que ficou sabendo do risco que ele ia correr em Tenedos.

A ilha, chamada antigamente de Leucófris, era habitada por dois irmãos, Tenes e Hemiteia, que tinham sido abandonados ali havia muitos anos. Tenes tinha se tornado o senhor daquela terra, mudando-lhe o nome para Tenedos, em sua própria homenagem. Um oráculo revelou a Tétis, no entanto, que Tenes não era um simples mortal: seu pai era o próprio Apolo, e aquele que lhe fizesse mal estava condenado a morrer pela mão do próprio deus. Como Tétis conhecia bem o caráter impulsivo de Aquiles, correu a avisá-lo, antes da partida, para que, se viesse a passar por Tenedos, não tocasse num fio de cabelo sequer do filho de Apolo. E fez mais: como garantia, escolheu um dos servidores de Aquiles, chamado Mnemos, e lhe deu a missão de ficar sempre ao seu lado, para não deixá-lo esquecer a profecia. Tudo em vão.

Enquanto aguardavam que o resto da frota chegasse, os chefes que tinham tomado a dianteira aproveitaram o tempo para explorar a pequena ilha. Aquiles, sempre o mais rápido, terminou se afastando dos demais, e estava completamente sozinho quando encontrou, numa trilha que se afastava do mar, a bela princesa Hemiteia. Ela era apenas uma menina quando chegou a Tenedos, juntamente com o irmão. Os anos, contudo, haviam-na transformado numa bonita mulher, com a pele dourada pela vida ao ar livre, ágil e atlética como as ninfas que seguiam Artêmis, a deusa virgem, em suas eternas caçadas pelos campos e pelas florestas – se bem que, diferentemente delas, Hemiteia não pretendia levar a vida afastada de qualquer contato masculino. Bem pelo contrário; desde que deixara de ser menina, vinha procurando alguém a quem pudesse entregar o seu coração e o seu corpo, mas os poucos estranhos que tinham aportado na ilha não chegaram a comovê-la. Agora, no entanto, ali estava Aquiles, parado à sua frente, o mais belo homem que ela jamais havia visto, com um sorriso nos lábios e um olhar de desejo que a deixaram em chamas. Seu irmão, Tenes, devia estar do outro lado da ilha, e ela tomou uma decisão súbita: com uma audácia que ela própria desconhecia, pegou o jovem guerreiro pelo braço e foi puxando-o pelo caminho, em direção à sua casa, que ficava no alto da colina. Tinha uma boa ideia do que pretendia fazer, mas não sabia como dizer isso ao estranho; por isso, resolveu passar por muda, sabendo, lá no seu íntimo, que a pressão de seus dedos ansiosos no braço musculoso dele já estava sendo muito mais eloquente do que todas as palavras que conseguisse reunir. E ela tinha razão, porque Aquiles sentiu sua urgência febril e deixou-se levar docilmente.

Caminharam assim, lado a lado, por alguns minutos, com ela agarrada em seu braço. A trilha de chão batido às vezes ficava tão estreita que terminavam roçando coxa com coxa, e várias vezes ela sentiu vontade de parar e entregar-se a ele ali mesmo, apoiada numa árvore, de quatro, como via os bichos fazerem. Nunca o caminho de casa lhe pareceu tão longo como naquele dia; quando ela avistou o telhado, já não aguentava mais de impaciência, e começou a correr, obrigando-o a segui-la. Nem bem se viram lá dentro, e ela já tinha despido a túnica curta e o saiote, oferecendo seu corpo totalmente nu ao olhar e às mãos de Aquiles. Este não chegou a tirar a couraça, difícil de desamarrar, mas apenas desafivelou o cinturão e deixou cair a espada. Ele também usava o saiote curto de guerreiro, e as mãos dela, impacientes, soltaram a presilha, deixando Aquiles nu da cintura para baixo. Foi nesse exato momento que Tenes os surpreendeu.

Já há algumas horas ele tinha estado espreitando o desembarque das forças gregas. Escondido entre os arbustos do outro lado da ilha, tinha visto, com apreensão, as dezenas de naus que não paravam de chegar, enchendo a praia deserta com homens armados para guerra. Com alívio, Tenes percebeu que não era a pequena Tenedos que eles pretendiam ocupar, pois do seu esconderijo pôde ver a atenção com que eles apontavam para o continente, em direção a Troia, sem dúvida o objetivo desta gigantesca operação. Afastado esse risco, sua preocupação maior passou a ser Hemiteia; sabia que a irmã andava diferente, olhando com estranha atenção, nesses últimos meses, todo e qualquer marinheiro que o destino ou os ventos tinham levado até a ilha. Agora, dezenas de homens se espalhavam pelas colinas, em pequenos grupos, descansando à sombra dos arbustos ou caminhando ao acaso, sem se afastar muito das naus. Contudo, havia a possibilidade de algum deles, mais curioso, aventurar-se até o outro lado da ilha e encontrar Hemiteia. Por isso, tinha se esgueirado pelos caminhos que só ele conhecia e corrido até a casa, para dizer à irmã que havia inimigos na costa e que ela, durante alguns dias, devia ficar quieta no seu lugar, escondida entre as quatro paredes. Tarde demais, como se viu.

Ao ver Hemiteia nua e Aquiles assim, seminu, Tenes lançou contra eles um ataque selvagem, com o rosto transtornado por uma fúria bestial, emitindo pela garganta um som semelhante a um rugido. Ao perceber o ataque daquela verdadeira fera humana, Aquiles, que desde menino caçava sozinho os perigosos lobos da Tessália, não se intimidou: empunhou a espada, sacudindo longe a bainha enfeitada de prata, deu um salto para trás, para ganhar espaço, e assestou um formidável golpe, de cima para baixo, no alto do peito de Tenes, que vinha chegando correndo. A lâmina afiada abriu ao meio o tórax e partiu em dois o coração do infeliz, que já estava morto antes de cair no chão.

Hemiteia correu para o irmão e abraçou seu corpo ensanguentado. Chorando, em seu desespero, ela chamava seu nome, repetidas vezes, tentando despertá-lo do sono escuro da morte. Aquiles, ouvindo-a gritar várias vezes o nome proibido de Tenes, sorriu com amargura e resignação ao perceber que tinha matado a única pessoa que não deveria tocar. Contudo, estava feito, e não podia desfazer. Apesar de todo o esforço de

Tétis, o oráculo tinha se cumprido, e Aquiles agora sabia quem iria matá-lo, no dia que as Moiras, as tecedoras do destino, tivessem fixado para o fim de sua vida: era Apolo, o que fere de longe, o senhor do arco e da peste, o irmão gêmeo de Artêmis e, como ela, igualmente implacável.

    Aquiles vestiu-se e afivelou o cinturão. Olhou para Hemiteia, que continuava ajoelhada no chão, com a cabeça do irmão apoiada em seu colo. Não adiantava dizer para ela que o destino há muito tinha decidido que ele, Aquiles, deveria passar por aquela ilha, e que Tenes deveria subir enfurecido pela pequena trilha para encontrar a morte no aço de sua espada. Por isso, sem nenhuma palavra, desceu pelo estreito caminho até chegar à praia. O primeiro que o viu foi Mnemos, o seu criado, que se aproximou, curioso, ao notar a espada ensanguentada que ele trazia na mão. "Tu não estavas lá onde devias estar, Mnemos, e não me lembraste do que me devias lembrar. Agora, estou condenado, mas, ao contrário de ti, ainda vou viver algum tempo!" E, assim falando, vibrou-lhe um tremendo golpe com a espada, separando-lhe a cabeça do pescoço.

21

FILOCTETO

Ninguém pensou em lamentar a morte de Tenes; o sábio Nestor, quando soube o que tinha acontecido, chegou a afirmar que era isso, decerto, que o senhor da ilha estava procurando, ao atacar ninguém menos do que Aquiles, o semelhante aos deuses: "Se ele queria morrer, fez mesmo uma boa escolha. Nem a altura de um penhasco nem a laçada de uma forca superam a espada de Aquiles. Nunca vi melhor maneira de encontrar uma morte rápida". O adivinho Calcas, entretanto, foi o único a ficar alarmado, e anunciou aos demais que essa morte significava muito mais do que eles pensavam: "Os deuses têm segredos que o homem não pode conhecer. Às vezes, no entanto, eles permitem que eu, seu humilde servidor, fique sabendo de coisas que os mortais nem sequer desconfiam. Este é o caso de Tenes: todos pensam que ele é filho de Cicno, o rei de Colona, mas o seu verdadeiro pai é o luminoso Apolo!".

Todos, exceto Aquiles, ficaram estupefatos com a terrível notícia. Era mesmo de enlouquecer! Infelizes gregos! Afinal, quando eles iam acertar? Haviam tido todo aquele trabalho para aplacar a fúria de Artêmis, para que a frota finalmente pudesse zarpar de Áulis, e agora, ao descer em Tenedos e pisar pela primeira vez em solo troiano, não é que foram matar justamente um filho de Apolo? Primeiro Artêmis, e depois Apolo! Logo os dois gêmeos, os deuses irmãos, sempre tão temíveis em sua vingança!

O próprio Calcas, que tinha dedicado sua vida a Apolo, e que dele recebia a inspiração de todas as suas profecias, temia a ira do deus. Aqui não estavam falando do Apolo benfazejo, que protegia as colheitas contra a devastação dos ratos e dos gafanhotos, ou afastava os lobos famintos das ovelhas do pastor; também não era o senhor de Delfos, o maior de todos os oráculos, que ajudava os homens a desvendar os secretos desígnios dos deuses; não, e certamente não era o harmonioso Apolo das Musas, o senhor da lira, que enchia a vida do homem com a beleza da arte e da música. Se os gregos não conseguissem redimir-se da morte de Tenes, iam conhecer em breve o lado escuro de Apolo, a face terrível do deus, o senhor da praga e da peste, vingativo e implacável. Era necessário fazer alguma coisa que prevenisse a ira que ia sentir quando ficasse sabendo que seu filho tinha morrido.

     Palamedes tomou a palavra, apontando para Calcas: "Velho, diz o que devemos fazer para que o sangue de Tenes não caia sobre todo o exército grego. O que disseres, faremos!". Agamênon e os demais chefes, reunidos em assembleia, voltaram-se para o adivinho, atentos às suas palavras. Calcas falou com prudência; não podia garantir qual seria a reação de Apolo, mas também concordava que deviam tentar alguma coisa imediatamente. "Não há o que compense a perda de um filho – e isso vale também para os deuses. Devemos oferecer-lhe nada menos que uma hecatombe, para demonstrar que nós também lamentamos o que ocorreu com Tenes. Talvez assim ele nos ouça e tenha misericórdia de nosso povo." Uma hecatombe! Cem bois, com os chifres ornados pelas fitas coloridas do sacrifício, imolados ao mesmo tempo, caindo simultaneamente sob a faca dos sacerdotes! Todos os presentes se entreolharam, concordando com a palavra do adivinho: se alguma coisa podia apaziguar o ânimo de Apolo, naquele momento, era uma cerimônia excepcional como essa. Agamênon então encarregou Taltíbio, seu ajudante de ordens, de determinar o número de reses com que cada chefe deveria contribuir, e depois reuni-las num pequeno prado florido, no extremo sul da ilha, onde havia um pequeno santuário ao ar livre, dedicado a Apolo – decerto erguido ainda pelo infeliz Tenes, há muitos anos, quando tinha se tornado dono de Tenedos.

E foi aqui que aconteceu a segunda surpresa, tão desagradável quanto a primeira, e que teria distantes consequências na guerra que ia começar. A primeira tinha sido com Aquiles; a segunda foi com Filocteto, um dos pretendentes de Helena, o maior arqueiro da Grécia, superior mesmo ao próprio Ulisses. Sua fama tinha começado quando era muito jovem, quase imberbe, ao encontrar-se com Hércules, um pouco antes de sua morte – ou melhor, um pouco antes do herói deixar o mundo dos mortais e subir para junto dos deuses do Olimpo. Todos os gregos conheciam os detalhes desse encontro, e por isso o respeitavam.

    O maior herói de todos os tempos era, na verdade, um semideus; seu pai era o próprio Zeus, que tinha deitado com Alcmena, disfarçando-se com a aparência de seu legítimo marido. Desde o seu nascimento, Hércules, que era metade divino, foi perseguido pelo ciúme de Hera, a senhora do Olimpo, que via naquele menino mais uma odiosa evidência das traições de Zeus. Durante toda a sua vida, Hércules tinha sofrido as consequências do ódio da deusa, que nunca perdia a ocasião de envolvê-lo em situações de perigo, urdindo as armadilhas mais traiçoeiras que conseguia imaginar. Nada disso adiantou, no entanto: Hércules estava destinado mesmo a ser o herói que acabou se tornando; sempre alegre e folgazão, sem jamais emitir uma queixa, foi derrotando os monstros terríveis e os bandidos sanguinários que Hera punha em seu caminho. O seu fim veio das mãos de quem ele menos esperava: Dejanira, sua mulher, temendo que ele estivesse apaixonado por uma mulher mais jovem do que ela, resolveu, para conservar o seu amor, recorrer a um feitiço que tinha guardado há muito tempo. Anos atrás, atingido por uma das flechas certeiras de Hércules, o centauro Néssus, sentindo que o veneno já lhe corria nas veias, preparou uma vingança para o futuro: agonizando, caído ao solo, deu um jeito de forçar um sorriso bondoso e chamou Dejanira, entregando-lhe um belo manto púrpura: "Embebe este manto no sangue que corre do meu ferimento; no dia em que tiveres dúvida do amor do teu homem, faz com que ele o vista, e ele voltará a te amar!'". Dejanira acreditou, não só porque eram as palavras de um moribundo, mas também porque amava Hércules perdidamente, ficando encantada com a promessa desse manto milagroso. Qual mulher apaixonada não aceitaria um talismã com tal poder, e não o deixaria guardado secretamente? E qual mulher, mesmo a mais cética, ao ver que estava perdendo seu homem, ao menos não tentaria empregar esse manto enfeitiçado? Pois foi o que Dejanira fez, como milhares de outras fariam. O que ela não sabia, no entanto, é que o manto estava contaminado com o terrível veneno das flechas de Hércules, pronto para agir na pele de quem o vestisse; essa era a vingança de Néssus, adormecida há anos, cuidadosamente guardada no fundo da arca de roupas.

Quando Hércules colocou o manto sobre os ombros, o tecido derreteu e colou na sua pele, derretendo-a, também, envolvendo todo o seu corpo num incêndio sem chamas. Desesperado, Hércules mergulhou na água do rio, mas seu corpo continuou a ferver, e com tal intensidade, que a própria água começou a entrar em ebulição. Ao ver que esse fogo invisível que tinha se entranhado por todos os seus poros nunca seria apagado, Hércules, controlando a dor insuportável daquela queimadura, decidiu que ia morrer como sempre tinha vivido, isto é, como um herói exemplar. Com a ajuda de um filho, amontoou galhos gigantescos de madeira seca, erigindo uma alta pira funerária, onde pretendia pôr um fim a esta vida e, como tinha sido a promessa de Zeus, passar a viver entre os deuses. Todavia, como a ninguém é permitido acender a fogueira da sua própria cremação, pediu ao filho que jogasse uma tocha acesa entre os galhos inferiores, mas o jovem, como era de esperar, ficou paralisado, sem coragem de queimar o pai ainda vivo. Hércules recorreu a outras pessoas que passaram por ali, mas todas se recusaram – muitas delas sem confessar que, no fundo, estavam com medo de Hera, que certamente ia castigar quem ajudasse o herói a cremar a sua parte mortal. Nesse momento, passava por ali um pastor de ovelhas, que, apiedando-se do sofrimento do herói, mandou que seu filho pusesse fogo à grande pira. Este jovem era Filocteto; ele empunhou a tocha, decidido, aproximou-se de Hércules, a quem tinha reconhecido, e chegou a chama aos galhos mais finos, que logo começaram a arder. Quando Hércules viu as labaredas, agradeceu a coragem do jovem pastor e lhe deu, em gratidão, o seu lendário arco de chifre, que nunca errava, juntamente com a aljava com as setas envenenadas. Em seguida, estendeu-se no alto da pira e foi rapidamente envolvido pelas chamas. Nesse momento, um poderoso raio atravessou o céu azul e reduziu tudo a cinzas: Zeus tinha vindo buscar o seu filho, transformando Hércules em mais um dos imortais.

A partir daí Filocteto tornou-se famoso; o arco que empunhava fazia com que o reconhecessem em qualquer lugar por onde andasse, e as pessoas apontavam para ele e o mostravam às crianças, para que o respeitassem: "Lá vai o homem que ajudou Hércules a morrer!". Quando os pretendentes de Helena se reuniram no palácio de Tíndaro, Filocteto estava lá, e também prestou o juramento de lutar ao lado de quem fosse escolhido. Agora estava em Tenedos, liderando a sua pequena mas corajosa flotilha de sete navios; para o grande sacrifício de cem bois, tinha contribuído com cinco reses, o que era bastante, em proporção a seu pequeno rebanho. Juntamente com os outros chefes, encaminhava-se para o altar a céu aberto, onde ia se realizar cerimônia, quando algo inesperado aconteceu: uma serpente saiu da água de uma pequena fonte que corria junto ao altar e enterrou suas presas no seu calcanhar direito, inoculando-lhe um veneno desconhecido. Ninguém sabe muito bem o que ocorreu; uns dizem que ele, distraído, pisou em terreno sagrado, e a serpente, a guardiã de Apolo, puniu-o pelo sacrilégio. Outros, no entanto, sussurram que foi uma obra de Hera, que aproveitou a ocasião para castigá-lo por ter auxiliado Hércules a se tornar imortal; afinal, os vinte anos que haviam passado desde o dia em que ele acendera a pira funeral, se eram muito para os homens, não eram mais do que um instante para Hera, que vivia num mundo sem tempo.

    Seja como for, não era uma serpente deste mundo, porque o ferimento no pé de Filocteto, mesmo não sendo mortal, resistiu a todas as ervas e unguentos que foram aplicados nele. A chaga começou a infeccionar, repugnante, desprendendo um corrimento purulento, fétido, cujo mau cheiro fazia todos fugirem. Mas o pior era a dor, lancinante, insuportável como um caranguejo que roesse dia e noite a sua carne viva, que o fazia gemer e gritar incessantemente. Filocteto só calava quando a dor, de tão intensa, fazia-o desfalecer, mergulhando-o num sono profundo, mas de curta duração, porque logo a própria dor o acordava. Seus companheiros, e mesmo os seus amigos, começaram a afastar-se dele. Na verdade, não o aguentavam mais, passando a odiar aqueles gritos constantes, aquele clamor inumano que enchia o acampamento dos presságios mais sinistros. Todos se queixavam de que o seu sofrimento também impedia qualquer cerimônia religiosa, pois ninguém podia proceder a libações e a sacrifícios, cerimônias cujo ritual exige o maior silêncio possível no momento da celebração. O pobre Filocteto tinha se transformado num verdadeiro transtorno, e Agamênon, numa dura decisão, encarregou Ulisses de levá-lo para longe de Tenedos.

    E assim ele fez: quando Filocteto, vencido pela dor, mais uma vez caiu num sono profundo, Ulisses embarcou-o e navegou até Lemnos, uma ilhota deserta não muito distante de Tenedos. Ali ele foi transportado, ainda adormecido, para o abrigo de um grande rochedo que ficava junto ao mar. A uma ordem de Ulisses, o navio foi se afastando, abandonando-o ali, isolado como um náufrago, na mais absoluta solidão. Não lhe deixaram quase nada, a não ser um pouco de alimento e alguns utensílios; os marinheiros que o carregaram chegaram a pensar em roubar o seu arco, mas não tiveram coragem. Muitos anos ele passaria ali, até que, quase no fim da guerra, um oráculo iria levá-lo de volta ao convívio de seus companheiros.

22
A EMBAIXADA FRUSTRADA

Finalmente o silêncio voltou a Tenedos, e a hecatombe pôde ser realizada. Cem bois bramiram, a um só tempo, ao ver rebrilhar a faca do sacrifício, e cem carcaças ainda palpitantes ficaram estendidas no santuário de Apolo. Nas labaredas de uma imensa fogueira, constantemente renovada, os sacerdotes iam deitando os grandes pedaços de carne e gordura, cuidando para que a espessa fumaça subisse direto para os céus, espalhando, no ar sobre a ilha, o aroma de carne assada, tão apreciado pelos deuses. O fogo ardeu por vários dias a fio. Quando a última brasa se extinguiu, Calcas, depois de consultar o voo dos abutres que sobrevoavam o local do sacrifício, anunciou que Apolo mandava dizer que estava satisfeito.

Agora podiam atacar! Ao longo de todo esse tempo que foi dedicado a Apolo, os navios retardatários não pararam de chegar a Tenedos, indo juntar-se, no seio da grande frota, aos navios de seu próprio povo. Durante esses dias de espera, quantas vezes os olhos gregos não se voltaram para o continente, na direção de Troia? Quantas vezes aqueles homens, no sono, não se viram derrubando os grandes portais da cidade, para devassar os seus tesouros e caçar suas belas mulheres? Qual daqueles guerreiros, ao afiar sua espada, não pensou que em breve aquela lâmina ia sair da bainha para embeber-se no corpo de algum troiano? Para muitos, tinha chegado a hora de atacar – principalmente para os guerreiros mais jovens, que, ansiosos pelo combate iminente, falavam nele com tanto entusiasmo que suas narinas tremiam, como cavalos fogosos que se agitam antes de ser dada a partida. O velho Nestor, contudo, que já tinha provado várias vezes do amargo vinho da guerra, defendia com veemência que eles só deveriam recorrer à força das armas quando tivessem certeza de que os troianos não tinham mudado de ideia. "Sei que muitos dos conselheiros de Príamo são homens sábios e honrados, que não devem concordar com o que Páris fez. Talvez muitos outros se juntem a eles, agora que os espiões troianos já viram o tamanho da nossa esquadra."

Realmente, nos últimos dias, dezenas de pequenos barcos pesqueiros tinham aparecido entre Tenedos e o continente, lançando e recolhendo suas redes nas imediações dos navios da frota grega. Um timoneiro de Micenas tinha proposto que eles fossem capturados, porque era evidente que aqueles barquinhos não estavam ali para pescar, mas sim para espionar – ao que Ulisses tinha respondido que, bem ao contrário, era exatamente por isso que eles não deviam ser molestados. "Troia quer saber quantos somos? Pior para ela, quando ficar sabendo que a Grécia toda está aqui!" Essa era a esperança de Nestor: que a presença de tantos navios, que chegavam a mais de mil, fosse o suficiente para plantar o receio no coração dos troianos, assim como o simples rugido do leão faz fugir os seus inimigos.

Ulisses era da mesma opinião, e a defendia com todas as suas forças, tentando convencer Agamênon de que não seria uma desonra, para os gregos, enviar uma última embaixada ao rei Príamo para falar sobre Helena. "Um grande chefe não tem medo de demonstrar prudência, Agamênon. Só os fracos tentam ser fortes o tempo todo." Apesar de fazer parte do grupo de chefes mais jovens, Ulisses considerava um absurdo que se invocasse o Deus da Guerra antes de estarem esgotados todos os caminhos da paz – e falava nisso com ardor, com toda a convicção de um homem interessado em voltar para sua casa, para viver ao lado de sua jovem esposa e criar o filho que tinha acabado de nascer.

Agamênon temia, no fundo, que uma demora maior pudesse acirrar os ânimos entre os chefes, mas, por outro lado, até hoje nunca tinha se arrependido de dar ouvidos a Nestor, o seu conselheiro mais valioso. Talvez ele tivesse razão; Páris devia ter convencido os troianos de que os gregos jamais moveriam uma guerra do outro lado do mar para recuperar uma mulher; julgando-se seguros, eles tinham respondido com arrogância aos primeiros embaixadores que ele tinha enviado a Troia. Agora, no entanto, que tinham diante de si todos aqueles navios de casco escuro, prontos para atacar, enchendo o mar com seus mastros até onde a vista alcançava, agora talvez respondessem com palavras mais sensatas. Que se enviasse, então, uma derradeira embaixada, para que não dissessem, quando contassem a história dessa guerra, que os gregos não eram amantes da paz. "Sugiro que vá Nestor, que nos supera a todos com sua sabedoria, e Menelau, meu irmão, que foi o maior lesado pela perfídia de Páris." Nestor, no entanto, não aceitou, alegando que os seus cabelos brancos podiam dar aos troianos uma falsa ideia dos gregos. "Se é para falar de paz, é melhor mandar dois homens de combate, de aparência guerreira, para que Troia possa ver com quem vão ter de lutar se não quiserem nos ouvir. Menelau deve ir, porque ele vai falar diante de Príamo como o marido legítimo de Helena; o outro deve ser Ulisses, porque, de todos vocês, é o que pode falar por mim." E, assim dizendo, o sereno Nestor voltou a sentar, colhendo o murmúrio de aprovação dos chefes, pois todos eles, até mesmo o jovem e impetuoso Aquiles, respeitavam o velho guerreiro acima de qualquer outro homem.

Menelau mandou aprontar a sua nave capitânia, e ele e Ulisses embarcaram em seguida, sem couraça ou armadura, vestidos com o manto branco de simples embaixadores. A travessia do estreito entre Tenedos e Troia foi feita em apenas duas horas. Já na metade do trajeto começou a desenhar-se, recortada contra o céu, a silhueta da grande cidade, com sua muralha de altas torres, que ia crescendo no horizonte à medida que se aproximavam. Quando tocaram em terra, então, Troia aparecia em detalhes, com seus portões imponentes e os famosos telhados dourados, que refletiam suavemente o sol que começava a se pôr. Os marinheiros enrolaram a vela e puxaram a proa do navio para a areia da praia, onde deveriam ficar esperando até o dia seguinte; o timoneiro, no entanto, tinha ordens expressas de Menelau para ficar atento a qualquer movimentação que considerasse suspeita. Se um grupo armado se aproximasse do navio, ele devia imediatamente afastar-se da praia, ancorando além da rebentação; se os dois embaixadores não retornassem até o crepúsculo do dia seguinte, ele deveria voltar para Tenedos e avisar Agamênon de que alguma coisa tinha dado errado.

Por uma prancha de desembarque, baixaram um carro puxado por dois nervosos cavalos de Esparta. O próprio Menelau empunhou as rédeas, e ele e Ulisses partiram pela extensa planície, afastando-se do mar, seguindo a estrada que levava bem ao centro da muralha, onde os guardas estavam abrindo o gigantesco portão principal para receber os dois estrangeiros. Ao entrar na cidade e percorrer suas largas ruas, Ulisses não ficou surpreso ao constatar que pouco ou nada havia de preparativos para a guerra. Como ele e Nestor suspeitavam, os troianos não imaginavam que seriam atacados por causa de Helena. Para eles, era uma hipótese que soava tão absurda quanto soaria, para um grego, se lhe dissessem que todo o exército troiano ia atravessar o mar Egeu para tentar recuperar Hesíone, a irmã de Príamo, que Telamon mantinha como cativa, há muitos anos, em seu palácio em Salamina. Para Ulisses, a surpreendente despreocupação dos troianos provava que eles não sabiam o quanto Helena importava para a Grécia, nem desconfiavam que, em torno dela, haviam-se aglutinado, pela primeira vez, todas as forças dispersas de um povo, que agora, reunido sob o comando de um chefe, começava a sentir um grande orgulho de si mesmo.

Quando chegaram na acrópole, foram recebidos por um dos conselheiros de Príamo, o velho Antenor, homem sábio e respeitado. Isso alegrou Menelau, pois tinha conhecido Antenor naquela visita fatídica em que ficara amigo de Páris. Aquilo tinha sido ironia de algum deus, que queria castigá-lo, pois ele tinha vindo a Troia em busca de uma solução para a praga que assolava Esparta, e acabara atraindo a desonra e a desgraça para si e para todo o seu povo! De Antenor, no entanto, tinha levado a melhor impressão: era um homem ponderado, justo, que tinha ido duas vezes à Grécia, também como embaixador, também com a missão semelhante de convencer Telamon a permitir que Hesíone retornasse a Troia, para o palácio de seu irmão, o rei Príamo. Ninguém, portanto, melhor do que ele para entender o que eles tinham vindo fazer. Antenor saudou cordialmente os dois estrangeiros e ofereceu-lhes a hospitalidade de costume, em sua própria casa, de acordo com a tradição estabelecida pelo poderoso Zeus. Dormiriam lá esta noite, sob sua proteção, e no dia seguinte ele os levaria à acrópole, onde sempre se reunia, diante do palácio de Príamo, a assembleia dos cidadãos.

E assim foi feito. Na manhã seguinte, Menelau e Ulisses se apresentaram diante dos troianos, na condição de embaixadores, para trazer-lhes a mensagem de Agamênon. Todos os que estavam ali queriam ouvir o que os gregos tinham a dizer, mas sua maior curiosidade era ver a figura de Menelau, o infeliz espartano que tinha perdido a mulher mais bonita do mundo. Todos queriam estar presentes quando ele se defrontasse com o sedutor de Helena, que todos em Troia invejavam e alguns chegavam a odiar; Páris, no entanto, preferiu não comparecer, deixando os seus amigos mais próximos envergonhados com este comportamento que cheirava a covardia. Como era previsível, Helena também não estava, porque uma assembleia respeitável não iria tolerar a intromissão de mulheres, ainda mais diante de dois estrangeiros. No entanto, era bem provável que fosse dela uma daquelas silhuetas femininas que, das janelas principais do palácio de Príamo, pareciam acompanhar tudo o que se passava na praça.

Menelau falou primeiro, lamentando a traição de Páris, a quem tinha recebido como hóspede, e pedindo que os troianos, em nome dos deuses que presidem o matrimônio, devolvessem sua mulher e o tesouro que lhe fora roubado. Todos ficaram impressionados com a sua estatura avantajada, seu porte altivo de rei e o olhar firme e viril com que encarou a assembleia. Falou pouco, com palavras escassas, como convinha a um verdadeiro espartano, mas disse tudo a que vinha, sem enfeites nem rodeios. Então, levantou-se Ulisses; não tinha a figura imponente de Menelau, parecendo ser muito mais baixo que ele. Por algum tempo, ficou assim, de pé, com os olhos fixos no chão, como se não soubesse muito bem o que dizer, a ponto de alguns chegarem a pensar que estavam diante de um pobre infeliz que tinha o espírito doente. No entanto, desde o momento em que deixou a sua grande voz sair do peito, com as palavras caindo mansas como os flocos de neve do inverno, todos que ali estavam perceberam que ninguém poderia enfrentá-lo num duelo de ideias. Ulisses falou de sua vida, de Ítaca e do prazer que sentia em estar com sua família, e o fez com uma tal emoção que, ao falar de si mesmo, era como se estivesse falando de todos, fossem gregos ou troianos. Lamentou que os jovens facilmente se deixassem inflamar pela paixão ou pela guerra, que dominavam seus sentidos e tiravam o seu raciocínio; contudo, a vida madura ensinava que nada se comparava ao tempo da paz, em que tudo estava em seu lugar e seguia o ritmo das estrelas e das estações, em que os filhos sepultavam os seus pais, e não os pais a seus filhos, como nos tempos de guerra. "Páris é muito jovem para medir as consequências que seu amor por Helena pode trazer para Troia; ele é jovem demais para temer esta guerra, talvez até anseie por ela; não acredito, contudo, que vocês concordem em matar ou morrer por uma paixão juvenil. Devolvam a mulher deste homem, restabeleçam a justiça, e os seus filhos e seus netos vão abençoar este dia em que a paz foi preservada." Assim falou Ulisses, e voltou a sentar.

    Suas palavras criaram um verdadeiro tumulto no seio da assembleia, que se dividiu em dois partidos exaltados, uns gritando pela paz, outros gritando pela guerra. Dos primeiros, o líder era Antenor, que sempre tinha aconselhado a devolução de Helena, acompanhado de um pedido formal de desculpas. Dentre os segundos, muito mais agressivos, sobressaía-se Antímaco, um troiano influente, que liderava o grupo dos amigos de Páris. "Helena agora é o maior tesouro de Troia, e nosso povo ficará infinitamente mais pobre se concordar em devolvê-la. Se quiserem guerra, vão tê-la, e muitos gregos vão morrer antes que seu exército derrotado volte para casa de mãos vazias – muitos, muitos gregos, a começar por estes dois, que vieram nos ameaçar e nos intimidar em nossa própria assembleia!" E, assim falando, ele e seus partidários enrolaram o manto na cintura, para deixar as mãos livres, e começaram a cercar Ulisses e Menelau, que continuavam sentados. Eles estavam desarmados, como embaixadores que eram, e teriam morrido ali mesmo, se Antenor não os tivesse abraçado, protegendo-os com seu próprio corpo, enquanto evocava a terrível maldição que recairia sobre a cidade, se fossem assassinados, em sua praça, dois estrangeiros colocados sob a proteção divina. A muito custo, auxiliado por alguns amigos, conseguiu levá-los até sua casa, onde reuniu um pequeno grupo de cavaleiros para escoltar o carro dos gregos até o portão. Ali, ao se despedirem, Antenor pediu desculpas pela loucura de seus conterrâneos. Ulisses, sorrindo, abraçou-o: "És um homem de bem, Antenor, e não vamos esquecer o teu nome – assim como também jamais esqueceremos o nome daquele Antímaco". Menelau então fustigou os cavalos, afastando-se na grande planície que, nos próximos anos, ia se encher do som e da fúria dos combates.

23

O DESEMBARQUE

Quando os dois chegaram a Tenedos e relataram o que tinha acontecido, os chefes, tomados de indignação, decidiram por unanimidade que tinha chegado a hora de pôr um fim na arrogância de Troia. Agamênon os exortou a lutarem o bom combate, fazendo-lhes uma última recomendação: "Lembrem-se de Antenor, e não se esqueçam de Antímaco!". Como a Noite já começava a cobrir o mundo com o seu manto escuro, ficou decidido que aproveitariam as últimas luzes do dia para levantar o acampamento provisório que tinham armado ali na ilha e transportar tudo de volta para os navios, deixando-os prontos para zarpar no dia seguinte. Os homens deveriam manter consigo apenas as suas armas; os guerreiros que quisessem dormir, que o fizessem na areia fofa da praia, em volta das grandes fogueiras. O plano era partir ao primeiro alvor da manhã, para chegar nas areias de Troia assim que o Sol surgisse no horizonte. Com sorte, a cidade ainda estaria despertando, e os gregos conseguiriam desembarcar sem encontrar resistência.

Assim foi feito. Saíram quando ainda estava escuro, com a proa dos navios iluminadas por tochas, como se uma gigantesca procissão tivesse partido de Tenedos em direção ao continente. A noite estava nublada e os pilotos não conseguiam enxergar as estrelas para marcar o seu rumo; contudo, isso não os deteve, porque apontaram suas proas para o clarão inconfundível que Troia deixava no céu. Pouco a pouco, a luz do dia começou a iluminar o mar tranquilo em que navegavam; uma a uma, as tochas foram se apagando, e os navios, levados a vela e a remo, aproximaram-se rapidamente do litoral troiano.

Do alto dos mastros, os vigias anunciaram que não tinham detectado nenhum movimento na praia, que parecia deserta. As vozes dos marinheiros, que se ouviam de um navio para outro, tinham cessado completamente; as velas foram arriadas e enroladas no mastro, os remos foram erguidos para o alto, e um grande silêncio se fez sobre o mar. Todos agora podiam enxergar a estreita faixa da praia em que iam desembarcar, e depois dela a planície, e, ao fundo, gigantesca, a grande muralha da cidade com suas torres, seus portões e seus telhados. Troia agora deixava de ser aquela simples imagem de sonho, quase fantasmagórica, que tinha vivido tanto tempo na mente de cada um daqueles homens: Troia agora estava ali, à sua frente, e era preciso conquistá-la.

Do alto das torres, na muralha, os vigias troianos já tinham percebido a aproximação da frota grega. Por causa dos incidentes da véspera, Heitor, o mais valente dos filhos de Príamo, tinha mandado redobrar a atenção sobre o mar, para que a cidade não fosse apanhada de surpresa. No entanto, a estratégia dos gregos tinha sido perfeita, porque os navios tinham chegado junto com a luz do dia, apanhando a cidade adormecida. As trombetas de alarme soaram, e as largas ruas de Troia se encheram com guerreiros que guiavam seus carros puxados por muitos cavalos, acompanhados de soldados que, em trote rápido, seguiam os seus chefes em direção aos portões.

O previdente Heitor tinha dado ordens para que todos dormissem armados, prontos para repelir um ataque inesperado dos invasores; assim, antes mesmo que os gregos desembarcassem, o grosso das forças troianas já estava concentrado diante do portão principal, do lado de fora da muralha. O tempo, no entanto, estava contra eles: Heitor sabia que não iam conseguir transpor a larga planície e chegar até a beira do mar antes do desembarque; isso daria aos gregos o tempo necessário para ocupar toda a praia e fazer descer os cavalos e os carros de combate, o que deixaria seu exército muito mais equipado e muito mais perigoso. Assim mesmo, deu a ordem de avançar a toda pressa, para levar a linha de combate para o mais longe possível dos portões da cidade. Como escuras formigas, milhares de troianos começaram a correr pela planície, rumando para o mar, onde, logo atrás da rebentação das ondas, os navios gregos inexplicavelmente se mantinham flutuando, como se hesitassem em desembarcar. Apesar de surpreso com essa inércia, Heitor incitou ainda mais os seus guerreiros, pressentindo que ele e seus companheiros iam vencer aquela corrida e apossar-se da praia antes do invasor.

    Heitor não sabia o que todos os gregos sabiam: um oráculo rezava que o primeiro a descer em Troia ia morrer ali mesmo, no primeiro dia da guerra. De pé, na proa de seus navios, prontos para saltar em terra, os guerreiros se entreolhavam, indecisos, sem saber o que fazer. Nenhum – fosse Aquiles ou fosse Pátroclo, Ulisses ou Diomedes, o Grande ou o Pequeno Ajax – nenhum queria ser o primeiro. Estavam ali para lutar, e disso não tinham medo, mas embora soubessem perfeitamente que poderiam vir a morrer em combate, não queriam assumir uma morte anunciada, tão inexorável como aquela, com data e lugar marcados. Por isso, apenas assistiam à corrida dos troianos, que já estavam quase chegando à praia – quando, com um grito de comando, Protesilau, um dos jovens chefes da Tessália, mandou seu navio avançar. Os remos voltaram a bater na água e, aproveitando a onda que se armou atrás dele, o navio deslizou como um grande peixe escuro, até encalhar sua proa recurva na areia molhada da praia. Com o escudo no braço esquerdo, Protesilau saltou para terra e empunhou sua espada afiada, bem a tempo de enfrentar o primeiro troiano que avançava sobre ele, com a lança erguida. A ponta de bronze foi-se cravar no centro de seu escudo, e Protesilau, com um passo à frente, mergulhou sua lâmina na axila do inimigo, no ponto onde terminava a couraça, seccionando a artéria vital. Como um carvalho atingido pelo raio, o infeliz troiano tombou de uma só vez, com os olhos já sem vida, e sua alma voou para o escuro mundo de Hades. Protesilau, então, levantando a espada sangrenta, voltou-se para o mar, triunfante, e emitiu seu grito de guerra, chamando seus companheiros. Era o sinal esperado, e os navios começaram a avançar, derramando torrentes de homens armados, que pulavam para dentro da água rasa e corriam para a praia. O segundo a tocar em Troia foi Aquiles, que de um salto prodigioso, qual um gigantesco leopardo, foi cair em terra seca, rugindo como uma fera diante dos troianos que correram para cercá-lo – pobres infelizes que ainda não o conheciam, e que, em poucos minutos, estavam estendidos no chão, para nunca mais levantar.

No entanto, na confusão da maré, o desembarque era lento, e a resistência troiana, comandada pelo corajoso Heitor, impedia que a maior parte dos gregos chegasse em terra firme. Lutavam com água pelos joelhos, e o mar ficou coalhado de corpos escuros, lavados pelas ondas que, mansamente, vinham depositar na praia uma espessa espuma sanguinolenta. Muitos troianos já tinham provado a espada do jovem Protesilau, quando surgiu, diante dele, o indomável Heitor, que lhe arremessou a lança com todas as forças que tinha. Protesilau ainda conseguiu aparar o golpe com o escudo, mas a aguçada ponta de bronze atravessou as camadas de couro e atingiu-o na boca, entrando por entre os dentes, para sair-lhe na nuca. Estava cumprida a profecia; ele morria como um herói, que seria para sempre lembrado, mas suas cinzas não retornariam para sua amada Tessália; ele ficaria ali para sempre, sepultado em terra estrangeira, do outro lado do mundo.

Cumpria-se, também, o pesadelo de Laodâmia, a sua jovem esposa, que temia a sua morte desde o dia em que ele tinha partido para Áulis, para se reunir aos outros chefes. Casados há menos de um mês, eles viviam um para o outro, enamorados, felizes como noivos, quando chegou até eles o chamado para a guerra. Na hora de despedir-se, Laodâmia, que também conhecia a sorte funesta que esperava o primeiro a desembarcar, disfarçou o choro e recomendou ao marido que não fosse imprudente: "Ordeno-te que sejas o último a pisar naquela terra, Protesilau! Olha bem o que vais fazer! Se morreres, eu vou morrer em seguida, e tu serás o responsável!". Ele sorriu para ela, já a bordo do navio, e gritou-lhe, ampliando a voz com as mãos em concha: "Eu te prometo que volto, Laodâmia! Os deuses nos querem bem!".

    Sua ausência, no entanto, foi ficando insuportável para a pobre jovem, e ela moldou, com a cera de muitas abelhas, uma estátua com a aparência do marido, que ela punha no leito, a seu lado, e com a qual todas as noites ela conversava, contando-lhe os fatos do dia e os planos para o futuro – e assim, com esse pequeno consolo, ela vivia à espera do dia em que os ventos do norte o trariam de volta para casa, para nunca mais partir. No entanto, no primeiro navio que os ventos trouxeram de Troia veio a notícia terrível da morte de Protesilau. Laodâmia ficou transtornada; suas pernas amoleceram e ela caiu ajoelhada no chão, levantando para o céu um olhar cheio de dor, dirigido aos deuses misericordiosos: "Nós não merecíamos isso! Foi tão curto o tempo que nos deram!".

    Lá no alto do Olimpo, os imortais ouviram o seu apelo e se condoeram de sua tristeza. Hera, que protegia os matrimônios, e Afrodite, a deusa dos enamorados, se uniram para defender a causa de Laodâmia, convencendo Zeus a deixar que o espírito de Protesilau voltasse do mundo dos mortos, por pouco tempo que fosse, para rever sua esposa pela última vez. Zeus não podia resistir a um pedido das duas, mas também não queria intrometer-se no reino de Hades, seu irmão, que governava o mundo subterrâneo. Por isso, encarregou Hermes, o mensageiro divino, de pedir a Hades que permitisse o retorno de Protesilau, por três horas apenas, ao cabo das quais ele o teria de volta para sempre. Assim foi feito, e o espírito do herói incorporou na estátua de cera, animando-a com o sopro da vida. Os dois esposos estavam juntos mais uma vez, e aproveitaram aquelas horas tão breves para trocar os últimos beijos daquele amor que tinha se tornado eterno. Quando, passadas as três horas, a vida abandonou a estátua, Laodâmia decidiu que não ia perder o marido de novo, e cravou um punhal no peito, para juntar-se a ele no outro mundo – o que realmente aconteceu, porque Hermes, piedoso, tratou de reunir os dois espíritos para sempre.

Assim era a guerra – insensível, impessoal, absurda; naquela sangrenta praia de Troia, o poderoso Heitor, ao retomar a sua lança do corpo inerte de Protesilau, jamais desconfiaria que aquela ponta de bronze tinha atingido tão longe, lá na distante Tessália, o terno coração de uma jovem esposa. E não faria diferença, se soubesse, pois esse era o destino do guerreiro. À sua volta, no combate que ficava cada vez mais aceso, cada um lutava por si e por aqueles que amava; Heitor precisava matar antes que o matassem, precisava se manter vivo para voltar para casa e poder abraçar Andrômaca, sua doce esposa, e brincar com o filho no colo. Se os deuses concedessem, ele voltaria.

No outro lado da praia, Aquiles se defrontava com um inimigo à altura. Depois de tirar a vida de muitos troianos, cujos cadáveres começavam a se amontoar à sua volta, sua atenção tinha sido atraída por um lutador fabuloso, de armadura reluzente, que deitava por terra todo o grego que tivesse a infelicidade de se aproximar. Embora fosse um mortal, em suas veias corria o sangue divino de Posêidon, o deus do mar, o que o deixava invulnerável a qualquer ferimento, pois nem flecha, nem lança, nem espada podiam penetrar em sua pele. O seu nome era Cícnus, e os troianos o consideravam invencível, seguindo-o com o mesmo respeito com que seguiam ao próprio Heitor. Aquiles, percebendo sua liderança sobre os demais, esperou que se abrisse uma brecha na confusão da batalha para poder visá-lo com sua lança certeira. De repente, o torvelinho de homens se abriu, e ele apareceu de corpo inteiro, bem à sua frente. Aquiles disparou o golpe, enquanto bradava, em desafio: "Jovem desconhecido, consola-te em saber que vais morrer pela lança do filho de Peleu e de Tétis!". Para sua surpresa, no entanto, o ferro atingiu o peito de Cícnus, fazendo-o recuar com o impacto, mas sem rasgar-lhe as carnes. O jovem gritou, como resposta: "Aquiles, o teu nome nós já conhecemos; tu é que não conheces o meu. Eu sou Cícnus, filho de Posêidon, e tu não podes me ferir, porque eu posso mais do que tu. Meu pai é o próprio senhor dos mares, enquanto tu és apenas o filho de Tétis!". Aquiles não acreditava no que via; como o oponente tinha se distanciado, enquanto falava, ele retomou sua lança, com a fiel ponta de ferro que ele próprio tinha temperado, e arrojou-a de novo com o seu braço vigoroso – e outra vez ela resvalou na pele do jovem troiano, que parecia se divertir com a fúria do herói. Aquiles voltou a retomar sua lança, e mais uma vez examinou-lhe a ponta, que continuava mortífera como antes. Incrédulo, arremessou-a contra o infeliz Menetes, um troiano que passava à sua frente: como sempre tinha acontecido, a pesada lança atravessou-lhe o escudo, rasgou-lhe a couraça e saiu do outro lado do tórax, fazendo Menetes cair no mesmo lugar em que estava. "Se o mesmo braço e a mesma lança derrubaram este aqui, por que não te acontece o mesmo?", gritou ele, atingindo Cícnus outra vez, inutilmente. Aquiles então investiu contra Cícnus com a espada na mão, assestando-lhe um golpe tão devastador, que o capacete se partiu em dois, mas mesmo assim não lhe causou o menor arranhão. O filho de Tétis perdeu a cabeça: aquele miserável tinha de cair! Furioso, puxou-o pelo braço e usou o punho da espada para acertá-lo várias vezes na testa, que agora estava descoberta; desta vez, os olhos de Cícnus se enevoaram, e ele cambaleou estonteado, até que tombou no chão. Foi o seu fim: Aquiles pisou no seu peito e, com sua força terrível, estrangulou-o com a correia do próprio capacete, fazendo sua alma deixar seu corpo invulnerável.

    Ao verem Cícnus cair, apavorados com a selvageria de Aquiles, os troianos se viram dominados pelo pânico e debandaram em massa, correndo pela planície, tentando colocar a maior distância possível entre eles e aquela fera humana que comandava o ataque dos gregos. Heitor sentiu-se abandonado e viu-se obrigado a retirar-se da luta com os poucos homens que ainda o acompanhavam; tomou o rumo de Troia, mas fez questão de caminhar lentamente, para deixar bem claro que não estava fugindo. O exército grego tinha conquistado a praia. Enquanto concluíam o desembarque, os que tinham lutado tratavam de cuidar dos feridos e de contar os seus mortos.

24
NOVE ANOS DE ESPERA

Se o oráculo estava certo como até agora tinha estado, não seria em poucos dias que Troia seria tomada. "Nove anos", tinha dito Calcas, quando ainda estavam em Áulis. "Nove anos; no décimo, Troia será nossa." Ora, as palavras de um oráculo nunca são totalmente claras, pois saem da boca de um deus para entrar no ouvido de um homem, com todas as limitações de um simples mortal. Assim, a profecia dos dez anos tinha recebido uma curiosa interpretação do rei Ânios, da ilha de Delos. Este chefe, que também era sacerdote de Apolo, não tinha aderido à expedição por motivos religiosos, mas assim mesmo quis participar no esforço de guerra, contribuindo com grandes quantidades de grão, de vinho e de azeite para abastecer o exército. Falando com Agamêmnon antes do embarque, perguntou-lhe ingenuamente por que os gregos não adiavam o ataque para o décimo ano, esperando, enquanto isso, na paz e na abundância de seus lares. Agamêmnon redarguiu que não era tão simples assim; ele enxergava, nas palavras do oráculo, uma indicação de como deveria ser a campanha: "Serão nove anos de cerco, para que os troianos se esgotem. Só no décimo é que eles vão terminar sucumbindo. Vai ser uma longa jornada, uma prova de paciência para todo o nosso exército, mas não haverá outra forma de obter a vitória".

E assim foi. Alarmados com o poderio da frota de Agamêmnon, Príamo e seus conselheiros concluíram que Troia não tinha forças para expulsá-los da praia – ao menos naquele momento. Heitor tinha feito uma corajosa tentativa de impedir o desembarque, mas a morte de Cícnus e a atuação quase sobrenatural de Aquiles tinham levado o medo ao coração dos troianos, que bateram em retirada e permitiram que as tropas gregas desembarcassem e consolidassem sua posição junto ao mar. É verdade que algumas vozes mais inflamadas propuseram recompor as forças de Troia para lançar mais um ataque, mas o próprio Heitor, guerreiro respeitado por todos, defendeu a opinião do Conselho: "Troia não corre perigo. Eles não nos podem fazer mal, porque nossa muralha é segura. Qual dentre nós vai fazer a tolice de atravessar aqueles portões para enfrentá-los na planície, na desvantagem de três para um? Deixem que eles fiquem lá, desgastando seus recursos e sofrendo as intempéries. Enquanto isso, vamos aproveitar esse precioso tempo para procurar o apoio de todos os reinos aliados. No dia em que estivermos mais fortes, nesse dia atacaremos".

Os gregos também estavam imóveis. Sabendo que aquelas muralhas eram intransponíveis, contavam enfrentar o inimigo quando ele saísse para a planície. Contudo, à medida que os dias iam passando, perceberam que nenhum troiano estava disposto a deixar a segurança da cidade para vir morrer nas mãos de Aquiles. Na montanha, quando o lobo está no fundo do covil e os caçadores não podem entrar para buscá-lo, é preciso usar um meio que o obrigue a sair. Troia tinha muitos recursos, mas dependia do mar, por onde chegava a maior parte dos alimentos que consumia. O mar, agora, era grego; se mantivessem o bloqueio pelo tempo suficiente, os celeiros da cidade iam se esvaziar e a fome obrigaria os guerreiros a sair para o combate. Por isso, com a paciência do caçador, os gregos tiraram as naves da água e as puseram em linha, na beira da praia, unindo casco com casco por meio de troncos e galhos de árvores, formando assim uma extensa muralha improvisada. No interior desse grande perímetro fortificado, as tendas foram armadas junto ao casco dos navios, formando, diante de Troia, uma verdadeira cidade, longa e estreita, onde os gregos iam morar nos próximos nove anos.

Para abastecer o exército acampado, alguns chefes, liderados por Aquiles, uniram suas forças para fazer incursões pelos campos e pelas cidades da vizinhança, ao longo da costa da Trácia e da Ásia Menor; com isso, mantinham também os seus guerreiros ocupados, ao mesmo tempo em que enfraqueciam, pelo medo ou pelo suborno, a aliança desses povos com os troianos. A ilha de Lesbos caiu nas suas mãos, e depois Tebas, na Cilícia, e Clazomene, e as cidades de Adraminto, Cólofon, Esmirna, Tenos e Colona, entre muitas outras. Dessa forma, os homens de Agamênon passaram a controlar militarmente os principais portos da região, impedindo que os navios trouxessem suprimentos para Troia. Aquiles, ainda mais ousado, reuniu um grupo de voluntários e, à noite, aventurou-se pelo continente, passando tão perto das muralhas de Troia que seus homens conseguiram ouvir a voz das sentinelas. O seu objetivo era o gado que pastava no monte Ida, o mesmo monte em que Páris havia realizado o julgamento das deusas. Lá ele encontrou um grande rebanho que pertencia a Eneias, um dos grandes guerreiros de Troia, cuja mãe era a própria Afrodite, e só não o matou porque Eneias, pressentindo a sua presença, conseguiu despistá-lo na escuridão.

Os anos foram passando, mas Troia, apesar de sitiada, parecia levar uma vida normal dentro de suas muralhas. Várias fontes perenes brotavam dentro do recinto, e um conjunto de poços e cisternas garantia o abastecimento abundante de água. Quanto aos víveres, eles continuavam entrando na cidade, de forma mais ou menos regular, pela muralha do fundo, que estava voltada para o país dos Dardânios, no interior do continente, por onde os troianos entravam e saíam livremente – sempre que Aquiles não estivesse por perto. De cima das torres, eles sabiam exatamente se ele andava nas imediações, por causa do brilho quase sobrenatural que anunciava a sua figura. Sua reluzente armadura era inconfundível, mesmo à distância, pelos reflexos dourados que ela emitia quando o Sol a iluminava. Quando ele se aproximava a grande velocidade no seu carro de combate, com os arreios enfeitados de prata e a sua cobertura de metal polido, era como se um cometa tivesse baixado à planície, passando como uma bola de luz envolta na poeira levantada pelos cascos dos cavalos. Nessas ocasiões, ninguém ousaria dar um passo que fosse, do lado de fora da muralha. No entanto, quando ele embarcava com seus homens e saía em alguma expedição, a sua ausência começava a ser notada. Príamo então enviava espiões, disfarçados de pescadores, para verificar se os seus navios, juntamente com os seus fiéis mirmidões, tinham deixado a praia – e só então voltavam a abrir aquele portal, que não podia ser visto do acampamento grego. Assim eles faziam regularmente, sem receio de ser surpreendidos por alguma patrulha que viesse do interior do continente, porque haviam percebido, nesses anos de convivência com os inimigos, que os gregos, assim como as focas e as gaivotas, não conseguiam viver afastados do mar por muito tempo, e a ele voltavam correndo sempre que passavam alguns dias longe de suas ondas.

As cidades que ficavam na costa, estas sim tinham de tomar cuidado, porque todos os dias os navios de casco recurvo saíam do acampamento grego, em pequenas flotilhas, percorrendo o litoral como uma alcateia de lobos que procurasse novas presas. E assim como umas saíam, sempre havia alguma voltando, descarregando na praia, à vista dos chefes, o resultado de sua caçada, que seria dividido por todos. Eram ovelhas, novilhas, cargas inteiras de cevada ou de trigo, fardos de linho, barricas de sal, ânforas de vinho, grandes odres de azeite, ferro e bronze para fundir, madeiras de resistência, cavalos, figos secos e azeitonas. E, quando tomavam alguma cidade, traziam também mulheres – as mais bonitas do lugar – para servir de concubinas dos guerreiros solitários. O Grande Ajax, numa incursão à Trácia, matou o rei Teutras e ficou com sua mulher, Tecmessa, com a qual passou a viver. Aquiles, ao saquear a Moésia, ao leste do monte Ida, trouxe como troféu a belíssima Criseida, que ofertou a Agamêmnon como parte do butim. Ele próprio, quando atacou a cidade de Lirnessus, matou o rei Mines, que era aliado de Troia, e guardou para si a jovem rainha, a desejável Briseida, que passou a dormir a seu lado no seu grande leito de peles. Só Menelau não quis tomar uma cativa como concubina; ele tinha vindo a Troia para buscar sua esposa, Helena, sua amada, que ainda dominava os seus sentidos. Era ela que ele queria encontrar a seu lado, ao acordar; era sua voz que fazia falta nos seus ouvidos. Menelau ainda tinha bem vivo o cheiro embriagador que a pele de Helena começava a desprender quando eles faziam amor, e não podia imaginar-se dormindo com outra mulher. Como estava apaixonado, tinha a fraqueza de acreditar na inocência dela, e esperava que, mantendo-se fiel à sua lembrança, conquistaria as graças de Afrodite, a deusa dos enamorados, que o ajudaria a recuperar Helena – sem desconfiar, inocente, que fora a própria deusa quem tinha destruído o seu lar.

Ulisses era outro que não tinha mulher no acampamento. Apesar do que diziam os oráculos, ele achava que Atena, sua deusa protetora, ia ajudá-lo a terminar essa guerra antes que os dez anos acabassem, e ele ia poder voltar para os braços desejados de sua querida Penélope – e alimentava a estranha certeza de que, enquanto se mantivesse fiel, ela também o seria, sem procurar um companheiro para as noites frias de Ítaca.

Na verdade, a maior preocupação de Ulisses era vingar-se de Palamedes. Não gostava dele desde aquele dia, em Ítaca, em que ele colocou o pequeno Telêmaco na frente do arado, demonstrando que a loucura de Ulisses era apenas um fingimento para escapar da convocação. Agora, já em Troia, Palamedes o havia humilhado outra vez, diante de todo o mundo: Agamêmnon dera a Ulisses a incumbência de percorrer as cidades vizinhas em busca de cevada; Ulisses, apesar de procurar por muito tempo, voltou com as mãos vazias, alegando que, no momento, não havia grãos nos celeiros da costa da Ásia. Palamedes zombou dele, acusando-o de tolo, por ter acreditado no que lhe disseram os lavradores – e, para provar que estava certo, saiu com um navio, trazendo-o carregado de grãos. Por isso, aproveitando essa trégua forçada entre gregos e troianos, Ulisses e seu amigo Diomedes andavam tramando uma forma de vingar-se do astucioso oponente. Ulisses imaginava que não ia ser fácil surpreender um homem tão esperto quanto aquele, que sempre deveria estar precavido. Enganou-se; o astuto

Palamedes, o inventor dos dados, do alfabeto e dos faróis de navegação, a única inteligência que Ulisses respeitava em todo o exército grego, gostava de pescar sozinho, junto aos rochedos, lançando sua linha ao mar praticamente todos os dias. Pois ali foram surpreendê-lo os dois amigos, que o acertaram com uma pedra na cabeça e o jogaram ao mar, onde ele simplesmente se afogou, enleado em sua própria linha de pesca.

Assim que Náuplias, o pai dele, ficou sabendo da morte do filho, viajou até o acampamento para exigir uma reparação, pois havia fortes indícios de que ele tinha sido assassinado. Agamênon o dispensou sem maiores atenções, e ele voltou despeitado à Grécia, vingando-se de uma maneira terrivelmente original: visitou as esposas de todos aqueles heróis que mantinham jovens cativas em suas tendas, e contou a cada uma a mesma história: que o marido tinha uma nova namorada, com quem passava suas noites em Troia, e que ele devia amá-la perdidamente, pois lhe tinha prometido que a transformaria em sua nova rainha, assim que voltasse para casa. Poucas foram as que não acreditaram; a maioria delas, inseguras, passaram a viver o inferno da desconfiança. As mais fracas terminaram tirando a própria vida; as mais fortes, como Clitemnestra, a mulher de Agamênon, trataram de arrumar um amante mais jovem que o marido. Como Ulisses estava sozinho, Náuplias não pôde mentir, e Penélope ficou fora disso.

Pouco a pouco, depois do sexto ano, os gregos deixaram de percorrer a costa da Ásia Menor e procuraram concentrar suas forças diante de Troia, pois os troianos começaram a se aventurar fora das muralhas. Vários povos vizinhos tinham se aliado a Príamo, e Heitor, tendo agora a seu lado o valoroso Eneias, em cujas veias corria o sangue de Afrodite, chefiava, de tempos em tempos, incursões ao acampamento grego, medindo forças com o inimigo e deixando-o cada vez mais em sobressalto. Finalmente, o nono ano do cerco terminou, e os gregos começaram a se preparar, ansiosos, para aquele que o oráculo tinha apontado como o ano da vitória final.

25

A FÚRIA DE AQUILES*

A discórdia chegou ao acampamento grego quando o velho Crises, pai de Criseida, apareceu entre as naves, trazendo um rico tesouro para comprar a liberdade da filha, cativa de Agamênon. Na condição de sacerdote de Apolo, ele portava o bastão dourado com as insígnias do deus, e foi sob esta proteção que ele se dirigiu à assembleia em que se reuniam todos os chefes: "Que os deuses que moram no Olimpo permitam que os gregos saiam vitoriosos desta guerra, e que voltem para casa com toda a segurança – mas que a mim devolvam minha querida filha, em troca deste resgate, em nome de Apolo, o filho de Zeus!". As palavras de Crises agradaram a todos, que compartilhavam da mesma opinião: que se respeitasse o pai e sacerdote que estava ali, suplicante, e que se aceitasse o resgate oferecido, pois era magnífico, mais do que o preço adequado para uma simples cativa. Agamênon, no entanto, pensava diferente dos outros, e levantou-se, irado: "Toma cuidado, velho: se eu te encontrar outra vez andando por aqui, o teu bastão de sacerdote não vai poder te ajudar. Aquela que estás pedindo, aquela eu não vou devolver. Ela vai voltar comigo, para meu palácio, para fazer o que eu mandar, e correr para minha cama quando eu quiser possuí-la. Vai, e não me irrites!".

O velho afastou-se em silêncio, caminhando desolado pela beira da praia, controlando a custo a sua humilhação. Foi só quando se viu sozinho, longe dos olhos indiscretos, que deixou as lágrimas correrem; erguendo as mãos para o céu, invocou o grande Apolo: "Ouve-me, ó deus do arco! Se eu tantos

---

* Aqui começa a *Ilíada*.

templos ergui em teu louvor, se tantos bois gordos eu assei no teu altar, atende, por favor, ao que eu te peço: castiga aqueles gregos, que fizeram este velho chorar!". Ao ouvir esta súplica emocionada de seu sacerdote, o coração de Apolo encheu-se com a ira divina, e ele desceu do Olimpo trazendo no ombro o seu terrível arco de prata e a aljava repleta com suas setas mortais. Mais escuro do que a noite, o deus aproximou-se, sem ser notado, das naves alinhadas na praia, e começou o massacre: inúmeras vezes o seu arco se distendeu, e inúmeras vezes se ouviu, acima do ruído do mar, o som sinistro de sua corda vibrando. Por toda a parte, homens e animais começaram a cair, vitimados pela peste que suas flechas traziam, e as fogueiras funerárias se acenderam às centenas.

Durante nove dias, o exército grego foi atravessado pelas setas de Apolo. No décimo, no entanto, a divina Hera resolveu intervir. No seu ódio contra Troia, ela ansiava por ver a vitória dos gregos, e esta peste só tinha vindo atrapalhar os seus planos. Por isso, apareceu em sonho a Aquiles, sugerindo que ele convocasse a assembleia para deliberar o que deveria ser feito para aplacar a ira de Apolo. Assim foi feito; a seu pedido, reuniram-se todos os chefes. Ele então levantou e expôs a ideia que Hera havia plantado em sua mente: "Imagino que vamos ter de voltar para casa, se quisermos escapar à morte certa. Ninguém pode enfrentar a guerra e a peste juntas! Ou consultemos um adivinho, para saber por que Apolo nos castiga – se por alguma omissão nossa, ou por algum sacrifício que esquecemos de fazer". Todos os olhos se voltaram naturalmente para Calcas, que estava ali entre eles: afinal, era por inspiração do próprio Apolo que ele conhecia o presente, o futuro e o passado, e o deus não lhe esconderia o motivo de sua fúria.

Calcas ergueu-se, hesitante; alguma coisa o impedia de falar com franqueza. Finalmente, pareceu decidir-se, voltando-se para Aquiles: "Queres que eu explique a cólera de Apolo, o senhor terrível do arco? Muito bem, eu vou dizer – mas deves jurar que vais me defender, se o que eu disser desagradar a algum chefe... Eu falo, se tu garantires a minha vida!". Aquiles, ansioso como todos os outros em saber o que estava acontecendo, fez uma promessa solene ao adivinho: "Enquanto eu estiver respirando, enquanto meus olhos estiverem abertos, ninguém nesta praia vai levantar a mão contra ti – nem que fosse o próprio Agamênon, que se intitula o mais poderoso de todos!". Calcas, então, tranquilizado, disse a todos o que ele já sabia: "Apolo está furioso por causa de seu sacerdote, Crises, a quem Agamênon afrontou e humilhou. É por isso que ele nos castiga, e vai continuar castigando, até que devolvamos a sua filha, sem cobrar resgate algum, e levando ao velho, em seu desagravo, cem bois gordos para que ele faça uma hecatombe!".

Agamênon levantou-se de um salto, com os olhos queimando como carvões em brasa. Estava tão indignado contra Calcas, sua fúria era tanta que quase não conseguia falar. "Profeta da infelicidade, tu nunca me anunciaste qualquer coisa de bom! Desconfio até que te alegras com essas tuas sinistras profecias! Primeiro, me tiraste Ifigênia. Agora, diante da assembleia, dizes que Apolo nos castiga só porque me recuso a devolver Criseida? Pois eu bem que gostaria de guardar essa mulher comigo; gosto dela mais do que de Clitemnestra! No entanto, eu consinto em devolvê-la, se é para salvar os meus homens. Mas faço uma exigência: que me deem outro quinhão, para que eu não seja o único a perder!" Foi a vez de Aquiles ficar indignado, com aquilo que considerava pura prepotência de Agamênon. Como poderia ser dado um novo quinhão a ele, se todo o ouro, as riquezas, todos os animais, todas as mulheres que tinham trazido das cidades conquistadas já haviam sido divididos? Esse sempre tinha sido o costume; jamais se guardou uma reserva comum, e não havia de onde tirar o que Agamênon estava pedindo, ao menos naquele momento. "Devolve esta mulher a Apolo, e nós te restituiremos três, quatro vezes o seu valor, quando tomarmos Troia!", propôs Aquiles, esforçando-se por ser conciliador.

Era inútil; Agamênon estava despeitado por ter de entregar sua cativa, e mais ainda por ter sido Aquiles, e não ele, quem havia convocado a assembleia. Agora, então, ao vê-lo assim à sua frente, desrespeitoso, afrontando sua autoridade diante de todos os chefes, decidiu que era o momento de mostrar quem é que mandava: "Pensas então, Aquiles, que tu vais guardar a tua parte, enquanto eu fico remoendo a perda da minha? Quero que os gregos generosos me restituam agora o valor que eu vou perder; caso contrário, eu mesmo vou pegar na tenda de qualquer um – de Ajax, ou de Ulisses, ou mesmo na tua. Mas falaremos nisso mais tarde; agora, vou aparelhar um bom navio, equipá-lo com remadores escolhidos, e nele vou embarcar Criseida e mais os cem bois que vão ser sacrificados. Um de vocês irá junto com eles, para supervisionar a cerimônia que vai apaziguar Apolo – pode ser Ulisses, Idomeneu, ou, quem sabe, tu mesmo, filho de Peleu e Tétis".

Para Aquiles, era um absurdo o que Agamênon estava fazendo; um rei deve ser justo, para que obedeçam às suas ordens. Um guerreiro só aceita enfrentar o perigo ou marchar para a morte quando reconhece, em seu rei, um homem superior, um mortal melhor que os outros, que guia e protege o seu povo. Agamênon, no entanto, parecia mesquinho, preocupado apenas em preservar suas próprias riquezas! E Aquiles sentiu o desgosto de estar ali em Troia, matando pessoas que nunca tinham feito nada contra ele, apenas para servir a uma pessoa assim! Jamais um troiano tinha chegado à distante Ftia para roubar as vacas, ou os cavalos, ou as férteis colheitas de Aquiles, e mesmo assim ele tinha atravessado todo o mar para matá-los – e por causa de uma ofensa que fizeram a Menelau e a Agamênon? E este homem, que sempre ficava com o melhor quinhão das partilhas, queria tirar o que era seu, logo ele, que era o que mais se arriscava para o sucesso dos gregos, e a quem sempre cabia o prêmio menos expressivo? Pois essa injustiça ia acabar: "Desta vez, eu parto para Ftia. Cem vezes voltar para casa, com meus navios, do que continuar aqui, humilhado, lutando para que tenhas opulência e fartura!".

Diante daquela áspera discussão, os demais chefes se mantinham em silêncio, sentados na assembleia. Agamênon, cada vez mais furioso, procurava uma maneira de demonstrar ao herói que era ele quem empunhava o cetro do comando. Com duras palavras, acusou o jovem de sempre procurar o conflito. Ele queria fugir? Pois que fosse, levando toda a sua gente. Mas que ficasse sabendo, ali, na frente de todos, que ele ia mandar um de seus navios devolver a filha de Crises, mas ia, em troca, tomar a cativa de Aquiles: "Eu, em pessoa, irei à tua tenda e tomarei a tua gentil Briseida, para que saibas o quanto eu posso mais do que tu, e para que ninguém mais se atreva a falar comigo no tom em que hoje falaste".

Aquiles continuava de pé; com a mão no punho da espada, hesitava entre a lealdade ao rei e a defesa de sua honra. Os dedos já se retesavam para retirar a lâmina da bainha que pendia junto à coxa, quando Atena desceu rapidamente do Olimpo e interveio. Foi Hera, a deusa dos braços brancos, quem a enviou, porque ela protegia tanto Aquiles quanto Agamênon, e não queria deixar que um ferisse o outro, enfraquecendo o exército grego. Invisível para todos, a não ser para Aquiles, Atena desceu bem atrás dele, puxando-lhe os longos cabelos alourados. Aquiles, tomado de espanto, virou-se e reconheceu imediatamente Palas Atena. Um brilho terrível luziu nos olhos do herói, ao pensar que a deusa vinha salvar Agamênon: "Que queres aqui, filha de Zeus? Vieste ver como a insolência de Agamênon vai lhe custar a própria vida?". A deusa dos olhos verdes falou-lhe com brandura, tratando de acalmá-lo: "Foi Hera quem me mandou, para acabar com a discussão, porque ela quer muito bem a vocês dois. Tira essa mão da espada e confia em nós: por causa dessa insolência, em breve vão te oferecer muitas vezes o valor que hoje perdes. Contém o teu braço, e afasta-te daqui. Vamos, obedece!". Uma ordem daquelas deusas não podia ser desprezada, e Aquiles imediatamente soltou o punho de prata cinzelada, enquanto Atena, satisfeita, desaparecia no espaço, em direção ao Olimpo. Em vez do golpe que tinha pensado em assestar em Agamênon, Aquiles limitou-se a predizer, para que toda a assembleia ouvisse, que o dia chegaria em que os gregos iam precisar de seu socorro, mas centenas haveriam de tombar, antes que aquele rei arrogante engolisse o seu orgulho e fosse pedir sua ajuda.

Nestor ainda tentou apaziguar os ânimos, valendo-se de sua experiência; por que Agamênon não desistia de tirar a escrava que Aquiles tinha conquistado com sua valentia? Por que Aquiles não tratava com mais respeito a quem detinha o cetro sagrado do comando? Se assim fizessem, a concórdia ia voltar ao exército dos gregos. Só Troia se beneficiava com essa discussão. "Que prazer para Príamo, e para os filhos de Príamo, que alegria no coração dos troianos, se eles pudessem ver o que está acontecendo aqui!", disse o velho, mas nenhum dos dois queria ouvi-lo. Ofendidos, ambos se levantaram ao mesmo tempo e abandonaram o recinto, cada um para o seu lado. Aquiles voltou para a tenda, acompanhado por seus companheiros, enquanto Agamênon foi preparar o navio que ia levar Criseida e os bois do sacrifício. Depois de nomear Ulisses como comandante desta missão, Agamênon chamou Taltíbio e Euríbato, seus escudeiros, e os encarregou de ir até onde estava Aquiles para buscar a bela Briseida. E lá se foram os dois, acabrunhados, a lamentar-se pela espinhosa missão que tinham recebido, caminhando pela borda do mar até chegar onde estavam os navios dos mirmidões. Aquiles, que estava sentado perto de sua tenda, olhou-os com um ar sombrio que fez gelar-lhes o sangue nas veias. Mas a ordem de Agamênon era clara, e os dois, reunindo toda a coragem, conseguiram chegar bem perto do herói, sem ânimo, contudo, de dizer qualquer palavra que fosse. Ficaram apenas ali, olhando-o respeitosamente, em silêncio. Aquiles compreendeu, e disse: "Aproximem-se, vocês dois. Não me fizeram nada, e nada têm a temer. Agamênon é o culpado, eu sei. Vocês vieram buscar Briseida? Pois já podem levá-la". E, assim dizendo, ordenou a Pátroclo que fosse buscar a moça no interior de sua tenda e a entregasse aos escudeiros. Briseida não estava entendendo nada do que se passava, mas ninguém quis explicar-lhe. Taltíbio e Euríbato a tomaram pelo braço e se afastaram pela praia, em direção à tenda de Agamênon, enquanto ela olhava, por cima do ombro, em direção a Aquiles, esperando ao menos um aceno de despedida, que não veio.

26

TÉTIS E ZEUS

Quando já estavam distantes, Aquiles começou a chorar. Caminhando pela praia, voltado para o mar infinito, ele chamava o nome de Tétis, sua mãe, sabendo que ela, em algum lugar do fundo do oceano, estava ouvindo sua voz. "Oh, mãe, me ajuda! Se vou viver muito pouco, ao menos que seja com glória!" Ao ouvir o seu apelo, Tétis deixou as profundezas e apareceu na superfície, leve como um vapor. Saindo da espuma, sentou diante do filho e acariciou sua mão, falando com ele com a doce voz materna, chamando-o por todos os seus nomes: "Meu filho, por que tu choras? Que tristeza aflige assim o teu coração? Fala, e não escondas nada de tua mãe!".

Aquiles, então, soluçando como um menino, contou-lhe tudo o que havia ocorrido entre ele e Agamênon, e pediu que ela o ajudasse a conseguir um favor especial de Zeus, o senhor dos raios: "Desde pequeno, no palácio de meu pai, quantas vezes não te ouvi contar que tinhas sido a única deusa a ficar do lado de Zeus, quando os imortais do Olimpo se revoltaram contra ele, e que foi graças a ti que ele conseguiu debelar a rebelião e consolidar o seu poder. Se ele te deve, minha mãe, pede-lhe que infunda mais audácia aos troianos, e que os anime a atacar com mais vigor, até que eles consigam encurralar os gregos junto a seus navios, na beira desta praia. Aí verás que todos, principalmente Agamênon, compreenderão a falta que eu faço no combate". Enquanto ouvia o lamento do filho, Tétis pensava, no fundo de seu coração, que o melhor para ele seria ficar mesmo por ali, junto de suas naves, longe das armas e do conflito; quem sabe assim ele poderia escapar do oráculo que tinha predito sua morte na planície de Troia? Mas ela também entendia que a sua honra de guerreiro tinha sido abalada mortalmente, e que o sofrimento do filho era quase insuportável; por isso, resolveu ajudá-lo: "Eu mesma vou até o Olimpo, levar tuas queixas a Zeus. Enquanto isso, senta-te entre os teus navios e cruza os braços: fica longe do combate! Os deuses partiram do Olimpo em direção à Etiópia, onde os fiéis vão lhes oferecer um banquete, mas em doze dias todos estarão de volta, e aí eu falo com ele". E assim ela se foi, deixando o infeliz Aquiles torturando o pensamento ao lembrar-se das noites que tinha passado com Briseida, da fina cintura e dos ágeis quadris que suas mãos nunca mais poderiam tocar.

Depois da décima segunda aurora, os deuses finalmente voltaram ao Olimpo, tendo Zeus à sua frente. Mal o dia tinha nascido, Tétis emergiu das ondas verdes do mar e subiu à mansão divina, na imensa vastidão do céu. Zeus estava isolado, meditativo, sentado no lugar mais alto da montanha, quando a viu chegar, espalhando à sua volta o fresco cheiro da neblina do oceano. Ela estava mais bonita do que nunca, numa túnica esvoaçante que pendia de um só ombro, deixando um seio desnudo. Tinha apanhado os longos cabelos numa grossa trança, que descia pelo pescoço e chegava até as suas belas ancas, marcadas por uma fieira de corais que lhe apertava a cintura esguia. Ao se aproximar, com um sorriso tímido, Zeus sentiu voltar toda a atração que sempre tivera por ela e pensou em levantar-se, para abraçá-la. No entanto, achou melhor se conter e conservar a atitude solene de monarca dos deuses, porque não tinha certeza de que Hera, sua sempre vigilante esposa, não o estivesse observando.

Tétis arrojou-se a seus pés e abraçou-se a seus joelhos, na posição de suplicante. "Zeus pai! Se um dia eu te amei, e fui, entre os imortais, quem sempre te apoiou, concede o que eu te peço. Ajuda meu filho, a quem já não resta muito tempo de vida!" Tétis tinha sido uma das paixões de Zeus, e ele só não a possuiu porque um oráculo predisse que o filho que ela tivesse seria muito mais poderoso que o pai. Por causa disso é que Zeus – e seu irmão Posêidon, o deus do mar – tinham se afastado dela, obrigando-a a casar com Peleu, o qual, por ser mortal, não iria se importar que seu filho pudesse um dia suplantá-lo. A profecia se cumpriu, porque dessa união nasceu Aquiles, muito mais famoso e poderoso que Peleu. Por causa disso, sempre que Tétis encontrava Zeus, ela tratava de lembrá-lo, de um jeito ou de outro, do sacrifício que ele lhe impusera, arranjando-lhe um casamento desigual e infeliz – e também nunca esquecia de encher os olhos dele com todos os seus encantos, para que ele pudesse avaliar tudo o que ele tinha perdido por não ter ficado com ela. Agora, ajoelhada diante de Zeus, encostando o seio firme nas suas pernas, podia sentir o desejo que ele ainda tinha por ela. Vendo que ele a ouvia, atento, contou-lhe a afronta de Agamênon, ao retirar de Aquiles o prêmio que ele tinha conquistado com risco e esforço próprios. "Tu podes honrá-lo, Zeus; concede a vitória aos troianos, temporariamente, até o dia em que os gregos se vejam obrigados a devolver o respeito que meu filho merece."

Zeus nada respondeu; continuou mudo em seu trono, aproveitando o calor daquela pele macia que Tétis apertava contra a sua. Vendo-o indeciso, ela abraçou ainda mais os seus joelhos, passando a mão em sua perna, enquanto falava, com os olhos baixos: "Eu te suplico, Zeus: faz um sinal de aprovação, que vale mais que qualquer promessa – ou então eu vou ficar sabendo até que ponto me desprezas!". Vendo-se acuado, Zeus levantou, tomado de violenta irritação. "Mas que assunto infeliz! Queres que Hera brigue comigo, por tua causa? Sabes que ela vive procurando motivo para forçar a discussão na frente de todos os imortais, alegando que eu defendo os troianos? Vai-te, desce para o mar, antes que ela te veja. Deixa que eu cuidarei do que me pedes. Se queres uma garantia do que te prometo, faço-te um sinal de aprovação, que, como sabes, é irrevogável!" E assim falando, fez um sinal com as sobrancelhas e bateu com o cetro no chão, fazendo todo o Olimpo tremer.

Tétis então se afastou, satisfeita, caminhando daquela forma sinuosa que lembrava a Zeus o movimento de uma onda suave do mar. Ela sabia que ele a estava observando, e demorou-se um pouco no trajeto, como se não tivesse pressa de voltar para o seu domínio aquático. Súbito, ela se voltou para trás, e seus olhos, cheios de malícia, encontraram os dele só por um segundo; depois, ela se lançou lá do mundo das nuvens, mergulhando no azul profundo do oceano. Zeus, com um suspiro, retornou então ao seu palácio, onde os outros deuses o esperavam. Assim que ele transpôs o grande portal de bronze, construído por seu filho Hefesto, o artesão divino, todos os deuses levantaram, como era o costume. Empunhando o cetro de sua soberania, Zeus atravessou o salão e foi ocupar o seu trono reluzente, majestoso, e fez um sinal para que todos sentassem. Os deuses, respeitosos, o imitaram.

Só Hera não se deixou intimidar, porque estava furiosa. Ela tinha visto Tétis abraçada em seus joelhos, seminua e sedutora, e isso, por si só, já bastaria para deixá-la fora de si; mas, para aumentar sua fúria, ela tinha percebido o sinal que Zeus fizera, o sinal de aprovação, que lhe dava a certeza de que alguma coisa tinha sido tramada entre o marido e aquela deusa que se arrumava toda sempre que vinha falar com ele. "Todos nós sentimos o Olimpo tremer quando deste, há pouco, o teu sinal de aprovação. Com que deus acabas de conspirar? Por que te empenhas, longe de mim, em tomar decisões secretas, e nunca te dignas a me contar quais são teus planos?" Zeus franziu a testa e olhou para a mulher com um ar sombrio: "Hera, nunca vais conhecer todos os meus desígnios. Aqueles que posso revelar, eu te prometo: serás sempre a primeira a saber. Quanto àqueles que só eu devo conhecer, eu te advirto: nem tentes, nem faças perguntas!". Embora o tom do senhor do Olimpo fosse claramente ameaçador, Hera, a dos grandes olhos, não se deu por satisfeita: "Grandioso Zeus, o condutor das nuvens, mas que palavras são essas? Até hoje, nunca te interroguei, nunca te molestei com perguntas. Mas é que, nesta manhã, vi Tétis ajoelhar-se a teus pés, e percebi que lhe davas o teu sinal de aquiescência, e senti um medo horrível, no fundo do meu coração, de que Tétis tenha vindo te seduzir para que condenes milhares de gregos à morte, em desagravo a seu filho!". Zeus levantou-se, terrível; ou porque Hera tinha ouvido sua conversa, ou porque ela conhecia o marido mais do que a si mesma, tinha acertado em cheio em suas insinuações. Todos os presentes, que esperavam o sinal do senhor do Olimpo para iniciar o festim, puderam perceber que a sua irritação tinha chegado a um ponto perigoso – e foi num tom definitivo que ele encerrou a discussão: "Tu és uma tola, sempre pronta a imaginar! Nada que eu faço te escapa! Mas não ganhas nada com isso, e te afastas cada vez mais do meu coração. Senta-te ali, em silêncio; nem todos os deuses do Olimpo, juntos, vão te salvar, se eu resolver deitar as mãos em ti!". Assim falou Zeus, o senhor dos raios, e Hera ficou com medo e achou melhor sentar-se, muda, calada, mas com o coração fervendo.

Hefesto, o ferreiro dos deuses, que sempre defendia a mãe, resolveu alegrar o ambiente e aliviar a humilhação que ela devia estar sentindo. Com um riso nos lábios e uma taça na mão, ele a exortou a deixar a tristeza de lado. "Por mais sábia que sejas, minha mãe, eu te ofereço um conselho: não irrites a Zeus pai, para não perturbar nossa festa! Vamos, põe um sorriso na boca e vai lá, até ele, acalmá-lo com aquelas palavras doces que certamente saberás encontrar!" Assim dizendo, ele se aproximou aos saltos, por causa da perna lesionada, e apresentou a grande taça para a mãe, convidando-a a beber o doce néctar dos deuses: "Suporta esta provação, minha mãe; resigna-te, custe o que custar. Eu te amo, e não quero te ver espancada. Na outra vez que eu tentei te defender, sabes o que aconteceu: ele me pegou pelo pé e me arrojou lá na terra! Levei um dia inteiro caindo, até que me esborrachei no meio da ilha de Lemnos, ficando assim, todo torto!". E era tal o seu sorriso, tal a sua terna alegria, que Hera também sorriu e tomou a taça das mãos do filho. Feliz, ele então foi servindo a taça de todos os deuses, que, ao verem-no assim, saltitando alegremente, irromperam num riso inextinguível. Assim, pelo dia inteiro, até o descer do sol, os deuses fizeram festa, alegrados pela lira de Apolo e pelo canto divino das Musas. Por fim, quando a noite caiu sobre o Olimpo e sobre o mundo dos homens, Zeus dirigiu-se ao sólido leito construído por Hefesto, onde costumava dormir, e ali deitou, para o repouso divino, tendo a seu lado, serena, a bela Hera dos grandes olhos.

27

O ERRO DE AGAMÊNON

Todos os homens e os deuses dormiam, mas Zeus apenas repousava, pensando, preocupado, na maneira de cumprir a promessa feita a Tétis. Para honrar Aquiles, era necessário que os gregos sofressem grandes baixas, e Zeus decidiu que o melhor caminho seria infundir falsas esperanças em Agamênon, fazendo-o investir contra Troia fora do momento oportuno. Para isso, chamou o Sonho, um de seus fiéis mensageiros, e mandou-o aparecer para o rei grego, exortando-o a marchar imediatamente contra os troianos. O Sonho, na figura de Nestor, apareceu na cabeceira de Agamênon e transmitiu-lhe a mensagem divina: "Tu dormes, senhor do cetro? Um chefe como tu não pode dormir! Hera já convenceu todos os deuses de que é hora de liquidar os troianos, e nada mais pode salvá-los! Reúne os teus chefes e marcha contra a cidade de Príamo. Mas não te esqueças: foi Zeus quem mandou dizer-te que a hora chegou!".

Com a voz divina ainda ecoando em sua mente, Agamênon levantou e começou a se arrumar. Envergou uma túnica nova, macia, e sobre ela pôs o amplo manto real. Pendurou ao ombro a espada, com a bainha trabalhada com desenhos de prata, e empunhou o cetro de ouro, a insígnia de seu poder, dirigindo-se para onde estavam as naves. No caminho, ordenou aos seus nove arautos que anunciassem, com sua voz poderosa, que todo o exército deveria se reunir em assembleia, no momento em que a divina Aurora surgisse nos céus, para começar o dia. Antes, porém, convocou uma reunião só com o conselho, junto às naves de Nestor, para expor-lhes o seu plano. "Amigos, Zeus me visitou, esta noite, e nos mandou atacar. Para isso, eu preciso que o conselho me apoie, para entusiasmar nossos homens. Eu pensei num estratagema para convencê-los: primeiro, vou sugerir que devemos desistir da guerra e voltar para casa, e então cada um de vocês vai se opor a mim, falando diante de seus próprios homens, num tom inflamado e combativo, levando-os a repudiar a minha proposta com veemência e a exigir que avancemos agora mesmo contra Troia."

Nestor, sábio por ser velho, ainda chegou a comentar que a ideia lhe parecia um pouco arriscada. "Se fosse outro, que não tu, Agamênon, que viesse à assembleia com esse sonho e com um plano desses, eu diria que se tratava de uma armadilha. Mas, como és tu quem o dizes, vamos lá! Vamos ver se conseguimos pôr o exército em pé de guerra." E, assim dizendo, foi o primeiro a se retirar. Todos se levantaram e se encaminharam para o local onde os homens estavam sendo reunidos. Como um enxame de abelhas que sai de sua colmeia e desce pelo tronco da árvore, avançando em ondas compactas que parecem inesgotáveis, assim surgiam os soldados, saindo das naves e das tendas, formando grupos cerrados que se moviam pela beira da praia até o lugar da assembleia. Os arautos tentavam conter o tumulto, exortando-os a sentar, para ouvir, em silêncio, o que os reis tinham a dizer. Pouco a pouco, com dificuldade, a multidão foi se acalmando, até que as vozes e os gritos cessaram completamente. Agamênon então levantou, com o cetro de ouro nas mãos, e falou: "Zeus, o filho de Cronos, tinha me garantido que eu só voltaria de Troia depois que a cidade caísse, mas agora ele sugere que eu volte para casa, desonrado por ter feito morrer em vão tantos homens. Essa é a vontade de Zeus? Se é uma decisão sua, ele pode, porque tem o poder supremo, mas, e nós? Que vergonha, para as próximas gerações! Quer dizer que foi por nada que juntamos este belo exército? Para cada habitante de Troia, temos dez homens aqui nesta praia, mas eles têm muitos aliados, numerosos, vindos de todos os lados, e são eles que atrapalham os meus planos. Se fossem apenas os troianos, já teríamos vencido, mas agora nós cansamos. A madeira das naves começa a apodrecer, enquanto lá em casa, na Grécia, nossas mulheres e nossos filhos nos esperam há nove anos! Se quiserem o meu conselho, corram para seus navios e tomem o rumo de casa. Acabou! Troia não mais vai ser nossa!".

Ele disse, e suas palavras tocaram fundo no coração de todos, porque era exatamente assim que todos se sentiam. Como uma onda gigantesca, a assembleia levantou, num movimento invencível em direção aos navios. Aos gritos, começaram a soltar as estacas e a puxar pelas cordas, tentando levar os cascos escuros de volta para a água. Seu clamor, no entanto, chegou até os céus e alarmou Hera, que acompanhava a cena. Sem demora, chamou Atena, a deusa de olhos verdes, e incumbiu-a de uma missão urgente: "Mas como, filha de Zeus, é assim que os gregos vão fugir do combate, deixando a Príamo, como um sinal de seu triunfo, como troféu de sua vitória, aquela Helena de Esparta, pela qual tantos vieram morrer aqui, tão longe de casa? Vamos, corre, vai até lá, acalma cada um dos chefes e dos heróis mais importantes, para que não coloquem na água os seus navios recurvos!".

Atena desceu imediatamente até a praia, coberta pela nuvem de poeira de milhares de pés em movimento, e encontrou Ulisses, que, desanimado, olhava à sua volta a correria dos homens, sem saber o que fazer. Atena, ao ver o seu protegido, repetiu-lhe as palavras que ela tinha ouvido de Hera, ordenando-lhe que se pusesse em ação para evitar a debandada. Ulisses reconheceu a voz da deusa, e encheu-se de ânimo renovado. Jogando longe o manto que trazia sobre os ombros, saiu correndo em direção a Agamênon, para pedir-lhe o cetro hereditário, que todos respeitavam como insígnia do poder, e correu em direção às naus. A cada chefe ou herói que encontrava, dizia: "Acalma-te, e trata de acalmar os outros. Agamênon não chegou a completar seu pensamento; ele estava apenas sondando o ânimo dos soldados. Quem estava na reunião do conselho pode confirmar o que estou dizendo. E cuidado, para não incorrer na ira do rei, que é sempre terrível!". Ao abordar um simples soldado, porém, já era outro o comportamento de Ulisses: batia nele com o pesado cetro de ouro e gritava: "Estúpido! Volta já para o teu lugar e fica bem quieto ali. Depois, trata de ouvir a palavra de teus superiores, que valem muitas vezes mais do que tu!". E assim ele foi repondo a ordem no acampamento, e a multidão foi, pouco a pouco, retornando ao local da assembleia.

Atena, a seu lado, assumindo a figura de um dos arautos, cuidou para que todos fizessem silêncio, a fim de que até mesmo os que estavam sentados nas últimas fileiras pudessem ouvir o que Ulisses tinha a dizer. Então, Ulisses se adiantou e falou, usando de toda a sua arte: "Agamênon, estes gregos que vês aqui estão querendo te humilhar e fazer de ti o mais desonrado dos homens, pois se recusam a cumprir as promessas que fizeram antes de partir. Eram homens, eram guerreiros, e agora eu só os ouço gemer e choramingar, como se fossem viúvas ou crianças com vontade de voltar para casa! E gastamos nove anos de nossa vida, para voltar de mãos vazias? Ora, amigos, vamos aguentar mais um pouco, para ver se o velho Calcas é mesmo um bom adivinho. A profecia da serpente falava de dez anos? Pois agora estamos lá. Vamos, gregos, vamos ficar aqui até que Troia seja nossa!". Ele disse, e o exército, numa só voz, lançou um grande grito que fez ressoar o bojo de todos os navios, e o trovão dos aplausos se espalhou pela planície. Nestor, então, pediu a palavra, com a certeza de que seria ouvido: "Vocês não estão brincando de guerra. Fizemos acordos, prestamos juramentos, e agora vamos cumprir. Ficamos enredados nas palavras, e não encontramos o menor plano, depois desses nove anos, para chegar à vitória. Vamos, Agamênon, é hora de mostrar a tua vontade inflexível! Guia-nos para o combate! E quanto a vocês todos, exijo que cada um espere até dormir com a mulher de um troiano, para devolver, desta forma, a tristeza e a humilhação que sentiu Helena". Todos se entreolhavam, entusiasmados, movidos pela fala de Ulisses e Nestor, insuperáveis no uso das palavras. Agamênon aproveitou para o apelo final: "Mais uma vez, velho, tu nos dás uma lição! Ah, Zeus, Atena, Apolo, se eu tivesse dez conselheiros assim, Troia já estaria no chão! Lamento também ter me desentendido com Aquiles, nesta hora, por causa de uma mulher... Mas, vamos agora comer uma boa refeição. Depois, agucem bem suas lanças, apertem os tirantes dos escudos, afiem as espadas e revisem os seus carros, porque vamos entrar em combate!".

E assim fizeram. Depois da refeição, os arautos se ocuparam em reunir e organizar o grande exército, passando ao longo das fileiras e agrupando os soldados. O ruído ensurdecedor de tanto ferro e tanto bronze obrigava os homens a falar aos gritos, para que pudessem ser ouvidos. Saindo da praia, uma multidão de soldados foi avançando pela planície, fazendo o solo tremer sob os passos de tantos homens e cavalos. À meia distância entre o mar e a cidade, todos fizeram alto, em posição de combate, olhando Troia de frente, ávidos por destruí-la.

Para levar adiante o seu plano, Zeus mandou que Íris, a mensageira divina, fosse alertar os troianos do que se passava no acampamento dos gregos, e ela desceu à terra, assumindo a figura de Polités, um dos mais jovens filhos de Príamo, que costumava vigiar a planície postando-se no alto de uma colina. Todos os troianos, velhos e jovens, estavam reunidos diante do palácio de Príamo, quando Íris chegou e pediu a palavra na assembleia. Todos prestaram atenção ao jovem Polités, que parecia trazer novidades. "Príamo, tu só queres fazer assembleias, como se estivéssemos em tempo de paz? O exército inimigo está de pé, e nunca vi exército mais imponente! Tão numerosos quanto as folhas das árvores, os gregos já começaram a atravessar a planície, e vêm marchando em direção à cidade! Heitor, reúne nossos aliados, para levá-los ao combate!" Assim falou, e Heitor não teve dúvidas de que o aviso vinha de uma deusa. A um comando seu, todos correram para suas armas, que estavam sempre à mão. Todas as portas de Troia foram abertas, despejando um mar de soldados e carros para a planície, num gigantesco tumulto que avançou pela planície até chegar a uma colina baixa, mas muito extensa, onde todos se agruparam. Ali tinha sido o lugar escolhido por Heitor para esperar o inimigo.

Enquanto isso, no acampamento quase deserto, Aquiles permanecia junto às suas naves, acompanhado de seus fiéis mirmidões. Seus homens se distraíam, na areia da praia, arremessando o disco e o dardo, ou praticando o tiro ao alvo com os seus arcos recurvos. Nada neles demonstrava interesse pelo combate que ia se travar, e pareciam tão tranquilos quanto os seus cavalos, que pastavam calmamente as doces florezinhas que cresciam na planície.

28

PÁRIS ENFRENTA MENELAU

Os dois exércitos inimigos finalmente iam se defrontar! Como aves de rapina, lançando gritos agudos, os troianos partiram para o ataque; os gregos também puseram-se em marcha e foram acelerando o passo, mas sempre no maior silêncio, resfolegando de fúria, irmanados pela solidariedade do combate. No céu, erguida por milhares de pés, começou a levantar-se uma compacta nuvem de pó, que ia aumentando à medida que as duas forças avançavam, devorando o espaço que as separava. Quando chegaram frente a frente, ao alcance das armas, destacou-se, do lado troiano, a figura de Páris, semelhante a um deus. Trazendo uma pele de pantera sobre os ombros, um arco recurvo nas costas, uma espada reluzente na cintura e uma lança aguçada na mão, ele adiantou-se aos seus soldados e veio desafiar os heróis gregos, indicando, pela variedade de armamentos que portava, que aceitaria o desafio em qualquer arma.

De longe, Menelau o avistou, e seu coração disparou. Como um leão se enche de alegria ao cair sobre a presa que vem aplacar a sua fome, assim Menelau exultou quando seus olhos perceberam que o desafiante era o próprio Páris. Tinha chegado a hora de punir o culpado de tudo; num salto, abandonou o seu carro e se aproximou, com as armas na mão, mas não teve sorte: Páris, ao ver que as fileiras se abriam para deixar passar Menelau, recuou como se tivesse visto uma serpente e foi se misturar à multidão dos troianos, escondendo-se no meio dos seus. Heitor, que tinha acompanhado a cena, não suportou a covardia do irmão: "Páris, infeliz, vaidoso, sedutor de mulheres! Por que foste nascer? Por que não morreste quando eras criança? Eu preferiria isso a te ver assim transformado em nossa vergonha, no objeto de desprezo de todos! Ah, eles vão rir muito, esses gregos, ao verem a que se reduziu o nosso herói, tão bem-vestido, tão bem equipado, mas sem coragem para lutar! Logo tu, que atravessaste o mar para trazer para cá a tua bela esposa, para a infelicidade de teu pai, de tua cidade e de teu povo! Não queres enfrentar Menelau? Pois seria uma boa forma de saber o que vale este homem, cuja esposa roubaste. Ah, os troianos são muito tímidos, ou já teriam te coberto de pedradas, pelo mal que lhes fizeste!".

O desabafo de Heitor, tão espontâneo e veemente, calou fundo no coração do irmão. Envergonhado, Páris percebeu o triste papel que tinha feito diante dos olhos de todos, e resolveu redimir-se. "Tens razão de me criticar. Queres que eu me dedique à guerra e ao combate? Pois muito bem. Faz com que todos se sentem, os gregos, e também os troianos, porque, entre as duas linhas, eu e Menelau vamos decidir este conflito numa luta homem a homem. O prêmio será Helena e todos os tesouros que eu trouxe de Esparta. E firmem antes de mais nada um pacto de amizade, de sorte que vocês ficarão na Tróade fértil, enquanto eles tomarão o rumo de sua casa, na distante Grécia!"

Assim ele falou, para a grande alegria de seu irmão Heitor, que tratou de avançar entre as linhas troianas, gritando que haveria uma trégua. Ao ouvir sua voz, os soldados, que se preparavam para arremessar suas lanças, sentaram e depuseram as armas no chão, a seu lado. Os gregos também: muitos retesavam seus arcos para lançar uma chuva de flechas sobre os troianos, quando Agamênon, com uma voz possante, ordenou que baixassem as armas, porque Heitor queria parlamentar. Os dois imensos exércitos, alinhados na planície, pararam, emudecidos, pressentindo que iam presenciar uma cena muito importante. Heitor, então, falando bem alto para que todos ouvissem, anunciou com orgulho a decisão do irmão: "Escutem, troianos e gregos, escutem o que disse Páris, o causador deste impasse: que todos deponham suas armas, porque ele e Menelau, diante de nossas linhas, vão se enfrentar um ao outro. O que vencer leva Helena, enquanto nós todos firmaremos um pacto que assegure a paz e a amizade entre os nossos povos!".

Todos ouviram muito bem o que ele disse, mas ninguém ousava quebrar o silêncio, já que a palavra cabia a Menelau, que estava recebendo o desafio. "A mágoa maior está em meu coração", respondeu ele. "Todos já sofreram demais por causa de meu problema, e de Páris, que o iniciou. Que um de nós dois morra, para que todos vocês vivam em paz, garantidos por um compromisso que assumiremos diante de Zeus – mas exijo que tragam aqui o poderoso Príamo, em pessoa, já que seus filhos são arrogantes e desleais. Ele será a garantia de que o trato será cumprido!" Era uma grande surpresa, e todos se alegraram com a ideia de que a guerra ia acabar ali mesmo. Heitor, sem perda de tempo, mandou dois arautos à cidade, para que trouxessem os cordeiros necessários para o sacrifício solene e avisassem Príamo de que a sua presença era indispensável para as negociações de paz.

Enquanto isso ocorria na planície, Íris, a mensageira dos deuses, foi enviada a Troia, por ordem de Zeus, para informar Helena de que os seus dois maridos, o anterior e o atual, iam engajar-se numa luta de vida e morte, cujo prêmio seria ela. A deusa foi encontrá-la em seu palácio, tecendo, num grande tear, um duplo manto de púrpura, onde estavam representadas todas as desgraças que os gregos e troianos tinham sofrido por sua causa. Assumindo a forma de uma de suas cunhadas, Íris contou as novidades a Helena: "Vem, minha cara, vem ver: há minutos, os gregos e os troianos iam se engalfinhar; ei-los agora emudecidos! A batalha acabou, e todos estão sentados, ou se apoiam em seus escudos, com as lanças cravadas no chão. Páris e Menelau vão se enfrentar por ti, e tu vais ser a mulher daquele que for vencedor!".

Assim falou a deusa, colocando no coração de Helena o doce desejo de rever o seu primeiro marido, fazendo-a sentir a saudade de sua antiga casa e de seus pais. Enxugando as ternas lágrimas que brotaram de seus olhos, envolveu-se rapidamente num amplo véu muito branco, e ia deixar os seus aposentos, quando, levada por um impulso, colocou nas orelhas um belo par de brincos de esmeralda e prendeu os cabelos com uma fita de ouro – se ela ia poder vê-lo, quem sabe ele também não a veria? Acompanhada de duas criadas, dirigiu-se apressada até o topo da muralha, no ponto que ficava acima do portão principal, bem defronte ao local do combate.

Ali já se encontravam Príamo, Antenor e os demais membros do Conselho dos Anciãos; a idade avançada já os tinha livrado da guerra, mas entretinham-se, ao menos, em falar sobre ela, ruidosos como cigarras entre as folhas das árvores. Quando viram Helena subir até o alto da muralha, não puderam deixar de comentar o quanto ela estava fascinante. Em voz baixa, Príamo confessou aos companheiros: "Não, não podemos culpar os troianos e os gregos, que suportam tantos males por uma mulher como essa! Quem a vê bem de perto, como nós, percebe o quanto ela se parece com as deusas imortais! Ela é tão bela que é capaz de fazer um velho como eu sentir-se jovem! Mas, apesar de tudo isso, é melhor que ela parta, que não fique mais aqui, como um flagelo para nós e para nossos filhos!".

Assim conversavam entre eles; quando ela se aproximou, no entanto, Príamo, elevando a voz, chamou-a para perto do grupo: "Adianta-te, minha filha, e senta-te aqui, à minha frente. Assim poderás ver o teu primeiro esposo, os teus aliados, os teus amigos... Para mim, tudo isso nada tem a ver contigo. Tu não tens a culpa de nada, pois foram os deuses que desencadearam esta guerra. Mas, me ajuda: quem é aquele guerreiro prodigioso, aquele ali, tão nobre e tão robusto, que tem o ar de um rei?". Helena sorriu, diante da simpática acolhida do sogro. "Por ti, ó pai, tenho tanto respeito quanto temor. Ah, como teria sido melhor que eu morresse no dia em que eu segui o teu filho até aqui, abandonando o meu leito nupcial e a minha filha querida! Infelizmente, tal não ocorreu, e por isso hoje eu me consumo em prantos! Mas fizeste uma pergunta, e eu te devo uma resposta: aquele ali é o poderoso Agamênon, nobre rei e guerreiro. Ele é irmão do meu marido, e me chamava de cunhada, a mim, que não soube honrar meu casamento! Já nem tenho certeza se esse passado realmente ocorreu!".

Vendo Ajax, o ancião voltou a se espantar, e novamente interrogou Helena: "E aquele lá, que ultrapassa a todos em altura, por mais de uma cabeça?". "Aquele é Ajax, a fortaleza dos gregos. Do lado dele, está Idomeneu, e, mais além, Ulisses. Eu os conheço todos, porque Menelau, meu primeiro marido, recebia-os em nosso palácio. Sim, eu os vejo todos aqui, e os reconheço, e de todos poderia dizer-te o nome. Mas há dois que eu procuro e não encontro: Cástor e Pólux, os dois irmãos que a minha mãe me deu. Não quiseram deixar a Lacedemônia para seguir o exército? Ou chegaram até aqui, mas se recusam a entrar na luta, com medo dos nomes infamantes que ouvirão referentes a mim?" Assim Helena falou, sem saber que esses dois jaziam na terra, na distante Lacedemônia, ausentes já deste mundo.

Os arautos tinham vindo buscar, na cidade, os cordeiros e um odre de vinho escuro, para selar o compromisso. Em seguida, aproximaram-se de Príamo: "De pé, senhor! Os chefes te chamam lá embaixo, tanto gregos quanto troianos. Deves descer à planície, para firmar um pacto de paz. Páris e Menelau, por esta mulher que está a teu lado, vão duelar com suas lanças!". Príamo, cujo semblante ficou imediatamente sério, mandou atrelar os cavalos de seu carro e ele próprio empunhou as rédeas, tendo a seu lado o fiel Antenor. Atravessando os portões, ganharam logo a planície, rumando para o local em que se encontravam os dois exércitos, onde já eram esperados por Agamênon e Ulisses. Os chefes, então, procederam ao sacrifício e a um juramento solene: vertendo o vinho no chão, pronunciaram a fórmula terrível: "Ó Zeus, generoso e tão grande, assim como derramamos este vinho, que se derramem sobre a terra os miolos daquele que violar este juramento, e de seus pais e de seus filhos, e que suas mulheres se tornem escravas de algum senhor estrangeiro!". Firmado o pacto, Príamo então explicou aos chefes gregos que ele não tinha forças para ficar ali, quando se realizasse a luta entre seu filho Páris e Menelau, o rei de Esparta; seu coração era fraco, e ele preferia se retirar antes de começar o combate: "Zeus e as Moiras já devem saber qual dos dois vai sair com vida, e isso não pode ser mudado!". E assim dizendo, ele e Antenor subiram no carro e se afastaram em direção à cidade.

29

O DESABAFO DE HELENA

Era um estranho espetáculo: frente a frente, separadas por uma estreita faixa de terreno, duas verdadeiras multidões aguardavam, imóveis, que Heitor e Ulisses riscassem, no solo da planície, os limites do campo de luta. Páris tinha sido muito imprudente ao apresentar-se diante dos gregos sem estar propriamente equipado, pois tinha saído de Troia com o peito e a cabeça descobertos. Agora ia enfrentar Menelau num combate corpo a corpo, e o seu irmão Licaon teve de emprestar-lhe a couraça, os protetores de perna e um escudo reforçado. Outro companheiro colocou-lhe na cabeça um capacete ornado com crinas de cavalo, que escondeu os seus belos cabelos cacheados e lhe deu uma verdadeira aparência de guerreiro.

A um sinal de Heitor, os dois tomaram suas posições, trocando olhares ferozes. A sorte tinha favorecido Páris, que arremessou sua lança primeiro. Ela voou pelos ares e foi cravar-se no escudo de Menelau, sem, no entanto, atravessá-lo completamente. Agora era a vez dele; levantando uma prece a Zeus, para que desse força a seu braço, Menelau fez partir sua lança com tanta violência que a aguçada ponta de bronze passou pelas camadas do escudo e teria atravessado a couraça de Páris se este, num gesto rápido, não se esquivasse do golpe. A decepção de Menelau não amainou a sua fúria; desembaraçou-se do escudo e, desembainhando a espada, investiu com tanta gana contra Páris que conseguiu alcançá-lo antes que ele conseguisse recuperar o equilíbrio. Apoiou todo o seu peso no braço e desferiu-lhe um golpe tremendo bem no alto do capacete troiano; no entanto, em vez da lâmina romper o metal e chegar até o crânio do inimigo, partindo-o em dois, foi ela que se partiu em três partes, deixando Menelau apenas com a empunhadura, rugindo de desespero: "Ah, Zeus, não existe deus mais execrável do que tu! Eu já me via punindo Páris por sua vilania, e eis que a espada se quebra na minha mão! Mas ele vai ter o que merece!". E assim dizendo, pegou Páris pelo capacete, derrubou-o no chão e começou a arrastá-lo em direção às linhas gregas. Páris estava perdendo os sentidos, porque a correia que segura o capacete, feita de couro trançado, começou a apertar-lhe o pescoço, cortando-lhe a respiração. Ele teria morrido ali, enforcado, se Afrodite, ao perceber que o seu protegido ia morrer, não tivesse intervindo: num gesto rápido, invisível aos olhos humanos, fez rebentar a correia, deixando um capacete vazio nas mãos de Menelau. Com um grito de triunfo, o rei de Esparta jogou o capacete para o meio de seus soldados, que o receberam como se fosse um troféu, e foi correndo arrancar a sua lança do escudo de Páris, para embebê-la no peito do rival e mandar sua alma para o mundo escuro de Hades. Contudo, Afrodite não ia permitir que isso acontecesse, e, oculta por trás de uma espessa nuvem de vapor, arrebatou o jovem príncipe e foi depositá-lo em Troia, são e salvo, no frescor de seu quarto aromático e perfumado.

Agora só faltava Helena a seu lado, para consolá-lo com sua boca delicada e suas mãos brancas e macias. Afrodite sabia que ela estava na muralha, junto com os Anciãos, e dirigiu-se para lá, adotando a figura de uma velha artesã. Ninguém prestou atenção àquela velhinha alquebrada que se aproximou de Helena e puxou a ponta do véu que ela vestia. Olhando-a bem nos olhos, disse-lhe Afrodite: "Vem comigo. Páris te quer agora no seu leito. Vem, que a beleza dele está radiante! Nem parece que ele acaba de sair de um combate, mas sim de um baile, do qual parece repousar!". Ela disse, e deixou Helena terrivelmente perturbada. Ela tinha reconhecido a garganta maravilhosa da deusa, seu busto incomparável, seus olhos cheios de luz. Então, com uma voz trêmula de indignação, Helena respondeu: "Ah, tola, por que tens de me seduzir? Só porque Menelau venceu a Páris, e pretende levar para sua casa a miserável em que me tornei, eis-te agora de novo a meu lado, com tuas pérfidas palavras? Quem sabe tu não queres ocupar o meu lugar? Abandona os caminhos dos deuses, afasta teus passos do Olimpo e vem aprender a te atormentar por causa de Páris, a cuidar dele dia e noite, até o momento em que ele vai fazer de ti a sua mulher, se não a sua escrava! Não, eu não vou! Eu não quero deitar-me agora ao lado dele. Eu seria alvo da chacota de todas as troianas, e eu já estou farta de sofrimento!".

Ao ouvir esse desabafo, Afrodite, encolerizada, avançou em direção a Helena: "Não me provoques, insolente, ou eu acabo me irritando e te deixo entregue à tua própria sorte! Toma cuidado, ou eu passo a te odiar tanto quanto até hoje te estimei. Cuida, que eu posso provocar ódios sinistros entre os dois povos, que te farão perecer uma morte cruel!". Ela disse, e Helena, filha de Zeus, ficou amedrontada. Sem dizer mais nada, ela se enrolou no seu véu, de uma brancura admirável, e dirigiu-se ao palácio, acompanhada pela deusa. Quando chegaram aos esplêndidos aposentos que ela compartilhava com o marido, Afrodite trouxe-lhe uma cadeira, colocando-a bem diante de Páris. Com um suspiro, Helena sentou; não tinha vontade de olhar para a cara do marido, mas mesmo assim falou: "Então, voltaste do combate! Terias feito bem melhor se tivesses morrido sob os golpes daquele possante guerreiro que foi o meu primeiro marido! Não negues: tu vivias te gabando de superar Menelau por tua lança, tua força, teu braço. Pois bem, desafia-o de novo, e vai lá embaixo, na planície, mostrar que tu és mais homem!". Páris, entretanto, não parecia envergonhado: "Não atormentes meu coração, mulher, com tuas ofensas. Menelau só me venceu porque foi auxiliado por Atena. Na próxima vez, ele vai ver: nós também temos deuses do nosso lado! Vem cá: vamos esquecer tudo isso e aproveitar este momento de prazer. Eu nunca te desejei tanto como agora, nem mesmo naquela madrugada em que fugimos de Esparta e eu te possuí na ilha, debaixo do bosque de pinheiros. Não, nunca senti tanto desejo! Vem!" – ele disse, e se dirigiu, já sem roupa, para o leito; Helena não disse mais nada e simplesmente o seguiu.

Enquanto isso, na planície, Menelau e Agamênon procuravam Páris entre as filas de guerreiros troianos, pois ninguém tinha notado a manobra de Afrodite. Ninguém o viu, ninguém sabia onde ele estava, e um troiano, ao ver o olhar desconfiado de Agamênon, tranquilizou-o: "Pode ter certeza de que aqui ele não está. Se estivesse, já o teríamos denunciado, porque ninguém mais atura sua arrogância e sua vaidade!". Em vista disso, parecia não haver dúvidas de que Menelau era o vencedor. Com sua voz possante, Agamênon então proclamou: "Troianos e aliados! A vitória incontestável é de Menelau, já que Páris abandonou a luta quando estava perdendo! Vocês devem devolver Helena e os tesouros que vieram com ela, mais uma compensação decente por tudo que vocês nos causaram!".

Entretanto, lá em cima, no Olimpo, o mesmo assunto estava sendo discutido pelos deuses. Para Zeus, o assunto estava encerrado: devolvia-se o que devia ser devolvido, e a paz voltaria à sua amada Troia, que ele tanto estimava. Hera e Atena, contudo, à parte, confabulavam sobre o que iriam fazer, porque nem podiam pensar na hipótese de não castigar os troianos pela afronta que Páris lhes havia infligido, ao escolher Afrodite como a deusa mais bela. Como se podia esperar, foi Hera quem tomou a palavra: "Terrível Zeus, que conversa é essa? Até parece que queres jogar fora todo o meu trabalho, todo o suor divino que derramei para juntar este grande exército contra Príamo e seus filhos! Não, nós não concordamos com essa paz nefasta!". Zeus já esperava a reação da mulher, e apenas acrescentou, em tom zangado: "O que será que Príamo e seus filhos fizeram de tão errado para que queiras destruir sua cidade? Mas faz como te aprouver – não quero que esta discussão venha a se tornar uma grave discórdia entre nós dois. Só põe uma coisa na tua cabeça: se eu um dia resolver destruir uma das cidades que proteges, não tentes deter a minha cólera, porque eu te estou entregando

Troia, a minha preferida, com Príamo e seu povo, que sempre me honraram com abundantes sacrifícios!".

Será que Zeus tinha esquecido como pensa uma mulher? Então ele não sabia que as mulheres são insuperáveis na arte de amar ou odiar? Pois se ele não avaliava o tamanho do ódio que Hera sentia por Troia, ela se encarregou de mostrá-lo: "Argos, Esparta e Micenas são as minhas cidades queridas. Por mim, podes destruí-las agora mesmo – todas três! –, mas eu quero o fim de Troia. Eu também sou deusa, e sou tua esposa, e tu deves respeitar a minha vontade. É melhor que um ceda ao outro, eu a ti, tu a mim. Manda Atena descer à planície, para induzir algum troiano a quebrar esta trégua e reacender o conflito!". Ela disse, e Zeus, o pai dos homens, não pôde dizer não. Atena, então, de um salto, veio descer junto às linhas troianas, na forma de um dos filhos de Antenor, e foi direto procurar o famoso Pândaro, o melhor arqueiro de Troia. "Se derrubares Menelau com o teu arco certeiro, Pândaro, vais conquistar a fama e a glória junto aos troianos, e o príncipe Páris vai te dar esplêndidos presentes! Vamos, distende o teu arco polido e reza a Apolo para que tua seta encontre o alvo!" Assim falou Atena, e o pobre tolo acreditou! Rápido, pegou o seu arco de chifre e, apoiando-o no chão, vergou-o para fixar a corda trançada de tendões de boi. À sua frente, instruídos por Atena, seus companheiros ergueram uma parede de escudos, a fim de que os gregos não enxergassem os movimentos de Pândaro antes que o tiro partisse. Ele escolheu uma flecha nova, nunca usada, cheia de peçonha na sua ponta farpada; visando cuidadosamente o peito de Menelau, distendeu o arco e fez a corda vibrar, lançando pelo ar a flecha traiçoeira, que passou por cima da cabeça dos troianos com um assobio mortal e foi atingir Menelau, que não suspeitava de nada.

Atena, no entanto, já estava lá, vigilante, e assim como a mãe afasta a mosca que revoa em torno do doce sono do filhinho, assim ela desviou a ponta farpada, fazendo-a atingir o centro da grossa fivela de ouro que fechava o cinturão de Menelau, no exato lugar em que a couraça tem espessura dupla. A ponta atravessou o metal e chegou a romper a pele, o suficiente para que o sangue escuro começasse a escorrer pela coxa do guerreiro, pintando suas pernas de vermelho vivo. Menelau olhou, surpreso, para o ferimento, mas pôde ver, com alívio, que ele não era profundo. Agamênon, contudo, que estava a alguns passos dali, pensou que o irmão tinha sido gravemente ferido; com a voz emocionada, quase rouca, mandou o seu arauto Taltíbio chamar Macaon, um dos filhos de Esculápio, que tinha aprendido com o pai toda a arte de curar, para que ele examinasse a chaga. Ao abrir o cinturão e remover a couraça do ferido, Macaon deu um grito de alegria que tranquilizou Agamênon: era um corte pouco profundo, sobre o qual ele aspergiu um pó cicatrizante, presente que tinha recebido do velho centauro Quíron.

Um imenso clamor de revolta ergueu-se nas linhas gregas; a trégua tinha sido rompida de uma forma traiçoeira, e os guerreiros, indignados, sacudiam os punhos armados em direção aos troianos. Estes, por sua vez, percebendo que não tinham alternativa, brandiram também suas armas e resolveram atacar. Em poucas passadas, os dois exércitos venceram a estreita faixa de terra que os separava e os escudos oponentes se chocaram com grande estrondo. O som do bronze, do ferro, dos gritos de dor e de fúria encheu o céu da planície, e o solo pisoteado por milhares de pés se transformou numa mistura sinistra de terra amassada com sangue. O ruído da batalha se estendeu pelas cercanias e chegou até o Olimpo, atraindo Ares, o deus da guerra, e seus cruéis companheiros, que vieram apreciar o seu espetáculo preferido – a morte e a destruição dos mortais.

30

HEITOR E ANDRÔMACA

De ambos os lados, os combatentes começaram a tombar, juncando de cadáveres ensanguentados aquela bela planície florida. Entre os gregos, que lutavam bravamente, destacava-se o Grande Ajax, com sua força descomunal, e mais o valente Ulisses, e Menelau, que já estava refeito do ferimento, e Diomedes, e o Ajax Pequeno; entre os troianos, o campeão era Heitor, com seu capacete brilhante, e Eneias, o filho de Afrodite, e Sarpedon, e Glaucos, e outros mais. Atena, a deusa de olhos verdes, decidiu favorecer Diomedes, para que ele se tornasse o grande herói daquele dia e causasse o maior dano possível aos troianos. Para isso, infundiu-lhe uma força e um entusiasmo triplicados, e cercou o seu escudo e seu capacete com uma aura de luz viva, tornando a sua imagem terrível para quem o defrontasse. Em seguida, para evitar que o herói, no calor do combate, viesse a atacar algum dos deuses que andavam por ali, disfarçados, tirou dos olhos de Diomedes o véu que impede que os mortais enxerguem as divindades: "Agora já podes nos ver. Fica longe dos deuses, e não ouses atacá-los – exceto se for Afrodite! Esta sim: se a vires misturada na batalha, trata de feri-la com o teu bronze agudo!".

Diomedes, como um leão no meio de um rebanho, começou a dizimar os troianos à sua volta. Ninguém podia pará-lo, e Pândaro, o arqueiro, e Eneias, o mais destacado guerreiro troiano depois de Heitor, uniram-se para tentar derrubá-lo. Foi em vão, porque Diomedes, animado pela deusa, arremessou sua lança entre os dentes brancos de Pândaro, seccionando sua língua e sua medula. Eneias avançou com a espada erguida, disposto a defender o cadáver do amigo, mas Diomedes, levantando uma pedra tão grande que nem dois homens normais conseguiriam erguer, lançou-a contra ele, com sua força descomunal. A pedra rugosa atingiu-o em pleno quadril, rasgando a carne e rompendo os tendões do herói, que caiu de joelhos, completamente indefeso, porque uma noite sombria tinha descido sobre seus olhos. Eneias teria morrido sob a espada de Diomedes, se Afrodite, ao ver o filho em tal perigo, não tivesse vindo socorrê-lo, protegendo-o com seu próprio corpo. Mas Diomedes a viu, porque agora podia ver, e lembrou-se das palavras da poderosa Atena. Curvando-se para trás, tomou impulso e alvejou-a com a lança: a ponta atravessou o seu manto macio, que tinha sido tecido pelas próprias Graças, e foi ferir o seu braço delicado, logo acima do punho, fazendo jorrar o sangue imortal – o icor, o sangue dos deuses, que não comem pão e não bebem vinho, como os mortais. "Para trás, divina Afrodite! Não te basta dominar as mulheres? Querias frequentar os combates? Pois acho que vais desistir!", bradou ele. Ela soltou um grito agudo e desapareceu no céu, desamparando o seu filho, que voltou a cair de joelhos. Ele ali ficaria para morrer, se Apolo, que estava por perto, não o envolvesse numa nuvem escura, para impedir que Diomedes pudesse vê-lo. No entanto, com a visão especial que Atenas lhe tinha dado, logo Diomedes localizou o guerreiro troiano, e avançou contra ele. Três vezes ele tentou, três vezes Apolo o repeliu, até que o deus perdeu a paciência e advertiu-o, terrível: "Para trás! Toma cuidado comigo, Diomedes! Não tentes te igualar aos deuses, porque somos muito diferentes!". Ele disse, e Diomedes recuou, temendo por sua vida.

    Afrodite, enquanto isso, tinha chegado ao Olimpo, conduzida por Íris, a mensageira, rápida como o vento. Ela sofria com mil dores, e sua pele escureceu ao redor do ferimento. Ao chegar à morada dos deuses, arrojou-se aos pés de sua mãe, a bela Dioneia, e contou-lhe o acontecido. A mãe, abraçando-a com carinho, enxugou o icor de seu braço, que logo cicatrizou;

para consolá-la, contou-lhe que muitos deuses, antes dela, já tinham sido feridos ao se defrontarem com esses humanos brutais e desrespeitosos. Zeus, que assistia à cena, encerrou a questão com um conselho paternal: "A guerra não foi feita para ti, minha filha. Consagra-te às doces obras do matrimônio, e deixa que Atena e Apolo se encarreguem dos combates!".

Lá embaixo, para reforçar o exército troiano e restabelecer o equilíbrio que Diomedes tinha rompido com sua sanha invencível, o próprio Ares, o sanguinário senhor da guerra, resolveu intervir. Brandindo uma lança enorme, ele começou a andar pelas fileiras, animando os troianos e convencendo Heitor a avançar. Quem se atravessasse em seu caminho era homem morto, e logo os gregos começaram a fugir deste oponente desigual. Atena, ao perceber o que Ares estava fazendo, colocou-se atrás de Diomedes e armou o braço do guerreiro com sua força divina: sua lança atingiu Ares no baixo ventre, onde a couraça termina, fazendo o icor jorrar e extraindo de sua garganta um grito de dez mil homens, que deixou os dois exércitos aterrorizados. Agora era a vez de Ares subir ao Olimpo para queixar-se a Zeus do que Atena tinha feito. Zeus, no entanto, sombrio, censurou o seu comportamento: "Não venha aqui gemer a meus pés. Sabes que eu não gosto de ti, embora sejas meu filho. Só tens prazer na discórdia, na guerra e nos combates! Tu herdaste a parte intolerável do temperamento de tua mãe, Hera, que tanto trabalho me dá!".

Como Diomedes, novamente senhor do campo de batalha, recomeçasse a fustigar as forças troianas, Heitor foi enviado de volta à cidade, para pedir às mulheres que preparassem oferendas e fizessem uma cerimônia especial no templo de Atena: a deusa estava claramente contra eles e precisava ser aplacada. Quando Heitor chegou às muralhas, foi cercado por um bando de mulheres e crianças, que queriam notícias de seus pais e seus maridos, e ele as exortou a redobrarem suas preces. Passando pelo palácio de Príamo, encontrou Hécuba, sua mãe, a quem instruiu para organizar sem demora a cerimônia a Atena.

Em seguida, dirigiu-se aos aposentos de Páris, certo de que ia encontrá-lo ali, depois de seu sumiço na planície. Tinha razão: Páris estava na antecâmara, cuidando de suas esplêndidas armas – o escudo, a couraça e o seu arco recurvo. Helena, a grega, estava sentada a seu lado, rodeada de suas servas, comandando os trabalhos de casa. Ao ver o irmão, Heitor investiu contra ele, furioso: "Tolo! Não é aqui que tens de empunhar as armas! Nossa gente está lá, na planície, combatendo por tua causa, e tu aqui! Vamos, de pé! Ou preferes que nossa cidade seja em breve consumida pelo fogo dos gregos?".

Páris não ficou embaraçado diante das palavras de Heitor. Na verdade, ele não via nada de mal em estar ali, naquele momento: "Tens razão, Heitor, mas primeiro escuta: eu não abandonei os meus companheiros na batalha, mas apenas precisava me livrar da minha dor. Com palavras reconfortantes, minha mulher me animou de novo para o combate. Espera só um instantinho, que já vou vestir minha armadura. Ou, se preferes, vai indo, que eu já te alcanço!". Heitor não quis fazer nenhum comentário, mas foi Helena quem tomou a palavra: "Pobre Heitor, que és cunhado de uma adúltera como eu, má e sem coração! Por que não morri no dia em que minha mãe me fez nascer, antes que todos esses crimes viessem à luz do dia? Se os deuses me reservaram esses horrores, por que ao menos não sou mulher de um homem bravo, capaz de enfrentar as vicissitudes? Mas esse aí, Páris, não tem um firme querer, e nunca vai ter. Agora, enquanto esperas por ele, irmão, toma assento e descansa. Sei que nenhum troiano está mais preocupado que tu com a loucura de Páris por uma volúvel como eu!". Heitor tinha outro desígnio em mente, e pediu apenas a Helena que apressasse o marido, pois ele agora precisava passar em sua própria casa, para ver sua mulher e seu filhinho pequeno. Assim disse, e saiu.

Ao chegar a seus aposentos, não encontrou lá a bela Andrômaca nem o pequeno Astianax. As servas, emocionadas por vê-lo, informaram que ela tinha partido às pressas para o alto da muralha, juntamente com o filhinho, porque corria o rumor na cidade que o exército troiano tinha chegado ao final de suas forças e que o fim de Troia era iminente. Heitor então saiu do palácio e atravessou a grande cidade, quase vazia a esta hora, dirigindo-se à grande porta na muralha, onde a esposa deveria estar. Quando a bela Andrômaca viu o marido que chegava, correu ao seu encontro, entre o riso e o choro, abraçando-se no seu pescoço. Atrás dela, aproximou-se a ama que trazia no colo o seu filhinho, belo como um pequeno astro, e Heitor sorriu para ele, em silêncio, enquanto bebia a beleza daquele rostinho. Andrômaca tomou-lhe a mão e a levou à sua boca, molhada pelas lágrimas; sua voz saiu embargada pela forte emoção de ver o marido vivo: "Tu não tens piedade de teu filho, tão pequenino, nem de mim, uma miserável que logo será viúva? Sim, porque os gregos vão te matar, tu sabes, caindo todos sobre ti! Prefiro morrer também, quando isso acontecer! Tu és a minha família, Heitor; tu és o único que me resta! Tu és tudo para mim, és meu pai e minha mãe, és um doce irmão e um bom marido! Desta vez, ao menos, tem piedade de nós e fica aqui, dentro dos muros de Troia!".

Heitor ficou emocionado com as palavras de Andrômaca, mas sabia que não podia ficar. "Eu já pensei nisso tanto quanto tu, mas tenho uma terrível vergonha diante dos troianos, de ficar longe da batalha, como um covarde. Aprendi a ser bravo a qualquer tempo e a combater sempre na vanguarda, para conquistar uma grande glória para meu pai e para mim mesmo. Eu pressinto, no fundo do coração, que um dia a grande Troia vai cair, junto com Príamo e seu povo, mas isso me preocupa muito menos do que possa acontecer contigo. Não posso pensar que um guerreiro grego possa te levar, aos prantos, como cativa, para que vivas numa terra distante, sentada diante de um tear estrangeiro, a tirar água de uma fonte estrangeira! E um dia, quando estiveres chorando, dirão: 'Aquela é Andrômaca, a mulher de Heitor, o primeiro entre os guerreiros de Troia!'. Isso é o que te dirão, e para ti vai ser mais uma dor lembrar que perdeste o homem que tanto te amava!"

Depois, Heitor estendeu os braços para o filho, para pegá--lo no colo. O menino, no entanto, começou a se retorcer nos braços de sua ama, porque estava assustado com a aparência do pai: todo aquele bronze, aquele imenso penacho de crinas de cavalo, no alto do capacete, aterrorizaram o menino, que começou a chorar. Heitor entregou-se ao riso, e Andrômaca também. Ele removeu o brilhante capacete da cabeça e o depôs no chão, a seu lado. Depois, pegou o filho nos braços, beijou-o carinhosamente e o embalou, enquanto invocava os deuses: "Zeus, e todos os deuses: permitam que meu filho, como eu, se distinga entre os troianos, que tenha uma força igual à minha e que reine, soberano, na Troia dos telhados de ouro! E que um dia, quando entrar em combate, digam que ele é ainda mais valente que seu pai!". Ele disse, e devolveu o filhinho aos braços de Andrômaca, que o recebeu no seu seio perfumado, tentando disfarçar o pranto que começava a voltar. Heitor, ao entender o que se passava no coração de sua esposa, sentiu-se cheio de piedade, e tentou consolá-la: "Bobinha! Não enchas teu coração com esses temores, porque nenhum mortal vai me mandar para o mundo dos mortos antes da hora marcada! Não há homem, covarde ou valente, que escape ao destino que foi traçado desde o dia em que nasceu. Vai, volta para nossa casa, ocupa-te com teus trabalhos, enquanto nós, os homens, nos ocupamos com o combate!".

Assim ele disse, e despediu-se dela, repondo o capacete, enquanto Andrômaca tomava o rumo de casa, escondendo o rosto, em que corriam grossas lágrimas. Ao chegar em casa, foi recebida pelas criadas, que se deixaram levar pelo choro de sua senhora e se puseram a soluçar, por um Heitor que ainda estava vivo, mas que todas, sem exceção, sabiam que não ia voltar.

Páris também já não estava no palácio. Tinha vestido a armadura cintilante, lançando-se através da cidade, resplandecente como um sol, correndo com tal rapidez que alcançou Heitor no momento em que ele acabava de se despedir de Andrômaca. E Páris disse: "Vês, doce amigo, como não sou eu quem atrasa a tua vida? Não cheguei aqui na hora combinada?". Embora estivesse acabrunhado pela cena da despedida, Heitor ainda sorriu, com simpatia: "Nenhum homem justo poderia falar mal de tua atitude durante o combate! Tu és um bravo! Eu sei que não é por mal que às vezes te retiras. Meu coração se aflige muito, quando tenho de ouvir os ultrajes que os troianos dizem de ti. Mas ainda vamos acertar tudo isso mais tarde, se Zeus nos der ocasião, em volta de uma boa mesa, com uma taça de um bom vinho, em nossa casa, quando finalmente tivermos rechaçado o exército grego".

31
AGAMÊNON SE ARREPENDE

Mesmo na ausência de Heitor, os troianos continuavam combatendo, levados pelo vigor de Eneias, o filho de Afrodite. Quando o viram chegar de volta, orgulhoso, trazendo Páris a seu lado, o entusiasmo dos troianos aumentou, assim como também aumentou o desânimo que começava a tomar conta dos gregos. No Olimpo, Atena percebeu o desequilíbrio que ameaçava seus protegidos e sugeriu a Apolo que os dois fizessem alguma coisa para atenuar o ritmo da batalha e permitir que os dois exércitos enterrassem seus mortos. O deus do arco concordou, e decidiram provocar um combate singular, de chefe contra chefe, cujo desenlace, sem que os mortais suspeitassem, já estava definido de antemão: não haveria vencedor, nem vencido, mas iam lutar muito tempo, o que daria uma trégua para todos os combatentes. Apolo escolheu Heitor para lançar o desafio, e infundiu-lhe uma audácia e um furor redobrados. Com uma aparência magnífica, ele fez um gesto soberano para que os troianos se afastassem e dirigiu-se aos gregos com voz possante: "Que o melhor de vocês se habilite e venha lutar contra mim. Se eu for o vencido, que tirem minhas armas e as levem como troféu, mas entreguem meu corpo à minha família, para o enterro sagrado. Se for eu o vencedor, vou pendurar as armas do vencido no santuário de Apolo, em Troia, mas prometo entregar o cadáver a seus amigos, para que o sepultem com todas as honras".

Ele disse, e todos os gregos emudeceram. Se a honra os impedia de recusar o desafio, o medo os impedia de aceitá-lo – afinal, ali estava Heitor, o mais forte de todos, um guerreiro que até o grande Aquiles respeitava. Diante daquele silêncio constrangido, Menelau, que ainda convalescia do ferimento causado pela seta de Páris, levantou-se, furioso: "Gregas! Só posso chamar vocês assim – greguinhas! Vai ser uma desonra insuportável se todas vocês, bem agora, tremerem diante de Heitor! Se querem ficar sentadas, eu mesmo vou enfrentá-lo!". E já ia levantando, quando Nestor, o velho guerreiro, o atalhou com um gesto: "Se os lendários chefes do passado, sob cujas ordens lutei há mais de cem anos, viessem me perguntar sobre a coragem dos gregos de hoje; se eles pudessem ver todos vocês encolhidos diante de um único inimigo, um homem como qualquer um de nós, eu morreria de vergonha!". Feridos nos seus brios com a fala de Nestor, nove guerreiros levantaram, prontos para lutar, incluindo Agamênon, Idomeneu, os dois Ajax, Diomedes e Ulisses. A sorte foi tirada entre eles, e o Grande Ajax soltou um grito de alegria, ao ver que ele tinha sido o escolhido.

Então Ajax e Heitor, na esperança de conquistar a glória para si e para seu povo, lançaram-se um contra o outro com a fúria de dois lobos que disputassem a chefia da matilha. Ingênuos! Não sabiam que era um jogo marcado por Atena e Apolo, que não iam permitir que houvesse vencedor. Assim, golpe contra golpe, escudo contra escudo, lutaram até a noitinha, até que os arautos anunciaram que era hora de parar. Exaustos, com o corpo dolorido, os dois heróis baixaram as armas, e todos puderam perceber que tinha nascido entre eles uma admiração mútua e sincera, depois de quase um dia inteiro de luta. Eram inimigos, mas leais, e selaram o respeito mútuo com uma troca de presentes: Heitor deu a Ajax a sua espada com punho de prata, e recebeu do herói grego um cinturão ornado de púrpura, dois troféus que iriam desempenhar um triste papel no destino de seus donos.

À noite, no acampamento, Nestor pediu a Agamênon que acertasse uma trégua de um dia, para dar um funeral adequado aos mortos que juncavam a planície. "Vamos fazer uma pira, para que as cinzas deles possam ser levadas a seus filhos, quando voltarmos para casa. No local da fogueira, vamos levantar um grande túmulo comum, e, apoiado nele, vamos erguer uma alta trincheira, para proteger nossas naves. Em volta, cavamos um fosso profundo, o que manterá afastados os guerreiros e os cavalos troianos." Todos concordaram com a proposta, porque perceberam sua intenção: o experiente Nestor, notando que a cada dia se lutava mais perto do mar, tinha pressentido que em breve os navios seriam atacados pelo inimigo, e a trégua sugerida ia ser usada tanto para enterrar os mortos, quanto para proteger os vivos.

Quando o dia raiou, nas primeiras cores da Aurora, os troianos concordaram com o pedido de Agamênon, e se apressaram em recolher os seus mortos e juntar lenha para suas fogueiras. Quando o carro do Sol ergueu-se no horizonte, veio encontrar, frente a frente, os dois exércitos silenciosos, ocupados na dolorosa tarefa de recolher os seus cadáveres. Desarmados, os guerreiros perambulavam por entre as centenas de corpos espalhados na planície, tentando identificar os companheiros perdidos. Depois de lavar o sangue dos ferimentos, iam amontoando os cadáveres em pesados carroções puxados por juntas de bois, para levá-los para o local onde as piras funerárias já ardiam. Entre os gregos, outro grupo de soldados aproveitou a trégua para executar o plano sugerido por Nestor; quando o dia terminou e a Noite envolveu o mundo com o manto da escuridão, tinham conseguido erguer o grande muro de pedras e abrir, à sua frente, o fosso protetor.

No dia seguinte, quando a deusa da Aurora surgiu com seu manto de açafrão, foi a vez de Zeus convocar o conselho do Olimpo. Diante de todos os deuses, olhando dentro de seus olhos, o senhor das tempestades dirigiu-se a eles num tom que não admitia réplica: "Deuses e deusas, ouçam o que eu vou dizer: este assunto vai ser resolvido por mim! E se alguém aqui for apanhado ajudando gregos ou troianos, vai sofrer os meus golpes e voltar para o Olimpo num estado lastimável! Experimentem, e vão ver!". Todos ficaram calados, intimidados com a rudeza com que ele falou. Zeus então atrelou a seu carro de ouro os dois cavalos de cascos de bronze e tomou as rédeas para atravessar o espaço num risco luminoso, descendo no alto do monte Ida, perto do santuário que os troianos tinham construído para ele junto a um bosque perfumado. Ali desatrelou os seus cavalos e abrigou-os sob uma nuvem de espessa neblina, para que se refrescassem, e foi sentar no cimo do monte, sozinho com seu orgulho e sua glória, a fim de contemplar a cidade dos troianos e a grande frota dos gregos.

Depois da trégua da véspera, os combates tinham sido reatados com igual furor, e por toda aquela manhã muitos outros corpos sem vida rolaram no pó da planície. Então, quando o Sol chegou ao alto de seu curso, Zeus pegou a sua balança de ouro e pesou o destino dos dois exércitos: a sorte sorriu aos troianos e condenou os gregos à derrota. Subitamente, do alto do Ida, Zeus fez ouvir um estrondo terrível, que reboou no horizonte, e enviou relâmpagos sinistros em direção ao exército de Agamênon, enchendo de terror o coração dos gregos, que começaram a esmorecer. Nem Idomeneu, nem os dois Ajax, nem o próprio Agamênon estavam aguentando o combate; Nestor esteve a ponto de sucumbir diante do carro de Páris, sendo salvo pela ação desesperada de Diomedes e Ulisses. Os guerreiros começaram a fugir, aturdidos pelos raios de Zeus que estouravam a seu lado e eriçavam a crina dos cavalos aterrorizados. Exultante, Heitor sentiu que os deuses tinham se aliado aos troianos, e conclamou os companheiros: "Zeus está conosco! Avante! Vamos pôr fogo nos navios! Não será aquele muro precário que poderá nos deter!" – e uma onda invencível de homens armados de bronze derramou-se em direção ao acampamento grego, atacando os soldados que defendiam desesperadamente as tendas e os navios. O plano de Heitor só não se consumou porque, mais uma vez, o Sol desceu no horizonte, fazendo cessar todas as hostilidades; os troianos se afastaram, gritando ameaças para os gregos exaustos: que esperassem por eles, porque estariam de volta assim que rompesse a manhã.

O pânico tinha tomado conta do coração de todos. Nesta noite, um silêncio diferente se instalou na assembleia, porque todos pensavam na morte próxima. Sob o clima da derrota, poucos falavam em resistir; a maioria só pensava em repor os seus navios na água e fugir, enquanto ainda pudessem. Nestor tomou a palavra e falou com toda a franqueza que a idade lhe permitia: "Nosso erro foi afastar Aquiles, por causa do teu capricho, Agamênon! Eu te avisei, mas não quiseste me ouvir!". Agamênon, cabisbaixo, aceitou a crítica com humildade: "Ah, velho, tu não te enganas ao apontar o meu erro! Aquiles vale realmente por cem de nós! Mas se eu me deixei levar por pensamentos funestos, naquela ocasião, agora eu quero me redimir. Ofereço a ele uma imensa compensação: duas vezes o peso dele em ouro maciço; doze robustos cavalos, que só conquistaram vitórias em todas as corridas de que participaram; sete mulheres hábeis para trabalhos impecáveis, que eu tinha escolhido para meu serviço; e mais a bela Briseida, com o meu juramento solene de que jamais subi ao seu leito, jamais a tive em meus braços, como é costume entre um homem e uma mulher. Tudo isso ele receberá agora mesmo. Além disso, se os deuses nos permitirem saquear a rica Troia, na hora da partilha, que ele encha o seu navio com o ouro que quiser, e que escolha, primeiro que todos, as vinte troianas que desejar; e, se voltarmos para casa, que ele seja meu genro, casando com qualquer uma das três filhas que me restaram! E eu lhe darei ainda sete das minhas melhores cidades, todas próximas ao mar, com seus prados verdejantes e seus ricos vinhedos! Tudo isso será dele, se ele renunciar à sua cólera funesta e aceitar submeter-se ao meu comando!".

Todos acharam a oferta excelente e irrecusável, e escolheram o Grande Ajax e Ulisses para levá-la a Aquiles, que nada tinha contra eles. Quando chegaram nas tendas dos mirmidões, Aquiles se divertia tocando a sua bela cítara de cravelhas de prata, cantando os feitos dos antigos heróis; sentado à sua frente, Pátroclo, em silêncio, ouvia-o cantar. Os dois enviados se aproximaram e fizeram alto bem diante dele. Surpreso, Aquiles levantou-se de um salto, ainda com a cítara na mão; ao reconhecer Ulisses e Ajax, companheiros que respeitava, fez-lhes um gesto de acolhida, desejando-lhes as boas-vindas: "Salve, Ulisses! Salve, Ajax! É como amigos que vocês estão aqui, sem dúvida! A menos que tenha acontecido alguma desgraça!". Indicando-lhes assentos cobertos de púrpura, fez sinal para que sentassem, ao mesmo tempo em que pedia a Pátroclo para fazer as honras aos visitantes: "Prepara um bom vinho com água, Pátroclo, mas com uma mistura mais forte. Esses dois são meus amigos, e quero beber com eles!". Pátroclo atirou uma grande tora de madeira seca no fogo e foi providenciar a carne: trouxe um quarto de ovelha, outro de cabra gorda, e a costela de um porco bem cevado, rico de gordura. Aquiles cortou a carne em pedaços menores e os enfiou nos espetos, enquanto Pátroclo atiçava o fogo, avivando as chamas. Depois que morreram as labaredas e só ficaram as brasas vivas, ele suspendeu sobre elas os espetos, expondo a carne ao calor até que a gordura começasse a pingar; só então colocou nela o sal divino, levando-a de novo ao fogo. O assado apetitoso foi servido sobre a mesa, onde Aquiles serviu pessoalmente os dois convidados. Pátroclo fez a oferenda indispensável aos deuses, e todos então se serviram. Depois de comer, Ulisses encheu a sua taça com o vinho e disse:

"Não viemos aqui apenas para usufruir da tua hospitalidade. Um terrível desastre se aproxima, e nós estamos com medo. Os troianos estão muito próximos de nossos navios, e Zeus os está ajudando; Heitor, inebriado pelo triunfo, leva pânico ao nosso acampamento. A esta hora, ele deve estar rezando para que a Aurora chegue mais cedo amanhã, para incendiar nossas naves e massacrar nosso exército. Junta-te a nós, Aquiles, se ainda tens algum desejo de proteger o teu povo dos troianos. Sei que não vais ficar feliz, se eles nos exterminarem. Ajuda-nos a vencê-los! Pensa bem, meu amigo: ainda é tempo! Agamênon te oferece presentes inimagináveis, e ainda te devolve Briseida, que ele jamais tocou! Ele vai te dar o que quiseres, para renunciar à tua cólera!'". O astuto Ulisses transmitia assim a mensagem de Agamênon, omitindo, prudentemente, a parte em que ele falava na obediência de Aquiles a seu poder soberano. E acrescentou, por conta própria: "E se não tens piedade dele – no que eu não te culpo –, pensa ao menos nos outros, em nós todos, que vamos te idolatrar por toda a nossa vida!".

Com o ar sombrio, o filho de Peleu e Tétis respondeu a Ulisses: "Vou te dizer como é a coisa, de modo brutal mas franco: por mais que Agamênon ofereça, ele nunca vai me convencer. Fui o que mais lutei e o que maior injustiça sofreu. Todos guardaram os seus prêmios, e só o meu foi retirado! Os gregos não estão aqui por causa da bela Helena? Não é por ela que Menelau sofre tanto? Todo o homem que tem sentimentos ama a sua mulher, e a protege – e eu amava Briseida, do fundo do meu coração, embora ela fosse uma cativa. Foi Agamênon que a arrancou das minhas mãos, e não quero mais ouvi-lo. Que outros chefes afastem os troianos daquele muro! Grande coisa, aquele muro! Como se fosse conter a força de um Heitor! Enquanto eu participei do combate, ele sempre se recusou a se distanciar muito da proximidade segura de Troia, mas agora... Amanhã, se vocês olharem em direção ao mar, vão ver os meus navios navegando em direção à minha terra, à Ftia de meu pai, onde vou chegar, se Zeus permitir, no final do terceiro dia. Eu não vou ajudar a quem me desonrou. Seus presentes não valem nada, perto da minha honra! Minha mãe, Tétis, sempre me disse que eu tinha dois caminhos: ou ajudava a destruir Troia, e morreria aqui, coberto de glória, ou ficava em casa, com uma longa e nobre vida – e parece que o destino escolheu para mim a segunda alternativa. Aconselho vocês, meus amigos, a fazer o mesmo, porque em vez dos gregos entrarem em Troia, os troianos é que vão tomar nosso acampamento. Levem esta mensagem ao rei de vocês, para que ele e seu conselho comecem a procurar um novo plano que não inclua Aquiles!".

E assim falou, e todos ali ergueram as taças para uma libação final. Ulisses e Ajax partiram, sabendo que estariam sendo esperados no acampamento – e assim foi, pois, ao chegarem, todos levantaram e vieram cercá-los, interrogando-os sobre o resultado da missão. Quando Ulisses informou que Aquiles não só recusava qualquer proposta para voltar, como ainda planejava zarpar na manhã seguinte, deixando para sempre as areias de Troia, um frio desânimo correu pelas veias de todos, exceto de Diomedes, que, altivo, ainda teve energia para exclamar: "Não adianta tentar comprar Aquiles! O que precisávamos era pedir desculpas, mas nisso Agamênon nem sequer cogita! Aquiles é quem decide se fica ou se vai embora, e nós não temos mais nada com isso. Agora, o problema é só nosso, e acho melhor ir dormir, porque amanhã o dia vai ser um inferno!".

32

HERA CONTRA-ATACA

Como Diomedes previa, assim que o dia raiou, Heitor e seus guerreiros concentraram o seu ataque no mesmo ponto da véspera, rompendo as defesas do muro e ameaçando pôr fogo na fileira de navios que ficava mais afastada da água. Onde estava o Grande Ajax, nenhum troiano passou, pois ninguém, nem mesmo Aquiles, podia igualar-se a ele no combate defensivo; a linha, contudo, era extensa e foi rompida em vários lugares. O que impedia a derrota total dos gregos era a ajuda inesperada de Posêidon, o senhor dos mares, que tinha resolvido afrontar a ordem de Zeus, intrometendo-se no combate. Aproveitando um momento em que o senhor do Olimpo estava olhando em outra direção, Posêidon tinha se misturado entre os gregos, disfarçado como um soldado e, embora não pudesse realizar feitos espantosos, para não despertar a atenção, andava para cima e para baixo entre as fileiras, animando os defensores e trazendo aos exaustos guerreiros a força necessária para resistir.

Ao ver o deus do mar escondido entre os combatentes, a poderosa Hera, que ardia de impaciência, resolveu também intervir. Mas assim como avistou Posêidon, ela também podia avistar a figura ameaçadora de Zeus, que continuava vigilante de seu ponto de observação, lá em cima do monte Ida – e isso a fazia hesitar, porque há muito tinha aprendido a temer o temperamento do senhor das tempestades, quando ele perdia a paciência. Mas havia um caminho que Hera conhecia muito bem: se, pela lei dos deuses e dos homens, uma rainha não podia desafiar a autoridade de seu rei, nada havia que proibisse uma simples mulher de tentar convencer o seu homem com as armas de que dispunha. E foi o que ela decidiu fazer.

Sem ser vista por ninguém, ela se retirou para a sua câmara privada, construída especialmente para ela pelo seu filho Hefesto. Assim que entrou, fechou a sólida porta com seu ferrolho secreto, ficando completamente à vontade. Primeiro, esfregou o corpo todo, do pescoço à ponta dos pés, com a miraculosa ambrosia, que devolveu-lhe o frescor da pele de quando era menina. Depois, passou em suas belas formas um fino óleo de ervas, suave e aromático, tão raro e tão precioso que ela guardava o pouco que tinha para essas ocasiões. Diante de um grande espelho de ouro polido, penteou os cabelos e os prendeu em tranças lustrosas, que penderam, sinuosas, de sua fronte eterna. Para vestir, escolheu uma longa túnica que a própria Atena tinha tramado em seu tear divino, com um tecido vaporoso mais leve que a teia da aranha. Prendeu-a junto ao pescoço com um simples alfinete de ouro, e ajustou-a nos quadris com um cinturão que deixava pender uma centena de franjas cintilantes. Nas orelhas furadas, colocou seus brincos mais luminosos, com diamantes do tamanho de uma amora, que irradiavam um encanto infinito. Por fim, calçou os pés com sandálias delicadas e cobriu a cabeça com um véu imaculado, branco como um sol, que ainda mais realçou o seu rosto perfeito; então, a divina Hera olhou-se de alto a baixo no espelho e sorriu: não tinha a armadura ou o escudo de Atena, nem o arco e a flecha de Artêmis, mas estava pronta para entrar no combate, cem vezes mais perigosa.

Assim que saiu de seu quarto, armou-se só de sorrisos e foi procurar Afrodite, que a recebeu com desconfiança, temendo alguma armadilha. "Queres me ajudar, amiga? É assunto de mulher, e nada tem a ver com esta guerra!" A frase desarmou Afrodite, que respondeu, mais solícita: "Hera, augusta deusa, diz o que tens em mente. Eu farei o que pedires, desde que eu possa fazer". Seu pedido era simples, mas veio envolto numa história mentirosa: Hera ia viajar até os confins da terra para visitar Oceano e sua mulher, a quem amava como seus próprios pais, porque tinham cuidado dela quando ainda era pequena.

"Soube que andam brigando, em rusgas intermináveis, e quero ajudá-los a pôr um fim nisso tudo. De tal maneira a cólera invadiu suas almas, que há tempos eles vêm privando um ao outro dos divinos prazeres do leito. Preciso que me emprestes a ternura e o desejo, com os quais dominas, do mesmo jeito, tanto os deuses quanto os homens. Assim, talvez eu consiga amolecer os seus corações e levá-los de volta à cama, onde se reunirão outra vez por amor!"

Afrodite, a deusa que ama os sorrisos, sentiu-se contente de poder ajudar: "Se é em nome do amor, eu não posso recusar o que me pedes, Hera divina, que dormes nos braços do próprio Zeus!". Ela disse, e desamarrou a faixa que usava sob os seios, em cujos desenhos bordados residiam todos os encantos amorosos: ali estavam a ternura, o desejo, a sedução e o prazer dos encontros, todos juntos naquela faixa mágica que tornava irresistível a pessoa que a usasse. Afrodite entregou-a nas mãos de Hera, não sem antes fazer um comentário que deixava bem claro que ela, a deusa do Amor, não era a ingênua que Hera pensava: "Toma! Esconde esta faixa nas dobras do teu vestido, e posso te assegurar que não vais voltar ao Olimpo sem ter obtido o que procuras!". E sem mais dizer, retirou-se, sorrindo com a odiosa superioridade de quem ostentava o título de ser a mais bela das deusas.

Hera estava muito ocupada com a guerra para se importar com as farpas de sua rival. De um salto, deixou o Olimpo, passou pelos picos nevados da Trácia e sobrevoou o mar, até que finalmente chegou à ilha de Lemnos, onde morava o Sono, o irmão da Morte. Hera o pegou pela mão e lhe disse, num tom suplicante: "Sono, rei de todos os deuses, rei de todos os homens, vais ter minha eterna gratidão, se atenderes o que peço. Eu te suplico, adormece os olhos brilhantes de Zeus, quando ele estiver descansando a meu lado. Eu te dou de presente um banquinho para os pés, todo trabalhado em ouro, que o meu filho Hefesto, o divino artesão, esculpiu para mim!". O doce Sono, no entanto, não queria nada com Hera e com suas invenções, que sempre o deixavam mal: "Augusta Hera, se fosse qualquer outro deus, eu o adormeceria como me pedes. Mas Zeus, o filho de Cronos, o pai de todos os seres, é diferente; eu não posso me aproximar sem uma ordem expressa dele. Esta é uma tarefa que eu não posso executar!". Hera, entretanto, que conhecia o seu ponto fraco, limitou-se a acrescentar: "Sono, por que te preocupas tanto assim? Faz o que te peço, e eu te dou uma das três Graças como esposa!". Ela tinha acertado o alvo, pois o Sono, quase louco de alegria, concordou com seu pedido: "Eu faço – mas jura pelas águas invioláveis do Styx que eu posso escolher Pasiteia, das três, a que eu sempre amei!". Ele disse, e Hera, que sempre cumpria suas promessas, não se opôs a fazer o juramento que ele pediu. Em seguida, ambos se afastaram de Lemnos, envoltos numa nuvem, e chegaram ao monte Ida, sobrevoando o topo das árvores, que se moviam quando eles passavam. Antes que Zeus o visse, o Sono subiu no pinheiro mais alto e ali ficou, escondido no meio das folhas, na figura de um inocente cuco de rabo longo.

Assim que Zeus viu Hera se aproximar, o amor e o desejo tomaram conta de todos os seus membros – um amor inebriante, como o daquele dia em que ele e Hera deitaram pela primeira vez na mesma cama, escondidos de seus pais. Ele levantou-se, encantado com a beleza renovada da mulher: "Hera, divina, o que fazes tão longe do Olimpo? Não ouvi teu carro ou teus cavalos!". A augusta Hera, perfidamente, sorriu com uma modéstia simulada, como se não percebesse o desejo nos olhos do marido, e respondeu: "Vou visitar Oceano. Ele e sua mulher não se acertam, e vou ver se os reconcilio. Meus cavalos estão lá embaixo, matando a sede nas fontes. Eu só passei aqui por tua causa, para que não digas mais tarde que eu parti sem avisar!". Zeus segurou-lhe os pulsos, gozando o tato de sua pele sedosa, e suplicou: "Fica aqui! Não precisas partir agora! Vem, deita-te aqui comigo, e vamos aproveitar os prazeres do amor! Nunca senti tanto desejo como estou sentindo agora! Juro, jamais desejei alguém como eu te quero agora! Vem!".

Hera fazia-se de rogada, olhando em volta, como se tivesse vergonha: "Terrível Zeus, o que estás dizendo? Queres mesmo fazer amor comigo, debaixo deste céu aberto, no alto do monte Ida? Mas assim, à luz do dia? Estás louco? E se outro imortal nos avistar, e for contar aos outros deuses? Com que cara eu iria voltar a nosso palácio? Como eu ia encarar os nossos vizinhos? Não, se queres deitar comigo, vamos para casa, para o belo leito que Hefesto fez para nós!".

Zeus, no entanto, que estava impaciente para entrar entre suas coxas leitosas, não queria mais argumentos: "Hera, nenhum homem ou deus vai nos ver, no meio da nuvem dourada em que vou nos esconder. Nem mesmo o Sol, com seus raios penetrantes, vai saber o que se passa dentro da nossa nuvem!". Ele disse, e a enlaçou em seus braços, num impulso irresistível. E sob eles a Terra divina fez nascer uma tenra relva, carregada de jacintos, de lótus e de flores de açafrão, formando um espesso e macio tapete para receber os corpos apaixonados.

Foi assim que Zeus, domado pelo sono e pelo amor, adormeceu no alto do monte Ida, com Hera enlaçada em seus braços. Como tinha combinado, o doce Sono correu até a praia e foi levar a notícia a Posêidon: "Agora, senhor dos mares, podes deixar teu disfarce e ajudar os gregos abertamente. Dá-lhes a glória, nem que seja por instantes, porque Zeus está dormindo: Hera, para distraí-lo, fez que ele provasse o amor em seus braços!".

Era o que Posêidon esperava; com um brado assustador, convocou a seu redor os melhores guerreiros gregos e formou com eles uma parede de escudos, eriçada de lanças, que avançou em bloco contra o surpreso inimigo, tentando afastar o perigo que já rondava os navios. Heitor, ao perceber a manobra, fustigou os seus cavalos e veio reagrupar os troianos para a contraofensiva, passando com seu carro veloz ao longo das fileiras, exortando os soldados a se juntarem a ele. Todos os troianos exultaram ao verem Heitor, majestoso, dominando os fogosos cavalos com as rédeas na mão esquerda, enquanto agitava no ar a sua lança temível, incitando-os ao combate. Mas este não era o seu dia; o Grande Ajax, ao vê-lo se aproximar, apanhou uma das pedras que calçavam os navios, do tamanho de uma cabeça, e a arremessou, com toda a sua força, contra o grande herói troiano. A pedra passou por cima da borda do carro e foi atingi-lo no peito, bem no meio da couraça, fazendo-o rolar pelo chão da planície. Completamente aturdido, Heitor tentou ainda levantar, mas suas pernas bambearam e a lança caiu-lhe da mão. Assim como lobos se acercam do grande touro ferido, à espera do momento oportuno para morder sua garganta, assim os gregos avançaram contra ele, com as armas em riste, prontos para desferir um golpe que fosse fatal. No entanto, salvou-o a coragem e a dedicação dos companheiros – comandados por Eneias, Glaucos e Sarpedon –, que formaram em volta dele um círculo de bronze e de ferro, impedindo que os gregos se aproximassem. Às pressas, levantaram Heitor do chão e o puseram num carro, partindo em direção à cidade. Ao passarem por uma fonte que brotava na planície, depuseram-no na relva e jogaram água fresca no seu rosto. Heitor abriu os olhos e chegou a ficar de joelhos, mas, num acesso de tosse, começou a cuspir sangue vivo; uma noite sombria desceu sobre seus olhos, e ele caiu de costas no chão.

Sem ele, o exército troiano foi tomado pelo pânico. Os gregos, quando viram Heitor ser levado nos braços de seus companheiros, aclamaram, num grito de mil gargantas, o feito do Grande Ajax. Em seguida, com um ardor renovado, cerraram suas fileiras e correram para o ataque, tentando empurrar os troianos para fora do precário muro que defendia os navios. Foi nesse exato momento que, no seu doce leito florido, no alto do monte Ida, Zeus despertou ao lado de Hera. De um salto, o senhor dos raios estava de pé, atônito ao ver a reviravolta da batalha, pois agora eram os gregos que perseguiam os troianos, que tentavam fugir. Também percebeu, furioso, a presença de seu irmão, Posêidon, o rei dos mares, que lutava entre os gregos. Mas o que mais o entristeceu foi ver Heitor estendido junto à fonte, sufocado com o próprio sangue; Heitor, um guerreiro impecável, um raro exemplo de homem que o próprio Zeus admirava, não merecia uma sorte como essa! O seu olhar terrível então se voltou para Hera, que também tinha acordado: "Isso só pode ser coisa tua, Hera insuportável! Foram tuas manhas que tiraram Heitor do combate e puseram os troianos em debandada! A vontade que eu sinto é cumprir agora mesmo a minha promessa e te moer de pancada!". Ele disse, e Hera, a deusa dos olhos grandes, sentiu medo e falou com grande astúcia: "Eu juro – e que sejam testemunhas a própria Terra, e o vasto Céu sobre nossas cabeças, e as águas do Styx, que correm eternamente no mundo dos mortos –, eu juro que não fui eu que convenci Posêidon a lutar do lado grego! Se ele está fazendo isso, é porque é sua vontade! Agora, eu estou pronta, senhor das nuvens, a descer até lá e mandá-lo se afastar para onde determinares!". Zeus sorriu, ao perceber o cuidado com que Hera tinha escolhido as palavras de seu juramento. "Se o que dizes é verdade, então manda Íris avisar Posêidon de que ele tem duas escolhas: ou volta para o fundo do mar, que é o seu domínio, ou vai ter de me enfrentar, eu, que sou o seu irmão mais velho, muito mais poderoso que ele. E diz a Apolo para cuidar de Heitor, curando-o do ferimento e fazendo-o esquecer da dor. É necessário que ele volte ao combate, para que os gregos virem as costas e comecem de novo a fugir. Na sua fuga, vão terminar chegando aos navios de Aquiles, o que vai levar o seu amigo Pátroclo a entrar na luta, para morrer, depois de praticar várias façanhas, sob a lança implacável de Heitor. Isso vai fazer os gregos pedirem perdão a Aquiles, devolvendo-lhe a honra que Agamênon tirou. Assim eu prometi a Tétis, sua mãe; assim vai acontecer!"

33

A SAGA DE PÁTROCLO

Ao mesmo tempo em que Posêidon se retirava, a contragosto, do campo de batalha, Apolo foi socorrer Heitor, que já tinha voltado a si por obra da vontade de Zeus. Desta vez, Apolo não estava disfarçado como um mortal, e Heitor o reconheceu imediatamente. Ajudando-o a levantar, o deus foi sincero com ele: "Como eu sempre te protegi, Heitor, Zeus me escolheu para te salvar! Reúne agora os teus homens e ataca os navios dos gregos. Eu vou estar sempre por perto, para te dar proteção". Com um aliado desses – Apolo, o deus que fere de longe, o senhor do arco de prata –, Heitor sentiu que os troianos tinham tudo para vencer. Por isso, subiu em seu carro e fez um retorno triunfante ao meio de seus soldados, bradando, com voz inflamada, "Aos navios! Aos navios!". Homens e carros, num verdadeiro tumulto, começaram a segui-lo, lançando aquele grito de guerra que foi engrossando aos poucos, até tornar-se um clamor que reboou pela praia inteira, gelando o sangue dos gregos: "Aos navios! Aos navios!".

Na dianteira de todos, vinha o carro de Heitor, que deixava seus cavalos correrem a pleno galope; entretanto, ele não liderava sozinho, pois podia enxergar, um pouco mais à sua frente, a figura gigantesca de Apolo, invisível para os outros, que devorava a planície com suas passadas divinas. Quando chegaram às trincheiras dos gregos, o deus, com um simples golpe com o pé, fez voar uma larga extensão do muro, reduzindo-o a escombros, que foram aterrar parte do fosso. Com a mesma facilidade que um menino derruba o pequeno castelo que construiu na areia da praia, assim Apolo abriu uma brecha nas defesas de Agamênon, mais larga que as portas de Troia. O caminho estava aberto, e por ali os carros entraram, com os cavalos a galope, seguidos por milhares de soldados que corriam atrás deles.

Não havia desastre maior para os gregos do que perder seus navios; sem eles, perderiam o acesso aos infinitos caminhos do mar e ficariam ilhados ali onde estavam, condenados a ter os seus ossos sepultados em terra estranha. Por isso, quando viram as tochas incendiárias na mão dos atacantes, tentaram detê-los com uma nuvem de setas e com pedradas certeiras; a maré troiana, contudo, era invencível, e logo eles tinham chegado à sombra dos primeiros navios, onde os gregos os esperavam do alto dos cascos escuros, fazendo chover sobre eles a ponta aguçada das lanças.

Pátroclo, o amigo de infância de Aquiles, não conseguiu conter sua apreensão quando ouviu os troianos lançarem seu grito de guerra bem perto de sua tenda. O que parecia impossível estava agora acontecendo: o combate tinha chegado à extremidade da praia em que os mirmidões, chefiados por Aquiles, tinham abrigado seus navios de cinquenta remos. Em pouco tempo, os troianos chegariam até eles, e Pátroclo, angustiado com a inércia a que tinham sido forçados, decidiu enfrentar a teimosia do amigo. A poucos passos dali, podia ouvir claramente a voz desesperada dos feridos, todos gregos como ele, que gritavam por socorro na mesma língua dele e de todos os seus ancestrais; seu instinto de guerreiro chamava-o para a luta, não tanto para vencer, mas para ser solidário com aqueles valentes que ali jaziam, indefesos, à mercê da espada dos inimigos. Sua revolta foi tanta, ao ver aquele espetáculo, que chegou na tenda de Aquiles com os olhos cheios de lágrimas. O herói levantou e veio zombar do amigo: "Por que choras, Pátroclo? Pareces uma menininha que implora o colo da mãe! Tens alguma coisa a contar para os mirmidões, ou a mim? Alguma notícia triste acaba de chegar da nossa Ftia? Ou choras por causa desses gregos que tombam, condenados pelo erro de Agamênon?". Pátroclo, indignado, conteve a custo os soluços e repeliu a ironia: "Aquiles, filho de Peleu, eu choro por este desastre que se abate sobre os gregos! Todos os nossos companheiros estão feridos por lança ou espada – Diomedes, Ulisses, até mesmo Agamênon! E tu continuas obstinado! Ah, Aquiles, que eu nunca sinta uma ira do tamanho da tua! Afinal, para que te serve essa triste coragem, se não queres salvar nosso povo? Não pareces filho do bom Peleu e da serena Tétis, mas filho do mar com o rochedo, de tão áspera e feroz que é a tua alma! Mas se não queres combater, deixa ao menos que eu comande os teus mirmidões, vestido com as tuas armas. Os troianos vão me tomar por ti, e isso vai fazê-los recuar!".

Assim implorava o pobre insensato, sem saber que, na verdade, pedia a sua própria morte! Aquiles não gostou das críticas do amigo, mas ficou tocado com a sua sincera indignação: "Por que falas assim, Pátroclo? Não sabes o quanto eu sofro pela desonra atroz que me infligiram? Pois eu não fiz um voto solene de não voltar ao combate? Agora, se queres lutar, não me oponho! Vai, veste minhas armas ilustres e leva contigo os meus bravos mirmidões. Vai, e faz baixar a voz de Heitor, que é a única que ouço daqui! O susto que vão levar quando virem o brilho do meu capacete vai mantê-los afastados dos nossos próprios navios. Mas ouve bem, meu amigo, o que vou te pedir: assim que tiveres empurrado os troianos para bem longe daqui, volta imediatamente! Mesmo que Zeus te prometa outras vitórias, resiste ao desejo de lutar sem mim. Não te deixes levar pelo orgulho e pelo prazer de matar, pois sempre um deus como Apolo, que está entre os troianos, pode atalhar o teu caminho. Lembra-te de minhas palavras, e não deixes de voltar!".

Pela primeira e última vez, Pátroclo vestiu as cintilantes armas de Aquiles, que o pai dele, o rei Peleu, tinha recebido dos deuses como presente de casamento. O capacete, um pouco folgado, ajudava a manter oculto o seu rosto, pois dele só se viam os olhos, a boca e o queixo. Com a espada na cintura e o escudo no ombro, ninguém diria que ali não estava o terrível Aquiles. Só a lança era diferente, porque nem Pátroclo, nem qualquer outro guerreiro grego, tinha força para manejar a pesada haste que o herói usava. O trio de cavalos divinos, filhos do vento Zéfiro, já tinham sido atrelados ao carro pelo fiel Automedonte, o cocheiro a que eles obedeciam. Aquiles então mandou convocar os mirmidões, os soldados de seu pai, que tinham vindo com ele, em cinquenta naves de cinquenta remos, da sua saudosa Ftia. Eles foram se agrupando em frente à sua tenda, organizados em fileiras, atrás de seus comandantes, aguardando, respeitosos, o que o grande Aquiles ia dizer: "Mirmidões! O dia chegou! Agora é hora de lutar! Vão, e não desonrem o nosso nome!".

Um clamor entusiasmado se ergueu naquela ponta da praia, quando os dois mil e quinhentos guerreiros aclamaram o seu lendário chefe, batendo com o punho fechado no oco de seus escudos. Formando uma parede, ombro contra ombro, em fileiras de cinquenta, eles começaram a andar em marcha acelerada, liderados por Pátroclo e Automedonte. No silêncio de sua tenda, Aquiles fez uma libação a Zeus, fazendo dois pedidos ao todo-poderoso: que Pátroclo tivesse a glória de afastar os troianos, e que pudesse voltar, no fim do dia, sem ter sofrido ferimento ou dor!

Os exaustos guerreiros gregos sentiram-se reviver quando viram se aproximar aquele quadrado imponente de soldados descansados, os famosos mirmidões, que vinham trazer-lhes socorro. A um sinal de Pátroclo, o passo de marcha se transformou em corrida, e eles caíram como uma massa compacta sobre os espantados troianos das primeiras linhas, deixando-os todos estendidos no chão. Automedonte aproveitou para mandar seus cavalos – que tinham entendimento, e nos quais ele jamais tocaria com um chicote – descreverem um grande círculo próximo aos navios, para que todos os troianos pudessem avistar o carro de Aquiles, cujo brilho assustador eles tão bem conheciam! O efeito foi aquele que Pátroclo já esperava:

assim como um galo que desperta vai despertar outros galos com o canto que se repete em todos os pontos da aldeia, assim um grito difuso começou a brotar por entre as tendas, por entre os navios semiqueimados, da garganta dos troianos: "Aquiles! Aquiles! Aquiles!" – e, ao ouvirem este nome terrível, os que estavam mais adiantados começaram a procurar um ponto por onde escapar, jogando fora as tochas e tentando afastar-se o mais rápido possível em direção à planície. Assim como a coragem, o medo também contagia, e logo todos corriam, num verdadeiro tumulto, os troianos a fugir, os gregos a persegui-los.

Inebriado pelo triunfo, Pátroclo cometeu o erro fatal de lançar-se no encalço dos fugitivos – mas não podia ser diferente, porque tudo ia acontecer como Zeus tinha determinado. Guiado por Automedonte, ele ia dizimando os troianos que caíam sob sua lança: Téstor, Prono, Eríalo, Anfótero e Epaltes, e depois Adrasto, Epístor, Melânipos, entre muitos mais, e o valente Sarpedon, respeitado por Eneias e Aquiles – todos esses ficaram estendidos no pó, sem vida, por tentarem deter a marcha de Pátroclo. Os gregos, conduzidos por ele, teriam empurrado os troianos de volta para sua cidade, se Apolo não estivesse lá para fazer o destino se cumprir. Heitor, ao ver a debandada de seu exército, estava começando a comandar uma retirada, quando o deus lhe apareceu, com os traços de um de seus tios. "Heitor, por que vais suspender a luta? Tu não tens este direito! Vai lá e para esse Pátroclo! Quem sabe Apolo não te ajuda a vencê-lo?" Heitor entendeu que o deus estava ali, e compreendeu muito bem a mensagem. Sem hesitar, fustigou seus fogosos cavalos e saiu planície afora em busca do seu oponente, sem tomar conhecimento de todos os guerreiros gregos por quem passava no caminho, pois só um lhe interessava.

Quando Pátroclo viu que Heitor vinha em sua direção, desceu do carro e arremessou-lhe uma grande pedra cheia de arestas, que passou rente a Heitor e foi atingir seu cocheiro logo acima das sobrancelhas, arrancando-lhe o tampo do crânio. O pobre infeliz deu um salto para trás e foi cair morto no chão, para a chacota de Pátroclo, que começou a arrastá-lo por um pé: "Como era ágil, este aqui! Pulou como uma sardinha! Parece que a raça troiana é feita de bons saltadores!". Com um rugido, Heitor pulou do carro para defender o corpo do amigo. Como dois leões lutando por uma corça morta, assim eles se enfrentaram por cima do corpo do infeliz cocheiro, e o combate teria sido intenso se, neste momento, Apolo não tivesse decidido que o tempo de Pátroclo tinha acabado. O deus se aproximou por trás dele e vibrou nas suas costas um golpe terrível com a mão espalmada, que o fez revirar os olhos, já praticamente sem sentidos. A força do golpe derrubou o seu capacete, que foi rolar sob as patas dos cavalos que passavam; as presilhas da couraça se arrebentaram, deixando as duas metades caírem no chão; sua lança se quebrou em suas mãos, e o escudo reforçado escorregou de seu ombro paralisado. Como se fulminado por um raio, Pátroclo continuava imóvel, mergulhado no mais profundo estupor.

Vendo-o à sua mercê, Euforbo, um dos lanceiros troianos, veio por trás e atingiu-o entre as espáduas com a ponta aguda de bronze. Com a dor, Pátroclo saiu da imobilidade e tentou recuar, para refugiar-se entre os seus companheiros, mas já era tarde: Heitor vinha chegando, e enterrou-lhe a lança no ventre, jogando-o no chão semimorto: "Acreditavas que ias entrar em nossa cidade e fazer nossas mulheres cativas? Tolo! Aqui estou eu, Heitor, para salvá-las, mandando-te para o mundo dos mortos! E Aquiles nem veio te ajudar, ele que certamente pediu que viesses me matar!". O infeliz Pátroclo, sentindo o frio da morte subir-lhe pelo corpo, olhou o seu matador e ainda conseguiu dizer: "Heitor, tens pouco para comemorar! Quem te deu esta vitória? Foram os deuses, que tiraram minhas armas, e depois Euforbo, com sua lança traiçoeira. Tu apenas chegaste em terceiro! Mas ouve, antes que eu morra: não vais viver muito mais. Já pressinto, no teu rastro, os passos de Aquiles, que vem te buscar!". Heitor, furioso, respondeu: "Por que predizes minha morte? Quem diz que não vai ser Aquiles, o filho da bela Tétis, que vai tombar sob minha lança, morrendo primeiro que eu?" – mas Pátroclo não ouvia, porque já tinha morrido.

    Menelau, ao ver a cena, correu para defender o corpo de seu companheiro, mas Heitor o enfrentou ferozmente, apoiado por um grande grupo de troianos, obrigando-o a se retirar para buscar reforços. Então Heitor recolheu todas as armas de Pátroclo e retirou-se para um lugar afastado, onde pretendia vesti-las, triunfante. Zeus, que a tudo assistia, sentiu pena do grande herói troiano, que estava tão obcecado pela vitória que nem sequer suspeitava de que o seu fim estava próximo. Olhando para ele, lá de seu trono no Olimpo, Zeus não pôde deixar de pensar no que lhe iria acontecer: "Logo essas armas tu vais vestir? Insensato, elas pertencem a um homem que todos temem, cujo melhor amigo tu acabas de matar – e numa luta que não foi leal! Mas vou te conceder este triunfo fugaz, para compensar o destino que te espera, pois Andrômaca nunca mais vai te ver voltando do combate!". E, com um mover de sobrancelhas, fez com que as armas se adaptassem ao talhe de seu novo dono. A seu comando, o escuro Ares, o senhor da guerra, entrou no espírito de Heitor, que sentiu todo o seu corpo encher-se de fúria e coragem, e ele voltou correndo para onde jazia o corpo despido de Pátroclo, em torno do qual os gregos ofereciam uma encarniçada resistência, dispostos a impedir que o cadáver do amigo virasse comida dos cães vadios de Troia. Longe dali, sentado em sua tenda, o poderoso Aquiles nem sequer suspeitava de que o seu amado Pátroclo já não vivia entre os homens.

34

O RETORNO DE AQUILES

Lá fora, Ajax e Menelau comandavam a luta desigual em torno do infeliz Pátroclo. Sabiam que Aquiles, sem suas armas, não poderia vir em sua ajuda, mas assim mesmo destacaram o jovem Antíloco, um dos filhos de Nestor, para correr até sua tenda, levando a triste notícia da morte de seu amigo. Depois, aproveitando um breve momento em que Heitor se afastou para dar combate ao valente Idomeneu, que veio desafiá-lo, Menelau pôs em ação um plano desesperado: a um sinal seu, os soldados que estavam com ele ergueram o corpo de Pátroclo e começaram a recuar lentamente em direção aos navios, enquanto ele e Ajax cobriam a retaguarda, de frente para o inimigo. Era um longo trajeto para carregar um cadáver, e os soldados se impuseram um revezamento brutal: enquanto uns suportavam o peso do herói, os outros, com os escudos levantados, tratavam de protegê-los, tentando manter os atacantes na distância de suas lanças. Os troianos não davam folga, cercando este lento cortejo como uma matilha de cães ferozes; quando o círculo fechava demais sobre eles, o Grande Ajax, que tinha o braço da espada empapado até o ombro com o sangue dos inimigos, voltava-se com um rugido e abatia os mais afoitos, fazendo os demais recuarem – mas por um breve instante, porque logo estavam de volta, roçando-lhe os calcanhares. Então, para piorar a situação, Heitor e Eneias vieram juntar-se aos perseguidores.

Enquanto isso, Antíloco, que era um excelente corredor, conseguiu chegar até os navios dos mirmidões. Aquiles, que conhecia muito bem o amigo, andava inquieto em torno da tenda, preocupado com a demora; tinha quase certeza de que

Pátroclo não tinha cumprido sua promessa e que, a esta hora, estava perseguindo os troianos já quase nas portas de Troia. No entanto, quando viu as lágrimas nos olhos de Antíloco, compreendeu que o pior tinha acontecido, e que nunca mais veria o sorriso do amigo, nunca mais ouviria a sua voz. Tomado de desespero, encheu as mãos com a cinza da fogueira e a deixou cair, como uma chuva negra, sobre a cabeça e sobre os ombros, clamando a todos os deuses contra aquela injustiça. A seu lado, as cativas que pertenciam a ele e a Pátroclo se juntaram à sua dor, soltando gritos agudos e arrancando os cabelos. Antíloco segurou suas mãos, não tanto para consolá-lo, mas porque chegou a temer que ele fosse cortar a própria garganta. Os queixumes de Aquiles eram tão lancinantes que alcançaram os ouvidos de Tétis, sua mãe, lá no fundo do mar; sem demora, triste com a tristeza do filho, ela veio à tona para tentar ajudá-lo. Abraçou-o ternamente junto ao peito e falou-lhe com a brandura de quem sempre o tinha amado: "Filho, por que choras? Zeus não está atendendo ao teu pedido? Conta para tua mãe!". Aquiles, soluçando, desabafou: "Mãe, Zeus me concedeu tudo o que pedi, mas eu não sabia que esse era o preço! Pátroclo está morto, o meu amigo mais querido, o meu outro eu! Eu o perdi! Heitor o matou, e tirou-lhe as belas armas que eu tinha emprestado a ele! A vida já não me interessa, mãe, se Heitor, na ponta da minha lança, não pagar o crime que cometeu!".

Abraçada a ele, Tétis também chorava: "Então o teu fim está próximo, meu filho: lembra que, depois de Heitor, a morte também te espera!". Aos ouvidos de Aquiles, no entanto, a advertência da mãe soava como um alívio: "Que eu morra então de uma vez, já que não pude valer ao meu amigo. Sei que não vou rever as praias de minha terra – assim como dezenas de gregos que morreram sob os golpes do divino Heitor, enquanto eu ficava aqui, plantado, imprestável, logo eu, que sou o único capaz de enfrentá-lo! E tudo por causa daquela tola desavença com Agamênon! Mas chega! Fiquei tempo demais longe da batalha; agora vou matar Heitor. É só isso que importa!". E assim falou, e ninguém melhor do que Tétis para compreender o que se passava no coração de seu filho; se tinha de ser, assim seria. Ela beijou seus cabelos e pediu-lhe que não voltasse ao combate antes de falar com ela: "Espera que eu volte do Olimpo; vou pedir a Hefesto, o ferreiro divino, que forje novas armas para ti!".

    Mal ela tinha se afastado, outra visita divina chegou à tenda de Aquiles: era Íris, a mensageira, que vinha a mando de Hera avisá-lo de que os troianos estavam prestes a capturar o cadáver de Pátroclo: "Não podes deixar que Heitor corte a cabeça do teu amigo e a espete no alto dos muros de Troia! Faz alguma coisa!". Aquiles, aflito, informou-lhe que estava sem suas armas, e as únicas com o seu tamanho eram talvez as de Ajax, que estava lá no combate! Ao que Íris respondeu: "Se te mostrares por sobre o muro, isso talvez adiante. Uma deusa vai estar contigo!". E foi a própria Atena, a filha de Zeus, que desceu do Olimpo para ajudá-lo, envolvendo-o numa luz resplandecente, que emanava de todo o seu corpo. Então, semelhante a um pedaço do Sol, Aquiles surgiu no topo do muro e soltou um grito terrível, ampliado por Atena, que gritou junto com ele. Os troianos estacaram, tomados de um pavor indescritível, porque tinham percebido que agora era o verdadeiro Aquiles quem estava à sua frente. Três vezes ele lançou o seu grito ameaçador, e três vezes o sangue gelou nas veias dos troianos, que deram meia-volta e começaram a fugir em desabalada carreira, caindo uns sobre os outros, tropeçando nos cadáveres, arriscando-se, na fuga, a ficar debaixo das patas dos cavalos que, enlouquecidos pelo pavor, tinham tomado as rédeas nos dentes e galopavam em direção às muralhas de Troia. Alguns, como Heitor e Eneias, recusaram-se a fugir, mas eram muito poucos para sustentar a disputa pelo corpo de Pátroclo. Ajax e Menelau, percebendo sua vantagem, incitaram os gregos a um último e decisivo esforço; exaustos, banhados em sangue e suor, ainda assim os soldados conseguiram juntar o que lhes restava de fôlego para uma corrida final, desesperada, que os levou, juntamente com o seu precioso troféu, para a segurança das linhas gregas. Neste momento, Hera, que a tudo assistia, obrigou o Sol, contra a sua vontade, a recolher-se mais cedo, cobrindo a grande planície com o manto escuro da Noite. O combate estava findo.

Os troianos que não tinham fugido voltaram para o seu acampamento na planície, não muito distante dali. Em torno do fogo, o assunto era a volta de Aquiles e o que eles iriam fazer. Polidamas, arrepiado pela ideia do perigo que os esperava, tentou convencê-los a partir: "Estamos muito longe de Troia; vamos aproveitar a escuridão e voltar agora mesmo! Com Aquiles lá fora, não quero estar por aqui quando o dia raiar!". Heitor, no entanto, era de opinião contrária, e falou, com a voz inflamada: "Voltar? Para ficar encerrado, de novo? Já não bastaram esses nove anos, em que vivemos como prisioneiros dentro de nossa própria cidade? Lembrem que grande parte da lendária riqueza de Troia já não existe, pois tivemos de gastar para nos manter durante todo esse tempo. Eu digo: não! Vamos ficar aqui mesmo e esperar, amanhã, o ataque de Aquiles. Ele que venha! Eu estarei aqui, e vamos ver quem vai sair vivo!". Todos aplaudiram freneticamente as insensatas palavras de Heitor, porque Atena, agindo na escuridão, tinha-lhes tirado a razão e o discernimento, para apressar sua ruína.

No campo grego, Aquiles chorava sobre o corpo do amigo, fazendo-lhe a promessa solene de que ele teria um funeral de rei, com jogos e festejos, mas também com a doce vingança, pois doze ilustres troianos seriam sacrificados em sua honra, tendo a garganta cortada diante da fogueira mortuária – mas só depois que ele matasse Heitor e profanasse seu cadáver diante de toda Troia. Proferido este juramento terrível, Aquiles mandou que preparassem Pátroclo para o ritual funerário. Então, segundo o costume, lavaram e purificaram o corpo, colocando-o depois estendido sobre o leito, envolto numa branca mortalha de linho, com as armas arrumadas a seu lado. E durante toda aquela noite, Aquiles e seus mirmidões velaram o companheiro morto, o gentil Pátroclo que todos respeitavam.

Enquanto isso acontecia no mundo dos homens, Tétis chegou à fabulosa morada que Hefesto, o divino artesão, tinha construído para si próprio, toda feita de bronze brilhante. O deus estava ocupado em sua oficina, fazendo roncar os foles de sua forja poderosa, e foi Kháris, sua esposa, a mais jovem das Três Graças, quem recebeu a mãe de Aquiles. Com o seu jeito suave, tomou a deusa pela mão e pediu que ela sentasse, que já ia chamar o marido. "Hefesto, vem cá: Tétis precisa de ti!" O nome dela era muito respeitado naquela casa, porque ela e suas Nereidas tinham cuidado de Hefesto quando ele foi jogado do alto Olimpo; por isso, ao ouvir que ela o esperava, ele tratou de se apressar: auxiliado por seus dois autômatos – as duas criadas de metal que ele tinha construído para servi-lo –, guardou suas ferramentas divinas num grande cofre de prata, passou uma esponja molhada no peito e nos braços cabeludos, para remover a fuligem, e envergou uma túnica limpa, nunca usada. Diante de Tétis, saudou-a carinhosamente e perguntou o que a levava ali. A deusa contou-lhe a triste história de Aquiles: "Ele é a minha única alegria. As Moiras não foram boas para mim. Contra a minha vontade, casaram-me com um mortal, e Aquiles tem sido a única lembrança boa que guardo desse casamento. Por isso, te peço: faz para ele armas dignas de um deus; se ele tiver de morrer, que seja como um grande guerreiro!". Hefesto se comoveu com aquele triste apelo materno, e pediu-lhe que aguardasse, que ele ia fazer o que ela estava pedindo.

Assim falou, e voltou à sua oficina; suas auxiliares incansáveis reavivaram o fogo da forja, e logo o céu foi cortado pelo som característico de seu martelo potente, que batia na bigorna. Era muito grande a sua gratidão a Tétis, e não se importou em trabalhar a noite inteira para aprontar sua encomenda: primeiro, fez um escudo magnífico, invulnerável, em cuja face representou o céu, a terra, o sol e o mar, bem como os momentos importantes da breve vida dos homens. Fez também uma couraça mais reluzente que a claridade do fogo, e um capacete bem ajustado, com uma cimeira de ouro ornada com as crinas de um cavalo negro, e perneiras protetoras, leves e flexíveis, mas resistentes o bastante para desviar qualquer espécie de lâmina. Então, orgulhoso de sua obra, reuniu todas essas armas e foi depô-las aos pés de Tétis, que agradeceu ao velho amigo e apressou-se em levá-las para Aquiles.

Quando ela chegou às naves dos mirmidões, a Aurora começava a pintar o céu com suas tintas. Sem perda de tempo, Tétis se dirigiu à tenda do filho, encontrando-o deitado ao lado de Pátroclo, cujo corpo ele ainda abraçava. Ao ouvir que mãe o chamava lá fora, Aquiles levantou de um salto e correu, ansioso como um menino, para ver o que ela tinha trazido: e lá estavam, cintilando docemente na tênue claridade da manhã, as armas de sua vingança! Ao vê-las, assim, magníficas, seus olhos desprenderam uma luz terrível, ao pensar no que pretendia fazer quando encontrasse Heitor. Impaciente, começou a fixar a couraça no seu tórax poderoso, ajudado por sua mãe, que ajustava as presilhas: "Mãe, te agradeço: essas armas são próprias de um deus. Mas outra coisa agora me preocupa: tenho medo que as moscas aproveitem os ferimentos abertos no corpo de Pátroclo e façam nascer-lhe os vermes vorazes, corrompendo assim o seu corpo antes do dia do funeral!". Tétis tranquilizou-o, e colocou um pouco de néctar e de ambrosia nas narinas de Pátroclo: "Agora ele está protegido. Vai ficar inalterado, mesmo que demores um ano inteiro para sepultá-lo".

Aquiles então pediu que fosse convocada a assembleia, pois precisava falar a seus companheiros antes que os combates do dia começassem. Vieram os sãos, vieram os feridos – uns mancando, outros levados em braços –, mas todos compareceram para ouvir o que o filho de Peleu e Tétis tinha para dizer. Quando estavam reunidos, Aquiles levantou e dirigiu-se a Agamênon: "Que bobagem, Agamênon, eu e tu fomos fazer, por causa de uma mulher! E tudo para benefício de Heitor e dos troianos! Que desperdício de vidas, que loucura! Mas que o presente enterre o passado: minha cólera terminou. Convoca os valentes gregos, que hoje eu volto a lutar, e prometo que não vou comer nem beber até que o corpo de Heitor role no pó da planície!". Assim falou, e todos se alegraram de ver que ele tinha voltado ao convívio de seu povo. Agamênon, embora ferido, levantou e desculpou-se: "Amigos, a culpa não foi minha: foi Zeus, foi o Destino que envenenou a minha alma e cegou meu entendimento, naquele dia funesto em que tirei de Aquiles o prêmio que ele tinha conquistado com seu próprio valor. Errei porque estava louco, mas agora eu reconheço, e quero me corrigir: meus arautos vão levar agora mesmo, à tenda de Aquiles, todos aqueles presentes que eu havia oferecido por intermédio de Ulisses – e, junto com eles, vai Briseida. E neste momento, juro por Zeus, pela Terra e pelo Sol que nunca a tive em meu leito, nem a toquei como um homem toca uma mulher!". A assembleia estava encerrada, e os gregos foram se preparar para o grande dia que tinham pela frente.

Como Agamênon prometeu, Briseida foi levada de volta à tenda de Aquiles. Ao ver o corpo de Pátroclo estendido sobre o leito, a linda cativa irrompeu num pranto convulsivo e se deixou cair sobre o morto, abraçando-o, soluçante: "Pobre Pátroclo, tão caro ao meu coração! Quando saí daqui, estavas vivo, e agora eu volto para te encontrar assim! Quando eu chorava, tu me consolavas, ao me assegurar de que Aquiles ia me tornar a sua esposa, numa cerimônia aqui mesmo, entre os seus mirmidões! Foste o homem mais doce e compreensivo que eu jamais conheci!". E na sua tristeza, Briseida era acompanhada por todas as outras cativas, que ali estavam com ela e que também choravam muito, não só pelo belo Pátroclo, mas porque, no fundo, cada uma se lembrava de sua própria vida infeliz.

Lá fora, Aquiles se preparava para sua grande investida. Tinha envergado as armas de Hefesto e procurava testá-las, movimentando o corpo em todas as direções, girando os braços e flexionando as pernas para verificar o seu ajuste. Eram armas perfeitas, que se adaptavam a seu corpo como se fizessem parte dele; ele não as sentia, assim como o pássaro não sente suas asas. Automedonte, o seu fiel cocheiro, tinha atrelado os cavalos divinos, e já o aguardava na boleia do carro, com as rédeas presas nos pulsos. Aquiles, então, poderoso, armado da cabeça aos pés, subiu e dirigiu-se aos inteligentes animais: "Xanto, Bálio, sejam ágeis nas manobras que o condutor lhes pedir, e não nos deixem para trás, como Pátroclo!". Neste momento, Xanto recebeu de Hera o dom da voz humana, e respondeu a seu dono: "Mais uma vez vamos te conduzir, poderoso Aquiles! Mas o teu dia fatal está muito próximo! E não foi por nossa causa que Pátroclo ficou na planície: foi por causa de Apolo, que assim decidiu". Aquiles irritou-se e mandou o animal se calar: "Xanto, por que vens falar da minha morte? Essa não é a tua tarefa! Eu não preciso de ti para saber o meu destino: sei que vou morrer agora, longe do meu pai e da minha mãe, mas isso já não me importa!".

35

A MORTE DE HEITOR

Enquanto Aquiles se preparava para deixar o acampamento, todos os deuses se dirigiram ao palácio de Zeus, que tinha convocado uma reunião de emergência. Todos – até mesmo Posêidon, o poderoso senhor dos mares – estavam ali, aguardando a palavra do senhor do Olimpo, que não demorou a falar: "Os mortais aprenderam a nos conquistar por meio de suas oferendas; é natural que eu defenda aqueles que edificam templos em minha homenagem, e castigue ou despreze aqueles que me negligenciam. Eu sou assim, e assim é Hera, e Posêidon, e cada um de vocês; todos nós temos os nossos preferidos. Por isso, a partir de agora, removo a minha proibição de interferir nesta guerra. Quem quiser ajudar os seus, que o faça. Talvez assim, com deuses em ambos os lados, a queda de Troia leve o tempo que as Moiras tinham determinado; senão, eu temo que Aquiles, com esse ímpeto desigual, destrua a cidade de Príamo, o que seria contra a ordem natural das coisas, pois há muito está escrito que ele vai morrer sem ter tomado a cidade!". Os deuses se alegraram com a nova disposição de Zeus, e dividiram-se em dois grupos, descendo à planície para juntar-se ao seu lado preferido: Hera, Atena, Posêidon e Hefesto queriam a vitória dos gregos, enquanto Apolo, Artêmis, Ares e Afrodite defendiam os troianos.

Animados pelos deuses, os mortais retornaram ao combate com ferocidade redobrada. De cima do muro que defendia os navios, Atena emitia o seu grito arrepiante, um longo clamor de batalha, e do meio dos troianos Ares respondia com o seu bramido terrível, semelhante a um trovão. Apolo, mau conselheiro, ao ver que Aquiles estava à caça de Heitor, insuflou coragem em Eneias para que o enfrentasse. Quando Aquiles o viu à sua frente, desprezou seu desafio: "Eneias, o que fazes tão longe de tuas linhas? Tens a ilusão de que vais me vencer? Já te esqueceste daquela noite, no monte Ida, em que te pus para correr, enquanto eu roubava os teus bois? Vai-te embora daqui, antes que eu me irrite! Vamos, volta para o teu grupo!". Humilhado com o desprezo do herói, Eneias arremessou sua lança com a força que Apolo emprestou a seu braço, atingindo o escudo de Aquiles com tal violência que este chegou a temer que a ponta o atravessasse. Ingênuo Aquiles! Como se um simples mortal pudesse superar, com um golpe, a obra-prima de Hefesto, o ferreiro divino! A lança mal arranhou a superfície polida do escudo e foi cair fora do alcance de Eneias. Irritado, Aquiles desembainhou a grande espada e avançou contra o troiano – e o teria matado se, neste exato momento, o próprio Posêidon não tivesse intervindo. Embora o senhor dos mares quisesse a vitória dos gregos, não podia permitir que Aquiles matasse aquele troiano em particular, pois estava escrito que Eneias, o filho de Afrodite, deveria sobreviver para fundar um novo reino que ia superar a todos os outros em poder e sabedoria, e que seria conhecido para sempre com o nome sagrado de Roma. Por isso, Posêidon lançou uma nuvem espessa nos olhos de Aquiles, cegando-o por um breve instante, enquanto arrebatava Eneias dali e o depunha lá longe, são e salvo, no meio de seus soldados, com a recomendação de não acreditar em todas as bravatas de Apolo.

Na falta de Eneias, ou Heitor, Aquiles ia matando todos os que caíam nas suas mãos, enchendo a planície de corpos. Muitos, para tentar escapar, atiraram-se no Escamandro, o rio que corria próximo da planície, mas isso não os salvou, porque Aquiles foi no seu encalço, dentro da água, com a espada desembainhada, e sangrou-os como se fossem atuns apanhados dentro da rede. Foi nesta carnificina que morreu Licaon, um dos filhos de Príamo; como Aquiles o conhecia,

Licaon ajoelhou-se a seus pés e tentou abraçar seus joelhos, na condição de suplicante, mas tombou ali mesmo, com a cabeça decepada. E assim ele avançava, matando a torto e a direito, deixando aquele rastro sinistro de cadáveres, com os quais ele ia formando, na amplidão da planície, uma espécie de estrada macabra que, lenta mas inexoravelmente, aproximava-se cada vez mais das portas de Troia.

Do alto da muralha, o velho Príamo assistia, aterrado, àquela matança impiedosa, vendo os troianos fugirem como ratos à medida que Aquiles avançava. Ao descer, fez questão de falar com os porteiros da muralha: "Aquiles está lá fora! Mantenham as portas bem abertas, até que todos os nossos tenham conseguido voltar! Mas assim que chegarem os últimos, fechem-nas muito bem, reforcem as trancas, passem os ferrolhos, pois temo que esse homem fatal possa, de um salto, entrar em nossa cidade!".

O espetáculo era terrível: os troianos, cobertos com o pó da planície, com a garganta seca pela sede e pelo medo, tentavam correr em direção à cidade, mas Aquiles os perseguia, caçando-os com sua lança como se fossem coelhos. Então Apolo interveio, induzindo Agenor, um jovem guerreiro troiano, a fazer frente a Aquiles. Agenor visou com a lança a coxa direita do herói, que estava desprotegida pelo escudo, mas a ponta resvalou na perneira feita pelo incomparável Hefesto e caiu no chão sem tocar na sua pele. Aquiles reagiu e avançou contra ele, e o inexperiente Agenor teria morrido ali mesmo se Apolo não o tivesse envolvido numa nuvem de poeira, transportando-o para o alto da muralha sem que ninguém percebesse. Em seguida, assumindo a figura do jovem guerreiro, Apolo reapareceu diante de Aquiles e começou a correr, fugindo para a planície. Entre os gregos, Aquiles era o mais veloz, mas Apolo podia muito mais do que ele, e tratou sempre de manter uma pequena dianteira, atraindo-o cada vez mais para longe da cidade, até que, de repente, desapareceu no ar. Quando viram Aquiles se afastar, os troianos que estavam espalhados pela planície voltaram correndo para a porta na muralha, por onde entravam aos magotes, beijando o solo de Troia e dando graças aos deuses por tê-los poupado da morte. Do alto da muralha, ofegantes, apoiados no parapeito, eles saciavam a sede com cântaros de água fresca, deixando o olhar se perder naquela imensa planície onde quase tinham morrido. Só Heitor estava lá fora, sozinho, diante da grande muralha, esperando por Aquiles.

 E não ia ter de esperar muito, pois Aquiles, ao perceber que tinha caído numa armadilha de Apolo, tinha dado meia--volta e rumado em direção à cidade, correndo com o vigor e a velocidade de um cavalo a galope. Quem primeiro o avistou foi o próprio Príamo, que viu o reflexo de seu escudo relampejar no horizonte, e logo o sinistro brilho de suas armas resplandecentes foi crescendo como um cometa. Príamo, apavorado, começou a golpear a própria cabeça, tomado pelo desespero, pois seu filho continuava lá embaixo, diante da muralha, no seu desejo obstinado de bater-se contra Aquiles. Com uma voz lamuriosa, disse o velho a seu filho: "Heitor, meu filho, me ouve! Não enfrentes esse homem, sozinho, assim tão longe dos outros! Ele é cem vezes mais forte do que tu! E ele já me tirou tantos filhos, todos valentes! Hoje ainda, foram Licaon e Polidoro, que já devem estar no mundo escuro de Hades. Quanta dor, para tua mãe! Vem, volta para dentro, meu filho!". E assim falando, ele arrancava seus cabelos brancos, aos soluços, sem que isso demovesse Heitor de seu firme propósito de fazer frente a Aquiles. Hécuba, sua mãe, ao ser avisada do que estava acontecendo, correu também até a muralha, com o rosto descomposto pelo desespero ancestral de todas as mães que veem o filho em perigo. Vendo que as lágrimas não o moviam, ela soltou o tirante do vestido e mostrou-lhe o nobre seio: "Heitor, meu filhinho, respeita a fonte onde bebeste a vida! E tem piedade de mim, de mim que te oferecia outrora este seio, onde esquecias todos os cuidados! Lembra-te disso, meu filho, e volta para dentro dos muros! Se esse guerreiro te matar, eu não poderei, meu tesouro, chorar sobre o teu corpo no leito fúnebre – nem eu, que te dei a luz do dia, nem tua mulher, que te ama tanto! –, pois bem longe daqui, junto aos navios, os cães gregos vão devorar tua carne e roer os teus ossos!'".

Assim falaram o pai e a mãe de Heitor, mas não conseguiram persuadi-lo. Ele continuava ali, impávido, cheio de um ardor inextinguível, esperando a chegada de Aquiles – mas as palavras de Príamo e Hécuba tinham tocado o seu coração, fazendo-o vacilar. Por um breve momento, Heitor debateu com Heitor, tratando de controlar o medo que o ameaçava: "Se eu cruzar aquela porta, Polidamas vai ser o primeiro a zombar de mim, ele que nos aconselhou, ontem à noite, a voltar ontem mesmo para Troia. E eu não quis ouvi-lo! Como teria sido melhor! E agora que eu, com a minha teimosia, acabei prejudicando os troianos, agora eu tenho vergonha de fugir diante de seus olhos. Não quero que alguém menos bravo que eu venha um dia a dizer: 'Por confiar demais em sua força, Heitor perdeu o seu povo!'. Para mim, o melhor é decidir aqui e agora: ou eu mato Aquiles, ou morro com glória e honra sob os olhos de toda a cidade. No entanto, se eu depusesse minhas armas e me dirigisse a ele, prometendo-lhe Helena, e mais todos os tesouros, e mais a metade de tudo o que existe em Troia... Mas que tolice é essa? Por que meu coração disputa assim? Quem disse que Aquiles, ao me ver desarmado, não vai me matar como a uma fêmea? Não é mais hora de divagar. O melhor é terminar de uma vez esta disputa, descobrindo, finalmente, a quem os deuses preferem!".

Se era assim que Heitor pensava, apoiado em seu escudo, enquanto esperava por Aquiles, não foi isso que sentiu quando o viu aproximar-se, coberto de bronze e de ouro, crescendo em sua direção. O medo, que ele tanto temia, tomou conta de seus membros e deu-lhe asas nos pés, enchendo seu coração com um único sentimento: fugir, correr, escapar, mobilizar cada fibra do corpo e cada alento de ar para manter-se afastado daquelas pontas de bronze, daquelas lâminas de aço que queriam rasgar sua carne e seccionar suas veias. Assim, correndo desesperadamente, com Aquiles em seu encalço, ele passou diante da porta e contornou a grande muralha, levantando o pó da planície com suas passadas velozes. Os troianos assistiam, consternados, ao espetáculo trágico daquela corrida de bravos, em que o prêmio da vitória era a própria vida de Heitor. Por três vezes eles contornaram a cidade de Príamo e, por três vezes, ao se aproximar da grande porta, Heitor pensou em lançar-se para o lado de dentro, na segurança dos muros – mas em todas elas, Aquiles adiantou-se e cortou-lhe a passagem. E continuaram correndo, sempre com a mesma distância entre eles – como naqueles pesadelos em que nem o perseguidor consegue alcançar o fugitivo, nem este pode fugir a quem o persegue, condenados a uma corrida infinita que nunca chegará ao fim.

Entretanto, no Olimpo, Zeus pegou a sua balança e pesou a sorte dos dois: e foi o prato de Heitor que baixou, afundando em direção ao mundo dos mortos, onde logo ele estaria. Tinha chegado o dia de sua morte, e Atena, a filha de Zeus, desceu e foi falar com Aquiles: "A hora dele chegou, Aquiles. Para e recupera o teu fôlego; eu vou convencê-lo a lutar contigo!". A astuciosa deusa assumiu então a figura de Deifobo, irmão de Heitor, aparecendo a seu lado e propondo que resistissem: "Doce amigo, que mau bocado Aquiles está te fazendo passar! Ele sempre foi famoso pela rapidez de seus pés, e não vais aguentar muito tempo! Vamos, para de correr, que eu lutarei a teu lado!". Heitor parou, emocionado: "Deifobo, eu sempre gostei muito de ti como irmão, mas hoje mostras tudo o que vales: foste o único com a coragem de vir aqui me ajudar, aqui fora, em vez de ficar olhando lá do alto da muralha!". Atena não se comoveu diante dessa tocante gratidão, mas alimentou ainda mais as falsas esperanças do herói troiano: "Vem, vamos atacá-lo juntos! Quero ver se ele resiste a nossas lanças unidas". E, assim falando, a pérfida deusa conduziu-o até Aquiles.

Frente a frente com ele, Heitor falou primeiro: "Eu não quero mais fugir, nobre Aquiles. Chega: vamos lutar! Só um sairá vivo daqui! Mas se eu vencer, juro que entregarei o teu corpo aos teus amigos, para que te sepultem – e espero que faças o mesmo comigo!". Os olhos de Aquiles luziram de fúria: "Heitor, maldito, não vem me falar de pactos! Não pode haver estima entre nós, como não há entre o lobo e o cordeiro! Trata de ser valente, pois vais pagar com um só golpe todo o mal que me fizeste!". E assim dizendo, arremessou sua pesada lança com toda a fúria que trazia represada; Heitor, no entanto, abaixou-se a tempo de evitar o golpe, e a lança passou por sobre sua cabeça e foi cair muito longe dali; imediatamente, Atena apressou-se em devolvê-la às mãos de Aquiles. Heitor, que não tinha percebido a manobra da deusa, gritou então para Aquiles: "Errou! Então era assim que sabias a hora da minha morte? Tu queres é me amedrontar, para ver se eu esqueço minha honra e meu valor! Se eu for ferido, não será pelas costas, como um covarde fugitivo, mas em pleno peito, porque eu estarei te enfrentando. E agora, evita, se puderes, a minha lança aguçada!". E assim falando, pôs toda a sua energia e toda a sua esperança no golpe que desferiu; a lança, contudo, desviou-se inutilmente no escudo divino e foi cravar-se no chão, deixando Heitor desolado, pois essa era a única que tinha. Com um grito, ele então chamou Deifobo, pedindo-lhe que o ajudasse – mas Deifobo não estava mais lá!

Então, Heitor compreendeu: "Agora eu sei que os deuses preparam minha morte! Era Atena, não Deifobo, quem estava a meu lado! A minha hora está próxima, e sinto que não vou escapar. Está bem! Mas vou morrer lutando, para que a glória de meu nome nunca seja esquecida!". Assim falando, ele empunhou a espada e lançou-se contra Aquiles. Este, por sua vez, cobriu-se com seu belo escudo e avançou contra Heitor, procurando enxergar o ponto mais vulnerável para feri-lo com a lança. Todo o corpo do troiano estava protegido pela bela armadura que ele tinha tirado de Pátroclo, mas Aquiles escolheu a garganta, onde termina o pescoço, e foi ali que o atingiu; a afiada ponta de bronze entrou por um lado e saiu pelo outro, e Heitor desabou no chão, tingindo a poeira com o seu nobre sangue. "Quando tiraste as armas de Pátroclo, achavas que ia ficar assim? Não te lembraste de mim? Pois agora eu te derrubei, e os cães e os abutres vão tomar conta de ti, enquanto Pátroclo vai ter o funeral de um rei!" Heitor, agonizante, em meio a golfadas de sangue, suplicou: "Por tua vida, por teus pais, eu te peço: não entregues meu corpo aos cães! Aceita todo o ouro que meu pai e minha mãe irão te oferecer, a fim de que os troianos possam me sepultar!". Mas Aquiles, com um olhar sombrio, não pretendia poupá-lo: "Não, chacal, não adianta pedir! Queria eu que minha ira me animasse a te cortar em pedaços e a devorar tua carne crua! Mas, se isso eu não faço, vou dar tua cabeça para os cachorros roerem! Desta tu não escapas! Nem que me ofereçam vinte vezes o teu peso em ouro, não voltarás para casa!". E, enquanto falava, a morte tomou conta de Heitor, fazendo sua alma deixar o seu corpo ensanguentado e voar tristemente para o mundo dos mortos, lamentando a força e a juventude que acabavam naquele instante. Heitor, o nobre marido de Andrômaca, o filho dileto de Príamo, tinha deixado de existir.

AQUILES E PRÍAMO

Assim como os pigmeus se reúnem, pouco a pouco, ao redor do poderoso leão que acabaram de matar, assim os soldados gregos começaram, aos poucos, a se aproximar do corpo caído de Heitor. Aquiles removeu-lhe o capacete e a couraça ensanguentada, e muitos, com ódio, aproveitaram para espetar com suas lanças o cadáver do homem que tanto tinham temido. Para Aquiles, esse ultraje ainda era muito pouco; com a espada, furou os tornozelos do cadáver, logo acima dos calcanhares, e passou por ali correias de couro, que amarrou na traseira de seu carro. A um simples comando de Idomeneu, os possantes cavalos saíram em disparada, arrastando o corpo pelo chão, com o nobre rosto de Heitor afundado na poeira.

Do alto das muralhas, os troianos assistiam estarrecidos a esta última profanação. Hécuba, cega com as lágrimas, estendia a mão para a planície, como se quisesse deter o carro que se afastava com o filho. No seu desespero, Príamo ainda tentou sair correndo, a pé, pela grande porta da cidade, aos gritos, tentando atrair a atenção de Aquiles, para implorar-lhe piedade, mas foi contido a tempo pelos que o cercavam. Aos prantos, Hécuba falava com o filho, que já não podia ouvi-la: "Ah, meu filho, mas que desgraça é a minha! Como posso viver, depois de ter-te perdido? Sempre foste o meu orgulho, e a força de todos nós, mas agora... a morte te levou!".

A mulher de Heitor, a bela Andrômaca, ainda não sabia de nada, e tecia, no fundo da espaçosa morada, um belo manto de púrpura para ofertar ao marido. Há pouco tinha mandado uma escrava suspender sobre o fogo um grande caldeirão com água, para que Heitor, ao voltar, pudesse tomar o seu banho de costume. De repente, começou a ouvir gritos e gemidos lancinantes que provinham lá de fora que a deixaram inquieta. Acompanhada de duas de suas servas de confiança, resolveu investigar o que estava acontecendo, e seus joelhos afrouxaram quando reconheceu, entre outras, a voz inconfundível de Hécuba. Então Andrômaca apressou o passo em direção à muralha, sentindo o coração palpitar com um negro pressentimento. Sua intuição lhe dizia que algo tinha saído errado, e que Heitor talvez estivesse ferido. Assim, atravessou correndo o palácio, ofegante, seguida pelas duas servas, que mal conseguiam acompanhar os seus passos. Quando chegou ao topo da muralha, junto com a multidão que se aglomerava ali, e viu lá embaixo, na planície, a nuvem de pó que o corpo de Heitor levantava atrás do carro de Aquiles, Andrômaca não aguentou: a noite desceu sobre seus lindos olhos, e ela desabou, desmaiada. Quando voltou a si, estava cercada pelas filhas e noras de Príamo, que tentavam consolá-la, mas em vão: ela chorava por Heitor, chorava por ela, chorava pelo filho pequenino que não teria mais o braço forte do pai para salvá-lo da guerra.

Lá fora, Aquiles e os mirmidões tinham se reunido para uma triste tarefa: Heitor estava morto, e Aquiles podia finalmente providenciar os funerais prometidos a Pátroclo. Lentamente, todos os carros passaram três vezes ao redor do companheiro morto, para render-lhe homenagem. Todos choravam copiosamente, porque Tétis, comovida com a tristeza de Aquiles, tinha feito nascer em todos o desejo de chorar. Depois, Aquiles deu permissão para que começassem os festejos fúnebres. Como era o costume, todos se livraram de suas armaduras e de suas espadas, e sentaram para o festim – no centro, o corpo de Pátroclo, com o de Heitor a seu lado, a cara voltada para o chão. Sobre grandes braseiros, estenderam-se espetos com belas novilhas, gordas ovelhas, cabras e porcos cevados, e logo a gordura saborosa começou a desprender o seu cheiro apetitoso.

Assim como estava, Aquiles foi até a tenda de Agamênon e pediu para falar com ele. O rei o recebeu com a honra devida ao grande matador de Heitor; ao vê-lo ainda coberto com o sangue e o pó do combate, mandou trazerem uma bacia de água morna para que ele se limpasse. Aquiles, no entanto, recusou, porque tinha jurado que só iria lavar o sangue de Heitor depois que tivesse posto o corpo de Pátroclo na fogueira funeral – e que, além disso, ia cortar os seus longos cabelos, em sinal de luto. Ele estava ali apenas para convidar Agamênon para o grande banquete, e pedir que fornecesse toda a madeira necessária para a pira. Toda a animosidade que havia entre eles tinha desaparecido, e Agamênon recebeu com aprovação o seu pedido. Aquiles pôde então voltar para o meio de seus homens, que o aguardavam para começar o festim. Todos comeram e beberam em homenagem ao morto, e depois se retiraram para suas tendas, para dormir o sono reparador.

No entanto, Aquiles, deitado na areia da praia, junto à linha do mar, continuava acordado, chorando amargamente pela perda do amigo. Aos poucos, exausto, foi sendo vencido pelo sono, até que adormeceu, entrando no mundo dos sonhos, onde lhe apareceu o espírito de Pátroclo, que era igual a ele em tudo, com os mesmos olhos e a mesma voz. Ele se aproximou e falou: "Tu dormes, Aquiles, e não pensas mais em mim? Quando eu estava vivo, tu te importavas comigo, mas agora não te importas mais? Sepulta-me o mais rápido possível, para que eu possa entrar no mundo de Hades; as almas que lá estão me impedem de atravessar o rio dos mortos, enquanto não ocorrer meu funeral. E outra coisa: ordena que deixem tuas cinzas bem perto de onde estiverem as minhas. Nós crescemos juntos, quando teu pai me recebeu como hóspede em tua casa; foi ele que me criou e que me fez teu escudeiro. Por isso, eu te suplico que, no dia em que morreres, nossas cinzas fiquem unidas!". Aquiles, talvez ainda no sonho, ergueu as mãos para abraçá-lo, mas o espírito de Pátroclo, como uma nuvem de vapor, desapareceu na escuridão.

No outro dia, por ordem de Agamênon, de todas as tendas saíram homens para procurar madeira. O som dos machados ecoou nas encostas do monte Ida, cortando velhos carvalhos e altos pinheiros perfumados, e, durante toda a manhã, as tropas de mulas voltavam vergadas ao peso da madeira, que ia sendo acumulada numa pilha com cem pés de largura e igual tamanho de altura, formando um cubo gigantesco. Em seguida, num cortejo silencioso, o corpo de Pátroclo foi trazido pelos mirmidões, que tinham sacrificado seus longos cabelos para com eles cobrir o corpo do companheiro. O próprio Aquiles, diante de todos, cortou o seu basto cabelo alourado, colocando as madeixas na mão lívida do amigo. Em seguida, colocaram-no no alto da grande pira, bem no centro, e dispuseram a seu redor vários jarros de azeite e de mel, e mais as vítimas que foram imoladas naquele grande sacrifício: muitos carneiros e bois, mais dois dos cães preferidos por Pátroclo, e seus cavalos, e mais os doze jovens troianos que Aquiles tinha prometido. Quando tudo estava pronto, Aquiles lançou sua tocha entre os galhos mais baixos, libertando o poder implacável do fogo: "Eu te saúdo, Pátroclo, mesmo que estejas no Hades. Vim cumprir o que prometi! Teu corpo vai ser consumido por esta nobre chama, enquanto o corpo de Heitor vai servir de comida para os cães do acampamento!". Os ventos, convocados por Atena, sopraram a noite toda, fazendo a chama vermelha elevar-se para os céus. Pela manhã, extinguiram as brasas com vinho e recolheram as cinzas do herói, que souberam reconhecer porque estavam isoladas bem no centro da fogueira.

"Um funeral digno de um rei!" – essa tinha sido a promessa de Aquiles, e ele tratou de cumpri-la: entre os seus próprios bens, separou vários prêmios de valor para dar aos atletas que vencessem os jogos em honra de Pátroclo. Bem que ele gostaria de disputar, mas não se inscreveu em nenhuma das modalidades: desta vez, era ele o patrono, e preferiu ficar como magistrado, para eliminar dúvidas e impedir as intermináveis discussões que sempre havia entre os concorrentes. Os jogos foram um sucesso:

a corrida de carros foi vencida por Diomedes, e Ulisses ganhou a corrida a pé; Epeu venceu na luta com os punhos, enquanto Diomedes e Ajax empatavam no combate simulado. Meríone foi o melhor arqueiro, e Polípetes ganhou no arremesso de disco. Por fim, na prova de lançamento de dardo, apresentaram-se Meríone e Agamênon, mas não chegaram a disputar, porque Aquiles concedeu, antecipadamente, o prêmio a este último, alegando que ele era o comandante geral e que, portanto, ninguém duvidava que ele faria o arremesso mais distante.

No Olimpo, os deuses estavam revoltados com o tratamento dado ao corpo de Heitor. Sempre que Aquiles resolvia arrastá-lo mais um pouco pelo chão, várias vozes indignadas pediam a Zeus que terminasse com esse imerecido castigo para o valente troiano. Sem que Aquiles soubesse, Afrodite tinha untado o corpo de Heitor com a divina ambrosia, o que mantinha os cães afastados e impedia que ele se destroçasse ao raspar no áspero chão da planície. Apolo, por sua vez, tinha colocado uma nuvem bem no caminho do Sol, impedindo que seus raios caíssem sobre o cadáver e ressecassem os tecidos. Por fim, Zeus resolveu pôr um fim na questão: Íris foi mandada a Príamo, para sugerir que ele oferecesse um resgate pelo corpo, como era o hábito entre os gregos; enquanto isso, Tétis foi enviada a Aquiles para convencê-lo a aceitar. Ao ouvir as ponderações da mãe, Aquiles não opôs muita resistência – primeiro, porque era uma ordem de Zeus; depois, porque o funeral de Pátroclo tinha ajudado a aliviar sua alma, tornando agora bem menor o ódio que tinha por Heitor.

Em Troia, Íris não precisou se esforçar muito para convencer o velho Príamo daquilo que ele sempre desejara fazer: ele deveria ir em pessoa até a tenda de Aquiles para lhe oferecer um valioso resgate. E que ninguém o acompanhasse, a não ser Ideu, o seu velho arauto, para guiar as mulas do carro de quatro rodas em que Príamo ia trazer o cadáver do filho. A mensageira dos deuses ainda falou, para tranquilizar os que a ouviam: "Aquiles não vai fazer mal algum a Príamo: ele não é louco, nem cego, muito menos criminoso. Bem ao contrário: ele vai receber muito bem o suplicante!". Príamo então correu à câmara de seu tesouro, para escolher o resgate: separou peças de linho e de púrpura, barras de ouro puro e ricas taças decoradas. Hécuba, ao vê-lo assim decidido, tentou dissuadi-lo de se apresentar diante daquele guerreiro que era o flagelo de Troia, mas o velho rei não queria discussão: "Eu vou, e não adianta ficar grasnando como ave agourenta. Se ele quiser me matar, ao menos terei abraçado o corpo de meu filho e apaziguado a minha vontade de vê-lo por uma última vez!". Hécuba viu que ele tinha razão e calou. Ao sair do palácio, os filhos o esperavam para tentar impedi-lo de subir ao carro de Ideu, dizendo que era loucura aquilo que ele ia fazer. Príamo lançou-lhes um olhar terrível, fazendo recuar alguns deles. Os que insistiram em detê-lo, contudo, ele espancou com o seu bastão real, condenando a sua atitude: "Antes estivessem vocês estendidos lá no chão, em vez de Heitor! Dos tantos filhos que tive, a guerra acabou levando os que tinham mais valor. Só ficaram vocês, os covardes, os mentirosos, os dançarinos! Saiam daqui agora mesmo, e ajudem a carregar o meu carro, que eu preciso partir!". E assim eles fizeram, cabisbaixos, envergonhados com a ira justa de seu velho pai.

  Quando o carro estava pronto, Ideu fustigou as mulas e o carro atravessou o portão. O céu começava a escurecer, sobre a grande planície; logo seria noite fechada, e dificilmente os dois viajantes iam encontrar o caminho para chegar aos navios. A figura dos velhinhos deslocando-se lentamente no imenso descampado encheu Zeus de piedade. O senhor dos raios chamou Hermes, seu escudeiro, e mandou-o guiá-los até a tenda de Aquiles, sem perigos e sem percalços. Quase no meio do caminho, quando Ideu parou o carro junto a uma fonte generosa para que as mulas matassem a sede, Hermes apareceu, na figura de um jovem grego. O velho cocheiro, assustado, já estava pensando em fugir, quando Hermes pegou de sua mão e falou, em tom carinhoso: "Onde levas assim as tuas mulas, paizinho, debaixo deste céu estrelado, na hora em que a Natureza se prepara para dormir? E vocês não temem os gregos, inimigos dos troianos? Como se arriscam assim, sozinhos, carregando uma fortuna dessas?". Príamo o olhou serenamente, pois reconheceu que estava na presença de um deus: "Eu sei que o que dizes é verdade, mas sinto que os deuses já estão nos ajudando ao colocarem alguém como tu em nosso caminho!". Hermes sorriu da perspicácia do rei, e ofereceu-se para guiá-los em segurança até onde estavam os navios.

E assim chegaram ao acampamento de Aquiles, onde Hermes, antes de desaparecer, adormeceu os guardas para que o carro pudesse passar. Príamo então desceu sozinho, deixando as rédeas com Ideu, e caminhou até onde estava Aquiles; sentado em sua tenda, diante de uma pequena mesa, o herói preparava-se para comer, sem perceber que Príamo se aproximava. O velho rei surgiu subitamente à sua frente e abraçou-se a seus joelhos, ao mesmo tempo em que beijava suas mãos, as mesmas que tinham matado e ultrajado o seu filho. Aquiles olhou, espantado, para aquele velho que parecia ter surgido do fundo da escuridão, iludindo as sentinelas. Príamo então pediu-lhe, em tom suplicante: "Lembra-te de teu pai, Aquiles! Ele tem a minha idade, é um velhinho como eu – mas ele tem uma alegria que eu não tenho: tu estás vivo, enquanto meu filho está morto! Tive muitos filhos, e muitos a guerra levou, mas aquele com que eu contava para defender minha velhice foi morto pelas tuas mãos! Por isso eu venho aqui, suplicar-te que aceites um resgate por seu corpo. Vamos, Aquiles, pensa no teu pai e tem piedade de mim!".

As tocantes palavras de Príamo fizeram Aquiles sentir uma grande vontade de chorar por seu pai, o velho Peleu, que estava na distante Ftia, esperando inutilmente que ele voltasse da guerra. Comovido, ele retirou docemente as suas mãos das mãos de Príamo, e os dois, frente e frente, tomados pela mesma emoção, irromperam num pranto comum – Príamo chorava por Heitor, estendido no pó, enquanto Aquiles chorava por Pátroclo e por saudades do pai. Assim eles ficaram, até esvaziar as lágrimas que tinham contidas. Então, Aquiles levantou e fez Príamo levantar, olhando com respeito a barba e o cabelo brancos: "Infeliz ancião! Quantos golpes não suportou esse teu velho coração! E ainda tiveste a coragem de vir até aqui, defrontar-te com o homem que matou teus filhos! Tens mesmo a fibra de um verdadeiro rei!".

A uma ordem sua, Automedonte mandou que o velho cocheiro se aproximasse com o seu carro de mulas, e, ajudado por ele, descarregou o imenso resgate que Príamo havia trazido. Aquiles mandou separar uma peça de linho branco, que entregou às cativas para que preparassem o corpo de Heitor. Elas o lavaram e o untaram em óleo perfumado, e depois o enrolaram cuidadosamente no tecido imaculado; então, o próprio Aquiles o ergueu do solo e o depositou sobre um leito, que ele e seus companheiros carregaram até o carro de Ideu, recomendando segredo: "Não digam a Príamo que o filho está aqui; ele pode se emocionar demais e terminar me insultando, e eu não quero matar o meu hóspede!". Depois, voltou para sua tenda e anunciou ao velho rei, que o aguardava, ansioso: "O corpo de teu filho já está pronto, meu bom velho. Tu vais vê-lo assim que o sol raiar. Agora, vamos comer e dormir!". Seus ajudantes tinham assado uma ovelha gorda, cuja carne Aquiles repartiu sobre a mesa. Os copos se encheram com o bom vinho da Ftia, e os dois comeram e beberam em silêncio, observando-se mutuamente. Príamo não podia deixar de admirar a força e a beleza de Aquiles, semelhante a um deus, enquanto este estava impressionado com a voz e com a dignidade do ancião.

Terminado o jantar, Príamo confessou que precisava dormir; desde a morte do filho, não tinha descansado um segundo, nem posto comida alguma na boca. Aquela era a primeira refeição que fazia, e agora, aliviado com o sucesso de sua missão, sentia o sono tomar conta de seus velhos membros. Aquiles mandou as cativas armarem dois leitos improvisados junto ao vestíbulo, e sobre ele estenderem tapetes e pelegos de ovelha, para deixarem-no macio, cobrindo-o com um pesado manto de lã. Ali Príamo ia dormir, lado a lado com o velho cocheiro

Ideu: "É melhor assim, velho. Vocês vão ficar mais seguros aqui dentro; lá fora, algum guerreiro pode reconhecer-te e criar uma confusão. Mas, antes que o Sono te leve em suas asas, quero saber de quantos dias precisas para os funerais de Heitor!". Príamo não pôde conter a emoção, diante desta delicadeza: "Se me deres o tempo necessário para que eu enterre meu filho com toda a dignidade, nobre Aquiles, eu vou te agradecer enquanto durar o pouco de vida que me resta. Concede-me dez dias, e no décimo primeiro já estaremos de volta ao combate!". Aquiles disse que sim, e logo os dois visitantes dormiam a sono solto, debaixo do mesmo teto de seu maior inimigo. Aquiles também estendeu-se no seu leito, abraçado na bela Briseida.

Antes que clareasse o dia, Hermes voltou a descer do Olimpo: não era conveniente que os gregos encontrassem o rei de Troia dentro de seu acampamento. Por isso, ele acordou os dois velhos quando ainda estava escuro e guiou-os novamente, fazendo-os passar pela linha de sentinelas sem que ninguém os notasse. Quando a luz do sol brilhou, eles já estavam chegando a Troia, trazendo a sua carga preciosa. Toda a cidade, comovida, estava lá para receber os restos de seu grande herói. Hécuba, sua mãe, e Andrômaca, sua mulher, choravam mais do que todos a sua perda irreparável. Ao lado delas, chorando muito, a bela Helena despediu-se de Heitor: "De todos os filhos de Príamo, tu eras o que eu mais amava! Não, não estou esquecendo de Páris, que me trouxe para Troia naquele dia funesto, tantos anos atrás – é que tu eras especial, e nunca, em todo esse tempo, ouvi de tua boca qualquer palavra de crítica! Ao contrário, se alguém deste palácio resolvia me acusar de leviandade ou perfídia, eras tu que me defendias, apaziguando os ânimos hostis com tuas palavras doces e sensatas. Por isso, enquanto eu choro por ti, estou chorando por mim, porque sei que em toda a Tróade não haverá mais ninguém que sinta por Helena o mesmo carinho e amizade!".*

* Aqui termina a *Ilíada*.

37

A MORTE DE AQUILES

Durante nove dias, sem ser molestados, os pesados carros puderam sair de Troia para buscar madeira nas florestas vizinhas, preparando, na frente da cidade, a grande fogueira destinada a Heitor; finalmente, quando a Aurora apareceu pela décima vez, o corpo do herói foi entregue às chamas purificadoras. Da praia, os gregos puderam ver, ao longo de toda a noite, o clarão avermelhado que se erguia contra o céu, iluminando o caminho da alma do grande guerreiro. Na manhã seguinte, só restava no local um grande braseiro vivo, que a família extinguiu derramando sobre ele o perfumado vinho das parreiras de Príamo. Todos choravam, e os irmãos e as irmãs de Heitor recolheram piedosamente os ossos que o fogo não tinha consumido e guardaram-nos num pequeno cofre de ouro, que foi depositado numa cova profunda. Depois de enchê-la novamente, cobriram-na com um lastro de grandes pedras, levantando sobre ele um aterro com a forma de um túmulo, sobre o qual o tempo e a planície se encarregariam de estender um verde tapete florido. Ali, à vista da grande cidade pela qual tinha morrido, o infatigável Heitor ia descansar para sempre.

Príamo tinha colocado guardas armados em volta de todo o local, temendo que um grupo de soldados, que tinha saído do acampamento grego, quisesse perturbar a cerimônia. No entanto, quando avistou entre eles a figura magnífica do próprio Aquiles, seu coração tranquilizou-se, porque tinha aprendido a confiar na lealdade daquele bravo inimigo. Apesar do pavor que ele inspirava a todos os troianos, Príamo tinha entregue a vida em suas mãos, ao dormir debaixo do mesmo teto, completamente indefeso; no entanto, em nenhum momento tinha sentido medo: ele era velho e experiente, e tinha visto no olhar e na palavra de Aquiles as marcas de um homem honrado. Agora, sua presença ali entre os soldados gregos era uma garantia de que nada de mais ia acontecer, pois ele não iria permitir que a trégua fosse rompida antes da data fixada.

O que Príamo não sabia é que Aquiles estava ali por causa de Polixena, a filha caçula dele e de Hécuba; a fama de sua beleza graciosa há muito corria entre os gregos, e vários eram os guerreiros que sonhavam em tê-la como cativa, quando Troia fosse tomada. A irmã mais moça de Heitor, a menina dos olhos de Hécuba e de Príamo, era vista por todos como um prêmio digno de um rei, mas para Aquiles tinha sido até então desprezível, porque carregava nas veias o mesmo sangue maldito de seu maior inimigo. No entanto, duas coisas haviam mudado: primeiro, o seu ódio cego por Heitor tinha cedido lugar a uma sincera admiração por seu valor e por sua bravura, pois agora tinha percebido que, ao matá-lo, tinha também matado o único troiano que todos – Menelau, Agamênon, Ulisses, o próprio Ajax – respeitavam e temiam. Segundo, tinha ficado muito impressionado com a autoridade serena que emanava do rosto de Príamo – esse sim, um verdadeiro rei, que não precisava ser autoritário para se impor a seus chefes! Talvez porque ele lembrasse o seu próprio pai, Aquiles tinha confiado nele instantaneamente, a ponto de se arriscar a dormir a poucos passos dele – de um homem que ainda chorava a morte do filho e que poderia ter aproveitado o seu sono para vingar-se, cortando-lhe a garganta! Por isso, agora estava curioso; como seria essa Polixena, a alegria dos olhos de Hécuba, que a estava preparando para se tornar uma grande rainha, quando viesse a casar? Assim, ao perceber que toda a movimentação para os preparativos do funeral de Heitor era feita fora dos muros da cidade, deu-se conta de que, certamente, ali haveria de vê-la.

Isso de fato ocorreu, mas apenas de relance. Todas as filhas e noras de Príamo estavam ali, junto ao túmulo, mas traziam a cabeça coberta com o véu, em sinal de luto. Aquiles não podia ver-lhes o rosto, do ponto em que se encontrava, mas teve a atenção atraída por uma jovem esguia, toda vestida de branco, que amparava Hécuba pelo braço e acariciava seus cabelos, tentando acalmar seus soluços. Aquiles via apenas um véu no meio de muitos outros, mas tinha quase certeza de que era Polixena, e não tirou mais os olhos daquela silhueta flexível, na esperança de que ela mostrasse o rosto. Súbito, uma rajada de vento soprou sobre a planície, como se fosse chover, fazendo escorregar o véu sobre seus ombros, e Polixena – porque era ela, a bela irmã de Heitor, que estava ali, junto a Hécuba – soltou o braço da mãe e cobriu de novo a cabeça. Seu rosto não tinha ficado à mostra mais do que o tempo fugaz que o mar gasta para levantar uma onda, antes que ela rebente, mas tinha sido o suficiente para deixá-lo gravado para sempre no coração de Aquiles. Polixena tinha as feições de uma verdadeira deusa, realçadas por um ar altivo e majestoso de quem sabia que seria rainha; naquele momento, no entanto, a tristeza pelo irmão e a compaixão pela mãe davam-lhe uma nobreza maior que a da própria Ifigênia, cujo rosto, ao enfrentar o seu executor, no sacrifício de Áulis, Aquiles nunca mais tinha esquecido.

Nesta noite, deitado em sua tenda, Aquiles não quis a companhia de Briseida. Sua mãe, Tétis, assustada com o desespero que tinha tomado conta de seu coração depois da morte de Pátroclo, vinha ardilosamente plantando na sua cabeça a ideia de que ele devia casar. Heitor estava morto e o amigo estava vingado; depois de tanto ódio, depois de tanta tristeza, tinha chegado a hora de retornar para a vida, deixar o mundo da treva em que andava mergulhado. "Vive um pouco, meu filho. Não desprezes a boa mesa, o riso, a música. E não deixes de experimentar o amor por uma mulher: isso só vai te fazer bem!" E então, há alguns dias, o nome de Polixena tinha surgido em sua mente, assim, do nada, como uma folha trazida em silêncio por um vento misterioso. No sono, ouvia às vezes uma voz distante que sussurrava este nome, mas não conseguia distinguir que deus estava falando. Chegou a ter a esperança de que Pátroclo voltasse a vê-lo nos sonhos, porque poderia perguntar ao amigo o que significavam esses sinais que apontavam para a filha de Príamo, mas ele não reapareceu. Esse tinha sido o motivo que o levou a se aproximar da cidade, durante o funeral de Heitor: dar um rosto a esse nome, um corpo a esse fantasma, conhecer essa jovem princesa que parecia estar ligada a ele por algum fio invisível. Quando viu o seu rosto, sentiu que apenas se confirmavam as suas suspeitas mais íntimas: era ao lado dela, de Polixena, que ele queria acabar os seus dias!

Na manhã seguinte, embora a trégua estivesse terminada, Aquiles nem pensou em combater. Ao contrário: sozinho, em sua tenda, tinha traçado um plano para mudar sua vida, evitando que se cumprisse aquela profecia sobre sua morte prematura. Tétis tinha sido bem clara: ou ele morreria jovem, com a glória de ter derrotado Troia, ou ele desfrutaria de uma longa vida de paz, sem renome e sem esplendor. Na ocasião, ele tinha optado pela primeira, mas sua mãe tinha frisado que ele tinha a liberdade de mudar a sua escolha, se ainda fosse tempo. Por isso, libertou um dos guerreiros troianos que tinha capturado, para que levasse uma mensagem secreta a Príamo: ele queria Polixena para sua esposa; em troca, ia tratar de convencer os gregos a levantar o acampamento e a voltar para casa, desde que os troianos devolvessem Helena a Menelau. Dessa forma, ele tinha certeza de que as razões para a guerra deixariam de existir, e os dois povos encerrariam essa luta que os estava esgotando. E que ele enviasse o mesmo mensageiro, no dia seguinte, ao sopé do monte Ida; Aquiles ia estar lá para receber a resposta.

Como era de esperar, Príamo recebeu a proposta com imenso interesse. Como os próprios gregos já sabiam, Troia não suportaria esta guerra por muito mais tempo. Ele próprio não aguentava mais, e do vigoroso rei que ele tinha sido, pai e chefe respeitado de seus cinquenta filhos, restava agora esse ancião alquebrado, temeroso, que tremia, a cada novo dia que raiava, com a possibilidade de perder mais um dos seus. Casar

Polixena com Aquiles, o flagelo de Troia, o matador de seus filhos? Melhor que a filha fosse esposa de um chefe como este do que uma simples cativa – pois esse certamente seria o seu destino, se ele deixasse a cidade cair nas mãos do exército grego. O problema maior era Helena: Páris nunca tinha admitido sequer discutir a possibilidade de devolvê-la a Esparta. No último ano da guerra, várias tinham sido as assembleias em que os conselheiros mais velhos – especialmente Antenor – haviam sugerido que Troia fizesse um acordo de paz com Agamênon, mas a proposta sempre era derrubada por Páris e seus partidários, que defendiam, inflamados, a ideia de que, sem Helena, Troia nunca mais seria a mesma! Mas que estranho poder exercia esta bela mulher, que levava tantos homens, tantos guerreiros valentes, a entregar sua vida apenas pelo privilégio de tê-la perto de si, dentro dos muros da mesma cidade? Antenor, mais velho ainda que Príamo, tinha-lhe dito, um dia, depois de uma dessas assembleias: "Não adianta! Todos estão apaixonados por essa mulher – inclusive tu, meu pobre amigo!" – com o que Príamo tinha tristemente concordado. Mas Heitor tinha morrido, e o preço de manter Helena em Troia tornara-se excessivo, e agora Príamo não hesitaria um segundo em desfazer-se da "grega", como Hécuba a chamava, quando falava com as filhas; no entanto, não contava mais com Heitor a seu lado, e sentiu-se fraco demais para tentar impor essa decisão. Por isso, instruiu o mensageiro para que descansasse até o dia seguinte, e que, no maior segredo, ao raiar do sol, fosse ao local combinado, levando a resposta de que ele ficaria muito honrado em ceder a mão de Polixena a um chefe como Aquiles, mas não podia dispor do futuro de Helena, que era agora esposa de seu filho. No entanto, esperava que isso não impedisse o acordo de paz entre eles, que traria a felicidade de todos.

    Pobre Aquiles! O seu triste destino começava a se cumprir, com a ajuda do poderoso Apolo, o senhor dos oráculos. Era dele a voz que sussurrava o nome de Polixena, durante o sono do herói, e era dele que tinha partido a súbita lufada de vento que tinha descoberto o seu rosto, durante o funeral de Heitor! Era ele, o grande Apolo, que tinha feito nascer no peito de Aquiles aquele inexplicável desejo de conhecer Polixena, levando-o a apaixonar-se por ela, sem saber que estava, assim, aproximando-se da morte. Por isso, Apolo invadiu o coração do mensageiro, tomando conta de sua vontade e de suas palavras; em vez de retirar-se para um lugar isolado, para dormir, como Príamo ordenou, ele foi procurar a rainha e contou-lhe tudo o que estava acontecendo. Hécuba, que ainda portava as vestes de luto por Heitor, percebeu que um deus estava ali, abrindo-lhe uma porta inesperada para a vingança com que ela tinha sonhado. Se pudesse, mataria Aquiles com as próprias unhas, com os dentes, para fazê-lo pagar pelo que ela sofria com a perda de cada filho; mas era apenas uma mulher, e um guerreiro formidável daqueles só poderia ser vencido por meio de uma artimanha. Mandou o mensageiro trazer a seus aposentos, naquele mesmo instante, os seus filhos Páris e Deifobo, além da bela Polixena. Ali, transtornada de emoção, tomada de um ódio terrível, incendiou os seus corações com a chama da vingança, convencendo-os a preparar um encontro que seria fatal para o filho de Tétis. O plano era simples: o mensageiro ia esperar Aquiles no local combinado e dizer-lhe que Príamo não daria sua resposta enquanto esse casamento não fosse aprovado pela própria Polixena; e que ela estaria à sua espera, no pequeno templo de Apolo que ficava ali perto, ansiosa por conhecê-lo. Páris e Deifobo, então, escondidos no templo, fariam vibrar os seus arcos, crivando de flechas o odiado inimigo. Polixena, altiva, disse que estava disposta a tudo para vingar o seu querido Heitor, mas perguntou se Páris e Deifobo não seriam punidos pelo deus por profanar o seu santuário com o sangue de Aquiles. Hécuba, com um sorriso maldoso, pôs um fim à questão: "Por trás disso tudo, eu vejo a própria vontade de Apolo; ele armou o nosso braço e não vai nos castigar!".

E assim foi feito. No dia seguinte, desde cedo, o mensageiro estava esperando por Aquiles, debaixo de um frondoso carvalho, no sopé do monte Ida. Dali se ouviam os gritos que chegavam da planície, onde mais uma vez os dois exércitos se defrontavam. Embora Aquiles tivesse deixado o acampamento à frente de seus mirmidões, não tinha entrado em combate; deixando-os sob o comando de seu lugar-tenente, Aquiles descreveu uma grande volta com o seu carro veloz, afastando--se das suas linhas, até que desapareceu atrás de uma colina. Dali, rumou diretamente para o local do encontro, onde o mensageiro transmitiu-lhe o recado de Polixena. A armadilha estava completa: como Hécuba tinha previsto, a ideia de uma entrevista frente a frente com a jovem deixou Aquiles fascinado, tirando-lhe toda a prudência e fazendo-o esquecer que estava em território hostil, lidando com inimigos. No caminho para o templo, Aquiles ainda se felicitou pela sorte de não ter entrado em combate ao longo desta manhã, porque assim estava limpo de pó e de sangue, com suas armas magníficas brilhando em todo o seu esplendor – próprio, portanto, para esse primeiro encontro, em que desejava encantar Polixena e conquistar sua admiração.

 Ao chegar lá, enxergou, por entre as árvores, o vulto inconfundível da jovem, que o aguardava junto ao altar. Para não assustá-la, Aquiles deixou a lança, o escudo e o capacete no carro, e avançou, sorrindo, em direção à própria morte: de trás de uma árvore vizinha, Páris fez vibrar o seu arco polido, e a flecha, com sua ponta farpada embebida em veneno, foi guiada por Apolo para o seu calcanhar direito, o único ponto de seu corpo que era vulnerável, por não ter entrado com contato com as águas do sagrado Styx. No mesmo instante em que Aquiles ouviu o ruído da corda do arco, sentiu uma dor aguda, até então desconhecida, e viu o sangue jorrar em volta da haste da flecha que atravessou seu tornozelo; o veneno tinha entrado em suas veias, e uma súbita vertigem derrubou-o no chão, sem forças para levantar. Com um olhar feroz, ainda chegou a procurar quem o tinha atacado, mas a dor da carne rasgada pelas farpas fez que ele gritasse de fúria, e subitamente entendeu como deviam sentir-se os grandes ursos que ele tinha abatido com o seu arco, quando vivia caçando nas florestas, na sua feliz juventude junto do centauro Quíron; agora ele entendia por que eles mordiam com raiva a haste e as penas da flecha, tentando arrancá-la do corpo, na vã esperança de afastar aquela dor lancinante e insuportável. Com um puxão decidido, conseguiu arrancar a ponta ensanguentada, mas sentiu que sua vida se esvaía com o sangue que jorrava do ferimento. Já sem forças, deitou a cabeça no chão e olhou para o céu, lembrando-se das palavras de Tétis: "Foi uma pena, minha mãe! Já era tarde demais para eu mudar meu destino! E agora, eu saio da vida sem nunca ter sido feliz!". E assim falando, expirou o grande Aquiles, o filho de Peleu e Tétis, o guerreiro incomparável que viveria para sempre na memória de todos os homens.

38

A LOUCURA DE AJAX

Como uma estátua de pedra, Polixena não conseguia mover-se, nem conseguia falar, e ali se mantinha, de pé, fascinada pelo corpo caído à sua frente. Desde menina convivia com a dureza da guerra e já tinha visto muitos mortos, tendo aprendido, com as outras mulheres, a prepará-los para o funeral. Aquele, no entanto, era diferente: exceto pelo ferimento no calcanhar, o corpo de Aquiles estava intacto, coberto por aquela armadura luminosa que não era deste mundo; nem o pó nem o sangue enegrecido maculavam o belo rosto do guerreiro, que não tinha sequer um arranhão. Quem o visse de longe, assim, sereno e majestoso, poderia pensar que era o próprio Apolo em repouso, na fresca relva que cercava o santuário; mais de perto, porém, os seus grandes olhos sem vida, abertos para o firmamento, eram um sinal eloquente de que a alma de Aquiles já estava muito longe dali.

    Hesitantes, acabrunhados como se tivessem cometido um sacrilégio, Páris e Deifobo saíram de trás das árvores e vieram olhar o cadáver. Ali jazia o grande flagelo de Troia, odiado e temido por todos, e a notícia de sua morte faria a cidade inteira cantar e dançar pelas ruas. Páris seria aclamado como o novo herói da guerra, e esta sua façanha certamente ia aplacar os murmúrios que andavam surgindo contra ele, acusando-o de trazer a destruição da cidade só por causa de seu amor por Helena. No entanto, nem ele nem Deifobo estavam muito orgulhosos com a vitória, porque eles eram bravos guerreiros e sabiam que só tinham conseguido vencer Aquiles usando de traição, ajudados por Apolo.

De qualquer forma, precisavam levar o cadáver dali e exibi-lo aos companheiros. A notícia ia mudar a vida dos troianos, devolvendo a confiança que tinham perdido naquele dia funesto em que Aquiles, por causa da morte de Pátroclo, tinha voltado a lutar. Agora, sem ele lá fora, rondando as muralhas, deixava também de existir aquele medo constante que assaltava o coração de todos os que saíam para a planície – até mesmo de valentes como Glaucos ou Eneias. Era preciso levá-lo sem demora, porque, se alguma patrulha grega os surpreendesse ali, naquele ponto isolado, teriam de abandonar a sua presa, para não pôr em risco a vida de Polixena. Precisavam deixar a irmã em segurança, na cidade, e voltar com um carro de carga, de quatro rodas, já que a veloz biga de Páris não podia suportar mais do que os três irmãos. Deifobo chegou a pensar em usar o carro do próprio Aquiles, mas os cavalos divinos não permitiram sequer que ele tocasse nas rédeas, repelindo-o a coices e a dentadas.

Enquanto isso, nas linhas gregas, Ulisses estranhou o desaparecimento de Aquiles. Ele o tinha visto naquela manhã, ainda cedo, rumando para a batalha, à frente de seus mirmidões, mas já fazia algumas horas que ninguém sabia dele. Finalmente, alguns soldados que tinham se afastado do corpo do exército para dar de beber a seus cavalos disseram que o tinham visto passar, ainda cedo, sozinho no seu carro de combate, em direção ao monte Ida. Ulisses não gostou do que ouviu, e suspeitou de uma emboscada: Aquiles jamais se afastava de seus leais mirmidões sem levar a seu lado o cocheiro dos cavalos divinos, o fiel Automedonte! Ulisses comunicou o seu mau pressentimento ao Grande Ajax, que concordou com ele e propôs que os dois saíssem sem demora em busca do filho de Tétis. E assim fizeram; quando chegaram ao monte Ida, Atena apareceu-lhes na figura de um pastor e avisou-os de que Aquiles tinha tombado na frente do templo de Apolo, que eles já conheciam, e que uma multidão de soldados inimigos estava, nesse momento, dirigindo-se para lá. Ulisses teve de se apoiar numa árvore, tão tonto ficou com a notícia. Suas piores suspeitas tinham se realizado: o filho de Tétis estava morto! Seus olhos se encheram de lágrimas pela juventude de Aquiles, tão cedo desperdiçada, mas a voz rouca de Ajax lembrou-o de que não havia tempo agora para lamentações: "Eles querem o corpo dele! Não podemos abandoná-lo!". Ajax tinha razão; os troianos iam usá-lo como troféu, talvez até para vingar-se de todos os ultrajes que o corpo de Heitor tinha sofrido, e só os dois estavam ali para tentar impedi-los. Decididos, desembainharam as espadas, empunharam os escudos e avançaram, cautelosos, por entre os altos pinheiros que perfumavam o ar da manhã. Antes mesmo de chegarem ao santuário, ouviram o ruído de vozes e o estrépito de gente armada movendo-se do outro lado do bosque; quando entraram na clareira, viram o corpo de Aquiles estendido no chão, rodeado por um batalhão de soldados troianos, entre os quais estava Páris, ajoelhado junto ao cadáver, preparando-se para remover as armas forjadas por Hefesto.

 O Grande Ajax era o guerreiro mais alto que lutava diante de Troia; seus ombros ficavam acima da cabeça de Agamêmnon, que era, por sua vez, um homem de grande estatura. Com seu pescoço de touro e seu tórax imenso, Ajax tinha a voz mais poderosa de todo o exército grego, exceto, é claro, a de Estentor, o arauto de pulmões de bronze, cujo grito superava o de cinquenta guerreiros juntos. Agora, rompendo por entre as árvores, seguido de perto por Ulisses, ele lançou um grito de fúria que encheu toda a clareira e foi reboar nas escarpas da montanha. Assim como os peixes do cardume saltam para todos os lados, fugindo para cima e para baixo quando o golfinho os ataca, assim os troianos correram em todas as direções, tentando sair do caminho daquela investida feroz. Alguns, paralisados pela surpresa, nem chegaram a se defender, caindo ali mesmo, debaixo de golpes de espada. Páris e os demais, no entanto, conseguiram recuar para a borda da clareira, deixando o corpo de Aquiles para os dois guerreiros gregos, que sabiam, no entanto, que os troianos não iam desistir tão facilmente daquele valioso troféu. E assim foi: Páris reagrupou os seus homens e avançou contra os dois, que só tinham suas espadas para enfrentar as aguçadas lanças troianas. Sem necessidade de palavras, Ajax e Ulisses entenderam que só tinham um caminho a seguir: embainhando a espada, o Grande Ajax, com um impulso irresistível de seus braços poderosos, jogou o corpo de Aquiles por sobre o ombro esquerdo e começou a recuar por onde tinham chegado, enquanto Ulisses, rente nos seus calcanhares, voltado para os agressores, defendia a si e ao companheiro. Enquanto atravessavam o bosque, a vantagem foi dos dois, porque a trilha era estreita e se prestava à defesa. Quando chegaram no claro, porém, os troianos aproveitaram o espaço para atacá-los também pelo flanco, obrigando o bravo Ajax, muitas vezes, a depor Aquiles no chão para poder combatê-los. E assim, lentamente, eles iam recuando passo a passo, infatigáveis, acossados pelos troianos, que os atacavam com a paciência dos lobos, esperando o momento em que um dos dois fraquejasse. Estavam tão longe do mar que nem podiam avistá-lo, mas continuavam sua marcha sem-fim, caminhando e lutando, porque assim tinha de ser. Talvez nem conseguissem chegar até a metade do caminho, mas isso não importava: se tivessem de morrer, morreriam, pois nem Ajax nem Ulisses poderiam suportar a ideia de conviver com a vergonha de ter abandonado o amigo.

Quem os salvou foi Atena, a deusa dos olhos verdes. Na figura de um mensageiro veloz, ela surgiu correndo diante dos mirmidões, gritando que Ajax e Ulisses precisavam de socorro, porque lutavam sozinhos para defender Aquiles. Com um uivo de feras, mais de dois mil mirmidões derramaram-se pela planície, na direção indicada por ela. Eles eram a elite do exército grego, famosos por sua coragem e pela rapidez do seu deslocamento. Tinham pulmões e pernas de aço, e quando Aquiles, em seu carro, os liderava no ataque, eles estavam habituados a manter, por muito tempo, uma corrida cadenciada que lhes permitia acompanhar o trote de Xanto e Bálio, os dois cavalos divinos. Por isso, diante do apelo da deusa, em menos de meia hora tinham vencido a distância que os separava do local onde Ajax e Ulisses, cercados pelos troianos, lutavam com a desvantagem de mais de quarenta por um. Não chegou a haver combate: quando os troianos avistaram a alta nuvem de poeira que se deslocava em sua direção e distinguiram o uivo característico da temível tropa de Aquiles, desistiram de sua presa e trataram de fugir o mais rápido possível.

    O filho de Tétis foi levado de volta ao acampamento, nos braços de seus soldados; atrás deles, exaustos mas vitoriosos, Ajax e Ulisses se arrastavam, apoiando-se um no outro para não cair de cansaço. Antes mesmo que os mirmidões depusessem o corpo de Aquiles diante de sua tenda, a notícia de sua morte tinha chegado a todos os pontos da praia. A tristeza e o luto se abateram sobre todos, porque a Grécia perdia o seu herói principal, que jamais seria igualado. Coube a Briseida a tarefa de chefiar as cativas que iam preparar o corpo para o funeral; não fazia muito que ela tinha chorado sobre o cadáver de Pátroclo, e agora era obrigada a despir e a lavar o próprio Aquiles, o seu homem, o dono de seus sentidos! Sua mente recusava-se a aceitar a morte dele: tocava, aturdida, naqueles braços inertes, naquela pele sem vida, beijava os seus louros cabelos, chamando-o por todos os seus nomes, como às vezes fazia no meio da noite, quando queria acordá-lo para que a possuísse outra vez.

    De repente, do mar infinito, vindo de lugar nenhum, brotou aquele grito lancinante e interminável que assustou os cavalos e fez os homens recuarem de pavor. Por breves instantes, o vento parou de soprar e até as ondas eternas interromperam o seu movimento, pois, do seio das águas profundas, trajando longos mantos de luto, negros como a noite mais negra, surgiram Tétis e suas Nereidas, que vinham chorar por Aquiles. A deusa se aproximou do corpo do filho e ajoelhou-se a seu lado, soluçando como só as mães soluçam; depois, abraçou o seu pescoço e beijou-lhe delicadamente os lábios e os olhos, como se ele tivesse voltado a ser o seu pequeno Aquiles, no velho bercinho de vime, esperando que ela viesse confortá-lo antes de pegar no sono. Tétis e as tristes Nereidas ficaram ali toda a noite, velando o herói, sem que nenhum mortal ousasse se aproximar; por fim, quando a Aurora apareceu com todos os seus tons de rosa, elas recolheram-se para o fundo silencioso do oceano.

Durante vários dias, os gregos trabalharam para erguer uma fogueira ainda maior que a de Pátroclo. Agamênon ordenou que todo o exército, com armamento completo, passasse diante da grande pira, em silêncio, demonstrando o seu respeito pelo mais poderoso guerreiro da era em que eles viviam. Vários touros e novilhas, e também vários troianos, tiveram sua garganta cortada, em sacrifício ao herói, e lançados na grande fogueira, que ia reduzindo tudo a cinzas. O fogo abrasador ardeu durante um dia e uma noite, e depois foi apagado com os ritos de costume. As cinzas de Aquiles foram misturadas às de Pátroclo, como ele tinha pedido, e guardadas numa pequena urna de ouro esculpida pelo próprio Hefesto. Agamênon, então, sob inspiração de Tétis, patrocinou um grande torneio, oferecendo prêmios valiosos para todos os vencedores, e encerrou os funerais com um magnífico festim. O mais importante, no entanto, ele só anunciou no final: "Tétis quer que as belas armas de Aquiles sejam entregues ao guerreiro mais valente dentre todos!".

Não havia homem ali que não cobiçasse aquelas armas magníficas, leves e indestrutíveis, feitas pela mão de um deus; no entanto, quando Ajax e Ulisses se apresentaram como candidatos, ninguém mais ousou erguer-se, porque era o consenso de todos que um dos dois venceria. Agamênon gostaria de entregar o prêmio a Ulisses, mas sabia que, como comandante geral, não podia favorecê-lo em prejuízo de Ajax, que era primo de Aquiles e considerado, por muitos, o melhor guerreiro vivo. Organizou-se, então, um debate entre os dois, em que cada um deveria, diante da assembleia, expor suas próprias façanhas e realçar seu próprio merecimento. Ora, enquanto os dois debatiam, o velho Nestor, com a sua sabedoria, alegou que a escolha do vencedor não deveria ficar na mão dos seus próprios companheiros, mas sim de seus inimigos. Sob sua sugestão, três homens se esgueiraram, escondidos, até a base das muralhas da cidade, para ver se conseguiam descobrir qual dos dois era o mais temido pela população. Logo duas jovens troianas se aproximaram do ponto onde eles tinham se ocultado, discutindo animadamente sobre qual seria, agora que Aquiles estava morto, o mais temível dos guerreiros gregos. Uma delas apontou Ajax, pela força e bravura que tinha demonstrado ao carregar o corpo do amigo, sem esmorecer, por tanto tempo. A outra, contudo – talvez inspirada por Atena, a protetora de Ulisses –, não concordou: "Isso não é nada! Até mesmo uma mulher escrava consegue carregar peso, mas não tem a capacidade de lutar contra tantos guerreiros ao mesmo tempo!". Era clara a alusão que ela fazia ao empenho de Ulisses, que durante todo o trajeto tinha defendido Ajax e sua carga. Aproveitando-se disso, quando os espiões retornaram à assembleia e contaram o que tinham ouvido, Agamênon concluiu que a superioridade era de Ulisses, entregando-lhe o prêmio de valor e de bravura.

    Ajax ficou estarrecido. Não poderia voltar para casa, apresentar-se diante de seu pai, o heroico Telamon, sem aquele troféu – não tanto pelo valor das armas, mas pelo que elas significavam. Ele era o melhor guerreiro, ele era o mais valente – e o próprio Aquiles, se estivesse vivo, concordaria com isso! Todo o exército sabia! Isso só podia ser coisa do astucioso Ulisses, que tinha se mancomunado com Agamênon – e com esses pensamentos amargos, Ajax caminhava pela praia, em direção aos seus navios, na extrema esquerda do acampamento, sem desconfiar que era o próprio Zeus que estava agindo para perdê-lo, para punir sua arrogância e sua autossuficiência. Antes de partir para a guerra, quando seu pai o advertiu para que nunca deixasse de render homenagem aos imortais do Olimpo, Ajax, na sua soberba, tinha respondido com uma blasfêmia: "Eu não preciso dos deuses! De mim, eu mesmo me encarrego!". E assim, repetidas vezes, deixou escapar pela barreira dos dentes essas palavras insanas, em que nem tentava esconder o seu desprezo atrevido por todas as divindades. Um dia, no calor do combate, tinha chegado ao cúmulo de declarar, em voz alta, que ele ia derrotar os troianos, mesmo que Zeus não quisesse! Ele tinha passado o limite, e agora ia pagar.

Atena, a filha do próprio Zeus, foi encarregada de punir a desmedida de Ajax, e o castigo escolhido foi infligir-lhe a loucura. Exatamente no momento em que ele passava pelo grande cercado onde o exército guardava todo o gado de reserva, ela entrou na sua mente e retirou-lhe o juízo e o discernimento, fazendo-o misturar a realidade com as suas fantasias mais insanas. Sem o freio da razão, todo o ódio e o despeito que Ajax sentia vieram à tona como a lava de um vulcão. Ele não ia deixar assim! Não podia admitir que os dois espertalhões que tinham roubado a sua honra, Agamênon e Ulisses, continuassem vivendo! Com a espada desembainhada, Ajax avançou contra o rebanho. Na sua loucura, os pacíficos bois e carneiros que pastavam à sua frente eram os gregos em assembleia, os ingratos companheiros que tinham concordado com a injustiça do prêmio, e que agora sentiriam todo o peso de sua cólera – e foi contra eles que Ajax investiu, cortando e furando seus corpos, enchendo o chão do cercado com as vítimas ensanguentadas de sua fúria homicida. Quando cansou de matar, prosseguiu na sua vingança: amarrou uma corda nos chifres dos dois maiores carneiros que tinham sobrevivido e arrastou-os para o interior da sua tenda. Ali, arrancou os olhos e cortou a língua a um deles, cobrindo-o de insultos e chamando-o de Agamênon; depois o decapitou. O outro, ele amarrou no poste que sustentava o teto e passou a açoitá-lo selvagemente, sorrindo de satisfação: "Toma! Aprende, Ulisses, a não tentar me enganar! Aqui nada vale a tua astúcia! Toma!" – e descarregava o chicote, com a toda a força de seu braço poderoso, sobre o pobre carneiro indefeso. Depois, cansou, e sentou-se ali mesmo no chão, caindo num sono agitado, cortado por estremecimentos.

Quando acordou, no entanto, a vingativa Atena tinha-lhe restituído a razão; ao ver os dois carneiros na sua tenda, um deles horrivelmente mutilado, Ajax percebeu que a festejada vingança da véspera não tinha passado de um pesadelo de um louco. Foi então que notou o sangue ressequido que lhe cobria o corpo todo, empastando até seu cabelo, e lembrou-se, de chofre, da carnificina no curral de gado. Estava perdido; tinha coberto de ridículo o seu próprio nome, tornando-se odioso a todo o exército grego, que a esta altura devia ter compreendido contra quem se dirigia todo aquele ímpeto homicida. Um guerreiro como ele não podia aguentar essa vergonha: "Que espetáculo vou oferecer a meu pai, se me apresentar assim, desonrado e sem glória?". Ele não tinha mais o direito de estar vivo. Ajax pegou a espada que tinha recebido de Heitor, naquele dia memorável em que tinham se enfrentado até o cair da noite: essa era a espada de um verdadeiro herói, e ia ajudá-lo a ter uma morte digna. Enterrando o punho da espada no solo macio da tenda, deixou-a ereta, na vertical, com a ponta aguçada voltada para cima; em seguida, sem pestanejar, deixou-se cair pesadamente sobre ela. Não se ouviu um só gemido; amarrado em seu poste, o carneiro, assustado com o cheiro de sangue, recomeçou a berrar.

39

PÁRIS E FILOCTETO

Os homens começavam a cansar desta guerra. Eles faziam a sua parte, lutavam dia após dia, deixavam seu sangue e sua alma lá no campo de batalha, mas isso só não bastava, pois era preciso também, e principalmente, descobrir os planos insondáveis que os deuses já tinham traçado. Nos oráculos e nas profecias, os mortais ainda conseguiam enxergar alguns sinais desses planos, mas eram apenas linhas isoladas de um grande texto cifrado que só os deuses podiam entender. Troia só cairia no décimo ano, diziam – e este já era o décimo, e Troia continuava de pé. O que estava faltando? Aquiles estava morto, Ajax estava morto, Heitor também já morrera – as três maiores figuras deste conflito sangrento já não iriam mais combater, e tudo continuava na mesma? O que ia acontecer com os gregos e os troianos? Ficariam ali infinitamente, disputando as vitórias miúdas de cada dia, perdendo, um a um, os seus guerreiros mais nobres, numa igualdade de forças que ia terminar destruindo tanto um povo quanto o outro? Por isso, do lado grego, nunca tinha havido tanto trabalho para os adivinhos, que já amanheciam estudando o voo dos pássaros, examinando as entranhas de todos os animais abatidos, procurando nos céus ou na natureza tudo aquilo que pudesse ser uma palavra, uma letra que fosse daquela grande mensagem ainda desconhecida.

Mais uma vez, Calcas superou a todos. Ele sabia, como ninguém, ler no voo dos corvos o que Apolo, o deus dos oráculos, tinha a dizer para os homens; todas as suas profecias, desde o início da campanha, em Áulis, tinham se realizado. Assim, todos acreditaram quando ele veio anunciar que Troia só cairia se o exército grego contasse com o arco e as flechas que Hércules, o herói divino, tinha dado a Filocteto antes de morrer – o mesmo Filocteto que Ulisses, a mando de Agamênon, tinha abandonado na ilha de Lemnos, assim que os gregos tinham chegado a Troia. Calcas foi taxativo: se quisessem vencer a guerra, alguém tinha de ir a Lemnos para buscá-lo e convencê-lo a empunhar o seu lendário arco! Nestor, com a sabedoria de quem viveu durante três gerações, recomendou que dessem esta missão para Ulisses, porque faria diferença para Filocteto saber que o mesmo homem que o tinha deixado ali dez anos atrás voltava agora para buscá-lo, com um pedido de desculpas de toda a armada grega.

Ulisses concordou em ir, mas pediu para levar Diomedes, o seu amigo de confiança; um navio rápido foi aparelhado às pressas e eles zarparam para Lemnos, deixando Troia e Tenedos para trás. Ulisses lembrava muito bem da pequena baía onde tinham deixado Filocteto, sem sentidos, deitado na entrada de uma grande grota aberta no penhasco, e rumou direto para lá. Deixando os marinheiros de prontidão, ele e Diomedes subiram pela íngreme costa rochosa e se aproximaram, cautelosos, da boca da caverna, cobrindo-se cuidadosamente com os escudos levantados; Filocteto podia ficar enfurecido ao reconhecer Ulisses, e ele, mesmo ferido, ainda era o melhor arqueiro de todo o exército grego. De longe já podiam ouvir os gemidos incessantes do antigo companheiro. Ele estava lá, e ainda sofria! Os dois pararam na entrada da caverna, impressionados com o cheiro nauseabundo que saía lá de dentro; depois de acostumar os olhos com a semiobscuridade, avançaram, passo a passo, em direção aos gemidos – e lá estava ele, atirado no chão, quase em delírio, o homem que estava faltando para que Troia caísse.

Sua aparência era terrível; os cabelos emaranhados desciam até a cintura, misturando-se com uma espécie de manto de penas que cobria todo o seu corpo, que ele tinha conseguido tramar para resistir aos frios invernos de Lemnos. Durante todos esses anos, além da dor cruciante de sua ferida, tinha sofrido a tortura constante da fome, pois só se alimentava das raras aves marinhas que conseguia abater – e nos últimos tempos, até isso tinha ficado difícil, porque começavam a faltar-lhe as forças necessárias para distender o pesado arco de chifre. Seu rosto estava encovado, amarelo como o de um cadáver, e o corpo era quase só pele e osso, as pernas finas como dois gravetos. Mesmo assim, no tornozelo, ali onde a estranha serpente o havia picado, a horrível chaga preta continuava a devorar sua carne, deixando à mostra uma parte do próprio osso. Todo o leito de folhas em que ele jazia estava empastado com aquele líquido viscoso e fétido que escorria incessantemente da ferida.

Ao reconhecer Ulisses, ele soergueu-se e chegou a fazer menção de empunhar o arco, mas interrompeu o gesto no momento em que o ouviu falar. "Baixa teu arco, Filocteto; somos nós, Ulisses e Diomedes!" Grossas lágrimas começaram a correr pela pele encardida de seu rosto, e ele, envergonhado, cobriu a cabeça com o manto imundo e desatou a soluçar desatinadamente, e mais chorava quanto mais os dois antigos companheiros lhe dirigiam palavras de compaixão, porque eles não entendiam o tamanho da alegria que ele estava sentindo ao ouvir, pela primeira vez em dez anos, a língua de sua terra, o grego melodioso em que sua mãe lhe falava e que agora enchia a caverna com o seu som familiar. Então os dois sentaram a seu lado, condoídos, e perguntaram sobre as dores que sentia – e ele descobriu a cabeça e entregou-se ao prazer indescritível de responder à primeira pergunta que lhe faziam depois de tantos anos. Falou-lhes sobre a sua mágoa e o seu sofrimento, sobre o desespero da solidão, sobre a fome que o roía e o ódio que tinha sentido quando acordou naquela ilha e percebeu que tinha sido abandonado por seus companheiros. Ulisses e Diomedes ouviam-no com sincera simpatia, deixando que ele expressasse tudo o que tinha no peito. Depois, Ulisses falou: "A culpa não é de ninguém, velho amigo. Foram os deuses que quiseram assim, porque os teus gritos de dor impediam os sacrifícios. Agora, tu virás conosco, porque Agamênon e todos os teus companheiros precisam da tua ajuda! Aquiles morreu, o Grande Ajax morreu, e os oráculos anunciam que os deuses te aceitam de volta!".

E, sem que ele oferecesse resistência alguma, os dois amigos levantaram-no pelos braços e conduziram-no até a beira do mar, juntamente com o arco de Hércules e a aljava cheia de setas. Ali, os marinheiros rasgaram o seu manto imundo e o deixaram despido, lavando todo o seu corpo com grandes esponjas mergulhadas na água doce que traziam no navio; Filocteto ria como um menino, e dele não se ouviu mais nenhum gemido, nem mesmo quando limparam com vinho o terrível ferimento do pus e do sangue podre que estava acumulado, enfaixando o seu tornozelo com tiras de linho branco. Depois, com um manto macio jogado sobre os ombros, ele sentou com os outros para compartilhar a comida que eles tinham trazido, e ele ria ao ser servido de bons pedaços de carne e ao sentir novamente o sabor insubstituível do pão, e ria porque os outros também riam da fome com que ele comia e da expressão de êxtase que apareceu em seu rosto quando voltou a provar o gosto esquecido do vinho. Quando terminaram de comer, a noite já tinha caído; num canto do tombadilho, dobraram a vela várias vezes e fizeram com ela um leito improvisado, onde ele dormiu com a alma fresca e leve da infância.

No dia seguinte, assim que o dia raiou, Ulisses mandou que rumassem para Troia. Filocteto já não era aquele espectro da véspera; apoiado numa muleta que os marinheiros tinham improvisado, ele examinava o horizonte, ansioso por enxergar a linha da praia troiana. Suas ataduras tinham sido trocadas por tiras de linho embebidas em óleo perfumado, mas só para lhe dar maior conforto, porque o hábil Macaon, cirurgião e mestre dos unguentos, queria examinar sua ferida assim que chegassem ao acampamento. Na praia, uma multidão de guerreiros aguardava sua chegada, e, ao vê-lo assim de pé, na popa do navio de Ulisses, todos gritaram seu nome, agitando as lanças e os escudos à guisa de saudação. Filocteto, emocionado, mesmo fraco como estava, conseguiu erguer, com a sua mão esquerda, o famoso arco de Hércules, enchendo de entusiasmo todo o exército grego.

Assim que desceram em terra, levaram-no à tenda de Macaon, o qual, juntamente com seu irmão Podalírio, tinha herdado do pai, Esculápio, os segredos da arte de curar. Macaon lavou cuidadosamente o ferimento de Filocteto com a água de uma fonte secreta, mais fria ao toque do que a própria neve, que fez as bordas da ferida fervilharem como se estivessem cobertas por vermes invisíveis. Depois, com uma pequena lâmina de prata, cortou toda aquela carne negra e putrefata, deixando apenas o tecido são, que cobriu com o pó das ervas que seu pai lhe havia dado. Filocteto, então, enrolado num manto nunca usado, foi posto para dormir no templo de Apolo, no monte Ida, guardado por um grande batalhão de guerreiros armados, que acamparam lá fora para evitar qualquer surpresa dos troianos. Na fresca manhã do outro dia, para alegria de todos, ele apareceu na porta do templo, caminhando sem ajuda da muleta, chorando de alegria: este era o primeiro, nos últimos três mil e quinhentos dias, que ele acordava sem dor!

Foi uma festa geral. Agamênon ofereceu-lhe um banquete digno de um soberano. Todos o abraçavam, todos lhe davam presentes, todos queriam dizer-lhe, de uma forma ou de outra, que estavam envergonhados de não tê-lo defendido quando ele precisava. A grande reparação, no entanto, veio do próprio Agamênon, que levantou e falou: "Filocteto, os deuses só queriam nos prejudicar, quando nos induziram a te exilar em Lemnos. Eles sabiam que, sem ti, a guerra ia ficar mais difícil para nós, como realmente ficou! Por causa disso, sofremos muito, em Troia, como tu também sofreste, na solidão da tua ilha, mas agora isso acabou! Estamos juntos de novo, e juntos nós vamos vencer! E a partir deste dia, sempre que pisares em minha tenda, será um dia de festa para ti e para nós todos!".

Filocteto recebeu uma tenda de presente, e mais seis belas cativas, bois e outros animais, armas e taças de ouro maciço, para deliciar-se com o vinho generoso, enquanto assavam os gordos porcos cevados. Comia o tempo todo, com o apetite voraz de quem passou dez anos de fome, e suas cores e seus músculos iam voltando pouco a pouco. A perna já não o incomodava; o ferimento tinha cicatrizado, deixando totalmente de purgar, e ele agora caminhava e corria na areia fofa da praia, recuperando lentamente a força e a mobilidade. Todos os dias, passava horas lidando com o arco; primeiro, vergava-o, para pôr a corda no entalhe; depois, puxava-a de encontro ao peito, retesando o arco como se fosse lançar uma flecha, e assim ficava o tempo que podia; por fim, soltava a corda, que emitia um som vibrante, único, inconfundível – era o instrumento da morte, que em breve os troianos iam conhecer!

    Finalmente, quando sentiu-se forte o suficiente para sair, acompanhou Diomedes numa rápida incursão contra a linha dos troianos. Não se animou a descer do carro, mas o fragor do combate deixou-o tão animado que resolveu experimentar a sua lendária pontaria. Escolheu uma flecha bem reta – uma flecha simples, e não daquelas que Hércules tinha embebido no sangue venenoso da Hidra – e escolheu um alvo. Lá na frente, combatendo ao lado de Eneias, um jovem guerreiro troiano destacava-se entre os outros pela fúria com que atacava os gregos. Filocteto distendeu o arco e, mestre que era na arte, esperou o momento certo, aquela fração de instante que fica entre o acerto e o erro, tão exígua quanto o tempo que a pálpebra leva para ir e voltar sobre o olho. Então, soltou a seta, que passou por cima de todos e foi atingir o guerreiro, que estava com o braço erguido para brandir a espada, bem no vazio da axila, onde a couraça não chega. A ponta rasgou o seu peito e cortou-lhe a corda da vida, derrubando-o no chão sem um gemido. Eneias, que estava a seu lado, só compreendeu o que tinha acontecido quando o viu tombar, inerte, com as penas brancas da flecha brotando-lhe debaixo do braço. Por instinto, adivinhou o perigo e abaixou-se de chofre, cobrindo a cabeça com o escudo – e ouviu o silvo sinistro da segunda flecha de Filocteto, que passou rente ao seu capacete e foi cravar-se no peito de um dos cavalos de Páris. Duas flechas mortíferas, no intervalo de segundos, só podiam vir de um arqueiro excepcional, e Eneias chegou a pensar que o próprio Apolo, o senhor do arco, tinha resolvido lutar contra os troianos. Páris, no entanto, enquanto o seu cocheiro cortava os arreios do cavalo abatido, pulou para o chão e apontou para o distante Filocteto: "Lá está! É aquele desconhecido, no carro de Diomedes! Ele atira muito bem, mas vamos ver como ele cai!". E, empunhando, por sua vez, o seu arco temível, desferiu uma seta troiana em direção ao seu peito. Filocteto acompanhava todos os seus movimentos e, assim que ouviu o zunido da corda, virou de lado e cobriu-se com o escudo – o que não era necessário, porque, como ele previa, a flecha de Páris passou assobiando dois dedos à sua frente. "Cuidado, Filocteto! Aquele é Páris, o filho de Príamo, e já matou muitos dos nossos com seu arco!", gritou-lhe Diomedes, para alertá-lo do perigo.

Ao ouvir esse nome, Filocteto mudou de atitude, porque agora era para valer. Escolhendo duas setas farpadas, com a ponta enegrecida pelo terrível veneno, gritou a plenos pulmões: "Cachorro! Agora que sei quem tu és, vou te mandar para o outro mundo! Assim, ninguém mais vai sofrer por tua causa, maldito!". E, ainda falando, retesou o possante arco de Hércules e despediu uma flecha, e depois a outra, numa sucessão tão rápida que a segunda saiu quando a primeira estava chegando no alvo. Páris tentou se esquivar, mas Filocteto tinha sido rápido demais para ele; uma das flechas feriu-o na mão, enquanto a outra foi cravar-se profundamente na ilharga, abaixo da linha da couraça. O terror tomou conta de Páris, que nunca tinha enfrentado um arqueiro semelhante, e ele tratou de se arrastar como pôde para o meio dos seus soldados, que o cobriram com uma barreira de escudos. Felizmente para ele, a escuridão da noite começou a cair, e os dois exércitos abandonaram o campo de batalha.

Os companheiros arrancaram a ponta farpada e tentaram tratar a ferida com ervas medicinais, mas a dor só aumentava, cobrindo o corpo de Páris com um suor pegajoso. Ele sentiu que ia morrer, e lembrou-se das palavras que sua doce Oenone havia proferido, no dia em que ele tinha partido para Esparta, para conquistar Helena: "Volta para mim, se algum dia fores ferido, porque só eu poderei te salvar!". Então ela sabia! Aquilo tinha sido, na verdade, um aviso, e não apenas a despedida chorosa de uma mulher abandonada! Páris agora entendia: Apolo tinha dado a Oenone o dom de prever o futuro, e ela tinha visto estas flechas saírem daquele arco maldito para estendê-lo no chão! Mas ela poderia salvá-lo, e Páris, desesperado com a dor, mandou que o levassem até o monte Ida, no mesmo lugar em que ele costumava cuidar de suas ovelhas, quando ainda não sabia que era filho de Príamo – ali, onde certamente ainda crescia a árvore em que ele tinha gravado os nomes de Páris e Oenone, com promessas eternas de amor.

Ao chegar à morada da ninfa, atirou-se a seus pés, lívido como um cadáver, com os ossos atravessados pela dor insuportável do veneno. Ele estava com medo, porque sabia que a morte se aproximava: suas entranhas queimavam e a boca ardia com uma sede que não havia água que pudesse apagar. "Não me queiras mal, Oenone, pelo que aconteceu há tanto tempo! Não foi por minha vontade que eu te deixei para procurar Helena – foram as Moiras, as insondáveis, que me forçaram a fazê-lo. Mas agora, por tudo que vivemos juntos, eu te peço: me salva! Tira-me esta dor terrível, com as tuas ervas divinas! Afasta a morte, que eu já sinto tão perto!" A ninfa, no entanto, cravou nele os olhos frios como aço, zombando de sua agonia: "E tu ainda vens falar comigo? Logo tu, que me deixaste no deserto desta casa, chorando dia e noite a tua ausência? Pois não foste atrás da tua querida Helena? Então agora trata de chorar nos ouvidos dela! Volta, e vai agonizar ao lado dela, e pede que ela te cure desta dor!". E assim falando, arrastou o pobre Páris pelo braço e o empurrou para fora da morada, onde eles tinham sido um dia tão felizes. Então, enquanto ele cambaleava ao descer a encosta, a morte tomou conta de seu corpo, e ele caiu já sem vida, junto a um pinheiro selvagem, na relva molhada de orvalho – longe de Troia, longe de Príamo e de Hécuba, longe de todos e de Helena. Sua morte, no entanto, não ficou sem testemunha, porque lá em cima, no Olimpo, Hera a tudo assistia, sorrindo com aquela satisfação incomparável que só a vingança proporciona: "Naquele julgamento, Páris, tu me negaste a maçã de ouro da beleza. Pois aí está o teu pagamento: morres como um animal, abandonado no fundo da floresta, e agora és um triste espírito que ruma para o Mundo dos Mortos. Tu te vendeste a Afrodite, mas ela não te protegeu; escolheste muito mal, naquele dia!".

40

OS ORÁCULOS DE TROIA

Quando o dia clareou, seu corpo foi encontrado por dois pastores do monte, que correram até a cidade para avisar os troianos de que Páris estava morto. A pobre Hécuba, que ainda pranteava a morte de Heitor, ficou sufocada ao receber a notícia, como se dentro de seu peito não houvesse mais espaço para tanta agonia. Suas pernas vacilaram, e ela teve de ser amparada para não cair. "Que desgraça, meu filho, eu estar viva, para sofrer mais esta tristeza! Por vinte anos eu tinha chorado a tua ausência, quando os deuses resolveram te devolver aos meus braços! Como eu fiquei feliz, no dia em que reapareceste, tão bonito e garboso, para participar dos jogos oferecidos por Príamo! Ali eu deveria ter morrido, realizada, com todos os meus filhos a meu redor – tu, Heitor e os outros. Mas não, o Destino insiste em me manter aqui, enquanto vai levando vocês, um a um!" Assim se lamentava a rainha, desolada, quando Helena chegou, também banhada em prantos, acompanhada de suas cunhadas, que tinham ido avisá-la.

Com os cabelos em desalinho, com os olhos toldados pelo choro, mesmo assim ela era a encarnação da beleza! Todos os que estavam ali, e todos que vinham chegando, atraídos pela trágica notícia, não podiam deixar de admirar como as suas feições continuavam atraentes, apesar da dor e da tristeza evidentes que se estampavam em seu rosto. Hécuba, no entanto, não se aproximou; ela não acreditava nesse luto. Helena não gostava mais de seu filho – há muito tempo! Hécuba tinha certeza disso. Acaso ela não tinha visto como Helena vivia atormentando Páris, ao elogiar a força e a coragem de seu ex-

-marido, só para deixá-lo inseguro? E quando Páris enfrentou Menelau, não ficou evidente que ela torcia pelo grego? Só mesmo um tonto como Príamo para não notar isso, mas Hécuba tinha desistido de alertá-lo, porque ele parecia enfeitiçado por Helena e nunca lhe dava ouvidos. "Mas a mim, essa grega não engana!", pensou. "E um dia, ainda vou desmascará-la!"

Enquanto preparavam o funeral de Páris – uma singela cerimônia, ali mesmo, no sopé do monte onde ele tinha crescido –, as ninfas da floresta tinham ido avisar Oenone do que tinha acontecido. Ela tinha passado a noite em claro, roída pelo remorso de tê-lo mandado embora. Por que não o tinha acolhido? Afinal, todos esses anos, o lugar dele no leito não tinha estado vazio, na esperança de que ele voltasse? Por que ela não o socorreu e o curou com as plantas secretas que conhecia, para que ele ficasse vivo e ela pudesse ao menos continuar a esperá-lo? Agora, ao ver confirmada a sua morte, compreendeu que não podia viver afastada dele e que só lhe restava morrer também. Assim, lançou-se numa louca corrida pelos caminhos que desciam em direção à planície, cruzando por entre as árvores, fazendo atalhos nas trilhas, pedindo a Apolo, o seu protetor, que retardasse o funeral até que ela pudesse chegar. O deus concedeu-lhe o que ela pedia: os troianos já tinham acendido a fogueira em que Páris ia ser cremado, mas Apolo fez o vento parar por alguns minutos, impedindo que o fogo se propagasse. Quando Oenone chegou lá, mal começavam a apontar as primeiras labaredas. Ela então cobriu a cabeça com o véu e atravessou a multidão, que se abriu para deixar passá-la, como se fosse uma verdadeira noiva. Antes que percebessem sua intenção, saltou no meio das chamas e se abraçou ao corpo de Páris. "Ele agora é todo meu!", ela ainda gritou, para que os troianos ouvissem. "Ele está livre de Helena! Na vida, eu o perdi, mas, na morte, ninguém vai nos separar!" Apolo então fez o vento voltar a soprar, transformando a fogueira numa fornalha incandescente, que envolveu os dois corpos numa parede de fogo. Quando o braseiro foi extinto, as cinzas e os restos dos dois estavam tão misturados que tiveram de guardá-los juntos numa mesma urna.

A morte de Páris trouxe também a discórdia para a casa de Príamo: em Troia, o irmão de um guerreiro morto podia, se quisesse, desposar a viúva, assumindo assim o seu sustento e evitando que a família fosse dividida. Era um costume ancestral, que tinha sido observado, pacificamente, várias vezes ao longo da linhagem de Príamo. No entanto, agora que a viúva era Helena, com aquela beleza absoluta que tinha fascinado todos os homens de Troia, dois dos irmãos de Páris, Deifobo e Helenus, puseram-se a disputar, como verdadeiros rivais, esta ocasião inesperada de ter a mulher mais bonita do mundo. Príamo foi chamado a decidir e escolheu Deifobo: embora fosse mais moço que Helenus, em muito o superava pela bravura nos combates. Helenus ficou tão indignado com a decisão do pai que resolveu deixar Troia e exilar-se no outro lado do monte Ida, para não sofrer a humilhação de ver Deifobo abraçando a mulher por quem sempre estivera apaixonado. Helena, por sua vez, não foi sequer consultada. Ninguém foi lhe perguntar o que o seu coração queria; afinal, ela era a joia rara que tinha vindo aumentar o esplendor do povo troiano, que agora a defendia à custa de sua própria vida – e que, portanto, tinha todo o direito de decidir sobre o seu futuro. Parece, no entanto, que a ideia não a agradou num primeiro momento, tanto que, no meio da noite, os guardas a surpreenderam na borda da muralha, pronta para descer por uma corda que tinha trazido escondida do palácio. "Ela se sente presa entre nós, e ia buscar a liberdade entre os gregos", disseram os que vieram em sua defesa, ao que Hécuba, maldosa, tinha retrucado: "Se ela quer a liberdade, pode tê-la quando quiser, e com uma corda bem menor do que aquela! Basta fazer uma laçada em volta do seu pescoço!".

No acampamento grego, o desânimo voltava a imperar. É verdade que o retorno de Filocteto, exigido pela profecia, tinha resultado na morte de Páris, mas, afora isso, a campanha grega não parecia progredir. As escaramuças diárias tinham se tornado uma pesada rotina, com perdas de ambos os lados, sem vantagem para qualquer um dos dois. Ora os troianos traziam a luta até bem perto das naves, ora os gregos obrigavam-nos a recuar até as muralhas de Troia. Além disso, já não estavam na planície aquelas figuras lendárias que, sozinhas, tantas vezes tinham invertido a sorte do combate: os gregos não tinham mais Aquiles ou Ajax, e os troianos não tinham mais Heitor ou Páris. A guerra voltava àquela situação de impasse e estagnação que só favorecia os troianos, que estavam em sua própria terra e podiam resistir indefinidamente; para a armada de Agamêmnon, no entanto, esta demora ia se tornando um verdadeiro pesadelo, que crescia dia a dia. Consultado, Calcas apontou a única providência que ainda faltava tomar: "Já conhecemos o que os deuses exigem dos gregos; precisamos agora saber quais são os oráculos secretos que protegem a cidade de Troia!". Este segredo, acrescentou Calcas, era conhecido apenas por dois troianos, videntes e adivinhos como ele: uma era a filha de Príamo, Cassandra, e o outro, o seu irmão Helenus, que tinha brigado com o pai e abandonado a cidade, retirando-se para algum lugar isolado nas encostas do monte Ida.

Era uma oportunidade sem par, um verdadeiro presente dos deuses, que os gregos não poderiam deixar passar. A assembleia encarregou Ulisses da missão de localizar Helenus e obrigá-lo a revelar quais eram os oráculos que ainda protegiam a cidadela de Príamo, e, sem demora, ele partiu em direção à montanha, acompanhado de seu fiel Diomedes. Nem chegaram a procurar: quis a vontade dos deuses que eles o encontrassem no primeiro lugar em que pararam, o templo de Apolo, o mesmo a que tinham conduzido Filocteto, para ser curado; por um estranho destino, tinha sido ali mesmo, diante daqueles degraus, que Aquiles tinha tombado com a flecha traiçoeira de Páris. Helenus, que era também um sacerdote de Apolo, estava diante do altar, fazendo uma libação diante da imagem do deus, quando viu os dois gregos se aproximarem. Em silêncio, os dois esperaram que ele concluísse todos os ritos da cerimônia; depois, quando ele se voltou para eles, serenamente, e perguntou o que desejavam, Ulisses explicou-lhe, sem rodeios, o que precisava saber: qual a força que ainda protegia a cidade, impedindo-a de ser tomada de uma vez por todas, para pôr fim a esta guerra?

Para a surpresa de Ulisses, Helenus não se negou a responder. Não que ele fosse um traidor; apenas não queria mais o convívio com Príamo ou com sua família, explicou. Tinha resolvido afastar-se para sempre de Troia no dia em que ficou sabendo do sacrílego assassinato de Aquiles, que Páris e Deifobo, seus próprios irmãos, tinham cometido ali mesmo, naquele templo. Ele ainda tinha tentado convencer Príamo de que era necessário que os dois culpados sofressem um ritual de purificação, a fim de apaziguar a ira de Apolo, cujo terreno sagrado tinha sido profanado com o sangue daquela emboscada. O rei, no entanto, estava exultante com a morte do mais poderoso entre os gregos e, em vez de ouvir os seus prudentes conselhos, tinha preferido festejar o crime de Páris e Deifobo. Por isso, ele tinha abandonado o recinto das muralhas e passado a viver ali mesmo, ao pé da montanha: "O meu temor pelos deuses é muito maior do que pela própria morte!", concluiu, num tom respeitoso, sem mencionar, é verdade, que todas essas preocupações religiosas jamais o incomodariam se ele estivesse, agora, deitado ao lado de Helena, como ele tinha sonhado.

Ulisses fez-lhe a promessa solene que nada lhe aconteceria, quando Troia caísse, se ele revelasse agora o segredo da cidade. Helenus respondeu sem hesitar: "Troia cairá este verão, se o Paládio for retirado do templo de Atena. Enquanto ele estiver na cidade, as muralhas jamais serão transpostas!". O lendário Paládio! Todos os gregos já tinham ouvido a história da estátua de Palas Atena, que Zeus, num acesso de fúria, tinha jogado lá do alto do Olimpo, vindo cair exatamente no local onde hoje ficava a cidade! Os troianos tinham construído um templo dedicado a Atena, e ali cultuavam a pequena imagem de madeira, a quem imploravam proteção contra as doenças e contra os inimigos – sem que ninguém adivinhasse que ali estava o grande segredo da resistência de Troia! Ulisses ficou radiante; não seria difícil roubar o Paládio, porque os troianos, que também desconheciam o valor secreto da imagem, confiavam a sua guarda apenas aos sacerdotes do templo.

O plano que Ulisses pôs em prática era simples e ousado: primeiro, vestiu-se com os andrajos mais sujos que conseguiu reunir; depois, Diomedes, usando um feixe de varas bem finas, açoitou-o com vontade, enchendo seu rosto, seus braços e suas pernas com lanhos e arranhões não muito profundos, mas de terrível aspecto. Então, para completar o disfarce, deitou no chão e rolou pela poeira, dando a todo o conjunto uma aparência de miséria indiscutível. Arqueou o corpo para a frente, curvou os ombros para dentro, deixou cair o cabelo sobre os olhos e pronto: o rei da ilha de Ítaca, o orgulhoso Ulisses, estava transformado num verdadeiro mendigo! Diomedes conduziu-o no seu carro até o outro lado da muralha troiana, deixando-o num pequeno bosque que ficava atrás da cidade. Ali, ele esperou a ocasião mais propícia para se misturar aos mercadores que entravam e saíam pela porta que ficava do lado oposto à porta da planície, onde os combates continuavam. Sem despertar a menor suspeita, ele passou pelos guardas e logo estava mendigando ao longo das ruas de Troia, dirigindo-se para a praça que ficava diante do palácio de Príamo. Naquele dia não havia assembleia, e ele pôde vagar à vontade por ali, aproveitando o seu disfarce para tentar descobrir onde ficava o templo de Atena.

De repente, para sua surpresa, passou por ele a própria Helena, acompanhada de duas escravas de Deifobo, que a seguiam por toda a parte, por ordens de seu senhor. Em vez de continuar, no entanto, ela parou à sua frente, como se procurasse uma moeda para dar-lhe como esmola. "Meu bom homem, eu quero te dar uma moeda, mas não a tenho comigo. Vem até minha morada, onde, em nome de Zeus, o hospitaleiro, vais ganhar comida e roupas!" O olhar que ela lançou disse a Ulisses claramente que ela o tinha reconhecido, mas, por alguma razão, não queria denunciá-lo. Ulisses não teve remédio senão segui-la até a casa de Deifobo, onde ela mandou que as criadas lhe dessem um banho, fornecessem roupas limpas, e lhe servissem uma boa refeição. Depois, elas o levaram à presença de Helena, que mandou que elas se retirassem. Quando certificou-se de que estavam sozinhos, ela tentou interrogá-lo sobre a vida no acampamento grego, sobre a sua prima, Penélope, que era a mulher de Ulisses, mas ele só respondia com resmungos e evasivas. Helena, vendo que ele não pretendia trair sua verdadeira identidade, mudou de tática e passou a lamentar a vida que estava levando desde que Páris tinha morrido – por um repugnante costume deste reino asiático, era agora obrigada a dividir o leito com um dos irmãos do marido, sem direito a escolher – em suma, uma cativa de luxo, presa no palácio do ciumento Deifobo, que mandava vigiá-la constantemente, com medo que ela fugisse. "Há muito eu sinto saudade da minha casa em Esparta, da minha filha, Hermione, e do meu marido, o qual, como posso hoje muito bem compreender, vale muito mais do que mereço! Já não perdura mais a cegueira que Afrodite pôs em meus olhos e que me fez abandonar tudo isso, pensando que ao lado de Páris é que eu seria feliz! Hoje, só sonho em voltar!"

Ulisses ouvia, de cabeça baixa, sem saber muito bem o que pensar. Era o desabafo de uma mulher arrependida, ou seria uma cilada para que ele se traísse? Nesse caso, por que não tinha simplesmente chamado os guardas, lá fora, na praça, para que o prendessem? Muitos guerreiros troianos já tinham se defrontado com ele nestes anos de guerra, e certamente não deixariam de reconhecê-lo se o vissem frente a frente. Ulisses há muito tinha concluído que jamais entenderia as mulheres, mas Helena parecia ser sincera, e ele decidiu arriscar; aproximando-se dela, disse-lhe bem baixinho, de modo que só ela pudesse escutar: "Se és nossa amiga, mostra-me o templo de Atena!". Helena sorriu, ao reconhecer sua voz; ela não tinha se enganado. Não podia imaginar o que ele estava fazendo ali, sozinho, infiltrado entre os troianos, mas percebeu que o momento exigia uma cautela extrema; por isso, não respondeu, mas pegou-o pelo braço e levou-o até a janela, onde apontou para o grande telhado do templo, a menos de cem passos dali! Em seguida, abriu uma arca de ébano que ficava junto à porta e tirou dali três espadas, que pertenciam a Deifobo, e as ofereceu a Ulisses. Ele sorriu, escolheu a mais curta e disse-lhe, antes de desaparecer por entre os arcos do palácio: "Tu salvaste a minha vida, e acabas de salvar também a tua!". Dali, venceu a curta distância que o separava do templo, que estava completamente deserto, a esta hora. No centro, entre quatro colunas, em cima de um pedestal de alabastro, estava a pequena imagem, não maior do que uma criança, iluminada tenuemente pela luz vacilante das pequenas lamparinas que ardiam a seu redor. Sem perda de tempo, Ulisses enrolou-a em tiras que cortou de uma cortina do templo, amarrou o pequeno volume nas costas e saiu para a escuridão da noite, em direção à muralha do fundo. Um soldado troiano chegou a vê-lo quando subia a escada e mandou-o parar, mas estava tão escuro que ele não percebeu a espada que Ulisses trazia na mão e com a qual cortou sua garganta. Helenus havia revelado que num dos ângulos da grande muralha havia uma fenda estreita, coberta de detritos e de folhagens, que podia servir de escada para que um homem decidido entrasse ou saísse de Troia. Era isso o que Ulisses procurava, e por ali ele desceu, com o Paládio nas costas, sem ser percebido pelas sentinelas que faziam a ronda noturna. Quando pisou no chão da planície e começou a se afastar na escuridão, um sentimento de triunfo invadiu o peito de Ulisses, porque ele sentiu que, nesta noite, tinha finalmente conquistado a vitória sobre Troia!

41
O CAVALO DE MADEIRA

Tinha chegado a hora de desferir o golpe final nas defesas dos troianos, e Agamênon reuniu os chefes principais para discutir uma nova estratégia. Sem a proteção do Paládio, Troia tinha deixado de ser inexpugnável, e os gregos, em vez de lutar na planície, precisavam transpor as muralhas e levar a batalha para dentro da cidade. Então Calcas, o adivinho, levantou e pediu para falar. Era no voo dos pássaros que ele encontrava as mensagens que Apolo, o senhor dos oráculos, enviava para os mortais; pois nesta mesma manhã, ao se encaminhar para a tenda de Agamênon, tinha presenciado um fato que apontava um caminho para os gregos: uma pomba, fugindo do ataque de um falcão, tinha conseguido enfiar-se numa estreita fenda do rochedo, onde ele não podia alcançá-la; no entanto, em vez dele sair em busca de outra presa, como costumam fazer os falcões, escondeu-se num arbusto e esperou, com paciência. Pouco a pouco, a pomba foi ficando mais confiante, pois não via mais nos céus o negro vulto do inimigo, até que, finalmente, ela saiu de onde estava e alçou-se pelos ares, julgando-se em liberdade – só para atirar-se nas garras afiadas do seu veloz caçador. "O falcão, mesmo sendo o mais forte, teve de usar um ardil para obter a vitória; devemos fazer o mesmo!", concluiu o adivinho.

Ao ouvir o relato de Calcas, Ulisses sentiu que um plano se formava em sua mente, talvez inspirado por Atena, a deusa da sabedoria: "Existe uma maneira de entrar na cidade: vamos construir um cavalo de madeira, grande como um navio, e deixá-lo abandonado diante da planície; eu e mais alguns companheiros estaremos escondidos em seu bojo, armados e prontos para atacar. Então, a nossa armada desfaz o acampamento e vai se ocultar na ilha de Tenedos, para que os troianos pensem que desistimos da guerra. Deixaremos apenas um homem para trás, para contar uma história bem convincente sobre a nossa retirada. Não vai ser difícil enganá-los, fazendo-os levar o cavalo para o interior das muralhas – e aí nós assumimos o controle das portas e chamamos todo o nosso exército de volta!". O grupo concordou com o plano de Ulisses e o encarregou de colocá-lo em ação imediatamente. Vários guerreiros levantaram as mãos, oferecendo-se para acompanhá-lo na missão. Faltava apenas encontrar um homem de coragem suficiente para ficar sozinho na praia, mas que não fosse conhecido pelos troianos. Apresentou-se então um guerreiro inexpressivo, Sínon, primo distante de Ulisses, que se dispôs a enfrentar o desafio. "Esta tarefa foi feita para mim; sei mentir muito bem, e não tenho medo dos troianos, nem de suas torturas. Com ela, posso ter a glória que não obtive nos combates!" Assim falou, e, para mostrar como estava decidido, sugeriu que o deixassem com as mãos acorrentadas, para dar maior veracidade à sua história. Ninguém se opôs a seu nome, e ele retirou-se para sua tenda, a fim de preparar a sua farsa.

Ulisses convocou o único homem capaz de construir o gigantesco cavalo, o grande Epeu, arquiteto e mestre na arte da carpintaria, autorizando-o a usar os homens e os animais de que necessitasse. "Epeu, três coisas não podes esquecer: ele tem de ser mais alto que o portal das muralhas; ele tem de ser belo e imponente, para que os troianos o admirem e tenham vontade de conservá-lo; por fim, ele deve ser construído no mais absoluto segredo!" Epeu entendeu o que Ulisses pretendia e, como um bom arquiteto, colocou toda a sua arte na execução do projeto, de tal modo que o cavalo, quando ficasse pronto, superasse ainda em muito o que Ulisses tinha imaginado. Centenas de homens e animais começaram a trilhar os caminhos que levavam ao monte Ida, em busca dos longos troncos de pinheiro selvagem que cresciam em suas encostas. Daquela floresta milenar tinha saído a madeira para os navios que levaram Páris até Helena, e dela agora saía a madeira que ia servir para a destruição final dos troianos. Ali tudo tinha começado, e ali tudo ia terminar.

Para manter as obras em segredo, Epeu fez levantar uma alta paliçada de troncos e de galhos de árvores, que tapava a visão de quem se aproximasse pela planície. Por trás desse gigantesco tapume, era intensa a atividade. Dezenas de homens desbastavam os longos pinheiros, enquanto outros manejavam a serra para transformá-los em pranchas regulares. Epeu primeiro esculpiu as quatro pernas do animal, de madeira maciça, e sobre elas construiu o corpo, oco como o casco de um navio, onde os homens iam se esconder. No lado, em um dos flancos, disfarçou um imperceptível alçapão, aferrolhado por dentro, que seria usado para entrar ou sair por meio de uma escada de corda. Depois do corpo, veio o pescoço, encimado por uma crina feita de fios verdadeiros, entrelaçados, que ia terminar, no alto da imponente cabeça, entre duas orelhas orgulhosas, alçadas como se estivessem sempre atentas às ordens de seu condutor. Epeu dotou o cavalo de olhos impressionantes, feitos de ametista e berilo, que brilhavam como olhos de verdade. A boca estava aparelhada com dentes de prata e de marfim, que escondiam uma abertura secreta para deixar que o ar entrasse, sendo conduzido por um tubo até onde estariam os guerreiros; a ventilação era reforçada por duas aberturas menores, abertas no lugar das narinas. O dorso e a anca eram perfeitos, como os de um cavalo de raça, arrematados por uma cauda magnífica, que descia até o chão. Assim como tinha sido desenhado, era um monumento para ficar completamente imóvel, se o gênio de Epeu não tivesse dotado de rodas cada um dos cascos do animal, para permitir que os troianos, quando quisessem, pudessem arrastá-lo através da planície. Com a ajuda de Atena, o cavalo ficou pronto em três dias, lindo de se ver, erguendo a sua silhueta imponente acima dos mastros dos navios.

Já era quase meia-noite quando Epeu mandou derrubar a paliçada e foi avisar Ulisses de que ele e seus companheiros já podiam esgueirar-se para dentro do animal. Quando viu o alçapão aberto, de onde pendia a escada de cordas, Ulisses despediu-se do velho Nestor, que assistia aos preparativos com os olhos cheios de entusiasmo: "Sinto que não possas ir, meu velho amigo, mas eu fico mais seguro se ficares por aqui, ajudando Agamênon a comandar o ataque final!". E assim falando, fez um sinal para que os guerreiros subissem, de armadura completa, mas levando só as espadas. Um a um, foram sumindo no escuro bojo do cavalo os melhores guerreiros de todo o exército grego: Menelau, Diomedes, Filocteto, o Pequeno Ajax, Idomeneu e Podalírio, entre outros, em número de vinte e um. Por fim, subiu Ulisses e, atrás dele, o próprio Epeu, o qual, embora não fosse um guerreiro temível, era o único que sabia o segredo de abrir e fechar o alçapão. A escada foi içada e o cavalo se fechou. O valente Sínon também estava preparado: com o rosto cheio de marcas roxas que ele fez com os próprios punhos, vestido com uma túnica rasgada, ocultou-se embaixo do cavalo, com as mãos presas por grilhões, esperando os troianos, que viriam com a aurora. À sua volta, os homens corriam para os navios, conduzindo carros e animais, enquanto a praia ardia em centenas de fogueiras que consumiam os cercados e as tendas do acampamento. Os comandantes receberam a ordem de fazer-se ao mar assim que estivessem prontos, zarpando em direção à ilha de Tenedos, onde deveriam esperar até a noite seguinte. Não havia como se perder no mar: era uma noite clara de luar, e a travessia até a pequena ilha era muito curta. Se alguém se desgarrasse, que ficasse à deriva, esperando o nascer do sol; o que não poderia ocorrer, em hipótese alguma, era permanecer perto da costa, onde pudesse ser avistado pelos troianos, pois isso poria todo o plano a perder.

    Desta vez, quando o dia clareou, os vigias troianos, postados no alto das torres da cidade, deram um alarme diferente: a linha negra dos navios gregos tinha desaparecido da praia!

Para qualquer lado que olhassem, a planície também estava deserta e silenciosa, entregue a umas poucas reses solitárias, que pastavam calmamente, acompanhadas por bandos de pequenos pássaros. Aos poucos, todos os troianos, homens, velhos e mulheres, foram chegando à muralha, intrigados com a novidade. Príamo, que tinha sido chamado às pressas, enviou alguns batedores para averiguar o que estava acontecendo no acampamento inimigo, e eles voltaram meia hora depois, quase sufocados pela excitação: o acampamento tinha deixado de existir! Eles não tinham chegado até a praia, temendo uma emboscada, mas podiam jurar pelos deuses mais sagrados que não havia mais nenhum navio em toda a costa troiana, nem na terra nem no mar! Os gregos tinham desistido! Troia finalmente estava livre!

    Enquanto a cidade toda acordava, alvoroçada, com os gritos de alegria, Eneias e alguns guerreiros saíram para a planície, armados para o combate, e avançaram, em formação de batalha, em direção à beira do mar. Apesar da ausência das naves, ainda desconfiavam de alguma cilada dos gregos e queriam aproximar-se com cuidado; a população, contudo, não tinha essas cautelas, e saiu atrás deles como uma gigantesca procissão, cantando e dançando, embriagados pela súbita liberdade! Era uma rara sensação para muitos deles, pois esta era a primeira vez em dez anos que atravessavam as portas da cidade e abandonavam o recinto fechado das muralhas! Todos olhavam com curiosidade os vários lugares que só conheciam de nome: aqui tinha tombado Heitor, ali Páris tinha sido atingido pela flecha mortífera, lá era o extremo do acampamento grego, onde ficavam as naves de Aquiles – e eles foram se aproximando do mar, cada vez mais confiantes, caminhando por entre as cinzas ainda mornas das fogueiras. Muito antes de enxergarem as ondas cinzas do mar, porém, avistaram o grande cavalo de madeira, que dominava, sozinho, o deserto da paisagem, e dirigiram-se para lá. A criação de Epeu era realmente admirável; era um cavalo gigantesco, descomunal, mas assim mesmo perfeito em suas proporções de animal de grande estirpe, porque o modelo usado pelo arquiteto era nada menos que Xanto, o cavalo divino que pertencia a Aquiles. As guirlandas de flores e os festões que pendiam de seu nobre pescoço sugeriam que aquela grande estátua era uma espécie de oferenda, o que ficou confirmado quando, ao chegarem mais perto, puderam ler, em seu dorso, a inscrição "Para Atena, o agradecimento antecipado dos gregos que voltam a seu lar".

Neste momento, alguém enxergou a figura de Sínon, encolhido entre as pernas traseiras do animal. Um círculo de lanças se formou em volta dele, mas logo baixaram as armas quando viram que os seus pulsos sangrentos estavam ligados por grilhões de ferro. Como Ulisses tinha previsto, crivaram-no de perguntas. Onde os gregos tinham ido? Quando pensavam em voltar? O que ele estava fazendo ali? O que tinha dentro do cavalo? – e a tudo ele respondia, com uma voz enrouquecida pelo medo, que ele era também inimigo dos gregos, que tinham querido matá-lo. Alguém sugeriu que cortassem suas orelhas, e depois a ponta de seu nariz, para fazê-lo falar a verdade, e várias mãos ameaçadoras já se voltavam para ele, quando Príamo se aproximou e os deteve com um gesto. Sínon arrojou-se a seus pés e implorou-lhe que o libertasse daqueles pesados grilhões, indignos de um homem livre, e ele estaria à sua disposição para contar tudo o que ele quisesse saber, se sua vida fosse poupada. Assim foi feito, e Sínon, esfregando os pulsos machucados, apresentou-lhes a história que ele tinha combinado com Ulisses: "Os gregos foram mesmo embora; o cavalo é um presente para Atena. Eu sei tudo, porque ouvi da boca de Calcas, o famoso adivinho que sempre acompanha Agamênon: a deusa ficou tão furiosa com a profanação de seu templo, em Troia, quando o ímpio Ulisses roubou o sagrado Paládio, que ela retirou a proteção que sempre tinha dado aos gregos. Por isso, construíram esse cavalo como uma nova oferenda para ela, para ver se conseguem reconquistar as suas boas graças, pois eles esperam retornar com um exército ainda maior, com o reforço de novos aliados. Como o mar, no entanto, não parecesse propício para zarpar, Calcas disse que os oráculos exigiam que um grego fosse sacrificado a Posêidon, o senhor das ondas. Quando se tirou a sorte para decidir qual de nós seria a vítima, Ulisses, que me odeia há muito tempo, porque eu era o fiel escudeiro de Palamedes, que morreu por suas mãos, anunciou a todos que eu tinha sido o escolhido. Eu sabia que era mentira, e ainda tentei fugir, mas fui espancado e acorrentado. Felizmente os guardas se descuidaram e eu consegui me abraçar nas patas do cavalo, invocando sobre mim a proteção de Atena. Calcas proibiu que tocassem em mim, porque isso ia aumentar ainda mais a indisposição da deusa contra eles. Nesse meio-tempo, o mar melhorou e eles puderam partir; o odioso Ulisses ainda passou por mim e zombou do meu estado, dizendo que eu tinha escapado da faca do sacerdote, mas logo eu seria retalhado pelas espadas dos troianos!".

Os ânimos se dividiram; apesar do relato de Sínon, que parecia sincero, uns ainda desconfiavam que aquela imensa estrutura pudesse esconder algum perigo em seu bojo; outros, no entanto, eufóricos, já falavam em arrastar o grande cavalo para dentro da cidade, como um troféu da vitória, para que todos pudessem dançar em torno dele, comemorando a reconquista da paz. Príamo, que ainda hesitava, quis esclarecer um último ponto: "E este cavalo precisava ser tão grande assim, comprido como um navio e mais alto do que um mastro?". Ulisses tinha previsto esta pergunta, e a resposta de Sínon foi o detalhe final que convenceu os troianos: "Ele foi feito assim, maior que as portas de Troia, para que vocês não possam levá-lo para dentro da cidade. Calcas ouviu do oráculo que, se isso acontecesse, o cavalo substituiria o Paládio roubado, tornando as muralhas novamente intransponíveis. Assim, esperam encontrá-lo, aqui mesmo onde ele está, quando retornarem com o novo exército, já que acreditam que os troianos, que respeitam a deusa Atena, não vão destruir com o fogo uma imagem que lhe foi consagrada!". Quando os homens querem perder a si mesmo, tudo serve de pretexto, e essa resposta de Sínon desencadeou a loucura na mente dos mais inflamados, que começaram a propor, em altos brados, que se demolissem as ameias sobre o portão principal, e se aumentasse a sua largura, a fim de que eles pudessem frustrar os planos dos gregos, levando o valioso troféu para dentro das muralhas.

Foi quando se ouviu uma voz poderosa, que os chamava de loucos. Era Laocoonte, um sacerdote de Apolo, que pressentia o perigo escondido naquele cavalo: "Loucos! Não veem que isso é uma fraude? Então vocês não conhecem as manhas de Ulisses? Não esqueçam: desconfiem dos gregos, até mesmo quando trazem presentes!" – e, assim falando, atirou com toda a força sua lança contra o costado do animal; a ponta afiada atingiu a frincha entre duas tábuas e penetrou quase um palmo no seu interior, fazendo suas entranhas reboarem como o casco de um navio. Os outros, contudo, expulsaram-no dali; já estavam decididos a ficar com o cavalo e não queriam mais ouvir objeções desse tipo, nem estavam dispostos a tolerar qualquer profanação à imagem dedicada a Atena. Amarraram longas cordas no animal e começaram a puxá-lo lentamente em direção à cidade, incentivados pelo canto das donzelas e o ritmo alegre das flautas – uma música doce para os ouvidos de Hera e de Atena, que, lá do seu reino nas nuvens, acompanhavam, exultantes, o entusiasmo com que os troianos cavavam a própria ruína.

Súbito, Atena percebeu que Laocoonte tinha se afastado do grupo, acompanhado de seus filhos, para sacrificar uma gorda novilha em homenagem a Posêidon. Ele era um vidente respeitado e ia fazer todo o possível para destruir o cavalo feito por Epeu; por isso, ela mandou contra eles duas gigantescas serpentes, que saíram de sua grota no fundo do mar e vieram em seu encalço, singrando a superfície das águas com a cabeça levantada bem acima das ondas. Os que estavam perto do sacerdote saíram correndo, espavoridos, e Laocoonte ficou sozinho com seus filhos, com os pés chumbados na terra pela vontade de Atena. Os dois monstros atacaram primeiro os meninos, apertando-os em seus anéis e cravando-lhes as enormes presas afiadas; Laocoonte ainda tentou defendê-los com a lança, mas as duas serpentes enlaçaram seu corpo e o esmagaram com sua força de aço, fazendo-o morrer ali, junto com os filhos. "Foi Atena que o puniu, por ter atirado a lança em seu cavalo sagrado", concluíram os troianos, que puseram ainda mais força nos braços que puxavam as cordas.

Várias vezes, no trajeto até a cidade, as rodas trancaram em irregularidades do terreno, obrigando-os a tomar um impulso adicional para vencer o obstáculo – e em todas essas vezes, o solavanco inevitável fez ressoar, lá do fundo do cavalo, um surdo rumor de armas, o som inconfundível de bronze batendo no bronze, que passou despercebido de todos porque estavam condenados e já não conseguiam ver nem ouvir os sinais que anunciavam sua morte. Foi uma longa e trabalhosa marcha, que levou o dia inteiro; quando chegaram finalmente à cidade, faltava muito pouco para o crepúsculo. Para adiantar o trabalho, os construtores tinham rasgado a muralha sobre a altura da porta, deixando o vão completamente livre; os grandes batentes tinham sido retirados das dobradiças e a passagem tinha sido alargada em dois passos de cada lado. Lentamente, com o esforço cadenciado que os homens faziam nas cordas, a imensa estrutura de madeira começou a passar pela abertura onde antes ficava o portão. Pelas ruas, à sua frente, todos corriam para ver o maravilhoso cavalo, que traria finalmente a tranquilidade com que todos sonhavam há anos. Lá fora, no mar, junto a Tenedos, Agamêmnon estava em prontidão com todos os navios da esquadra; assim que a noite caísse, eles voltariam para Troia, para aguardar, já na praia, o sinal para atacar.

42

A QUEDA DE TROIA

As profecias sobre a queda de Troia começavam a se cumprir, e agora ninguém mais, nem mesmo o todo-poderoso Zeus, podia alterar o curso inexorável dos acontecimentos. A partir deste momento, ele e os demais deuses abandonaram os mortais à sua própria sorte, limitando-se a acompanhar, lá do seu trono nas nuvens, o triste fim de todo o povo de Príamo. Mesmo assim, os deuses que protegiam os troianos compadeceram-se ao vê-los tão felizes e despreocupados no dia da própria morte, e procuraram adverti-los. Os sinais eram eloquentes, mas passaram despercebidos. Durante o dia todo, insólitos fenômenos tinham ocorrido em diferentes pontos da cidade: nas fogueiras dos sacrifícios, o fogo não consumiu a carne das oferendas, mas isso não alertou os sacerdotes, nem mesmo quando, nos altares, o vinho das libações ficou espesso como sangue e os olhos das estátuas verteram lágrimas reais! E ninguém também estranhou que os lobos e os chacais, que sempre evitam o homem, viessem, em bandos numerosos, uivar bem nas portas da cidade! Ninguém parecia enxergar que, por cima de Troia, uma sinistra névoa embaçava o brilho das estrelas, embora não houvesse uma nuvem sequer no céu límpido daquela noite. Tudo prenunciava uma catástrofe iminente, mas os troianos estavam cegos e não tinham olhos para ver.

Apenas uma pessoa recebeu esses avisos, mas nada podia fazer: trancada em seus aposentos, a profetisa Cassandra soluçava, febril, abismada diante das cenas de horror que seus olhos já enxergavam. Por ordens de Príamo, ela vivia reclusa desde o dia em que Páris tinha partido para Esparta, quando ela, num transe profético, tinha previsto que ele seria o responsável pela destruição da cidade. Agora, no entanto, o que a deixava agitada não eram visões de um distante futuro, mas a presença palpável do Mal, que já estava ali, na cidade, emboscado nas sombras de cada rua de Troia. Possuída pelo terror, teve forças para arrebentar o ferrolho da porta e varar pelos corredores desertos do palácio de Príamo, cambaleando em direção à saída. Diante do palácio, ela se deparou com a multidão que vinha arrastando o grande cavalo de madeira; com os olhos em chamas, rumou em sua direção, sem perceber que suas vestes estavam abertas na cintura, deixando à mostra o seu belo corpo de donzela: "Infelizes! É assim, cantando e dançando, que vão entrar no mundo dos mortos? Não viram os avisos divinos? Se ainda assim querem festa, então comam bem e bebam muito, porque esse será o último banquete para todos vocês, que já pisam, sem saber, a escura trilha que leva ao reino de Hades!". Pobre Cassandra, jogando palavras ao vento! Ela era vista por todos como louca visionária; nunca tinham acreditado em suas negras profecias, porque esse era o castigo que Apolo lhe impôs, no dia em que ela, com o orgulho da juventude, não quis entregar-se a ele. "Tu saberás o futuro, mas jamais te darão ouvidos!"– tinha dito o senhor dos oráculos, e essa terrível maldição arruinou a vida de Cassandra, indispondo-a com a família, tornando-a antipática a seu povo, fazendo-a sentir-se quase transparente, vazia como um fantasma, presa naquela tortura de falar sem ser ouvida.

 Era o que estava ocorrendo ali; ninguém quis soltar a corda com que rebocavam o troféu, ninguém tentou contestá--la, ninguém ao menos prestou atenção no seu belo corpo semidesnudo. Desesperada, ela empunhou uma das tochas que iluminavam a entrada do palácio e correu para o cavalo, numa última tentativa de incendiá-lo: "Vocês estão cegos, e não veem a maldade que se esconde aí dentro? Não sabem que é deste cavalo que sairá o fogo que vai nos consumir, o ferro homicida que vai cortar nossas gargantas? Não percebem o parto maldito que se aproxima, porque dele sairão os guerreiros terríveis que vão nos reduzir a cinzas e a poeira? Abram os olhos! Este cavalo está recheado de soldados! Derrubem-no com o machado e façam dele uma grande fogueira, um adequado funeral para os que se escondem aí dentro!". Neste momento, no entanto, Príamo se adiantou. Ele tinha ouvido, contrariado, o discurso inflamado da filha, e agora a repreendia: "Mas que audácia, Cassandra, que imprudência a tua, de escolher um dia destes para falar em tragédias! O furor que se apossou de teu espírito ainda não se acalmou? Parece que tu não suportas nos ver felizes! Tu vens predizer nossa ruína bem no dia em que o poderoso Zeus nos devolveu a esperança, ao dispersar os navios inimigos? Agora que abandonamos as lanças e os escudos, agora que o tinir das espadas e o zumbido dos arcos deram lugar à música alegre das flautas e ao doce canto das jovens, bem agora tu não te envergonhas de vir gritar, como uma louca, essas tuas previsões mentirosas na porta do meu palácio?" – e assim falando, o pai severo ordenou à princesa que se recolhesse, naquele mesmo instante, aos seus aposentos, o que ela fez, cabisbaixa – sem sequer imaginar que lá dentro, no escuro do cavalo, ela tinha conquistado a admiração dos gregos, que davam graças aos deuses por serem os troianos tão tolos a ponto de não ouvi-la.

Todos queriam comemorar, reunindo-se em torno das fartas mesas, que vergavam com o peso de carnes apetitosas e de ânforas de vinho generoso. Ao som das flautas e pandeiros, gritavam brindes, trocavam congratulações, falando sobre o futuro risonho que esperava a cidade e o povo de Príamo. Pouco a pouco, os olhos foram ficando toldados com o vinho e com o cansaço do dia; uma incomparável sensação de calma e felicidade foi descendo sobre a alma dos troianos, nesta primeira noite, em muitos anos, em que podiam dormir sem temores ou sem cuidados quanto ao dia seguinte. A guerra tinha acabado; agora, podiam sonhar com a paz. Um a um, todos se retiraram para suas moradas, mergulhando naquele que viria a ser o seu sono derradeiro.

Helena, no entanto, não conseguia dormir. De uma das janelas do palácio, tinha visto o grande cavalo dos gregos ser rebocado pela rua principal, em direção ao templo de Atena, e alguma coisa nele, que não era apenas curiosidade, atraía seus pensamentos de uma forma irresistível. Afrodite percebeu a sua inquietação e resolveu fazer uma última tentativa de desmascarar o plano de Ulisses. Descendo do Olimpo, apareceu diante de Helena e disse que ela precisava ver aquele cavalo mais de perto, pois alguém muito importante para ela estava escondido em seu bojo. "Não te preocupes mais com Troia, nem com Deifobo; pensa em quem está lá dentro do cavalo, no escuro, arriscando a sua vida para vir te buscar! Se quiseres, eu posso te ajudar a voltar para ele..." O tom insinuante da deusa fez Helena estremecer; levantando-se do leito perfumado, calçou uma simples sandália nos seus pés delicados e jogou um véu vaporoso sobre os ombros. Deifobo, vendo que ela se preparava para sair, vestiu-se também, sem fazer perguntas; ele estava tão enamorado de sua nova esposa, tão encantado de ter assim, tão perto de si, aquela mulher que ofuscava qualquer outra que ele já tivesse conhecido, que muitas vezes se contentava em segui-la, embevecido, feliz simplesmente por estar ao seu lado. O templo de Atena, de onde Ulisses havia roubado o Paládio, ficava a poucos passos do palácio, e para lá Helena e Deifobo se dirigiram, em silêncio.

Ao se aproximar do soberbo animal, Helena ficou fascinada. Andando lentamente ao seu redor, sem fazer qualquer ruído, ela perdeu as últimas dúvidas que ainda lhe restavam: havia alguém ali dentro, a poucos palmos de distância, talvez suspendendo a respiração, talvez pressentindo que ela estava ali fora. Uma vez, quando tinha sete anos, um grande golfinho tinha encalhado na areia da praia, debatendo-se em agonia. Os pescadores tentaram reanimá-lo com esponjas encharcadas com água do mar, mas os movimentos do magnífico animal foram esmorecendo, até que ele ficou completamente imóvel. Quando a pequena Helena, curiosa, tocou no seu dorso ainda quente, percebeu, na ponta dos dedos, a vibração quase imperceptível da vida, que ainda não o tinha abandonado de todo – e agora, passando a mão no flanco do cavalo, ao tocar naquela madeira rude, pôde sentir, bem distinta, aquela mesma vibração reveladora. Deifobo, alguns passos atrás, olhava a cena com complacência, divertido com o entusiasmo quase juvenil que sua bela esposa demonstrava por aquele prodigioso animal, sem suspeitar que ali mesmo, separados apenas pela espessura da madeira, os seus principais inimigos, cobertos de suor, apertavam as mãos nervosas no punho de suas espadas.

Afrodite contava com o poder de sedução de sua protegida para fazer com que os gregos traíssem sua presença no interior do cavalo, diante do próprio Deifobo, que daria o alarme geral. A deusa, que conhecia Helena muito bem, sabia que ela não resistiria à suspeita de que os mais importantes guerreiros gregos, entre eles Menelau, estavam novamente ao alcance de sua voz. Helena, sendo quem era, não poderia voltar ao palácio sem tentar enfeitiçá-los, sem tentar reavivar em seus corações um pouco daquele antigo amor que todos eles sentiam por ela, quando disputaram sua mão no palácio do velho Tíndaro. E foi o que aconteceu: aproximando a boca de uma frincha mais larga entre duas tábuas, Helena começou a pronunciar, com uma voz cheia de encantos, o nome das jovens beldades que tinha conhecido na Grécia e que agora eram as esposas dos chefes do exército grego. Lá dentro, no escuro absoluto em que se encontravam, todos foram se emocionando à medida que ela ia evocando o nome de suas amadas. Ulisses sentiu o peito apertar quando ela mencionou sua querida Penélope, e seu amigo Diomedes começou a chorar em silêncio a longa ausência de casa. Menelau, então, ao ouvir depois de tanto tempo a voz querida de Helena, tentou erguer-se, comovido, mas foi impedido por Ajax, que estava sentado a seu lado. O pobre Anticlos, contudo, ficou tão emocionado que desatou num choro incontrolado, e seus soluços teriam posto tudo a perder se Ulisses e Idomeneu não agissem com presteza: enquanto eles tapavam com as mãos a sua boca e o seu nariz, outro guerreiro segurava-lhe os pés, para que ele não se debatesse contra as paredes do cavalo; infelizmente, tiveram de aplicar tanta força que terminaram matando-o por sufocamento. O plano de Afrodite estava dando certo, e talvez Helena ainda pudesse ter causado a perda de todos, se Atena, invisível para Deifobo, não tivesse aparecido à sua frente, com um ar aterrorizante, dirigindo-se a ela num tom que a fez tremer: "Infeliz! Até onde vão te levar esses ardores loucos? Quando vais parar de correr atrás dos homens? Os fogos impudicos que Afrodite acendeu no teu seio não vão nunca se extinguir? Não ficas comovida com a constância do teu marido? O abandono da tua filha Hermione não te causa remorso algum? Sai, sai daqui, e volta para o palácio!". E Helena, assustada, voltou para seus aposentos, caminhando pelas ruas silenciosas. A última cartada de Afrodite tinha sido inútil, e ela percebeu que a causa dos troianos estava perdida. Lá em cima, no Olimpo, Apolo retirou-se de onde estavam os deuses e viajou para a distante Lícia, cujo povo tinha construído um templo soberbo dedicado a ele. Ia receber homenagens e deleitar-se com as oferendas de seus novos amigos; como já não podia ajudar os troianos, preferiu não assistir à matança.

    Toda a cidade estava adormecida. Até os cães, que habitualmente perturbavam o ar da noite com os seus latidos, tinham se enroscado para dormir, depois de comer os fartos restos das mesas do banquete. Ninguém se movia nas praças e nas ruas desertas, nem mesmo os habituais vigias do alto das muralhas. Era como se toda Troia, cansada por esta longa guerra, dormisse pela primeira vez depois de tantos anos. Era o momento que Sínon estava esperando. Ninguém tinha dado muita atenção a ele; tinha entrado na cidade junto com o cavalo e participado das comemorações junto com os troianos, bebendo e comendo na festa da vitória. Simulando embriaguez, tinha se atirado debaixo de um banco, onde deixou-se ficar imóvel, como se dormisse, esperando a hora propícia para agir. Agora, era tudo com ele. Como tinha sido combinado, fixou uma grande tocha de galhos resinosos no ponto mais alto de uma das torres desertas, bem acima da linha das muralhas. A chama, avivada pela brisa da noite, rasgou a escuridão como o facho de um farol. Feito isso, dirigiu-se ao templo de Atena e aproximou-se do cavalo, onde os guerreiros deviam estar impacientes para sair. Bem perto do alçapão, ele chamou baixinho por Epeu, o arquiteto; imediatamente ouviu o ferrolho correr e viu assomar à sua frente a figura de Ulisses, que deixou-se escorregar pela escada de corda sem fazer ruído algum. Depois, desceram Menelau, Diomedes e Ajax, e todos os demais, abrigando-se nas sombras do próprio animal. Era um momento solene: por mais de dez anos, a cidade tinha se fechado como uma concha, oferecendo aos seus atacantes a face indiferente de suas muralhas. Todos os esforços dos gregos tinham esbarrado naqueles paredões de pedra, que só os pássaros podiam transpor – até esta noite, porque a astúcia de Ulisses tinha descoberto o caminho que levava ao coração da cidade. Estavam dentro de Troia, armados e decididos, e nada mais poderia detê-los.

Dividindo-se em pequenos grupos, muniram-se de tochas e espalharam-se pela cidade deserta, com as espadas desembainhadas. Sem encontrar resistência, não precisavam esconder-se; ao contrário, corriam abertamente pelas ruas e pelas praças, invadindo casa por casa, espalhando o incêndio e a morte. Os primeiros troianos morreram ainda dormindo, enquanto a cidade ainda não suspeitava de nada. Em cada casa que entravam, todo macho, mesmo que fosse menino ou ancião entrevado, caía a golpes de espada, diante do olhar horrorizado das mulheres, que eram poupadas para ser cativas. Pouco a pouco, os gritos de pavor dessas infelizes começaram a varar a noite, despertando os troianos entorpecidos pelo sono e pelo vinho, que saíam à rua para ver o que estava acontecendo, e encontravam pela frente os guerreiros gregos, de armadura e escudo, com as espadas tintas de sangue. Ulisses e Diomedes dirigiram-se à brecha que os troianos tinham aberto na muralha, na véspera, para permitir que o cavalo entrasse; como imaginavam, os guardas destacados para vigiá-la tinham aderido aos festejos e agora dormitavam, cansados, apoiados em suas lanças. Um por um, tiveram a garganta cortada, morrendo sem emitir qualquer som que pudesse alertar os companheiros.

Quando o sinal de Sínon brilhou no alto da torre, a esquadra já estava muito perto da costa de Troia, porque Tétis, para ajudar os companheiros de Aquiles, fez o mar acalmar suas ondas e enviou um vento forte e constante que enfunou as velas gregas e deu asas aos navios. À medida que iam tocando em terra, despejavam os seus pelotões, que atravessavam a praia e iam concentrar-se no início da grande planície, aguardando o sinal de Agamênon. Quando Taltíbio, o seu arauto, veio avisá-lo de que a maioria dos navios já tinha chegado, Agamênon reuniu seus comandantes e deu a ordem esperada: todos eles, em marcha forçada, deviam rumar para a cidade, onde Ulisses os esperava para comandar o ataque final. Os homens não poderiam falar ou gritar, e os chefes deviam executar sumariamente quem quer que rompesse o silêncio. Era ainda noite fechada, mas seria muito fácil encontrar o caminho da cidade, porque o céu sobre Troia já começava a avermelhar-se com o clarão dos primeiros incêndios.

Os primeiros que atravessaram os portões perceberam que o grupo de Ulisses tinha andado muito ocupado, tal era o número de corpos que juncavam as ruas e se atravessavam na entrada das casas, nas imediações da praça principal. Muitos prédios já ardiam, e a luz fantasmagórica das labaredas iluminava grande parte da cidade, facilitando o trabalho dos atacantes. Nos quintais, presos nas suas correntes, os cães trocaram os latidos por um imenso uivo lúgubre que anunciava a presença da morte. Os gregos entravam em borbotões pela brecha da muralha e corriam, de lança em riste, em busca de novas vítimas. Nos locais de banquete, onde muitos ainda dormiam, embriagados, vários troianos foram mortos a machadadas, enquanto outros eram varados pelos próprios espetos em que tinham assado a carne. Troia tinha se transformado num gigantesco matadouro humano, e um cheiro terrível de sangue e de vísceras inundou a cidade e se espalhou pelo ar da planície, levando os chacais à loucura.

43

MENELAU E HELENA

Há muitos anos, quando tinham vindo a Troia pedir a devolução de Helena, Ulisses e Menelau só não foram mortos traiçoeiramente porque Antenor, um velho conselheiro de Príamo, tinha arriscado a própria vida para salvá-los. Naquela ocasião, tinham-lhe feito a promessa de que ele e sua família seriam poupados, quando Troia caísse. Tinha chegado a hora de pagar, e Menelau pregou uma pele de leopardo na porta de sua casa, indicando assim aos soldados que ali eles não deveriam entrar. Nas outras, no entanto, o massacre continuava, impiedoso, sistemático, casa por casa, rua por rua, aproximando-se cada vez mais do palácio de Príamo, que constituía uma verdadeira cidadela fortificada. Alguns soldados trouxeram escadas para escalar os seus altos muros, mas não conseguiram subir, porque os defensores tinham subido ao telhado e de lá arremessavam pesadas telhas sobre os invasores, que se viram forçados a descer usando apenas a mão direita, pois com a esquerda mantinham o escudo levantado para se proteger da chuva de projéteis. Desistindo das escadas, atacaram os pesados batentes da porta principal a golpes de machado, até conseguir arrebentá-los. Com um grande estrondo, a grande porta caiu por terra, deixando passar um piquete dos temíveis mirmidões, bêbados de tanto matar, que vinham dar o golpe de misericórdia na família real.

Ao ouvir o clamor que vinha crescendo pelos corredores, Príamo ainda tentou cingir as armas de sua juventude, que seus braços de ancião não podiam mais manejar. Ao vê-lo assim, esforçando-se inutilmente para empunhar o pesado escudo,

Hécuba se apiedou de seus veneráveis cabelos brancos e tentou convencê-lo a se refugiar, junto com ela e com as noras, no altar dedicado a Zeus: "Não adianta, meu amigo! Deixa essas armas e vem colocar-te também sob a proteção do senhor do Olimpo! Nem mesmo nosso Heitor, se estivesse aqui, poderia deter os invasores!". Príamo ainda hesitava em atendê-la, quando um de seus filhos, Polites, transpassado por um lançaço, veio cair a seus pés, perseguido por seu matador. O velho quis aprumar-se para enfrentar o agressor, mas seu pé direito escorregou no sangue do próprio filho e ele caiu de joelhos. Olhando para a espada erguida sobre sua cabeça, Príamo não sentiu medo; morrendo, ia juntar-se a seus filhos e livrar-se para sempre dessa angústia e desse horror que já não podia aguentar. A lâmina descreveu um arco luminoso, e a nobre cabeça rolou para longe de seu corpo. Assim, sem pompa e sem glória, morreu o grande rei Príamo; assim se encerrou o destino daquele que foi outrora o dominador de tantos povos da Ásia. O seu funeral, no entanto, jamais será igualado, porque a fogueira em que seu corpo ardeu foi a própria cidade de Troia, cujas cinzas misturaram-se às cinzas de seu último rei.

Não muito longe dali, Ulisses e Menelau procuravam por Helena, atravessando os longos corredores com um ímpeto irresistível, arrombando portas, revirando leitos, usando a espada para abrir caminho entre os atarantados defensores do palácio que tentavam cortar o seu passo. O próprio Deifobo, no entanto, veio dar um fim à sua busca; intrigado com o ruído e os gritos que ouvia, abriu a porta de seus aposentos para ver o que se passava e deparou-se com Menelau à sua frente, com os olhos luzindo de ódio. Deifobo estava seminu, apenas com um leve manto enrolado em volta dos quadris, com o cabelo em desalinho de quem acabava de sair do leito – onde, talvez, estivesse fazendo amor com Helena, e Menelau não o poupou: com a fúria do ciúme, vibrou-lhe no baixo ventre um golpe terrível com a espada, abrindo-o de lado a lado. Deifobo caiu, tentando segurar as entranhas que lhe escapavam das mãos, e ficou ali, agonizando, deitado num lago de sangue. Menelau rugia com o prazer da vingança: "Cachorro! Não vais ver mais nenhuma aurora, tu que te gabavas de dormir com a minha mulher! Lastimo que tenha sido Filocteto, e não eu, quem matou o teu irmão, aquele chacal perfumado que desonrou o meu lar! Vocês dois esqueceram que Têmis, a deusa da justiça, nunca dorme, noite ou dia, pairando sobre a tribo dos homens para punir os que merecem!".

Tomado de um furor assassino, Menelau passou por cima do cadáver e invadiu os amplos aposentos de Deifobo; o cheiro de Helena estava ali, em toda a parte, e ele avançou como um louco, revistando peça por peça, câmara por câmara, abrindo as arcas e os baús, afastando as cortinas, esquadrinhando cada canto em que ela pudesse estar escondida. Finalmente, chegou a uma pequena alcova que servia de toucador para Helena; ali ela tinha se refugiado, ao perceber que os gritos que vinham lá de fora eram de troianos em agonia, abatidos pelos soldados de Menelau, seu marido, que tinha vindo buscá-la. Diante do espelho, ela arrumava o cabelo e se examinava, aflita, ansiosa por saber como ele a olharia, passado todo este tempo, se ele não se decepcionaria ao revê-la, se não a acharia mais velha... Ao ouvir passos pesados que se aproximavam, ela levantou-se, curiosa, ajeitando uma prega do véu branco que lhe caía do ombro. Tentou ensaiar um sorriso, mas estava nervosa demais para isso. Uma mão suja de sangue afastou o reposteiro que fechava a porta da alcova, e Menelau apareceu à sua frente, com a espada levantada.

Helena viu a morte nos olhos do marido, mas não pensou em defender-se. Ela não tinha medo. Podia suplicar pela vida, podia lamentar-se, podia até revelar que já fazia algum tempo que vinha sonhando com este reencontro, podia falar do arrependimento sincero que sentia por ter cedido aos galanteios de alguém como Páris – mas deixou-se ficar assim, calada, sem emitir nenhum som. Como um pássaro hipnotizado pelo olho da serpente, ela estava fascinada pelo brilho sinistro daquela lâmina, que tinha levado à morte tantos homens por sua causa. Naquele momento ela percebeu que não se importaria que terminasse tudo ali, atravessada por aquele ferro, abraçada em Menelau, vendo-se pela última vez no espelho de suas pupilas. Num impulso, afastou o véu que a cobria e ofereceu o peito desnudo ao golpe que ia libertá-la para sempre dessa beleza fatal que aprisionava sua vida.

Menelau tinha retesado o braço, pronto para feri-la, mas sentiu-se paralisado quando viu aqueles seios que jamais tinha esquecido, os ombros delicados de Helena, a pele perfeita da espádua que tanto ele tinha beijado. Durante muitos anos, chegou a pensar que sentia ódio por ela, por não ter resistido quando Páris a sequestrou, por não ter gritado por socorro, por não ter se atirado ao mar quando os navios troianos deixaram a costa de Esparta, por ter continuado a viver enquanto ele sofria a tristeza infinita de perdê-la. Agora, no entanto, ao vê-la tão perto dele, nua até a cintura, arfando de emoção com a iminência da morte, numa entrega suprema, percebeu que nunca tinha deixado de amá-la – e essa ideia tão simples, tão clara e definitiva varreu de seu peito a nuvem negra do ciúme, fazendo o seu braço ceder. A espada soltou-se de sua mão e caiu no chão, entre os dois, tirando-o deste transe momentâneo em que tinha se cristalizado. O tropel e a gritaria que vinham se aproximando disseram a Menelau que os gregos já sabiam que Helena estava ali; precisava fingir, precisava ganhar tempo, se pretendia salvá-la do ódio de seus soldados. Apanhando a espada do chão, ia aproximá-la do belo pescoço de Helena, quando seu braço foi retido pela mão decidida de Ulisses: "Não podes fazer isso, Menelau! Foi por ela que lutamos ao longo de todos esses anos! Helena não pode ser morta, ela é valiosa demais para isso! A culpa não é dela, bem sabes, mas do miserável Páris, que profanou a lei da hospitalidade, e daquela deusa invencível, Afrodite, que faz de nós o que quer!". Ulisses tinha falado bem alto, para que todos os que se acotovelavam nos aposentos de Deifobo pudessem ouvir suas palavras. Ele estava, assim, pagando a dívida que tinha para com a bela Helena: ela não o tinha denunciado aos troianos, quando ele veio roubar o Paládio, e agora ele dava ao amigo o pretexto necessário para poupar a vida dela. Menelau franziu o cenho, como se ainda hesitasse, mas Ulisses insistiu. Menelau acabou cedendo; enrolou Helena num manto, para cobrir sua nudez, e, mantendo-a à sua esquerda, passou-lhe o braço no ombro e conduziu-a para fora, por entre os soldados, que, ao verem que ele conservava a espada desembainhada na mão direita, recuaram, temerosos, formando um corredor para deixá-los passar.

Lá fora, os soldados andavam tão ávidos em busca de novas vítimas que terminavam, no meio daquela fumaça, lutando uns contra os outros, tomando-se por inimigos. Já não havia troianos para matar; os poucos que restavam atiravam-se do alto das torres ou cortavam a própria garganta, furtando-se assim às espadas gregas. Muitas mães desesperadas se arremessaram lá de cima, abraçadas em seus filhos, preferindo morrer com eles a vê-los massacrados pelo inimigo. Pelas portas arrombadas, pelas janelas em chamas, em muitas casas via-se balançar o corpo das mães e das filhas que tinham se enforcado para escapar à desonra do cativeiro. Alguns, que tinham casas fortificadas, deixaram-se estar ali dentro, acompanhados de toda a família, até que as chamas do incêndio fizeram o telhado ruir sobre eles, sepultando-os num mar de labaredas. Toda a cidade ardia: queimava o templo de Apolo, queimava o palácio de Príamo, com os cinquenta aposentos onde tinham morado os seus cinquenta filhos, queimava o templo de Atena, onde o gigantesco cavalo tinha se transformado numa grande fogueira. Aqui e ali, de todos os lados, as casas, minadas pelo fogo, ruíam com estrondo, em nuvens de pó e de fumaça. Nas praças, até as árvores ardiam, como tochas gigantescas. O clarão deste incêndio subia alto no céu, tingindo o firmamento de um tom avermelhado. E nas aldeias vizinhas de Troia, até a encosta do Ida, e nas ilhas de Tenedos e de Lemnos, e no outro lado do Helesponto, todos compreendiam que Troia estava ardendo.

Mesmo em alto-mar, os marinheiros avistavam aquele clarão longínquo e baixavam a cabeça, tristonhos, porque sabiam o que ele significava. As ruas abrasadas pelo fogo estavam ficando desertas; todos procuravam refúgio fora daquela fornalha, correndo para a planície. Centenas de mulheres, subitamente viúvas, corriam de um lado para o outro à procura de alguém que lhes desse a morte – desejo inútil, porque nenhum grego ia ajudá-las a morrer: elas estavam sendo poupadas para a partilha final do prêmio dos vencedores.

Todos os heróis troianos estavam mortos, com exceção de Eneias, o filho de Afrodite. No meio daquela loucura, a deusa tinha vindo em pessoa para guiá-lo, são e salvo, para fora das muralhas, porque as Moiras tinham decidido, há muito, que ele sairia de Troia para fundar um novo reino, que muito prazer ia trazer para os deuses. Assim, carregando nas costas o seu velho pai, Anquises, que não tinha forças para fugir, e conduzindo pela mão o seu pequeno filho Ascânio, Eneias tinha seguido por caminhos tortuosos e ruas desconhecidas, atravessando as muralhas por uma pequena porta secreta, de onde ganhou a planície. Lá, junto a um pequeno santuário dedicado a Deméter, a deusa das colheitas, ele já era esperado por um bom número de fugitivos, que também tinham sido avisados pela deusa para deixar a cidade e rumar para este ponto de encontro. Ali estavam os únicos remanescentes do povo da orgulhosa Troia, todos prontos para seguir Eneias, porque a profecia rezava que ele os conduziria a uma terra distante, onde fundariam a gloriosa Roma.

44

A PARTIDA

Quando o dia nasceu, a planície de Troia era batida por uma chuva generosa, enviada por Zeus para extinguir o gigantesco braseiro em que a cidade tinha se transformado. Debaixo do céu cinzento, pesados carros de bois avançavam lentamente para a praia, transportando a carga preciosa dos tesouros retirados dos magníficos templos e dos opulentos palácios troianos. Atrás deles, amarradas pela cintura, vinham as tristes cativas, exaustas de tanto chorar, numa extensa procissão de rostos desfigurados pela dor e pela fumaça negra do incêndio. Enquanto isso, das encostas do monte Ida desciam, tangidos pelos pastores, o gado gordo e as ovelhas lanudas de que Príamo tanto se orgulhava. Ouro, prata, mulheres e rebanhos: este era o grande butim que seria dividido entre os chefes e os soldados, como prêmio da vitória.

Na praia, tinham sido construídos dois cercados provisórios; um, o maior, para os rebanhos, que ali seriam contados e apartados na hora da divisão. O outro, menor, abrigava as mulheres troianas, que eram vistas pelos gregos como prêmios de grande valor – especialmente as filhas e as noras de Príamo, famosas por sua beleza. Tristemente, elas aguardavam a hora temida da partilha, em que ficariam sabendo em que terra longínqua iam terminar os seus dias, escravas de outras mulheres. Helena também estava ali, junto com suas cunhadas, encharcada pela mesma chuva que não parava de cair. Muitos gregos não acreditavam que Páris a tivesse levado à força para Troia, e consideravam-na uma simples adúltera, que tinha traído o seu povo e levado a morte a milhares; por isso, exigiam que ela fosse executada, para servir de lição a todas as demais esposas que estivessem pensando em deixar o lar e o marido. Menelau, no entanto, embora não totalmente convencido da inocência de Helena, esperava poder comprová-la, com o tempo, o que lhe permitiria recuperar sua rainha sem perder a dignidade. A conselho de Ulisses, portanto, Menelau tinha incluído Helena na relação das troianas; quando a partilha começou, ele deixou todos os demais chefes satisfeitos quando disse que abria mão da parte que lhe cabia como irmão de Agamênon – ouro, rebanhos, cativas – e que só queria a sua mulher. "Eu vim a Troia para matar o homem que ofendeu a minha casa e recuperar minha rainha! Por mim, estou satisfeito! Vocês, que me apoiaram, merecem ficar com as riquezas!" A maioria concordou, porque o bolo a ser dividido assim ficava maior. Aos que, no entanto, continuavam a clamar pela vida de Helena, Menelau respondeu que, se fosse confirmada a sua culpa, ele a entregaria, em Esparta, aos parentes dos guerreiros que tinham morrido por causa dela, a fim de que a punissem do modo que achassem melhor. Essa promessa acalmou os ânimos e encerrou o assunto.

No cercado, as demais cativas não hostilizavam Helena. Muitas tinham pena dela, porque a consideravam uma vítima de Páris, o irresistível sedutor que a tinha levado a abandonar o marido e a filha. Afinal, nada disso teria acontecido se ele não tivesse cobiçado uma mulher casada com outro, atravessando o mar expressamente para encontrá-la. Outras se recusavam a vê-la como vítima, mas compreendiam o que ela tinha feito, porque já tinham sentido, elas mesmas, vontade de deixar tudo para trás e começar nova vida numa terra diferente, com um homem diferente. Umas poucas, no entanto, a olhavam com verdadeiro ódio, culpando a sua leviandade por tudo o que tinha acontecido. Entre estas, a principal era Hécuba, que agora a acusava formalmente de ter causado a morte de seu marido e de seus filhos, e a destruição de Troia. Como se a fúria lhe trouxesse forças renovadas, a velha rainha levantou--se de onde estava e aproximou-se de Helena, com o dedo em riste: "Tu é que devias morrer, espartana! Por causa de teus belos olhos, um reino inteiro acaba de desaparecer!". Helena alegou que nem ela nem Páris tinham culpa do que tinha acontecido; a verdadeira responsável era Afrodite, que não a deixava em paz. A deusa sempre se aproveitava dela e de sua beleza para impor aos homens o seu poder. "Foi ela que me ofereceu a teu filho, quando ele ainda nem me conhecia! Foi ela que decidiu, e ninguém pode resistir à vontade dos deuses!" Hécuba, no entanto, não se acalmou: "Afrodite! Meu filho era um homem belíssimo, e tu o desejaste no momento em que o viste! Agora dizes que foi Afrodite! Eu conheço bem o teu tipo: o fogo das tuas entranhas e o teu desejo impudico agora se chamam Afrodite!".

Neste momento, acompanhado de uma escolta, Menelau veio buscar sua mulher para conduzi-la ao navio. Ele trazia o rosto sombrio, soturno, e todas olharam, curiosas, quando dois soldados entraram no cercado e pegaram Helena pelo braço com indisfarçável truculência. Ninguém sabia o destino que lhe estava reservado, mas, ao que parecia, não ia ser dos melhores. Hécuba, dando graças aos deuses por lhe concederem uma vingança tão pronta, ainda gritou para Menelau: "Fazes bem em matar a tua esposa! Mas evita olhar para ela! Cuida para que o desejo não volte a te dominar! Ela cativa o olhar dos homens, e é assim que arruína as cidades e incendeia os palácios!". Ele não disse nada, mas fez sinal para que os soldados o acompanhassem, afastando-se com Helena por entre as tendas provisórias que haviam sido erguidas na praia. Nenhuma de suas companheiras de cativeiro poderia suspeitar que ela já tinha reconquistado seu lugar no coração do marido, e que aquilo que acabavam de assistir era pura encenação para levá-la em segurança para bordo do navio de Menelau. Ao contrário; todas elas acreditavam que os soldados tinham vindo buscá-la para uma execução sumária, e se ocuparam animadamente a discutir qual o método que seria empregado, pois umas falavam na espada, outras falavam na forca.

A discussão, no entanto, foi encerrada por mais uma tragédia que se abateu sobre Hécuba e encheu o coração de todas elas de terror e compaixão: Ulisses tinha vindo apanhar Polixena, a filha mais moça de Príamo, para ser executada sobre o túmulo de Aquiles. A ideia não tinha partido de nenhum dos chefes gregos, até porque essa belíssima virgem era um prêmio cobiçado por todos os vencedores, e muitos deles gostariam de tê-la como esposa. Tinha sido um pedido do espectro do próprio Aquiles, que tinha aparecido para seus companheiros, indignado com o fato dele não ter sido incluído na partilha de honra. "Vocês se esquecem de mim, e não premiam a minha coragem? Essa é a sua gratidão por tudo o que fiz pela Grécia? Sacrifiquem Polixena sobre a minha tumba, e façam meu espírito descansar!" Ninguém ousaria negar-lhe este último pedido; há muito tinha sido determinado que Polixena seria entregue ao guerreiro mais valoroso entre todos, e ninguém mais que Aquiles, o melhor entre os melhores, mereceria esse prêmio. Hécuba, ao saber da terrível notícia, caiu de joelhos no chão, com o coração despedaçado: "Quando Aquiles caiu com a flecha de Páris, eu pensei que estivéssemos livres do medo que ele infundia em toda a nossa família! Mas ele continua temível, e até as cinzas de sua tumba trazem o mal para nossa raça! Mesmo morto, ele ainda nos mata!". E a dor da velha rainha foi tamanha que comoveu mesmo aos gregos, seus inimigos; até mesmo a vingativa Hera, que exultava com a destruição de Troia, achou que essa mãe não merecia tantos infortúnios assim – mas nada puderam fazer, porque essa era a vontade das Moiras. Por piedade, os gregos deixaram-na livre, até a hora de partir, e ela pôde depositar uma madeixa de seus cabelos brancos sobre os túmulos de Heitor e de Páris, como última oferenda de seu grande amor por eles. Ela não viveu muito mais; dois dias depois, quando o navio que a levava estava ainda à vista das ruínas da cidade, ela, sem nada dizer, pulou por sobre a amurada e mergulhou para a morte, com a esperança, talvez, de que as ondas benfazejas levassem o seu corpo de volta para as areias de Troia.

Depois que a chuva parou, começou a soprar um vento fresco vindo do norte, reavivando em todos a vontade de partir. Este era o vento que os levaria de novo à costa da Grécia, às ilhas cobertas de oliveiras, onde voltariam a provar o doce figo e o vinho perfumado de sua terra natal. A partilha dos despojos já estava concluída, e os navios foram carregados com as riquezas que couberam a cada chefe. Por dez anos, os reis – Agamênon, Ulisses, Idomeneu, Diomedes, o velho Nestor – tinham lutado juntos, mas tinha chegado a hora de tomar cada um o seu rumo, comandando os seus navios de volta ao seu próprio reino. Nenhum deles podia saber como seria a viagem, ou o que os aguardava em casa, depois desta longa ausência. Alguns, como Ulisses, vagariam ainda por muitos anos antes de rever sua terra. Outros seriam recebidos com traição e assassinato, como Agamênon, apunhalado no banho pela própria esposa, Clitemnestra, que assim vingaria finalmente o sacrifício de sua filha Ifigênia. Raros foram os que, como o justo Nestor, fariam uma viagem tranquila, retornando à felicidade do lar e ao afeto dos filhos e da mulher. Neste momento, no entanto, em que desfraldavam as velas e começavam a se afastar para sempre daquela praia em que tinham passado os últimos dez anos de suas vidas, todos ainda estavam felizes, orgulhosos com a glória que tinham conquistado para si e para toda a sua linhagem futura: eles tinham vencido Troia, e seu nome estava gravado na relação dos heróis que a Grécia nunca mais esqueceria.

De todos eles, Menelau era o único que não tinha tanta urgência para voltar para casa: Helena estava com ele, e voltariam os dois juntos para o seu trono em Esparta, para tentar recomeçar o que tinha sido interrompido pela chegada de Páris, naquela sua malfadada expedição. O problema de Menelau é que estava mordido pela dúvida sobre o que realmente tinha acontecido entre Helena e o filho de Príamo. No início, ele tinha certeza de que ela tinha sido raptada, levada à força por Páris, como uma retaliação contra a recusa dos gregos de devolverem Hesíone, a troiana que vivia como cativa de Telamon, o pai de

Ajax. Por isso, quando Menelau veio para Troia, comandando seus navios, só pensava em libertar sua mulher e em punir o homem que a tinha roubado. Cada dia, ao sair para o combate, olhava as grandes muralhas e doía-lhe pensar que lá dentro, como cativa, Helena ansiava pelo dia em que ele viesse salvá--la. No entanto, à medida que o fim da guerra se aproximava, um pequenino detalhe, aparentemente insignificante, tinha desencadeado uma mudança radical na imagem que ele tinha de Helena: ela tinha sido vista no alto das muralhas, entre os familiares de Príamo, com um sorriso nos lábios! Ela era uma cativa, e assim mesmo sorria! Menelau quase enlouqueceu; todas as suspeitas, todos os ciúmes que tinha cuidadosamente evitado rebentaram como um vulcão diante daquele pequeno sorriso. Ela estava feliz! Agora sim, dava ouvidos aos comentários frequentes que tantas vezes tinha surpreendido ao passar pelos grupos que conversavam em volta das fogueiras: não tinha sido um rapto, mas sim uma fuga de amor! Agora, mais do que nunca, enxergava a compaixão com que os amigos o olhavam, e entendia o constrangimento com que o próprio Agamênon, seu irmão, falava com ele sobre Helena. Em vez de vítima, era uma vadia, uma fêmea no cio! E Menelau, na solidão de sua tenda, cheio de ódio e ciúme, tinha começado a pensar no modo como a mataria, ela e o seu amante, que o tinham jogado no ridículo. Se antes ele vivia na certeza absoluta de que sua mulher era fiel, agora ele não tinha a menor dúvida de que ela era uma desprezível adúltera. Antes, morreria por ela; agora, só pensava em matá-la.

No entanto, quando Ulisses voltou de Troia trazendo o sagrado Paládio, ele procurou Menelau e contou-lhe que tinha estado com Helena, e que ela tinha lamentado amargamente a loucura que Afrodite a obrigou a fazer – e parecia sincera. Menelau confiava em Ulisses e sabia que o amigo não se deixaria enganar se Helena estivesse mentindo. O caminho para a dúvida estava aberto de novo, e Menelau ficou com medo de acreditar novamente na inocência da mulher, e se deixar levar ingenuamente pelo amor que sentia por ela. Ulisses, que acompanhava o seu drama, sugeriu que ele esperasse até a derrota de Troia e só fizesse um julgamento definitivo depois que ouvisse o que ela tinha para dizer. Menelau concordou, mas, ao entrar no palácio de Príamo, naquela noite, quase perdeu a cabeça quando a encontrou nos aposentos de Deifobo. A vida de Helena esteve por um fio, e se o amor dele por ela fosse um pouco menor, ele a teria decapitado com um só golpe de espada. Felizmente, Ulisses também interveio, chamando-o de volta à razão. Menelau não podia feri-la – ao menos enquanto estivessem em Troia; naquele momento, Helena era muito mais do que sua mulher: ela era o troféu máximo de toda esta guerra, e por ela haviam zarpado da Grécia mais de mil navios, com meio milhão de soldados. Ulisses tinha sido eloquente: "Volta para casa primeiro, Menelau. Não tens certeza de nada; tudo o que tens são suspeitas! Cuidado com as aparências, porque é assim que os deuses se divertem com pobres mortais como nós!".

    Menelau achou melhor partir assim que pudesse. Como havia dispensado o seu quinhão no rico espólio de Troia, em pouco tempo os seus navios estavam prontos para zarpar. Sem alarde, despediu-se pessoalmente de Agamênon, de Nestor e de Ulisses, e mandou o timoneiro rumar direto para o sul, em direção a Esparta. Na proa, isolada, envolta num pesado manto, Helena olhava o horizonte, indiferente aos respingos das ondas que vinham borrifar os seus cabelos. Os navios afastaram-se rapidamente da praia, que foi diminuindo pouco a pouco na distância, até desaparecer completamente. Helena não olhou para trás uma vez sequer, e só quando os navios passaram ao largo de Tenedos é que ela abandonou o seu posto e veio sentar mais perto de Menelau, nos bancos vazios dos remadores. Ele continuava sério, fechado, mantendo entre eles uma distância que parecia intransponível. Desde aquela noite, no palácio de Príamo, não tinha dirigido a ela mais do que uma dúzia de palavras, e não podia nem pensar em tocá-la. Se o vento continuasse favorável, em quatro ou cinco dias eles estariam em casa, no antigo palácio real de Tíndaro, e ali – nos mesmos aposentos em que ele havia recebido Helena como esposa, no mesmo leito em que ele tinha colhido a flor da sua virgindade –, ali talvez o seu desejo conseguisse vencer aquela espessa barreira que agora havia entre eles.

45
O SEGREDO DE TROIA

Os ventos, contudo, não ajudaram. Depois de três dias de navegação tranquila, quando já se aproximavam da ilha de Delos, o tempo subitamente fechou e o céu foi riscado por relâmpagos. Ainda faltava muito para o crepúsculo, mas uma gigantesca nuvem negra tapou completamente o sol e escondeu o horizonte. Rapidamente, antes que o vento danificasse os mastros, os marinheiros arriaram as velas e amarraram tudo o que estava solto no convés, que já começava a ser lavado pelas grandes ondas revoltas. Mesmo sem as velas, os navios eram impelidos para o olho da tempestade, que se aproximava com uma velocidade vertiginosa. Os marinheiros, experientes, amarravam-se às amuradas e aos apoios dos remos; Menelau alojou Helena num pequeno abrigo na popa, junto ao leme, ao qual também se amarrou com duas voltas de corda. Quando a tempestade explodiu, uma noite inesperada caiu sobre os navios; só a luz contínua dos relâmpagos iluminava a espuma branca das ondas ameaçadoras. Não havia o que fazer, a não ser rezar para que algum deus benfazejo se apiedasse da sorte desses pobres mortais e os conduzisse em segurança a algum porto abrigado.

Durante toda a noite eles vagaram sem rumo, ao sabor do vento e das ondas. Quando amanheceu, uma tênue claridade atravessou o céu cinzento, e Menelau constatou que os demais navios não estavam mais à vista; eles tinham se afastado no meio do temporal ou talvez já estivessem no silêncio das profundezas. Não pôde procurá-los, no entanto, porque logo os trovões voltaram a ribombar, e grossas rajadas de chuva vieram açoitar o tombadilho, tornando impossível a quem quer que fosse manter os olhos abertos. E assim, ao longo de todo esse dia, e do dia seguinte, o mar martelou incessantemente o casco escuro do navio, que continuava a mover-se sempre em direção ao sul, como se tivesse sido apanhado por uma misteriosa corrente marinha que agora o arrastava para algum lugar desconhecido. Na manhã do terceiro dia, o temporal amainou; o mar continuava agitado, mas não tinha a fúria da véspera, e todos puderam, exaustos, soltar as cordas com que tinham se amarrado e dormir, ali mesmo, atirados no convés. À tarde, o sol voltou a brilhar, reconfortante, aquecendo os corpos enregelados por três dias de tormenta. Os porões estavam inundados, e quase todos os animais que Menelau trazia, inclusive cavalos, tinham morrido afogados. Assim mesmo, mandou sacrificar uma das poucas ovelhas que tinham sobrevivido; era uma oferenda a Posêidon, o deus do mar, que tinha permitido que eles saíssem vivos desta tempestade. Pelos cálculos do piloto, os navios deviam estar bem além da ilha de Creta, já em águas africanas; como o vento continuava a soprar forte para o sul, o remédio era içar a vela e continuar avançando, para reparar as avarias e reabastecer o navio em algum porto da Líbia ou do Egito.

Com efeito, poucas horas depois avistaram uma linha de terra que o piloto identificou como Faros, uma ilha bem próxima das sete bocas do Nilo. Entre ela e o continente havia uma belíssima enseada, com águas fundas e calmas, ideal para ancorar o navio. Havia muita coisa a fazer: precisavam esgotar a água dos porões alagados, refazer a vedação do casco e repor os víveres, que tinham sido arruinados pela água salgada – o que poderia demorar semanas. Quando tudo estivesse pronto, ainda assim não seria fácil zarpar de volta para a Grécia, pois precisariam contar com um vento favorável, soprando em direção ao norte, que era muito raro naquela região.

Embora o navio estivesse pesado com toda a água que levava nos porões, ele se deslocava com boa velocidade.

Antes que o sol se pusesse completamente, chegaram diante da ilha, e Menelau ordenou que o piloto a contornasse, para que pudessem passar a noite na segurança da enseada. Foi seu erro; assim que o navio costeou a ilha e embicou no estreito entre ela e o continente, a quilha atingiu em cheio um grande banco de areia, e o navio, com o fundo arrebentado, encalhou definitivamente. Com o choque, a força do vento na vela fez o mastro quebrar junto à base; grandes pranchas começaram a desprender-se do costado, e Menelau deu ordens para abandonar o navio. Ali onde eles estavam o mar era tão raso que as pequenas ondas vinham bater-lhes na altura dos joelhos; entretanto, não podiam passar a noite em cima do banco de areia, pois a maré iria arrastá-los na sua correnteza. Em toda a volta as águas eram profundas, e eles teriam de nadar para chegar até a terra firme, fosse a ilha ou o continente; nos últimos reflexos do dia, Menelau avaliou as distâncias e decidiu que a costa do Egito ficava mais perto. Foi o tempo de procurarem pedaços flutuantes de madeira, para ajudar a travessia, e a escuridão da noite desceu sobre a enseada. Menelau fez Helena agarrar-se a uma prancha que passou boiando perto deles e, com vigorosas braçadas, começou a lutar contra a maré, avançando às cegas, porque em terra não brilhava nenhuma luz que pudesse guiá-lo. Assim ele debateu-se por horas, nadando ora com um braço, ora com o outro, aferrando-se desesperadamente àquele pedaço de madeira que os mantinha à tona. Quando cansava, deixava-se boiar um instante, para logo depois recomeçar, às cegas, sem saber mais em que rumo estavam andando, naquela escuridão total que unia o mar e o céu num negrume impenetrável. Foi quando Helena avistou um ponto luminoso que brilhava no horizonte, na altura dos olhos deles; não podia ser estrela, porque estava muito baixo, e Menelau, com as forças redobradas, nadou naquela direção. Aos poucos, aquela luz salvadora foi aumentando, e Menelau começou a distinguir o ruído longínquo de uma rebentação. Era, com certeza, uma fogueira, e eles estavam se aproximando, finalmente, da terra firme; com um esforço final, conseguiu atingir a zona em que ondas levantavam, serenas, para rolar para a praia. Estavam salvos; o próprio mar, agora, encarregou-se de levá-los, flutuando, em direção ao ponto onde brilhava a fogueira, e logo os pés de Menelau tocaram a areia do fundo. Na praia, ele distinguiu alguns de seus marinheiros, que correram para ele e Helena, gritando de alegria quando os viram surgir da escuridão do mar. O piloto e mais alguns homens tinham tido a sorte de tocar em terra firme pouco depois de abandonar o navio encalhado, e, com grande dificuldade, conseguiram acender aquela alta fogueira, para orientar os companheiros. Menelau era o último que faltava; todos já tinham chegado.

O resto daquela noite foi passado ao relento, em volta da grande fogueira, que os homens alimentavam com a madeira do navio que tinha vindo dar na praia. Quando amanheceu, o quente sol do Egito envolveu os seus membros cansados como um bálsamo restaurador. Agora podiam ver que estavam numa pequena baía deserta, com uma larga faixa de areias muito brancas e finas, que terminava numa suave encosta coberta de uma vegetação tão verdejante como nunca tinham visto; até a brisa suave da manhã parecia recender a um perfume de jardim. Esta era a famosa região do Delta do Nilo, a mais fértil de toda a Terra, e, afora Helena, que já tinha estado ali, todos os demais só conheciam aquela paisagem lendária por ouvir contar da boca dos viajantes que faziam comércio com o Egito. Qualquer um podia pensar que um lugar tão belo assim não podia ser perigoso, mas Menelau, experiente, não quis correr riscos desnecessários e resolveu sair sozinho em busca de socorro. Seus homens ficaram na praia, tomando conta de Helena, que ficou mais retirada, na sombra de uma pequena gruta que se abria na encosta.

Menelau tinha a aparência de um mendigo, descalço e esfarrapado. Para poder nadar, tinha se livrado das sandálias e do manto púrpura que usava, ficando apenas com uma túnica curta de linho, que agora estava reduzida a um monte de andrajos encardidos pela água e pela fumaça da fogueira. Não tinha mais o seu cinturão nem sua espada com punho de ouro, e estaria completamente desarmado, não fosse um grosseiro bordão que tinha improvisado com um galho seco que encontrou no caminho. Assim mesmo, tinha esperança de conseguir ajuda, invocando, em nome de Zeus Poderoso, as leis eternas da hospitalidade. Ao se afastar da praia, atravessando a extensa faixa de vegetação, encontrou uma estrada que parecia bem trilhada, marcada pelo sulco das inúmeras rodas que tinham passado por ali. Seguindo por ela, ao cabo de duas horas chegou ao portão de um palácio opulento, que devia ser a morada de alguém muito importante, a julgar pela solidez de seus muros fortificados. Batendo com o bordão no oco da porta de bronze, gritou insistentemente que abrissem, em nome de Zeus, que ele era um náufrago e precisava de ajuda. Acima de sua cabeça, no entanto, abriu-se uma portinhola, onde apareceu o rosto hostil de uma velha porteira: "Vai te embora daqui! Ouvi o que dizias e sei que és um daqueles gregos que meu senhor abomina! Vai bater noutra casa!". Menelau, que nunca tinha sido tratado assim, empertigou-se: "Ninguém jamais falou comigo desse jeito, sem ser castigado!". A velha, no entanto, continuava impassível: "Ah, eras importante? Pois aqui não és ninguém; vai-te!". "Velha, diz-me ao menos a quem pertence este palácio!" "Ao rei Proteus; mesmo morto, ele ainda está aqui, naquele santuário que tu vês ali adiante, a cem passos destes muros. O filho dele é o rei, agora, mas mora em outro palácio, e me deu ordens para manter os gregos longe deste portão!" – e a velha, baixando a voz, em tom de confidência, acrescentou: "Nesta casa é que mora a filha do grande Zeus, a bela Helena!".

Menelau teria rido da loucura da velha, mas a limpidez do seu olhar não era de pessoa insana; sentiu seu peito tomado de um estranho pressentimento, e foi lutando contra uma sensação de vertigem que ainda conseguiu perguntar: "De onde ela veio? E desde quando?". A velha agora falava com mais simpatia: "O meu senhor não quer os gregos por aqui, mas eu, de minha parte, nunca tive nada contra vocês. Se eu te mando embora, é para te proteger; ele te mataria, se te encontrasse rondando o palácio. Quanto a Helena, é claro que ela veio de Esparta, onde ela era rainha, e chegou aqui há mais de dez anos, antes que os gregos partissem para a grande guerra contra Troia! Agora vai, antes que te peguem!". E assim dizendo, fechou a portinhola, deixando Menelau completamente atônito com o que acabava de ouvir. Muitos homens, muitas cidades, muitas mulheres neste mundo podiam ter o mesmo nome, mas a Helena que saiu de Esparta antes da Guerra de Troia só podia ser uma, aquela que tinha ficado na praia, aquela que ele tinha trazido em seu navio desde o palácio de Príamo! Mas por que todo esse cuidado com a guarda do portão? Por que uma velha humilde como aquela mentiria para ele? Por que ele estava sentindo o coração tão apertado, como se alguma coisa terrível estivesse para acontecer?

Súbito, viu a silhueta inconfundível de Helena passar entre as colunas do santuário! "É uma brincadeira dos deuses", pensou; "É apenas um espectro!". Quantas vezes, durante os combates em Troia, os deuses não tinham pregado esta peça aos mortais? No combate contra Aquiles, o próprio Heitor tinha sido enganado, ao pensar que seu irmão Deifobo estava ali, para ajudá-lo – quando era apenas uma imagem fabricada, um simulacro que se transformou em fumaça assim que Aquiles atacou. A mesma coisa deveria estar acontecendo agora: algum dos imortais devia estar se divertindo com ele, fazendo-o ter aquela ilusão. Assim mesmo, foi se aproximando do local, aproveitando que seus pés descalços não faziam barulho algum. Envolta num longo manto azul-escuro, Helena, ou sua imagem, o que fosse, estava fazendo uma prece diante do túmulo de Proteus, e Menelau pôde ouvir cada palavra que ela dizia: "Tu me proteges até hoje, Proteus! Se não fosse por respeito a ti, o teu filho já teria me violado! Hoje consultei a vidente, que me disse que meu marido está vivo, embora tenha passado por um naufrágio! Ah, pudesse eu finalmente reencontrar Menelau, são e salvo, como a deusa me prometeu!". Menelau não se conteve e apresentou-se diante dela, com o olhar esgazeado: "Eu não sou marido de duas Helenas!". Apesar dos andrajos, ela o reconheceu imediatamente, e seu rosto se iluminou: "Mas eu sou a tua esposa! De que outra estás falando?". Menelau respondeu, quase gritando: "Da que fui buscar na Troia distante e que está lá na praia, não muito longe daqui!". Helena, no entanto, era toda suavidade: "Não, Menelau, jamais tiveste outra esposa que não eu – e eu nunca estive em Troia! Quem estava lá era um espectro, uma sombra, feita de nuvens, uma Helena falsa, feita por Hera para enganar o tolo do Páris!". Tal qual um touro apanhado pelo laço, Menelau balançava a cabeça, como se quisesse livrar-se do que estava vendo e ouvindo: "Não é verdade! Não acredito! Uma só Helena já me trouxe muito sofrimento, e não quero multiplicá-lo por dois!" – e começou a afastar-se, tomando o rumo da estrada. Helena correu atrás dele: "Vais me abandonar para seguir um fantasma? Deixas a tua verdadeira esposa para juntar-te a uma sombra?". Sem se virar, Menelau limitou-se a responder, "Eu prefiro acreditar na outra, que tanto esforço me custou, e não em ti". E voltou para a estrada, caminhando maquinalmente, sentindo-se completamente estranho ao seu próprio corpo, como se pisasse no solo usando os pés de outra pessoa.

    Nesse momento, ele avistou alguém que vinha correndo em sua direção, gritando por seu nome: era um dos homens que ele tinha deixado na praia, trazendo uma mensagem urgente do piloto: Helena tinha desaparecido! Eles tinham se distraído quando três dos navios de Menelau entraram na enseada com as velas desfraldadas; todos os que estavam na praia correram para a beira do mar, pulando e gritando de alegria, e ninguém lembrou de Helena! Quando voltaram para o acampamento, ela não estava mais na gruta. Eles a procuraram em toda a orla da praia, em todos os arbustos, entre as palmeiras, mas nada! Tinha desaparecido sem deixar sinal, sem deixar pegadas, como se tivesse virado fumaça; depois de uma boa hora de buscas detalhadas, tinham desistido de procurá-la. A boa notícia, no entanto, era que os três navios tinham escapado ilesos da tempestade; estavam em condições de partir para a Grécia assim que reabastecessem de água fresca!

Helena, que tinha deixado o santuário para seguir Menelau, ouviu o relato do marujo, que só então percebeu a sua presença: "Ó, filha de Zeus, tu estás aí! E eu que vinha trazer a notícia de que tinhas desaparecido no meio das nuvens! Deves ter asas escondidas, para ter chegado antes de mim!". Menelau sentiu o peito explodir de tanta alegria: então era verdade! Ali estava a sua verdadeira Helena, intocada, esperando por ele todo esse tempo, como Penélope, lá em Ítaca, estava esperando por Ulisses! Ele a abraçou, chorando, pedindo-lhe que o perdoasse: "E eu cheguei a suspeitar da tua honra! Milhares de auroras se sucederam, até que hoje, finalmente, eu compreendi tudo o que Hera fez! E eu achando que estavas dentro das muralhas de Troia! Mas eu tenho uma pergunta: como é que Páris te tirou do meu palácio?". Helena, também com os olhos cheios de lágrimas, respondeu: "Não foi para me atirar no leito de um jovem estrangeiro, não foi por um desejo adúltero que eu saí do palácio: eu não pude resistir à sua ameaça de matar a nossa filha, se eu gritasse por socorro. Ele me obrigou a entrar no seu navio, mas Hera, que protege os matrimônios, mandou uma terrível tempestade que nos trouxe para o Egito. Aqui, o crime de Páris contra a tua casa foi denunciado a Proteus, o rei mais sábio que já existiu, e ele guardou-me neste palácio, para que tu me encontrasses ao voltar de Troia. Quando o teu hóspede sedutor saiu de Esparta, já não era eu que estava a seu lado, mas o meu simulacro! Assim Hera se vingava daquele voto vendido, com que Páris deu a Afrodite o título da mais bela deusa! Nenhum homem jamais me tocou durante todo esse tempo: Páris levou para a cama apenas uma imagem minha, e foi com ela que casou! E não te espantes, meu marido, pois tu mesmo foste enganado pelas aparências – foi este mesmo simulacro que foste encontrar, naquela noite, nos aposentos de Deifobo!'".

Menelau agora compreendia esta misteriosa tempestade que tinha tirado o seu navio do rumo e o levado para o Egito: Hera estava, finalmente, juntando de novo os dois esposos! Ele estava exultante; sua honra estava intacta, e podia voltar, com dignidade, a se entregar ao amor que tinha por Helena. O mensageiro ouvia tudo com os olhos arregalados; pouco a pouco, no entanto, o seu rosto se toldou com uma imensa tristeza, enquanto ele se lamentava: "Quer dizer que nada era verdade? Tantos morreram por nada? Aquiles, Pátroclo, Ajax, todos morreram por uma simples sombra? Dez anos nós sofremos, por um bocado de nuvem? Os deuses brincam conosco, eu sei, e fazem o que querem com o destino dos homens, mas isso agora é demais! Atravessamos o mar para arrasar uma cidade só por causa de um espectro, em nome do qual também Príamo se sacrificou, e mais todo o povo de Troia? Eu não entendo mais nada, nem quero entender coisa alguma!".

Menelau, no entanto, estava ansioso por voltar para a praia, para pôr a sua mulher em segurança a bordo de seus navios. Helena, que parecia conhecer muito bem os atalhos, conduziu-os em pouco tempo à beira do mar, evitando a estrada, onde poderiam ser surpreendidos por soldados do rei. Quando chegaram lá, os odres já estavam abastecidos com água fresca. Menelau ordenou o embarque e os três navios levantaram âncora, afastando-se da enseada. O vento ainda não soprava para o norte, mas ele decidiu bordejar a costa do Egito e retirar-se para a Líbia, onde poderiam aguardar em segurança o tão esperado vento que os levaria para casa. Pouco a pouco, a ilha de Faros foi ficando para trás; na proa, abraçado a Helena, Menelau, com a vastidão do mar infinito diante de seus olhos, pensava na vida infeliz que estava deixando para trás, agora que tinha a seu lado a sua esposa adorada. Ela tinha passado dez anos de sua vida trancada em um palácio do Egito, solitária, mas agora ele ia compensá-la por todo esse tempo perdido; ele ia limpar o nome dela em toda a Grécia, mostrar a todos o que tinha acontecido, esclarecer que Helena sempre tinha sido sua rainha, fiel e leal ao amor que sentia por ele. Ia amá-la sem perguntas, porque nada mais importava – nem mesmo esclarecer de que modo a Helena do Egito, tão distante das praias de Troia, podia saber que ele a tinha encontrado saindo do leito de Deifobo, na noite em que Troia caiu –, porque tinha finalmente compreendido que só assim podia tê-la a seu lado, Helena e as falsas Helenas, que ele ia amar para sempre.

Porto Alegre e Canela
Verão de 2004

PARA SABER MAIS

Cláudio Moreno

COMO CONHECEMOS A HISTÓRIA DE TROIA?

No Natal de 1829, o pequeno Heinrich Schliemann ganhou uma bela História Universal ilustrada para crianças. Ao ver a impressionante gravura que representava a tomada de Troia pelos gregos, perguntou onde ficava aquela cidade fabulosa; o pai, sorrindo, informou-lhe que tudo não passava de uma lenda contada pela *Ilíada*, de Homero. O menino de nove anos não se conformou: "Não pode ser. Um dia eu vou encontrar os restos desta cidade".

A partir deste dia, a *Ilíada* tornou-se sua companheira inseparável; sempre com ela na cabeça, trabalhou vários anos no comércio, viajou pelo vasto mundo, ganhou muito dinheiro com o ouro da Califórnia e ficou rico com a Guerra da Crimeia. Em 1868, quatro décadas depois, ele pôde dedicar-se a seu sonho. Como acreditava que todas as referências geográficas de Homero eram verdadeiras, Schliemann foi afunilando a sua pesquisa até chegar a Hissarlik, na Turquia. Ali deviam estar as ruínas de Troia, dentro de uma colina verdejante separada do mar por uma larga planície, certamente a mesma onde gregos e troianos tinham lutado por dez anos inteiros.

Convencido de que precisava de uma companheira para a grande empreitada, passou a procurar uma esposa que fosse grega, jovem, órfã e que apreciasse Homero. Dentre as várias candidatas, sobressaiu-se Sophia Ergastromenos, dona de todas essas qualidades e de outras mais; ela o acompanhou pelo resto da vida, trabalhando nas escavações, compartilhando suas vitórias e vindo a escrever, mais tarde, a sua biografia oficial. Em Hissarlik, Schliemann acabou descobrindo não uma, mas sete cidades enterradas na colina, umas sobre as outras, em camadas sucessivas que atravessavam vários milênios de história. Schliemann definiu uma delas como sendo a Troia de Príamo, de cujas muralhas a bela Helena deve ter assistido à guerra que ela própria causou.

Ao apresentar ao mundo as riquezas que pertenciam ao tesouro de Príamo, ele ganhou celebridade instantânea e o ódio dos arqueólogos, que até hoje contestam o seu sucesso. Dizem que ele escolheu as ruínas erradas, destruiu vestígios importantes e inventou registros falsos em suas anotações. E daí? Ele teve fé em Homero – que é o mesmo que fé na infância – e encontrou sua Troia, cumprindo assim a promessa que um menino fez a seu pai. Quem o entendeu mesmo foi Freud, o arqueólogo da alma humana, que disse invejar esse homem que, junto com o tesouro de Príamo, tinha encontrado a rara felicidade de realizar o sonho de uma vida toda.

Eu também, desde menino, saí em busca desta cidade lendária. Naveguei por muitos anos neste mar cheio de mitos, explorei as montanhas e as planícies da ficção e encontrei, como Schliemann, várias Troias diferentes. A que mostro neste livro é a minha favorita.

Não existe uma versão oficial da Guerra de Troia. Como qualquer outra história que faça parte de Mitologia Grega, ela chegou até nós em inúmeras variantes, ditadas por diferentes autores da Antiguidade, que formam uma intrincada tapeçaria de fatos e personagens. Diodoro Sículo, que morreu um pouco antes do nascimento de Cristo, já tinha percebido que os mitos antigos jamais são relatos simples e consistentes, e que as versões que os poetas e historiadores fornecem nunca coincidem em todos os detalhes. Por isso, ninguém pode contar uma história dessas sem optar, antes de mais nada, por uma linha narrativa específica, que lhe servirá de critério para incluir este ou aquele episódio, ou destacar este ou aquele personagem. Foi o que fiz; esta é a minha versão da Guerra de Troia, escolhida entre as dezenas de maneiras possíveis que existem para narrá-la.

Há uma história básica, respeitada por todos os autores que trataram deste tema: Helena, a mais bela de todas, foi levada de Esparta por Páris, filho de Príamo; os gregos reuniram uma grande armada e foram a Troia buscá-la, encetando uma longa campanha que terminaria no incêndio e na destruição da cidade. O resto da história vai variar de autor para autor, principalmente no que se refere aos acontecimentos anteriores e posteriores à *Ilíada* de Homero. Este poema, que poderia ser intitulado *A Cólera de Aquiles*, cobre apenas alguns dias do último ano da guerra: começa quando Aquiles se retira dos combates e termina com a morte e o funeral de Heitor (neste livro, vai do capítulo 25 ao 36). Alguém já disse que é espantosa a quantidade de fatos que Homero *não* relata; os antecedentes da guerra, a morte de Aquiles, a queda de Troia, nada disso está na *Ilíada* – nem mesmo o famoso episódio do cavalo de madeira (embora na *Odisseia*, que trata da volta de Ulisses para casa, faça referência a várias cenas da destruição da cidade). A parte que Homero resolveu contar é geralmente (mas nem sempre) aceita por todos os autores antigos; o que veio antes e depois do episódio narrado na *Ilíada*, no entanto, chegou até nós em relatos muito variados.

ANTES DA *ILÍADA*

Para os acontecimentos anteriores a Homero (o julgamento das deusas, o nascimento de Helena, o juramento dos pretendentes, o reconhecimento de Páris como filho de Príamo, a sedução de Helena, a convocação dos heróis gregos, a concentração do exército em Áulis, o sacrifício de Ifigênia, o desembarque em Tenedos, a embaixada a Troia e a morte de Protesilau), baseei-me principalmente nas *Fabulae*, de Higino, na *Biblioteca*, de Apolodoro, e nos fragmentos dos *Cantos Cípricos*. Das

Heroides, de Ovídio, uma coletânea de pretensas cartas de amor entre personagens famosos, aproveitei as seguintes: de Briseida a Aquiles, de Oenone a Páris, de Laodâmia a Protesilau, de Páris a Helena e de Helena a Páris. Alguma coisa da juventude de Helena fui buscar na *Vida de Teseu*, de Plutarco. Para a sedução (ou rapto) de Helena, usei *O Rapto de Helena*, de Coluto, *Em Louvor de Helena*, de Górgias, e o *Elogio de Helena*, de Isócrates. O episódio de Filoctecto inspira-se na tragédia *Filoctecto*, de Sófocles, enquanto o sacrifício de Ifigênia está baseado em *Ifigênia em Áulis*, de Eurípides. Alguns desses textos são fáceis de encontrar, em variadas traduções. Para os mais raros, indico, no final, o endereço na internet onde poderão ser lidos (em inglês ou francês).

Depois da *Ilíada* – Para os acontecimentos posteriores ao funeral de Heitor – a morte de Aquiles, a disputa entre Ulisses e Ajax, o retorno de Filoctecto, a morte de Páris, a construção do cavalo, a morte de Príamo e de Deifobo, o saque e o incêndio de Troia – utilizei principalmente *A Queda de Troia*, de Quinto de Esmirna; *A Destruição de Troia*, de Trifiodoro (que contém a melhor descrição do cavalo de madeira); a *História da Queda de Troia*, do misterioso Dares, o Frígio (que diziam ter participado pessoalmente desta guerra!); e o Livro Segundo da *Eneida*, de Virgílio. Também foram fundamentais as peças *Hécuba* e *As Troianas*, de Eurípides, bem como o *Ajax*, de Sófocles.

Para a sequência final, no Egito, utilizei principalmente *Helena*, de Eurípides, que defende a tese do simulacro, e Heródoto, que afirma, em suas *Histórias* (2, CXII-CXX), que Helena jamais esteve em Troia, ficando o tempo todo sob a guarda de Proteu. Homero contribui para esta versão: no livro IV da *Odisseia*, Menelau faz várias referências ao fato de ter passado algum tempo no Egito, quando voltou de Troia com Helena.

Para a *Ilíada*, utilizei a tradução de Paul Mazon, da edição da Belles Lettres; para a *Odisseia*, a tradução de A.T. Murray, da Loeb Classical Library. Como obra geral de referência, aproveitei o excepcional *The Greek Myths*, de Robert Graves; apesar de algumas interpretações idiossincráticas, ele faz questão de apresentar os vários desdobramentos de cada mito e indicar as fontes originais. Na internet, há dois sítios que me foram de grande utilidade: o *Greek Mythology Link*, de Carlos Parada, que sistematiza toda a mitologia grega, com um valiosíssimo material iconográfico, e o inestimável *Theoi Project*, que reúne, com os textos originais, tudo o que os autores de Grécia e Roma escreveram sobre cada figura da mitologia.

E O QUE DIZEM OS DEMAIS RELATOS SOBRE TROIA?

Para que o leitor, que já conhece a linha narrativa que adotei, avalie o grau de discrepância entre as versões, enumero algumas diferenças importantes que aparecem em outros autores gregos e romanos:

- Agamênon não seria o pai de Ifigênia; ela seria a filha secreta de Helena e Teseu, entregue a Clitemnestra para que Helena pudesse casar como virgem.
- Não teria havido uma, mas duas expedições a Troia. A primeira teria sido infrutífera, porque os gregos simplesmente nunca chegaram lá! Afrodite, para salvar seus protegidos, teria feito com que os gregos esquecessem o caminho e atacassem um reino errado. Por isso, tiveram de voltar a Áulis, para reagrupar. Nesta versão, a guerra teria durado quase vinte anos.
- A disputa de Ulisses e do Grande Ajax teria ocorrido após a queda de Troia; desta forma, Ajax seria um dos guerreiros que estavam dentro do cavalo.
- Ulisses não teria matado Palamedes durante uma pescaria. Para vingar-se dele, teria montado uma armadilha para que o condenassem por traição: enterrou ouro em sua tenda e o acusou de ter sido subornado pelos troianos; julgado pela

assembleia, Palamedes foi então executado por apedrejamento.
- Os gregos não teriam entrado em Troia dentro do cavalo, mas por uma das portas principais, que tinha a imagem de um cavalo esculpida. Esta porta teria sido aberta, à noite, por Antenor, o velho conselheiro de Príamo, que traiu o seu povo para salvar a vida de sua família.
- Em algumas versões, Ulisses não é o homem justo e benquisto que Homero apresenta na Ilíada e na Odisseia, mas sim um aventureiro egoísta e inescrupuloso.

Um personagem famoso que fiz questão de desconsiderar é o de Neoptólemo, o filho que Aquiles teve com Daidâmia enquanto estava escondido na corte do rei Licomedes. Se aceitarmos que os gregos se concentraram em Áulis e dali partiram para Troia, onde ficaram uma década, Neoptólemo não teria mais do que doze anos na época em que Troia caiu. Não poderia ter, portanto, a força e a destreza necessárias para executar as façanhas que alguns autores lhe atribuem (entre elas, a morte do próprio Príamo) – a não ser que aceitássemos a versão das duas expedições, o que daria à guerra uma duração bem maior.

GREGOS E TROIANOS (OU ARGIVOS)

Nos autores clássicos, os exércitos de Agamênon aparecem sob várias denominações (*helenos*, *aqueus*, *argivos*, *dânaos*), enquanto os troianos são também chamados de *dardânios*. Nosso próprio idioma se encarregou de simplificar essa nomenclatura, acostumando nosso ouvido a uma expressão que coloca, em polos sempre opostos, os nomes *gregos* e *troianos*. Foi o que adotei.

QUEM É QUEM NA GUERRA DE TROIA

Afrodite – A deusa do amor. É amiga dos troianos, protegendo principalmente a Eneias, que é seu filho, e a Páris, que lhe concedeu o título de "A Mais Bela".

Agamênon – (grego) Rei de Micenas, irmão de Menelau. Casou com Clitemnestra, irmã de Helena. É o chefe supremo da armada grega.

Agelau – (troiano) Guardador de bois, servo de Príamo. Quando Páris nasceu, entregaram-lhe o menino para que o abandonasse na montanha, mas criou-o secretamente, como se fosse seu filho.

Andrômaca – (troiana) Esposa de Heitor.

Antenor – (troiano) Um dos mais velhos conselheiros de Príamo. Impediu que os troianos matassem Ulisses e Menelau, quando foram a Troia como embaixadores; em troca, quando a cidade foi destruída, ele teve sua vida poupada.

Antímaco – (troiano) Um dos conselheiros de Príamo que insuflava seus companheiros a matarem Ulisses e Menelau.

Apolo – O deus da peste, da música e da medicina. É também chamado o senhor dos ratos e o senhor do arco. Protege os troianos.

Ares – O deus da guerra. Tem simpatia pelos troianos.

Artêmis – A deusa da caça; sempre armada com seu arco e suas flechas, anda acompanhada por seus cães. É uma das deusas virgens do Olimpo. Tem simpatia pelos troianos.

Astianax – (troiano) O filhinho de Heitor e Andrômaca. Não vai sobreviver à destruição da cidade, pois os gregos, temendo sua vingança, quando crescesse, jogam-no do alto das muralhas.

Atena – A filha de Zeus, a deusa da sabedoria. É conhecida como a virgem guerreira, pois sempre enverga armadura completa. Por ter sido uma das deusas desprezadas por Páris, torna-se inimiga mortal de Troia. Protege os gregos e, em especial, a Ulisses.

Automedonte – (grego) O cocheiro de Aquiles, o único capaz de comandar os dois cavalos divinos, Xanto e Bálio.

Bálio – É um cavalo de linhagem divina, filho do próprio Zéfiro, deus dos ventos. Peleu ganhou-o de presente no dia de seu casamento e deu-o mais tarde a Aquiles.

Briseida – (grega) A jovem e bela cativa que vivia com Aquiles. Quando Agamênon a exigiu para si, Aquiles se retirou da luta, inconformado.

Cassandra – (troiana) Filha de Príamo, irmã de Páris. Tinha o dom de prever o futuro, mas ninguém jamais acreditou nela. Previu a queda de Troia e tentou impedir que levassem o cavalo de madeira para o interior das muralhas.

Cástor e Pólux – (gregos) Irmãos de Helena. Grandes guerreiros, foram resgatá-la das mãos de Teseu. Morreram antes de começar a Guerra de Troia.

Cícnus – (troiano) Filho de Posêidon. Era invulnerável; Aquiles, no entanto, matou-o por estrangulamento, no primeiro dia de combate.

Clitemnestra – (grega) Filha de Tíndaro, irmã de Helena. Casou com Agamênon, a quem vai matar, depois da guerra, para vingar-se do sacrifício de sua filha Ifigênia.

Criseida – (grega) Cativa de Agamênon, que teve de devolvê-la ao pai, sacerdote de Apolo.

Crises – (grego) Velho sacerdote de Apolo, que tentou libertar sua filha Criseida, pagando um valioso resgate por ela. Como Agamênon o escorraçou, invocou Apolo, que castigou o exército grego com suas flechas.

Deidâmia – (grega) A filha do rei Licomedes, que se apaixonou por Aquiles. Quando ele partiu para a guerra, deixou-a grávida de um menino, Neoptólemo.

Deifobo – (troiano) Filho de Príamo. Quando Páris morreu, casou com Helena. Menelau o matou na noite em que Troia caiu.

Diomedes – (grego) Um dos pretendentes de Helena. Grande amigo de Ulisses.

Eneias – (troiano) Filho de Afrodite com um mortal. Na queda de Troia, foi salvo pela deusa. À frente dos poucos troianos que sobreviveram, fugiu para o Lácio, onde fundou Roma.

Epeu – (grego) O marceneiro da frota. Sendo um excepcional artesão, foi quem projetou e executou o cavalo de madeira.

Erínias – Entidades sombrias e assustadoras, que puniam os crimes cometidos dentro de uma família.

Éris – A deusa da discórdia. Para tumultuar o casamento de Peleu e Tétis, lançou entre as deusas o pomo de ouro com a inscrição "À mais bela".

Eros – O deus do amor. Filho de Afrodite. Não interveio na guerra.

Filocteto – (grego) Um dos pretendentes de Helena. Era o herdeiro do famoso arco de Hércules. Abandonado na ilha de Lemnos por causa de seu ferimento repugnante, foi trazido de volta por Ulisses e curado por Macaon. Foram suas flechas que mataram Páris.

Glaucos – (troiano) Companheiro de Eneias.

Hades – Irmão de Zeus e de Posêidon. É o rei do Mundo dos Mortos.

Hécuba – (troiana) Esposa de Príamo. É a mãe de Heitor, Páris, Deifobo e Polixena. No final, quando vai ser levada como cativa, atira-se ao mar.

Hefesto – O ferreiro dos deuses. Filho de Hera, foi quem fez as armas inigualáveis de Aquiles.

Heitor – (troiano) Filho mais velho de Príamo, era o grande guerreiro de Troia.

Helena – (grega) Filha de Zeus e de Leda. Considerada a mais bela mulher de todos os tempos, foi por ela que se travou a Guerra de Troia. Finda a guerra, voltou para Esparta, onde passou o resto de seus dias ao lado de Menelau.

Helenus – (troiano) Filho de Príamo. Quando Páris morreu, disputou a mão de Helena com seu irmão Deifobo. Foi quem revelou a Ulisses o segredo do Paládio.

Hemiteia – Irmã de Tenes, vivia isolada na ilha de Tenedos. Quando viu Aquiles, desejou-o à primeira vista. O irmão, contudo, investiu contra eles, obrigando Aquiles a matá-lo.

Hera – A esposa de Zeus, a soberana do Olimpo. Nunca perdoou a Páris por escolher Afrodite como a mais bela, tornando-se, por isso, a mais terrível inimiga dos troianos.

Hermes – O mensageiro dos deuses. É filho de Zeus, que o incumbe de missões mais delicadas. Uma de suas funções mais importantes é conduzir a alma dos que morrem até o mundo subterrâneo de Hades.

Hermione – (grega) Filha de Helena e Menelau; tinha nove anos quando a mãe fugiu com Páris.

Hesíone – (troiana) Irmã de Príamo. Vivia há muitos anos como cativa de Telamon, rei de Salamina. Os troianos haviam enviado várias embaixadas, na tentativa de reavê-la.

Ideu – (troiano) O velho cocheiro de Príamo. Acompanhou o seu rei na viagem solitária, à noite, até o acampamento grego, para tentar convencer Aquiles a devolver o corpo de Heitor.

Idomeneu – (grego) Rei de Creta. Um dos pretendentes de Helena.

Ifigênia – (grega) Filha de Agamênon e Clitemnestra, foi sacrificada em Áulis, a fim de que Artêmis enviasse os ventos de que a esquadra precisava para zarpar.

Íris – A mensageira dos deuses, utilizada principalmente por Hera.

Kháris – Uma das Três Graças. É a esposa de Hefesto.

Laocoonte – (troiano) Sacerdote de Apolo. Foi o único a desconfiar do cavalo de madeira, tentando convencer os troianos a queimá-lo. Duas monstruosas serpentes saíram do mar e o esmagaram, juntamente com seus filhos.

Laodâmia – (grega) A jovem esposa de Protesilau, que ficou inconsolável quando soube da morte do marido. Os deuses lhe concederam três horas ao lado dele; findo o prazo, ela se matou.

Leda – (grega) Esposa de Tíndaro, rei de Esparta. Foi fecundada por Zeus, que tinha assumido a forma de um cisne, e deu a luz a Helena.

Licaon – (troiano) Filho de Príamo. Foi morto quando Aquiles voltou aos combates para vingar a morte de Pátroclo.

Licomedes – (grego) Rei de Skiros, em cuja corte Tétis escondeu Aquiles, vestindo-o como uma moça.

Mnemos – (grego) Era o servo encarregado por Tétis de vigiar constantemente Aquiles, para impedir que ele matasse Tenes, o rei de Tenedos.

Moiras – As três irmãs que decidem o destino dos mortais. Elas atribuem a parcela de alegrias e de infortúnios que cada um terá durante a vida.

Nereu – O chamado "Velho do Mar"; é o pai de Tétis e das Nereidas.

Nestor – (grego) Recebeu de Apolo o dom da longevidade; tem mais de 200 anos. É o chefe mais respeitado por sua prudência e sabedoria.

Oenone – (troiana) Ninfa das florestas do monte Ida; foi a primeira mulher de Páris, que a deixou para casar com Helena.

Palamedes – (grego) Astucioso e inventivo, foi quem desmascarou Ulisses, que fingia estar louco para não ter de participar da expedição contra Troia.

Pândaro – (troiano) O melhor arqueiro de Troia. Quando gregos e troianos ensaiavam uma trégua, Atena o convenceu a arremessar uma flecha contra Menelau, reacendendo o conflito.

Páris – (troiano) O filho que Príamo julgava morto. Foi o indicado por Zeus para servir de árbitro no julgamento das deusas, o incidente que desencadeou a Guerra de Troia.

Penélope – (grega) Prima de Helena. Casou com Ulisses; deu a luz a Telêmaco poucos meses antes de começar a guerra.

Podalírio e **Macaon** – (gregos) Filhos de Esculápio, o deus da medicina. Herdaram do pai a arte de curar.

Polixena – (troiana) A filha mais moça de Hécuba e de Príamo, por quem Aquiles se apaixonou. No fim da guerra, foi executada sobre o túmulo do herói.

Posêidon – O irmão de Zeus e de Hades, a quem coube o domínio sobre o mar e sobre as águas.

Príamo – (troiano) O velho rei de Troia. Casado com Hécuba, é o pai de Heitor e de Páris.

Protesilau – (grego) Recém-casado com Laodâmia, arriscou-se a ser o primeiro a pisar na praia de Troia; foi o primeiro a morrer na guerra.

Proteus – Rei do Egito. Queria reter Helena em Mênfis, até que seu marido legítimo fosse buscá-la; deu a Páris três dias para que deixasse o seu reino e voltasse sozinho para Troia.

Quíron – O centauro mais respeitado por sua sabedoria. Foi o mentor de vários heróis, que lhe foram entregues como discípulos: Jasão, Aquiles, Pátroclo, entre muitos outros.

Sínon – (grego) Não era um guerreiro de destaque, mas tornou-se respeitado quando se ofereceu para ficar sozinho, junto ao cavalo de madeira, para iludir os troianos.

Taltíbio – (grego) O fiel escudeiro de Agamênon.

Telamon – (grego) Não foi a Troia. Era o pai do Grande Ajax. Mantinha como cativa a princesa Hesíone, irmã de Príamo.

Telêmaco – (grego) Filho de Ulisses. Tinha menos de um ano, quando o pai partiu para a Guerra de Troia.

Tenes – (troiano) Rei da ilha de Tenedos, onde vivia isolado com Hemiteia, sua irmã. A profecia rezava que Aquiles morreria se o matasse – o que realmente aconteceu.

Tétis – A mãe de Aquiles. É a mais importante das Nereidas. Casou, contra a vontade, com Peleu, um simples mortal.

Tíndaro – (grego) Era o rei de Esparta, antes de Menelau. Casado com Leda, aceitou Helena como filha, embora soubesse que o verdadeiro pai era Zeus. Ao ver a animosidade dos pretendentes à mão de sua filha, obrigou-os a prestar um juramento de solidariedade.

Ulisses – (grego) Rei de Ítaca. Era o mais astuto dos chefes gregos, mas também um dos mais destacados guerreiros. A sua volta para casa será o assunto da *Odisseia*, o segundo livro escrito por Homero.

Xanto – Junto com Bálio, forma a parelha de cavalos divinos que puxam o carro de combate de Aquiles.

Zeus – É o senhor do Olimpo; embora tenha dividido o mundo com seus dois irmãos, Posêidon e Hades, ele é respeitado como o líder dos deuses.